Thomas Regnery

DAS VERMÄCHTNIS DER EIFELKOMTESS   TEIL 2

Das **Kreuz** von Aarstein

ROMAN

Die Deutsche Nationalbibliothek verzeichnet diese Publikation in der Deutschen Nationalbibliografie. Detaillierte bibliografische Daten sind im Internet über http://dnb.dnb.de abrufbar

.

Umwelthinweis:
Dieses Buch wurde auf chlorfrei gebleichtem Papier gedruckt.

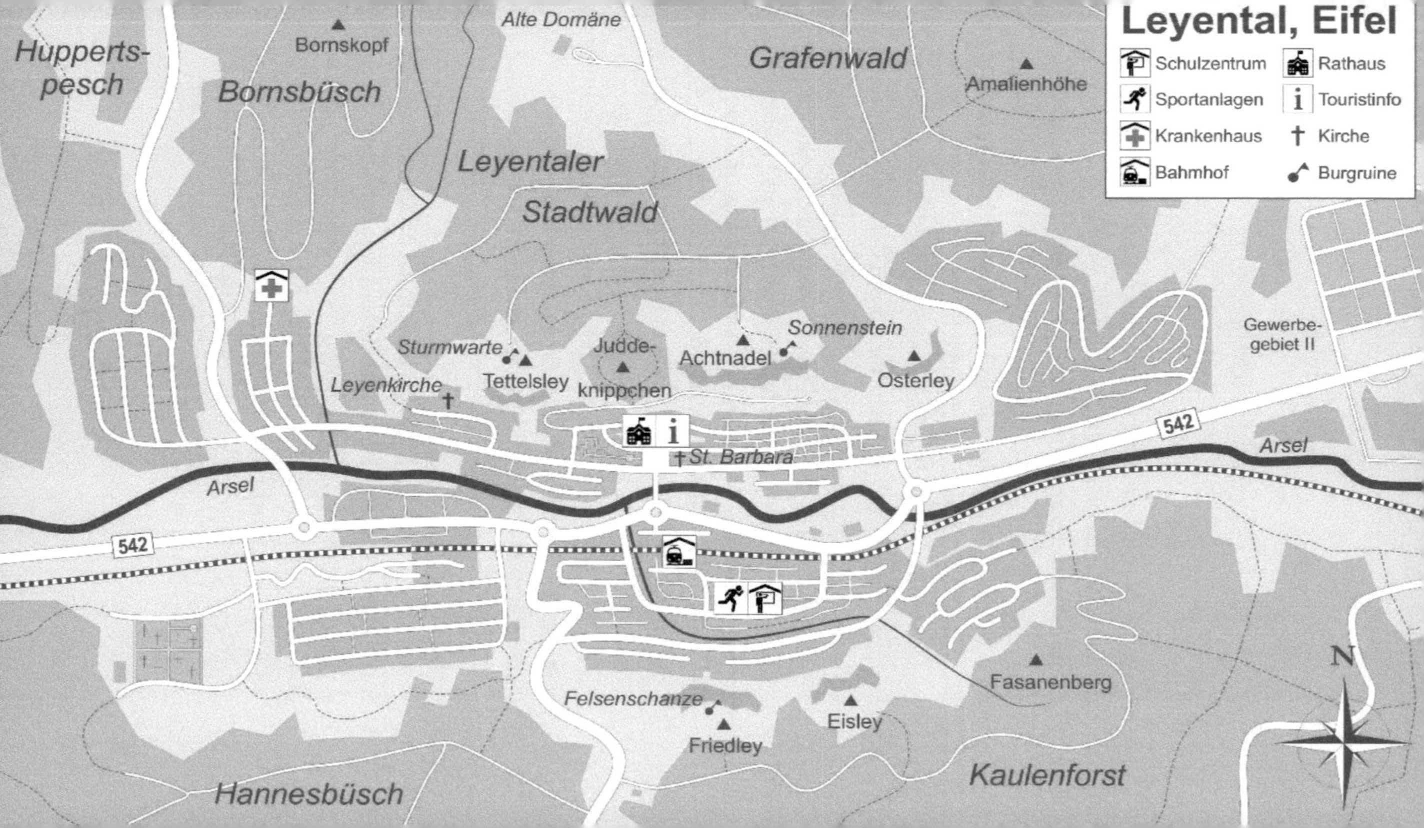

Leyental, Eifel
Schulzentrum
Rathaus
Sportanlagen
Touristinfo
Krankenhaus
Kirche
Bahmhof
Burgruine
Hupperts-pesch
Bornskopf
Alte Domäne
Grafenwald
Amalienhöhe
Bornsbüsch
Leyentaler
Stadtwald
Sturmwarte
Judde-knippchen
Sonnenstein
Achtnadel
Osterley
Leyenkirche
Tettelsley
Gewerbe-gebiet II
542
Arsel
St. Barbara
Arsel
542
Felsenschanze
Fasanenberg
Friedley
Eisley
Hannesbüsch
Kaulenforst
N

– Kapitel 1 –

Leyental, 16. September 2015

Annas Nacht war unruhig und ohne tiefen Schlaf. Zumindest kam es ihr so vor, als sie den Wecker auf Tims Nachttisch an diesem frühen Septembermorgen anblinzelte. Es war kurz nach sechs, und draußen wurde es bereits hell. Auch Annas Gedanken begannen heraufzudämmern. Sie erinnerte sich verschlafen an einen Kuss, den sie vorhin nahe dem Halsansatz auf die Schulter bekommen hatte. Kurz danach war ihr die Bettdecke liebevoll bis zum Kinn heraufgezogen worden. Die wohlige Wärme hatte sie lächeln und wieder einschlummern lassen. Doch nun war sie wach. An einem Schultag. Ohne frische Kleidung. Ohne ihre Pflegeprodukte, ja, noch nicht einmal mit einer Zahnbürste.

Plötzlich wurde Anna von einem leisen Rumms aufgeschreckt, dem unmittelbar ein schwaches Klirren folgte. Sie zog die Bettdecke beiseite. Außer einem alten, weißen, eingelaufenen Herren-T-Shirt und ihrem hellblauen, seidenen La-Perla-Höschen hatte sie nichts an.

Wieder ein Rumms und ein Klirren. Es schien von draußen zu kommen.

Anna stand auf und tapste barfuß ins Wohnzimmer. Auf einem der alten Ledercouchsessel hing ihr blaues Jerseykleid, sorgfältig und glatt ausgebreitet. Darunter, auf dem Boden, standen ihre Slingbacks. Sie lächelte.

Da ertönte erneut solch ein Rumms! Diesmal war es sogar ein doppelter. Und wieder hatte ein metallisches

Klirren das dumpfe Geräusch begleitet. Ja, es kam von draußen. Anna zog ihre schönen Augenbrauen leicht zusammen und sah neugierig durch die gläserne Hintertür nach draußen. Dort, auf der hölzernen, grobschlächtig gebauten, überdachten Veranda tänzelte Tim lautlos um einen schwarzen Sandsack herum. Seine Hände steckten in roten Boxhandschuhen. Eine schwarze Adidas-Sporthose mit weißen Streifen umflatterte seine Beine. Sein Oberkörper war frei, und seine Muskeln glänzten im aufkommenden Tageslicht. Während Tim in geduckter Haltung seinen Kopf flink hin und her bewegte, hielt er seine Fäuste vors Gesicht. Von Zeit zu Zeit schlug er auf den Sandsack ein, und dann gab es diesen Rumms, bei dem die Ketten, an denen der Sack von der Decke hing, hell klirrten. Anna zog die Tür auf und trat auf die Schwelle.

»Spielst du den Mittwochnachmittag nach?«, witzelte sie und blieb vor der Türschwelle stehen. »Im Eiscafé in Pfaffenburg?«

Tim hielt inne und sah seine Freundin an. Er genoss ihren Anblick nicht nur wegen ihrer weiblichen Reize, sondern auch, weil sie am Arm noch einige Druckstellen der Bettwäsche aufwies und ihr langes schwarzes Haar offen und wild an ihr herunterhing. Er freute sich darüber, dass er derjenige war, der sie so sehen durfte.

»Hey«, grüßte er lächelnd. »Na klar. Ich bin du, und der Sandsack, das bin ich.«

»Ich sehe sexy aus.«

»Und ich erstmal!«

»Mit Verlaub, Tim Richthof! ›Danke‹ heißt das! Ich habe dir eben ein Kompliment gemacht. Du siehst wirklich sexy aus.«

»Sagt die Frau mit den endlos langen Beinen und dem scharfen blauen Höschen. Du gehst besser wieder rein. Ist kalt hier draußen.«

»Das macht mir nichts aus. Ganz im Gegenteil, ich mag es.«

Anna trat aus der Tür auf die Veranda und ging auf den Sandsack zu.

»Du kannst also in der Tat boxen«, stellte sie fest. »Zumindest dieses Gerücht stimmte. Dann verstehe ich deinen sonderbaren Vergleich jetzt etwas besser.«

»War nicht die stärkste Idee, schätz ich«, gab Tim etwas verlegen zurück. Anna lächelte.

»Hmm«, machte sie verschmitzt und legte die Hände an den Sandsack. »Am Ende hat es sich aber gelohnt, zugehört zu haben.«

Dann umklammerte Anna den Sack, hielt ihn ganz fest und spreizte die Beine, um einen sicheren Stand anzudeuten.

»So macht man das, ja?«, fragte sie. »So müsste ich den Sandsack für dich festhalten, nicht wahr?«

Tim lachte laut auf, nahm seine Fäuste hoch und deutete an, auf den Sack schlagen zu wollen.

»Wir können es ja mal testen. Halt still! … Nein, lass es, du gehst drauf.«

»Sei nicht so fies!«, protestierte Anna spöttisch. »Ich bin nicht so zart besaitet wie du denkst.«

»Bestimmt nicht«, flachste Tim. Dann öffnete er die Klettverschlüsse an seinen Handgelenken und streifte die Boxhandschuhe ab. Mit seinen bandagierten Fingern ergriff er Annas Hände, führte sie um den Boxsack herum und nahm sie in den Arm. Sie schmiegte sich an ihn.

»Ich hab überlegt, Anna«, ergriff Tim nach einer Weile das Wort. »Wir sollten zu deinen Eltern gehen und versuchen, mit ihnen zu reden.«

Anna schwieg.

»Weil«, fuhr Tim fort, »du bist erst sechzehn. Und deswegen können sie uns ganz schön die Hölle heiß machen. Polizei, Jugendamt, der ganze Scheiß. Und du musst in die Schule. Wenn wir das versauen, dann dürfen wir uns garantiert nie wieder sehen.«

»Und was sollen wir jetzt machen?«

»Du rufst jetzt als erstes zu Hause an und sagst, dass wir gleich vorbeikommen.«

»Aber meine Eltern müssen doch in Kürze zur Arbeit aufbrechen.«

»Quarkes. Dein Vater ist auf der Bank der Big-Boss. Der kann sich frei nehmen wann immer er will. Und seine Frau wird er schon nicht feuern, wenn sie 'ne Stunde später anfängt.«

Anna nickte, gab Tim einen Kuss auf den Mund und ging zurück ins Wohnzimmer, um ihr Handy aus der Handtasche zu nehmen. Tim blieb in der Tür stehen und legte die Hände an den oberen Rahmen. Anna sah zu ihm hinüber, als sie sich ihr iPhone 6 Plus ans Ohr hielt.

»Mama? … Ja, ich bin noch bei Tim … Ja, ich habe hier geschlafen … Mama, so höre doch bitte einmal zu! Tim hat nicht die Absicht, mich hier festzuhalten. Ganz im Gegenteil, er hat von sich aus den Vorschlag gemacht, mich jetzt nach Hause zu bringen, damit wir uns alle unterhalten können … Oh, Mama, nicht doch! Das hättest du nun wirklich nicht tun müssen. Dazu gab es keinen Grund … Ja, wir machen uns in Kürze auf den Weg.«

Anna ließ die Hände nach unten fallen und blickte mit einem Seufzer zu Tim hin.

»Was ist?«, wollte er wissen. »Was hätte sie nicht tun sollen?«

»Sie hat die Polizei verständigt … Und Anzeige gegen dich erstattet.«

Tim ließ den Türrahmen los und nahm langsam die Arme herunter.

»Verdammt«, presste er hervor. »Dann machen wir uns jetzt ganz schnell fertig und sehen zu, dass wir bei deinen Eltern erscheinen, bevor die Bullen hier aufkreuzen.«

Anna nickte mit glasigen Augen. Tim ging auf sie zu und nahm wieder ihre Hände.

»Hey«, sagte er sanft. »Alles wird gut.«

»Wie kannst du dir so sicher sein?«, schluchzte Anna ängstlich.

»Liebst du mich?«, fragte Tim.

»Ja! So sehr!«

»Dann gibt es überhaupt nichts, wovor wir Angst haben müssen.«

»Du kennst meine Mutter aber nicht, Tim. Ich habe Angst.«

»Sie kann nichts machen, was mich dazu bringen könnte, dich nicht mehr zu lieben. Wir beide wussten, dass es schwer werden würde, und wir waren bereit, den Kampf aufzunehmen. Jetzt ist es soweit. Die Schlacht beginnt. Wir müssen cool bleiben.«

Der Kloß in Annas Hals löste sich mit einem Glucksen.

»Wir ziehen aber gewiss nicht in den Krieg, oder?«, fragte sie.

»Aber natürlich!«, gab Tim betont ironisch zurück. »Und wir machen keine Gefangenen. Aber fürs Erste reicht es, wenn wir duschen gehen. Sparen wir eigentlich Zeit, wenn wir jetzt zusammen duschen?«

»Wir gehen besser separat«, meinte Anna lächelnd und gab Tim mit der flachen Hand einen doppelten Klaps auf die Brust, womit sie sich auch schon in Richtung Badezimmer entfernte.

Eine kurze Zeit später waren sie aufbruchfertig. Als sie vom Wohnzimmer in die winzige Diele traten, bemerkten sie durch das schmale Oberlicht über der Tür ein blaues Flackern, das von draußen ins Haus leuchtete. Zwei Sekunden später bullerte es so heftig an der Tür, dass Anna zusammenzuckte.

»Polizei! Aufmachen!«

Tim erkannte die Stimme des Polizeibeamten und biss sich zerknirscht auf die Unterlippe. Anna schlug die Hände vor den Mund und sah Tim erschrocken an. Die inneren Enden ihrer Augenbrauen hoben sich weit nach oben, während ihre Augen sich zusehends mit Tränen füllten.

»Bleib ganz locker, Süße«, flüsterte Tim ihr zu und legte seine Hände an ihre Wangen. »Wichtig ist, dass du ihm jetzt nicht den Eindruck machst, dass es dir schlecht geht, verstehst du? Sonst denken die, ich halte dich hier gegen deinen Willen fest. Du musst ihm zeigen, dass du hier sein willst, ja?«

Anna nickte und trocknete ihre Tränen.

»Mach die Tür auf, Richthof!«

Tim trat an die Tür und nahm die Klinke in die Hand. Er drehte sich noch mal zu Anna um.

»Okay?«, hauchte er beinahe unhörbar. Anna nickte wieder und stellte sich vornehm und aufrecht hin. Dann öffnete Tim die Tür.

Rüdiger Brochnes, 26, einsachtzig groß mit aschblonder Stoppelfrisur, die im Augenblick unter seiner dunkelblauen Dienstmütze verborgen war, stand breitbeinig und mit in die Hüften gestemmten Fäusten vor der Tür. Ein herablassendes Grinsen saß auf seinem fettigen Allerweltsgesicht.

»Da haben wir ja unseren üblichen Verdächtigen und seine kleine Ausreißerbraut«, höhnte er, als Tim die Tür komplett aufgezogen und gegen die seitliche Wand gedrückt hatte.

»Brochnes«, grüßte Tim tonlos.

»Na, Richthöfchen, hamwa wieder Scheiße gebaut? So sieht man sich wieder, he?«

»Ja, wie war das noch damals? Du warst in der Ausbildung und durftest zugucken, wie die richtigen Polizisten uns hochgenommen haben, stimmt's?«

Rüdiger Brochnes machte einen großen Schritt ins Haus hinein und stieß Tim heftig den ausgestreckten Zeigefinger seiner rechten Hand unters Kinn.

»Ich würde an deiner Stelle mal die Fresse halten, Richthof«, drohte er knurrend. »Du hältst eine Minderjährige gegen den Willen ihrer Eltern in deinem Haus fest. Das ist eine Straftat. Wieder mal. Ich kann dich einlochen.«

Tim blieb locker. Er hielt seine rechte Hand immer noch am Türblatt und wich nur deshalb ein Stück vor dem Polizisten zurück, damit dieser nicht im Weg war, als er die Tür mit einem Schwung aus dem Handgelenk so weit zu warf, dass sie den Eingang verdeckte, ohne ins Schloss zu fallen.

»Du kannst 'nen Scheißdreck, Brochnes«, knurrte Tim zurück. »Du brauchst mindestens einen Kollegen, der dabei ist. Du bist aber gerade ganz alleine, und das vor zwei Leuten, die mitkriegen, wie du eine Dienstvorschrift nach der anderen missachtest.«

»Was wisst ihr schon von unseren Dienstvorschriften?«, lachte Rüdiger höhnisch und nahm den Finger runter. Anna zitterte am ganzen Körper. Sie bewunderte Tim für seine Ruhe. Sie nahm sich zusammen, so gut sie konnte. Sie hielt den Riemen ihrer Handtasche ganz fest und presste ihre freie Hand seitlich auf ihre Hüfte, damit nicht zu bemerken war, wie sehr sie zitterte.

»Nun«, begann sie, und Tims sanfter Blick, den er ihr in diesem Moment zuwandte, gab ihr die nötige Ruhe, um in ihrer vornehmen, monotonen Stimmlage sprechen zu können, »ich bin sicher, dass auch Ihnen in erster Linie auferlegt wird, den Menschen höflich zu begegnen.«

Rüdiger drehte sich frontal zu Anna hin. Er sah ihr für eine Sekunde süffisant lächelnd ins Gesicht, dann senkte er den Blick und sah sich mit demselben Ausdruck recht lange Annas Beine an, bevor er ihr wieder in die Augen sah. Tim merkte, wie unwohl sie sich fühlte. Doch bevor er Luft holen konnte, um etwas zu sagen, zeigte sich Anna tapfer und sprach weiter.

»Ihr Benehmen lässt sehr zu wünschen übrig«, hörte Anna ihre eigenen Worte, begleitet von ihrem Pulsschlag. »Sie erklären uns nicht den Grund Ihres Hierseins. Sie stellen sich nicht einmal vor. Stattdessen beleidigen Sie uns und werden meinem Freund gegenüber sogar tätlich.

Ich denke, dass dies bereits genügt, um auf Ihrer Dienststelle eine Beschwerde über Sie einzureichen.«

»Und du kannst deinen pickeligen Arsch drauf wetten«, fügte Tim langsam und mit einem Nicken hinzu, »dass wir genau das machen, wenn du hier weiter so abgehst.«

»Irgendwann buchte ich dich ein, Richthof«, knirschte Rüdiger. »Darauf kannst du Gift nehmen.«

»Heute nicht«, gab Tim zurück.

»Dafür nehm ich sie jetzt mit«, beschloss Rüdiger grinsend und deutete mit dem Kopf zu Anna hin. »Sie geht jetzt schön wieder nach Hause.«

»Spar dir die Mühe«, entgegnete Tim ihm. »Wir waren sowieso auf dem Weg zu ihren Eltern.«

»Wie ihr meint. Dann fahren wir voraus, und ihr folgt uns. Und keine Extratouren!«

»Geht klar.«

Rüdiger Brochnes machte auf dem Absatz kehrt, warf die Haustür wieder auf und stampfte zum Polizeiwagen, in dem ein dicklicher Kollege um die Dreißig saß.

»Gut gemacht, Bonnie«, zwinkerte Tim Anna zu.

»Hör bloß auf!«, keuchte Anna und nahm tief Luft. »Ich hatte ganz fürchterliche Angst.«

Tim legte seinen Arm um Annas Taille, und gemeinsam gingen sie auf Tims schwarzen Jeep Wrangler zu, der am Straßenrand vor dem Polizeiwagen stand. Als sie eingestiegen waren, fuhren die Polizisten sofort los. Tim startete den Motor und fuhr dem Dienstwagen in korrektem Abstand hinterher.

»Wer ist dieser abscheuliche Mensch?«, fragte Anna. »Wie ist es nur möglich, dass er eine Polizeiuniform tragen darf?«

»Das fragt sich jeder, der mal mit dem Penner zu tun hatte«, antwortete Tim. »Rüdiger Brochnes heißt er. Er war noch ein Frischling, als wir damals nach dem Bruch in der Tanke hochgenommen wurden. Geilt sich bis heute dran auf. Deswegen hat er anscheinend nicht mitgekriegt, dass ich keine vierzehn mehr bin.«

»Seine ganze Art und Weise ist ausgesprochen widerlich.«

»Darüber haben sich schon viele beschwert.«

»Nun, ganz offensichtlich taten sie es nicht allzu ungestüm.«

»Wie meinst du das?«

»Ich bin sicher, wenn sich einmal jemand über die Maßen heftig über ihn beschweren würde, dann würde dies ganz gewiss den Unwillen seiner Vorgesetzten erregen. Da es offenbar noch nicht geschehen ist, kann ich nur annehmen, dass er noch nicht an den Richtigen geraten ist.«

Tim schmunzelte. Er führte Annas Gedanken weiter: »Du meinst an jemanden, der dabei so richtig abgehen und bei seiner Beschwerde übelst Terror veranstalten würde?«

»Ganz recht. Aber so jemanden würde er wahrscheinlich nicht zu reizen wagen, wenn ich ihn richtig einschätze.«

»Wollen wir doch mal sehen«, murmelte Tim, bremste den Jeep ab und stoppte am Straßenrand. Anna sah ihn verwundert an.

»Was machst du?«, wollte sie nervös wissen. »Du sollst doch dem Polizeifahrzeug folgen. Du beschwörst nur wieder Ärger herauf.«

»Dass hoff ich doch«, gab Tim lässig zurück und nahm sein Handy, das alte, verkratzte Smartphone, aus der Hosentasche. Er wählte einen Kontakt an und hielt das Telefon ans Ohr. Er sah dabei zu Anna hinüber, die ihn ängstlich anblickte. Dann schaute er nach vorne auf den Polizeiwagen, der gerade einige Meter zurücksetzte und knapp vor Tims Jeep anhielt.

»Hallo? … Guten Morgen, Frau zur Heyden, Tim Richthof hier … Na, weil ich mit Ihnen reden will. Deswegen komm ich dazu! … Hören Sie, ich bin mit Anna unterwegs zu Ihnen. Leider sind wir von Ihren Freunden aufgehalten worden … Ja, ich meine die Herren von der Polizei, ja, richtig… Na ja, die wollen uns jetzt zu Ihrem Haus begleiten … Ja, das seh ich auch so …«

Inzwischen war Rüdiger aus seinem Dienstwagen ausgestiegen und ging nun auf Tims Auto zu.

»Ich schätz mal, Sie können darauf verzichten, dass wir mit der Polizei bei Ihnen ankommen … Das würde einen ganz schönen Bahnhof bei Ihnen geben. Die ganzen Nachbarn …«

Rüdiger näherte sich auf der Fahrerseite dem schwarzen Jeep.

»Das Beste wird sein, Sie sagen ihm das persönlich«, sprach Tim weiter ins Telefon. »Bitte bleiben Sie kurz dran.«

Er nahm sein Handy vom Ohr und ließ es in den Schoß sinken. Dann drehte er die Scheibe der Fahrertür herunter, vor der sich Rüdiger bereits nach vorne bückte.

»Was soll das, Richthof?«, bellte er augenblicklich. »Ich hab dir gesagt, keine Extratouren! Du hast mir gefälligst hinterherzufahren!«

»Entschuldigen Sie bitte, Herr Polizeimeister«, sagte Tim ruhig und betont freundlich. »Ich hatte telefoniert, und das darf ich doch nicht, während ich fahre. Deswegen hatte ich kurz angehalten.«

»Richthof?«, brauste Rüdiger lautstark auf. »Willst du mich hier verarschen?«

»Nein, Herr Polizeimeister«, raspelte Tim weiter Süßholz. »Warum sollte ich das wagen? Ich möchte Anna doch so schnell wie möglich zu ihren Eltern bringen.«

Anna fand es ausgesprochen witzig, wie Tim versuchte, höflich zu sprechen. Da der Polizist sie beide wütend durch das offene Autofenster ansah, unterdrückte sie ihr Schmunzeln, indem sie ihre Lippen aufeinander presste. Ihre lachenden Augen konnte sie jedoch nicht vor dem gereizten Beamten verbergen.

»Stell das dumme Grinsen ein, Prinzessin!«, knurrte Rüdiger und steckte seinen Kopf halb ins Auto. »Und du hör mir jetzt mal ganz genau zu, Richthöfchen. Noch ein verdammtes Wort, und ich hol dich mit zur Wache. Dich und deine versnobte Zockse. Da kann sie zweimal von Großkotz heißen, das ist mir scheißegal! Ich buchte euch beide ein. Dann kann sie im Knast die Beine für dich breitmachen!«

Daraufhin sah Tim den Polizisten mit dem coolsten Pokerface an, dass er auf Lager hatte. Dabei hob er, ohne den Blick abzuwenden, ganz gelassen mit der rechten Hand sein Handy nach oben und hielt es Rüdiger vors Gesicht. Der blickte aufs Display, auf dem groß »Anna zu Hause« zu lesen war.

»Es ist für Sie, Herr Polizeimeister«, bemerkte Tim trocken. »Frau zur Heyden möchte mit Ihnen sprechen.«

Wenn man jetzt sagte, dass Rüdiger Brochnes schlagartig die Farbe wechselte, so traf dies in erster Linie auf seine Ohren zu. Sie leuchteten plötzlich feuerrot. Sein Gesicht zeigte Regungen aus den Bereichen Überraschung, Wut und Furcht, als er langsam nach Tims Telefon griff und sich danach sofort umdrehte und mit großen Schritten zur gegenüberliegenden Straßenseite hinüberging, einmal tief einatmete und sich dann das Handy ans Ohr hielt.

»Jetzt ist er an die Richtige geraten, schätz ich«, kommentierte Tim und griente Anna an.

»Ich kann nicht fassen, dass er dir so leichtfertig auf den Leim gegangen ist«, staunte Anna.

»Tja, er ist eben nicht das schärfste Messer im Besteckkasten. Und er hat sich kein bisschen unter Kontrolle. Der hat so 'nen mickrigen Pim… äh, ich meine, so ein gestörtes Ego …«

»Ist schon in Ordnung«, lachte Anna. »Ich gewöhne mich langsam an eure, wie soll ich sagen, recht farbenfrohe Ausdrucksweise.«

»Trotzdem«, gab Tim zurück. »Also, der hat so ein gestörtes Ego, dass er sofort anspringt, wenn er das Gefühl hat, dass man ihn nicht ernst nimmt.«

»Wie könnte man auch?«, stellte Anna fest. »Ich bin bestürzt darüber, dass gerade ein Polizeibeamter ein solch vertrauensunwürdiger Mensch sein kann. Ich dachte immer, dass alle Polizisten äußerst ehrenhafte Persönlichkeiten sind.«

»Willkommen in der realen Welt«, schloss Tim trocken. Dann drehte er sich nach links, weil Rüdiger im selben Moment zurückkehrte und Tim sein Handy ins Auto warf. Es landete auf Annas Schoß. Sie schlug blitzartig die Beine zusammen und bewahrte das Telefon mit ihren Händen davor, herunterzufallen. Tim und Rüdiger sahen sich herausfordernd in die Augen.

»Irgendwann krieg ich dich, Richthof«, raunte Rüdiger und drehte sich auf dem Absatz um. Er schritt zu seinem Dienstwagen hin, stieg ein und schlug heftig die Fahrertür zu. Dann fuhr er mit durchdrehenden Reifen an. Dreck und Steinchen prasselten gegen den Kühlergrill von Tims Jeep.

»Wichser«, brummte Tim und startete den Motor. Dann drehte er sich zu Anna hin und fragte: »Dir geht's gut?«

»Ja«, antwortete sie. »Jetzt, da Herr Brochnes weg ist, fühle ich mich wieder wohl.«

Tim lachte auf.

»Was hast du?«, wollte Anna wissen.

»Stell dir mal vor«, lachte Tim, »wie sein Namensschild auf seinem Schreibtisch aussieht.«

»Wie sollte es schon aussehen? Wahrscheinlich ist es schwarz mit weißer, eingravierter Schrift.«

»Kann schon sein. Und sein Name?«

»Rüdiger Brochnes.«

»Ja, aber wenn vom Vornamen nur der erste Buchstabe da steht.«

Tim lachte inzwischen herzhaft. Und er brach in schallendes Gelächter aus, als Anna nachdenklich formulierte:

»R. Brochnes?«

Tim nickte heftig mit dem Kopf, brachte aber vor Lachen kein Wort heraus.

»Ich verstehe nicht, worauf du hinaus möchtest.«

»Dann sag das zehnmal hintereinander«, forderte Tim seine Freundin gackernd auf. »Und sprech den Punkt nicht mit.«

»R-Brochnes«, folgte Anna grübelnd, »R-Brochnes, R-Brochnes …«

Und dann musste sie plötzlich ebenfalls lachen.

»Erbrochenes!« rief sie und hielt sich kichernd die Hände vor den Mund. »Du meine Güte, der Mann ist aber auch wirklich gestraft.«

Der Wagen folgte der schmalen Wohnstraße, die einem Bachlauf folgte, bis zu einer Abzweigung, die bergauf nach rechts führte. Nach etwa zweihundert Metern änderte sich der Bebauungsstil. Während weiter unten in Bachnähe einige schlichte Ein- und Mehrfamilienhäuser den Weg säumten, schmiegten sich hier großzügige Bungalows und prächtige, villenartige Einfamilienhäuser an die ausgedehnte Hanglage. Es war das mit Abstand teuerste und vornehmste Wohnviertel in Tims Heimatstadt Leyental.

»Willkommen in Annas Welt«, witzelte Tim, »wo die Autos fetter und die Grashalme kürzer werden, je weiter man den Berg rauf fährt.«

»Und wo die Aussicht immer schöner wird«, fügte Anna fröhlich hinzu.

Tatsächlich bot sich von Annas Wohnviertel aus ein atemberaubender Ausblick über die Stadt, die in einem Tal an einem Flusslauf lag und von fünf schroffen Felsformationen eingerahmt wurde, drei auf der nördlichen Flussseite und zwei auf der südlichen. Auf dreien von ihnen standen mehr oder weniger intakte Burgruinen.

Zwei Kirchen ragten aus dem Häusermeer heraus. All das konnten Tim und Anna in diesem Augenblick nicht sehen, da diese beeindruckende Szenerie sich hinter ihrem Fahrzeug auftat, während der schwarze Wrangler weiter den Berg hinauf brummte. Sie kamen an einem feudalen Anwesen vorbei, vor dessen Zufahrt ein weißer Briefkasten in Form eines Backenzahnes angebracht war.

»Hier wohnt offenbar ein Zahnarzt«, schloss Tim.

»Ganz recht«, bestätigte Anna. »Line wohnt hier. Bist du auch bei ihrem Vater in Behandlung?«

»Keine Ahnung«, grinste Tim. »Mal sehen, zu wem ich gehe. Bevor ich weg war, bin ich immer zu Dr. Polsten gegangen. Wahrscheinlich geh ich da wieder hin.«

»Ich verstehe«, kommentierte Anna und deutete nach vorne rechts. »Die wohnen übrigens dort in dieser Straße.«

»Ist ja verblüffend«, bemerkte Tim schelmisch.

»Oh, und dort«, führte Anna lächelnd aus, »in dem grauen Haus mit den weißen Fensterfaschen, dort wohnt dein Nebenbuhler.«

»Moment …«, warf Tim verwirrt ein. »Weiße was und mein wer?«

Anna lachte und schüttelte amüsiert den Kopf.

»Die weißen Umrandungen um die Fenster«, erklärte sie, »die nennt man Faschen.«

»Gut zu wissen«, gluckste Tim ironisch, »falls der Jauch mal fragen sollte. Und wer wohnt da jetzt nochmal?«

»Dein schärfster Widersacher und Nebenbuhler«, kicherte Anna.

»Ich hab keinen Dunst, wovon du redest«, stellte Tim fest.

»Kennst du die Anwaltskanzlei Hinkheim & Gielchen?«, wollte Anna wissen.

»Schon mal gehört. Aber nie was mit denen zu tun gehabt.«

»Hier wohnt die Familie Hinkheim. Und deren Sohn Philipp ist, wie soll ich es ausdrücken, sehr an mir interessiert.«

»Tatsächlich?« gab Tim zurück und sah einmal mehr in Annas verschmitztes Lächeln. »Sieh mal an. Kennst du ihn persönlich?«

»Aber ja. Schon seit meiner Kindheit. Oma Leni hat einmal gesagt, wenn ich einst Debütantin sei, dürfe er mir offiziell den Hof machen.«

»Hä? Darf er euch dann die Zufahrt pflastern, oder wie? … Anna, ich komm nicht mehr mit!«

»Ich merke es«, kicherte Anna. »Ich erkläre es dir. Zu Oma Lenis Zeiten wurden die Töchter von adeligen Familien im Alter von sechzehn Jahren in die Gesellschaft eingeführt, womit gleichzeitig verkündigt wurde, dass sie von diesem Zeitpunkt an für junge Herren mit ernsten Absichten zur Verfügung standen.«

»Alter Verwalter!«, staunte Tim. »Ihr macht das aber heute nicht mehr, oder?«

»Nein, diese Zeiten sind vorüber«, sagte Anna. »Du brauchst dich nicht zu sorgen.«

»Aber dieser Hinkebein, der gräbt jetzt trotzdem bei dir, richtig?«

»Hinkheim. Ja, seitdem ich vierzehn bin, möchte er eine feste Beziehung mit mir beginnen.«

»Und? Begegnet er dir oft?«

»Ja. Jeden Tag.«

»Ach ja? Wieso das?«

»Weil wir dieselbe Schule besuchen. Er ist in der Dreizehn und macht Anfang nächsten Jahres Abitur.«

»Gräbt er dich immer noch an?«, fragte Tim trocken.

»Er signalisiert mir ständig seine Absichten«, erklärte Anna augenzwinkernd. »Bist du eifersüchtig?«

»Hm«, brummte Tim. »Musste ich wohl von ausgehen, dass sich nach 'ner Braut wie dir auch noch andere umdrehen. Bin trotzdem nicht gerade begeistert darüber, dass einer meiner Freundin schöne Augen macht.«

»Wie süß!«, freute sich Anna und legte ihre Hände kichernd auf Tims rechten Arm.

»Euer Haus liegt am höchsten von allen«, wechselte Tim das Thema, als sie sich dem Anwesen der Familie zur Heyden näherten.

»Ja«, bestätigte Anna, »mein Vater hatte sich damals das höchstgelegene Grundstück ausgesucht. Es bietet die schönste Aussicht.«

»Und keiner kann sie euch verbauen«, fügte Tim hinzu und parkte das Auto wie gewohnt am Straßenrand. »Eine Top-Lage. Ist garantiert das teuerste Grundstück in der ganzen Stadt.«

»Das stimmt wohl«, bemerkte Anna während sie sich abschnallte.

Sie stiegen aus dem Wagen und gingen den Zuweg zum Haus hinauf. Anna klinkte sich mit beiden Händen in Tims Arm ein. Er spürte ihre Besorgnis und teilte sie. Sie wussten beide nicht einzuschätzen, wie Annas Eltern nun reagieren würden.

Nachdem Tim und Anna das Haus betreten und die Tür wieder hinter sich geschlossen hatten, hörten sie schon bald die Schritte von Annas Mutter aus dem links gelegenen Flur in die Diele hallen. Anna begrüßte ihre Mutter vorsichtig. Tim schloss sich ihr freundlich an, doch Vivienne zeigte sich steif und äußerst kühl.

»Guten Morgen, Mama.«

»Guten Morgen, Frau zur Heyden.«

»Guten Morgen, Annabelle.«

»Wo ist Papa?«

»Er war schon unterwegs zur Arbeit. Du wirst mit mir Vorlieb nehmen müssen.«

»Ja, gewiss. Tim hat mich nach Hause gebracht.«

»Eine richtige Entscheidung. Du wirst nun erst einmal Gelegenheit haben, dich frisch zu machen, Annabelle. Gehe bitte ohne Umschweife nach oben! Und Sie, Herr Richthof, werden ihrerseits sicherlich gewissen … Geschäften nachzugehen haben.«

»Ähm, nicht wirklich. Eigentlich hatte ich gehofft, dass wir …«

»Guten Tag, Herr Richthof!«

Anna traten die Tränen in die Augen, als sie und Tim sich anblickten. Sie umarmten sich wortlos zum Abschied und sahen sich dann noch mal an. Tim strich Anna mit den Fingerrücken seiner rechten Hand über die Wange und wischte damit eine Träne auf, die über ihr Gesicht kullerte. Als er sich wegdrehte, ergriff Anna seine Hand, sodass sie sich schließlich mit ausgestreckten Armen an der Hand hielten. Tim lächelte kurz, dann ging er einen Schritt auf Anna zu und gab ihr einen zärtlichen Handkuss. Er schloss die Augen dabei. Falls er Anna nun nicht mehr sehen durfte, so sollte seine letzte Erinnerung an sie nicht ihr weinendes Gesicht sein, sondern dieser Kuss auf ihre schöne Hand. Dann ließ er Anna los, drehte sich zur Tür und verließ das Haus.

Draußen vor dem Eingang, am oberen Ende der langen Treppe, blieb Tim kurz stehen. Ein Kloß steckte ihm im Hals. Ein Gefühl, als ob ihm schlecht wäre, erfüllte ihn. Er spürte zarte Kälte an seiner rechten Hand. Die frische Luft des Morgens ließ Annas Tränenwasser von seinen Fingern verdunsten. Er hob seine Hand und betrachtete die Stelle, an der die Feuchtigkeit langsam verschwand und die Kühle damit mehr und mehr nachließ. Mit einer traurigen Stimmung, die man nur als Scheißgefühl bezeichnen konnte, trottete er zu seinem Jeep und fuhr los.

Zu Hause angekommen hegte Tim die Hoffnung, dass Anna ihm schon bald schreiben und ihn über die Lage informieren würde. Doch sein Handy blieb stumm. Immer wieder nahm er es hervor und sah nach, ob vielleicht doch eine Nachricht von ihr eingegangen war und er nur den Ton überhört hatte. Aber Anna schrieb nicht. Sie war in der Zwischenzeit nicht einmal online gewesen. Völlig benebelt ging Tim durch sein Haus. In seiner Schlafkammer lag ein Hauch von Annas Parfum. Hier hielt er es nicht aus. Er ging zurück ins Wohnzimmer und von dort aus hinaus auf die Veranda. Das war besser. Hier roch es einfach nur nach Wald.

Da hörte er endlich den vertrauten Ton einer eingehenden WhatsApp-Nachricht. Hastig nahm er sein Handy hervor um nachzusehen. Die Enttäuschung presste ihm die Brust zusammen, als er erkannte, dass die Nachricht von Michael war.

Kommst du heute nicht?

Sorry Alter, was dazwischen gekommen. Probleme mit Annas Eltern.

Scheiße, tut mir leid.
Wir haben genug Leute, mach dir keinen Kopp.

Danke.

Der Tag verstrich, ohne dass Tim irgendein Lebenszeichen von Anna erhalten hatte. Zur Mittagszeit nahm er nichts zu sich. Er fühlte sich außerstande, auch nur einen einzigen Bissen herunterzubekommen.

Es klopfte an Tims Haustür.

»Ist offen!«, rief Tim wie gewohnt.

Alex trat herein und machte ein besorgtes Gesicht.

»Hey, Trip«, grüßte er. »Hawkens sagt, du hättest Stress mit Annas Eltern?«

Tim nickte schwermütig.

»Ihre Mutter hat mich rausgeworfen, als ich Anna nach Hause gebracht hab. Seitdem hör ich nichts mehr von ihr.«

»Scheiße. Wie lang ist das denn jetzt her?«

»Es war heute Morgen, ganz früh. Ich frag mich, warum sie sich nicht meldet.«

»Das geht bestimmt nicht von ihr aus, Alter. Wenn ihre Mutter so bekackt drauf ist, wie es sich anhört, dann hat sie bestimmt ihr Handy eingezogen.«

»Ja, das könnte sein.«

»Sims doch mal Melli oder Isi an, ob Anna in der Schule ist! Die Mädels haben jetzt Mittagspause, die schreiben garantiert direkt zurück.«

»Gute Idee, Alter! Bin ich ja noch gar nicht drauf gekommen.«

Tim nahm sein Handy heraus und begann zu tippen. Melli antwortete tatsächlich sofort. Wie gebannt starrte er auf die Anzeige »Melli schreibt«.

Hey. Sag mal, ist Anna heute in der Schule?

Sry, nein 😣
Isi und ich fragen uns schon, was mit ihr ist.

Danke Melli … Erklär ich euch später.

Ok

»Sie ist nicht in der Schule«, presste Tim deprimiert hervor. »Verdammt, Ditze, ich weiß nicht, was ich machen soll.«

»Bleib jetzt einfach cool«, riet Alex. »Egal was ihre Eltern jetzt durchziehen, Anna liebt dich. Das wird schon wieder.«

»Ja, ich hoff's. Danke, Alter!«

»Kein Ding. Ich bin dann auch mal wieder. Komm heut Abend ins Haus, Trip! Dann quatschen wir über alles.«

»Ja, machen wir.«

»Also, bis dann.«

»Ja, Tschüss …«

Damit verließ Alex das Haus wieder. Tim schloss die Tür hinter ihm. Dann ging er in sein Wohnzimmer und ließ sich in einen Sessel fallen.

Kapitel 2

›Schluss jetzt!‹, fuhr es Tim durch den Kopf. ›Da wirst du doch bescheuert.‹

Kurz entschlossen stand er auf, streifte sein T-Shirt ab und begann, seine Handbandagen anzulegen. Während er auf den Sandsack zuging, zog er seine Zwölf-Unzen-Boxhandschuhe an. Die waren zum Trainieren grundsätzlich eine gute Wahl. Tim startete mit ein paar leichten Japs in der Linksauslage. Hätte er diese Situation vermeiden können? Hatte es zu irgendeinem Zeitpunkt die Chance gegeben, dies alles in eine andere, bessere Richtung zu steuern? Gedanken schossen ihm durch den Kopf. Tim war nicht bei der Sache. Wäre sein Sandsack ein richtiger Gegner gewesen, wäre er in der ersten Runde K. O. gegangen. Tim war sich dessen bewusst und ärgerte sich. Er holte aus, und mit einem ungezügelten Aufschrei rammte er seine rechte Faust in den Sack, sodass die Ketten laut klirrten und sogar die Balken des Verandadachs ächzten. Mit wutentbranntem Gesicht ließ er eine Rechts-Links-Kombination folgen, die einen echten, untrainierten Brustkorb in Trümmer gelegt hätten. Für einige Sekunden war seine coole Beherrschtheit, die ihn sonst auszeichnete, völlig dahin. Das Gefühl erinnerte ihn schlagartig an seine aggressiven Ausbrüche, die ihn früher als Pubertierenden oft überkommen hatten und an den Zorn, den er verspürte, wenn er an seinen Vater dachte. Der Gedanke erschreckte ihn. Sofort hielt er inne. Keuchend schlug er seine Fäuste an den Boxsack und legte seine Stirn gegen die Handschuhe, um sich zu sammeln.

Da klingelte Tims Handy. Er hatte es in der Tasche seiner Jeans vergessen anstatt es herauszunehmen, als er sein spontanes, notdürftiges Boxtraining begonnen hatte. Hastig riss er mit den Zähnen den Klettverschluss seines rechten Boxhandschuhs auf und streifte ihn ab. Er griff hektisch in seine Hosentasche und nahm sein Handy hervor. »Anna zu Hause« stand auf dem Display. Endlich!

»Ja!«, meldete er sich. »Anna?«

»Zur Heyden«, klang ihm Viviennes energische Stimme ans Ohr. »Herr Richthof, wie ich einmal annehmen darf?«

»Ja«, bestätigte Tim, »Tim Richthof hier.«

»Ich darf gleich vorwegschicken«, sprach Vivienne kalt, »dass Sie sich von diesem Gespräch nichts erhoffen sollten. Ich informiere Sie lediglich im Interesse meiner Tochter über die Bedingungen, die Ihnen ab heute auferlegt sind.«

Und dann hörte Tim sich Viviennes Ausführungen an. Ernüchterung zeichnete sich auf seinem Gesicht ab, während Annas Mutter sprach. Mit einem unbarmherzigen »Guten Tag!« verabschiedete sie sich und legte sofort auf. Regungslos geradeaus blickend nahm Tim sein Handy vom Ohr und ließ sich auf den Boden sinken. Dort blieb er rücklings liegen und starrte an die Überdachung seiner Veranda. Bis um sechs Uhr Nachmittags lag er da, bemüht, sich zu fassen und seine Gedanken zu sortieren.

»Da kommt Trip!«, rief Pia, die am Fenster stand und beobachtete, wie Tim seinen Jeep auf dem Parkplatz neben dem Haus der Jugend abstellte. »Oh, der tut mir voll leid. Der guckt ganz traurig.«

»Geh vom Fenster weg, Pia!«, forderte Julian, der wie gewohnt mit den anderen Jungs an der Theke saß, sie auf.

»Das sieht doof aus, wenn wir ihn angaffen und bedauern. Das will er ganz bestimmt nicht.«

»Er kommt ja sowieso jetzt rein«, hielt Pia dagegen. »Dann kann ich auch am Fenster bleiben.«

Dumpf rummste die Eingangstür ins Schloss, und kurz darauf betrat Tim den Gemeinschaftsraum des Hauses.

»Hey!«, grüßte er in die Runde und schlenderte durch den Raum zur Theke hin, wo er sich lässig auf den freien Hocker zwischen Alex und Damian schwang. Dann nickte er Hermann zu, dem Leiter des Hauses der Jugend, der hinter der Theke stand.

»Hi, Hermann.«

Tims Freunde waren alle anwesend und grüßten ihn leise und verhalten zurück.

»Und?«, brachte Melli, die mit Isi und Jenni auf der Couch saß, neugierig hervor.

»Was und?«, gab Tim trocken zurück.

»Du wolltest uns doch erzählen, was jetzt mit Anna ist«, bemerkte Isi.

»Da gibt's nicht viel zu erzählen«, antwortete Tim ruhig. »Ich darf Anna nicht mehr sehen. Fertig, aus.«

»Und warum nicht?«, hakte Melli nach. »Jetzt sag doch mal!«

»Anna hatte gestern Abend 'nen üblen Streit mit ihrer Mutter«, begann Tim. »Da hat sie mich angerufen, ich soll sie abholen kommen. Hab ich dann gemacht. Sie hat über Nacht bei mir gepennt. Und jetzt machen ihre Alten dicke Füße und verbieten ihr den Umgang mit mir.«

»Tja«, warf Mike ein. »Kommt davon, wenn man was mit so 'ner High-Society-Zockse anfängt. Hättste mal besser drauf geschissen, Alter.«

»Danke, Suddel«, knirschte Tim. »Genau das hilft mir jetzt weiter.«

»Echt jetzt, Suddel«, maulte Damian Mike an. »Laber doch nicht so 'ne Scheiße!«

»Wieso?«, trotzte Mike. »Konnt man sich doch an einer Hand ausrechnen, dass so 'ne Kacke dabei rauskommt.«

»Ja, ist gut, Suddel«, winkte Damian ab. »Setz deinen Kopfhörer auf und halt die Backen!«

Mike schüttelte den Kopf und setzte tatsächlich seine übertrieben riesigen Kopfhörer auf.

»Und wie wollen Annas Eltern das jetzt durchziehen?«, griff Julian das eigentliche Thema wieder auf. »Die können sie doch nicht die ganze Zeit kontrollieren.«

»So wie es aussieht«, meinte Tim, »geben sie sich zumindest reichlich Mühe. Sie haben als erstes ihr Handy eingezogen. Als nächstes haben sie ihr verboten, mit einem von uns zu reden.«

»Auch mit Melli und mir?«, fragte Isi mit großen Augen.

»Ja«, bestätigte Tim, »es sei denn, es handelt sich um rein schulische Dinge.«

»Boah, wie gemein!«, rief Isi.

»Sie hat natürlich bis auf Weiteres Hausarrest«, fügte Tim hinzu, »und das Beste ist, ich darf mich ihr noch nicht einmal nähern. Annas Mutter sagte, es gelten gewisse Prioritäten, und die wichtigste wäre, dass Anna sich auf ihr Abitur konzentriert. Eine Beziehung würde sie nur ablenken und ihre Noten gefährden.«

»So ein Schwachsinn!«, schimpfte Melli. »Ausgerechnet Anna! Selbst wenn sie gar nichts machen würde, hätte sie immer noch in jedem Kurs ihre dreizehn Punkte.«

»Die Aktion geht rein gegen dich, Trip«, stellte Isi fest.

»Ich weiß«, seufzte Tim, »und ich kann absolut nichts dagegen machen. Ich kann jetzt nur die Füße stillhalten und abwarten.«

Seine Freunde schwiegen betreten dazu. Sie wussten nicht, wie sie ihn hätten trösten können. Es war schließlich Tim selbst, der das Schweigen brach.

»Es sei denn …«, murmelte er nachdenklich und stockte.

»Was?«, wollte Alex wissen.

»Anna hat mir erzählt«, fasste Tim zusammen, »dass ihre Mutter ihr extrem übertriebene Versionen von den Dingen hingerieben hat, die zuletzt passiert sind.«

»Zum Beispiel?«, fragte Alex.

»Zum Beispiel die Geschichte, wie Anna Isi im Messing beigestanden hat. Oder wie Anna und ich uns gestern nach der Schule am Auto geküsst haben. Es war nur ein Dreisekundenkuss mit geschlossenen Lippen, aber ihre Mutter hat behauptet, ich hätte sie gegen mein Auto gedrückt und abgeleckt, oder so.«

»Ja und?«, meinte Damian. »Die Alte übertreibt eben wie 'ne hysterische Kuh.«

»Nicht so schnell, Motte«, wehrte Tim ab, »denn erstens, woher wusste sie davon, oder besser, wer hat ihr das erzählt? Und zweitens, hat sie wirklich übertrieben, oder ist es ihr schon so übertrieben erzählt worden?«

»Die Weißröckchen!«, rief Julian.

»Ganz klare Sache«, stimmte Tim zu. »Man muss kein Genie sein, um zu erkennen, dass Jana und Celine die einzigen sind, die beide von uns, Anna und mich, verachten und in die Pfanne hauen wollen.«

»Aber sie waren doch am Montagabend nicht im Messing«, wandte Isi ein.

»Richtig«, pflichtete Melli ihr bei, »aber die Geschichte ist gestern auf dem Gymmi rauf und runter getragen worden. Deswegen wussten sie davon.«

»Wie waren die beiden heute drauf?«, fragte Tim.

»Wie immer«, meinte Melli und grinste. »Scheiße eben.«

»Oh!«, fiel Isi ein. »Celine ist jetzt die neue Leithündin. Sie haben heute eine Neue aufgenommen.«

»Wen?«, wollte Tim sofort wissen.

»Valeria Kusnezow«, antwortete Isi.

»Voll merkwürdig«, fügte Melli hinzu. »Die ist erst in der Neunten.«

»Was wisst ihr noch über sie?«, bohrte Tim weiter.

»Eigentlich nichts«, gab Melli zurück.

»Dann forscht doch mal ein bisschen nach!«, schlug Tim bestimmt vor.

»Wieso?«, fragte Isi erstaunt.

»Ja, Alter«, stimmte Alex zu. »Mach mal halblang! Wahrscheinlich hat die gar nichts damit zu tun.«

»Seh ich anders«, beharrte Tim. »Wenn wir richtig liegen und die Kotzbrocken Annas Eltern wirklich mit Falschinformationen füttern, dann bereiten die beiden ein gezieltes Mobbing gegen Anna vor. Und Melli hat völlig recht. Es ist total merkwürdig, dass sie ein Mädchen aus der Neunten aufnehmen. Die haben diese Valeria nicht ohne Grund ausgewählt, und deswegen will ich alles über sie wissen!«

»Aye, Captain!«, rief Melli und salutierte salopp.

»So will ich euch hören!«, lachte Tim, und dann wurde sein Gesicht wieder ernst. »Denn eins weiß ich sicher:

Wenn es irgendwo nach Scheiße stinkt, dann liegt auch irgendwo ein fetter Haufen rum!«

»Hä? Was?«, rief Kevin überrascht dazwischen. »Was ist mit mir?«

»Nee, Haufen!«, rief Damian in das Gelächter, das den Raum erfüllte. »Hat nix mit dir zu tun.«

»Ach so!«, blökte Kevin. »Hätt ja sein können. Worum geht's denn?«

»Mann, Haufen!«, brach Damian aus. »Ich glaub's nicht! Du sitzt die ganze Zeit mit offenen Augen neben mir, und du weißt nicht, worüber wir labern, seit Trip hier ist?«

»Nee, weiß ich nicht.«

Damian lachte spöttisch.

»Dann leg dich wieder hin!«, feixte er. »Schlaf gut und träume süß.«

»Also dann«, meinte Isi vergnügt und rieb sich die Hände, »kümmern wir uns wohl ab morgen um die Kobros.«

»Das gefällt dir, hm?«, grinste Melli ihr zu.

»Oh ja!«, antwortete Isi betont. »Also, Trip, was sollen wir machen?«

Mit einem entschlossenen Gesichtsausdruck lehnte Tim sich nach vorne.

»Ganz egal was sie tun«, bestimmte er trocken, »was immer ihr mitkriegt, sagt es mir! Ich will wissen, was sie reden. Ich will wissen, was sie machen. Wenn sie aufs Klo gehen, will ich wissen, welche Farbe ihre Pisse hat! Ich werde sie einkesseln! Und wenn es soweit ist …«

Tim hielt inne und blickte von einem zum anderen.

»Ja, Trip«, sagte Julian erwartungsvoll. »Was ist dann?«

Die Augen seiner Freunde blickten Tim wie gebannt an. Er lehnte sich lässig zurück und zischte leise in die Runde.

»… Dann haben die Leute eine neue Story über mich zum Rumtratschen!«

Das Esszimmer der Familie zur Heyden war außerordentlich großzügig. Es schloss sich links an die große Eingangsdiele an, war jedoch von dieser durch eine massive Wand abgetrennt und nur über den Flur, der links aus der Diele abmündete, zu betreten. Die äußere Längswand enthielt zwei linsenförmige Erker, die raumhoch mit weißen Sprossenscheiben verglast waren. Längs an ihnen vorbei verlief ein großer, massiver, an den Enden abgerundeter Eichenholztisch. Ebenso massive und schwere Eichenholzstühle flankierten die Längsseiten des Tisches, vier an jeder Seite. An den abgerundeten Kopfenden standen jeweils noch mal drei Stühle. Diese beeindruckende Einrichtung bot sich in erster Linie zur Bewirtung von Gästen an, doch nahmen die Hausherren ihrerseits an jedem Tag zur gleichen Stunde dort ihre gemeinsamen Mahlzeiten ein. Die Gewohnheit brachte es mit sich, dass die Familie, bestehend aus Wolfgang und Vivienne zur Heyden und ihrem einzigen Kind Annabelle Patrizia Josephine, stets das Tischende besetzte, das am weitesten von der Tür entfernt war.

An diesem Abend wich die Sitzordnung vom gewohnten Bild ab. Zwar saßen Wolfgang und Vivienne auf ihren üblichen Plätzen, den beiden äußeren Stühlen an dem halbkreisförmigen Tischabschluss. Anna jedoch hatte nicht zwischen ihnen Platz genommen, sondern sich auf den mittleren Stuhl am gegenüber gelegenen Kopf der Tafel niedergelassen.

»Annabelle«, bat Vivienne ihre Tochter eindringlich, »nun setz dich doch hierher! Hier ist doch immer dein Platz gewesen.«

»Heute ist er es nicht mehr«, stellte Anna missmutig klar. Trotzig und anmutig zugleich schlug sie die Beine übereinander. Sie hatte sich ihren tiefschwarzen Fendi-Minirock mit dem passenden, ebenso schwarzen Oberteil zum Abendessen angezogen. Dazu zierte wie üblich Oma Lenis barocke Halskette mit dem goldenen, herzförmigen Anhänger ihren schlanken Hals.

»Dann iss wenigstens etwas, Schätzchen«, forderte Wolfgang, während er ein Stück Hühnerbrustfilet von einer Platte nahm und auf einem Porzellanteller ablegte. »Du liebst Hühnchen.«

»Nein, vielen Dank«, lehnte Anna ab und ließ ihre Hände unverändert im Schoß liegen. »Ich habe keinen Appetit.«

»Annabelle!«, drängte ihre Mutter sie. »Nimm bitte etwas zu dir! Du hast den ganzen Tag nicht das Geringste gegessen.«

Wolfgang sah zu Anna herüber und hielt ihr den Teller hin.

»Nun komm schon, Annabelle«, sagte er aufmunternd. »Es ist vorzüglich geraten, genau wie du es magst.«

»Es sind nicht die Speisen, die mir den Appetit verderben«, erklärte Anna ruhig und sah Vivienne an, »sondern die Tischgesellschaft.«

Entrüstet senkte Vivienne ihre Hände und legte das Besteck ab. Wolfgang zog den Teller, den er Anna eben noch hingereicht hatte, wieder zurück und stellte ihn neben seinem Teller ab. Anna beobachtete, wie sie beide nach ihren Servietten griffen und sich ihre Mundwinkel abtupften. Äußerst streng sahen sie zu ihrer Tochter hinüber.

»Annabelle!«, ergriff Wolfgang eindringlich das Wort. »Sprich nicht so mit deiner Mutter!«

»Da hörst du es, Wolfgang!«, empörte sich Vivienne. »Sie ist nicht wiederzuerkennen. Das kommt eindeutig von ihrem Umgang mit dem Gesindel aus diesem grässlichen Jugendhaus. Oder kannst du dich erinnern, dass sie jemals in diesem Ton mit mir gesprochen hat?«

»Du hast mir auch noch nie einen Grund dazu gegeben!«, hielt Anna wütend dagegen, während sie sich nach vorne beugte. »Du weißt nicht das Geringste über das Haus der Jugend. Der dortige Leiter ist ein ausdermaßen respektabler Herr, und Tim und seine Freunde stehen treu zu ihm und helfen ihm bei der Arbeit. Du hast kein Recht, sie so gemein abzuwerten, nur weil sie nicht unsere soziale Stellung haben!«

»Schluss jetzt, Annabelle!«, befahl Wolfgang energisch. Anna lehnte sich zurück und verschränkte die Arme vor der Brust. Nur äußerst langsam verschwanden die zwei Stirngrübchen, die ihren Ausbruch begleitet hatten. Sie sah zu, wie ihr Vater nach Worten suchte, indem er die Augen schloss und nachdenklich an seine Nasenwurzel fasste.

»Hör zu, Schätzchen«, sagte er dabei in einem ruhigen, besänftigenden Ton. Dann sah er Anna an und erklärte: »Es geht hier nicht vornehmlich um den jungen Herrn Richthof und seine Freunde, sondern um dein Verhalten gestern Abend. Deine Mutter ist äußerst besorgt, weil dir so etwas überhaupt nicht ähnlich sieht.«

»Und es ist nur folgerichtig«, fügte Vivienne hinzu, »dass du dafür nun die angemessenen erzieherischen Konsequenzen tragen musst. Du stimmst mir da doch sicherlich zu, richtig?«

»Bitte suggeriere mir keine Antworten, Mama!«, protestierte Anna nachdrücklich, doch in ruhigem Ton. »Du stellst es so dar, als hätte ich alleine die Schuld an diesem Vorfall, aber so ist es nicht. Du hast mich in tiefster Seele verletzt, indem du mein Andenken an Oma Leni in Frage gestellt hast. Das weißt du ganz genau. Meine Reaktion darauf war sicherlich zu heftig, zugegeben. Aber das, was du mir jetzt antust, nennst du angemessen? Du hältst meinen Freund von mir fern. Du nimmst mir mein Mobiltelefon weg. Du verbietest mir, in der Schule mit meinen Freunden zu sprechen. Und jetzt verlangst du auch noch, dass dieser langweilige Popanz mich auf dem Schulweg eskortiert.«

»Sprich nicht so despektierlich über ihn!«, ermahnte Vivienne ihre Tochter. »Philipp ist ein anständiger junger Mann mit guten Aussichten. Ich frage mich, was du plötzlich gegen ihn hast, wo ihr euch doch als Kinder immer so gut verstanden habt.«

»Nun, Mama«, gab Anna ihr zurück, und diesmal klang ihre Stimme schon recht hochnäsig, »genau dort liegt der Fehler in deinem wunderschönen Plan: Ich bin kein Kind mehr. Ich bin jetzt eine Frau, aber du behandelst mich, als wäre ich dreizehn.«

»Du bist noch keine Frau, mein Kind«, wandte Vivienne ebenso überheblich ein. »Du bist immer noch minderjährig. Am Tag, an dem du achtzehn wirst, können wir das Thema gerne wieder aufgreifen.«

»Quod erat demonstrandum!«, rief Anna höhnisch lachend und schlug beide Handflächen auf ihre Oberschenkel, sodass es klatschte.

»Was siehst du bitteschön als bewiesen an, Annabelle?«, hakte Vivienne energisch nach.

»Dass du mich wie ein Kind behandelst«, antwortete Anna schnippisch. »Schöner konntest du meine Worte nicht unterstreichen.«

»Ich behandele dich wie ein Kind«, rief Vivienne wütend, »bist du erwachsen bist!«

»Und wann wird das bitte sein?«, gab Anna ihr spöttisch zurück.

»Sobald du volljährig bist!«

»Ich verstehe. Dann bestimmt also das Bürgerliche Gesetzbuch darüber, wie du mich behandelst. Das ist ja wunderbar.«

»Komm mir jetzt nicht mit Spitzfindigkeiten!«

»Nein, ich möchte das jetzt wirklich gerne wissen. Also, ich fasse zusammen: In eineinhalb Jahren am 22. Mai, da bin ich noch ein Kind. Und am 23. Mai bin ich mit einem Mal erwachsen, ja? Ich werde mich also über Nacht völlig verändert haben, werde ein gänzlich anderer Mensch sein. Ist das richtig?«

»Annabelle, das ist Unsinn!«

»Ja, Mama, in diesem Punkt sind wir uns dann endlich einmal einig.«

»Sag mir bitte eins, Annabelle«, forderte Vivienne verärgert, »woher kommt deine Aufsässigkeit uns gegenüber, wenn nicht von deinem Umgang mit diesen Leuten?«

»Das will ich euch gerne erklären«, begann Anna, und auch ihr war die Verärgerung deutlich anzumerken, als sie sich abermals nach vorne beugte. »Ihr verabscheut Tim wegen seiner Herkunft und wegen der Probleme, die er als Jugendlicher hatte. Aber ihr wisst nichts über ihn. Ihr wisst nicht, unter welchen Bedingungen er aufgewachsen ist, und das interessiert euch auch gar nicht. Ihr seht ihn an wie einen Dämon, den man austreiben muss. Ihr verurteilt seine Freunde, ohne sie auch nur ein einziges Mal gesehen zu haben. Und dann verurteilt ihr mich gleich mit, ohne euch meine Version der Geschichte anzuhören. Was ihr beide mir und Tim antut, ist in meinen Augen großes Unrecht. Und jetzt, da ich weiß, dass ihr zu solch einer Ungerechtigkeit fähig seid, bleibt mir leider nichts anderes übrig, als alles, was ihr mir jemals beigebracht habt, in Frage zu stellen!«

Damit lehnte Anna sich in ihrem Stuhl zurück. Ihre Augen hatten sich während ihrer Worte mit Wasser gefüllt. Sie wandte ihr Gesicht zum Fenster hin und wischte sich mit einem Fingerstreich die Tränen ab.

»Darf ich aufstehen?«, fragte sie kurz angebunden und sah ihren Vater an.

»Bitte«, antwortete Wolfgang trocken.

»Danke.«

Anna erhob sich, schob ihren Stuhl zurück an den Tisch und ging zur Esszimmertür. Dort drehte sie sich noch einmal um und sah ihre Mutter an.

»Und auf keinen Fall lasse ich mich von dir mit Philipp Hinkheim verbandeln!«, stellte sie klar und eilte zur Tür hinaus. Schnell verhallten die Klänge ihrer hohen Absätze in der Diele.

»Ist das dein Ernst?«, fragte Wolfgang seine Frau. »Du willst Philipp dazu benutzen, sie mit Tim Richthof zu entzweien?«

»Warum auch nicht?«, entgegnete Vivienne. »Er ist an Annabelle interessiert, und mit der Zeit, wenn er es ordentlich anstellt, gewinnt er ihr Herz vielleicht.«

»Ich habe da meine Bedenken, Vivienne«, wandte Wolfgang ein, »und auch die übrigen Maßnahmen möchte ich gerne mit dir diskutieren. Ich habe nichts gegen ein Handyverbot. Auch ihren Hausarrest hat sie durchaus verdient. Aber ihr diese Auflagen für den Schulbesuch aufzuerlegen ist meines Erachtens nicht nur unpraktikabel, sondern stellt auch eine Beeinträchtigung ihres Ansehens dar.«

Vivienne schüttelte den Kopf.

»Ihre Beziehung zu diesem Herumtreiber stellt die eigentliche Beeinträchtigung ihres Ansehens dar. Und unseres gefährdet sie damit obendrein. Dass sie aber auch so egoistisch sein kann …«

»Er ist da«, bemerkte Vivienne am nächsten Morgen beim Blick aus dem Küchenfenster. »Beeile dich, Annabelle!«

»Er wird keinen Schaden nehmen, wenn er fünf Minuten wartet«, trotzte Anna schnippisch, während sie ihre Zazzle-Brotdose schloss.

»Sei bitte nicht unhöflich, Annabelle!«, ermahnte ihre Mutter sie. »Immerhin hat er sich freundlicherweise bereiterklärt, dich mit zur Schule zu nehmen.«

»Aus reiner Herzensgüte«, kommentierte Anna ironisch und hängte sich ihre Tasche über die Schulter.

»Gewiss, er mag dich«, verstand Vivienne Annas Anspielung. »Ist das neuerdings ein Grund, ihm die gebührende Höflichkeit zu verweigern?«

»Ich werde ihm mit gebührender Höflichkeit begegnen«, sagte Anna ruhig, »aber wenn er sich einbildet, dass dieses Arrangement seine Chancen bei mir erhöht, ist er auf dem Holzweg.«

»Wie du meinst, Kleines«, antwortete Vivienne kühl. »Dein Kleid wird ihm jedenfalls gefallen. Denkst du nicht, dass es um diese Jahreszeit allmählich zu kalt ist, um Minimode zu tragen?«

Anna sah kurz an ihrem anthrazitfarbenen Neil-Barrett-Kleid herunter.

»Das fragst du mich jedes Jahr, Mama«, gab sie zurück, »und jedes Jahr sage ich: Nein. Was macht es dir so schwer, es dir zu merken? … Alsdann, ich breche nun auf. Wir sehen uns heute Abend.«

Damit verließ Anna die Küche und ging aus dem Haus. Unten an der Straße wartete Philipp Hinkheim in einem silbermetallicfarbenen Audi TT Coupé auf sie. Er war neunzehn Jahre alt und einsvierundneunzig groß. Seine Statur lag zwischen normal gebaut und schlaksig. Sein kantiges Gesicht mit spitz vorstehendem Kinn wurde von kurzen schwarzen Haaren umfasst, die nach oben gegelt waren. Er war einer von diesen langen, ungelenken Typen, die einem irgendwie immer im Weg zu stehen schienen, wenn man sie um sich herum hatte. Sein übermäßiges Selbstvertrauen begründete sich größtenteils auf seiner Körpergröße und dem beruflichen Erfolg seines Vaters. Der hatte ihm zu seinem achtzehnten Geburtstag den neuen Audi gekauft, aus dem er nun seine langen

Beine schwang, um auszusteigen und Anna die Beifahrertür zu öffnen.

»Guten Morgen, Anna«, grüßte er mit aufgesetztem Charme in seiner Stimme.

»Guten Morgen«, erwiderte Anna den Gruß höflich, aber tonlos. Es folgte ein kurzes und leidenschaftsloses »Danke«, als sie sich auf den Beifahrersitz setzte. Philipp warf die Tür ins Schloss und ging mit langen Schritten um das Heck des Wagens herum, um ebenfalls einzusteigen.

»Sitzt du bequem?«, fragte er säuselnd und ließ den Motor an.

»Es geht. Danke«, antwortete Anna. »Ich schätze die hohe Sitzposition in Geländefahrzeugen.«

»Selbstverständlich«, gab Philipp überheblich zurück und grinste. »Nun, wenn ich eine verendete Kuh aus einem Schlammloch ziehen wollte, wäre ein alter Jeep meine erste Wahl. Auf asphaltierten Straßen jedoch bevorzuge ich Autos.«

»Wie du meinst«, kommentierte Anna und blickte unbeeindruckt durch die Windschutzscheibe nach vorne. Philipp warf lässig den Rückwärtsgang ein, legte den rechten Arm hinten um den Beifahrersitz und fuhr den Audi zügig mit reichlich Gas rückwärts in den Mündungsbereich von Annas Wohnstraße, um im nächsten Moment den ersten Gang einzuwerfen und den Wagen röhrend in die bergab führende Straße zu steuern. Das vornehme Wohngebiet der zur Heydens, Hinkheims und Rheinmanns war eine Tempo-Dreißig-Zone, in der alle Kreuzungen und Einmündungen der Rechts-vor-Links-Regelung unterlagen. Philipp durchflog es mit Tempo

Sechzig und pfiff auf die Frage nach der Vorfahrt. Sein Bestreben war es, Anna zu beeindrucken. Die jedoch blickte nicht nach draußen, sondern schaute sich auffällig und in aller Seelenruhe ihre Fingernägel an. Philipp gefiel es nicht, wie unbeeindruckt Anna sich zeigte und schaltete auf streng um.

»Du könntest im Auto deine Schuhe ausziehen«, bemerkte er vorwurfsvoll.

»Ich bitte um Verzeihung?«, fragte Anna verwundert nach, da sie nicht gleich verstand, worauf ihr Fahrer hinaus wollte.

»Deine Schuhe!«, bekräftigte Philipp. »Du beschädigst den Teppich mit deinen Keilabsätzen.«

»Stilettos.«

»Wie bitte?«

»Das hier sind Stiletto-Absätze. Keilabsätze können zwar auch hoch sein, sind aber in einem Stück mit der Sohle verbunden.«

»Na, meinetwegen«, gab Philipp nach. »Wir sind ja eh jetzt gleich da.«

Er bog in die Straße ein, die parallel zum Schulhof am Gymnasium vorbei führte. Da viele Schüler der Oberstufe bereits mit eigenen Fahrzeugen zur Schule fuhren, musste auch Philipp mit seinem Audi in der langen Schlange anhalten, in der nicht nur parkplatzsuchende Schüler warteten, sondern auch Eltern von Unterstuflern, die ihre Sprösslinge vor der Schule absetzten.

Anna nutzte die Gelegenheit.

»Danke fürs Mitnehmen«, sprach sie freundlich und stieg aus dem Auto.

»Aber …«, druckste Philipp und rief: »Anna!«

Doch Anna reagierte nicht auf ihn. Elegant stolzierte sie in Richtung Schulhof.

Auf dem Schulhof angekommen fühlte Anna sich alles andere als wohl. Sie war alleine. Mit ihren alten Freundinnen hatte sie sich entzweit, und mit ihren neuen Freundinnen durfte sie nicht sprechen. Sie beschloss, den Schulhof zu überqueren und sich in der Nähe der Eingangstür unter die Schüler zu mischen, damit es nicht so auffiel, wie isoliert sie in Wirklichkeit war.

Auf dem Weg zur Tür musste sie jedoch an einigen bekannten Gesichtern vorbei. Links des gepflasterten Weges standen Celine und Jana mit Valeria, die alle drei schon in Richtung Anna blickten. Rechts von Ihnen, in der Mitte des Schulhofes, saßen Melli und Isi. Auch sie hatten Anna bemerkt und schauten unsicher und betroffen zu ihr herüber. Anna wurde ein wenig traurig, doch sie fasste sich ein Herz und nahm Kurs, um rechts an den Royal Chicks vorbeizugehen. In dem Moment, als sie die Dreiergruppe erreichte, trat Valeria hervor und stellte sich Anna provokant in den Weg. Sie war recht hübsch, hatte sehr lange, gewellte, blonde Haare und trug dunkelkarminroten Lippenstift. Anna blieb vor ihr stehen und sah ihr ins Gesicht.

»Was hast du auf dem Herzen, Kleine?«, fragte sie schnippisch.

»Damit du's weißt«, triumphierte Valeria, »ich bin jetzt ein Royal Chick. Du hast hier nichts mehr zu melden. Gewöhn dich dran!«

»Wie süß«, konterte Anna herablassend. Valeria hatte ungefähr Mellis Größe. Sie stand zwar auf ihren zehn-Zentimeter High-Heels, doch sie musste aufsehen, um der viel größeren Anna auf ihren gleichsam hohen Absätzen in die Augen zu blicken.

»Hat dir nie jemand beigebracht, dass roter Lippenstift an einem Wochentag unangebracht ist?«, sprach Anna höhnisch auf Valeria ein. »Oder dass gerade bei Rot ein Lipliner unverzichtbar ist? Und bei deinen schmalen Lippen solltest du vielleicht einen helleren Ton verwenden, damit sie nicht noch schmaler wirken als ohnehin.«

Valerias zuvor noch so stolze Gesichtszüge erschlafften zusehends.

»Und das waren bloß deine Lippen, Süße«, setzte Anna ohne zu blinzeln nach. »Soll ich mit dem Rest weitermachen? Oder möchtest du mir lieber aus dem Weg gehen und dir die Demütigung und mir die Zeitverschwendung ersparen?«

Valeria sah verunsichert zu Celine und Jana hinüber. Mit hängenden Schultern trat sie beiseite. Anna nahm ihre Schritte wieder auf und stolzierte an ihr vorbei.

»Valeria!«, zischte Jana, als Anna außer Hörweite war. »Bist du verrückt geworden?«

»So weit bist du noch nicht!«, tadelte Celine die Neue. »Sie ist immer noch Anna zur Heyden! Sie zerreißt dich in der Luft, und dazu muss sie sich nicht mal anstrengen! Was hast du dir nur dabei gedacht?«

»Ja, sorry«, gab Valeria klein bei. »Ich mach's nicht mehr, okay?«

»Besser ist es«, zickte Jana sie an. Dann sah sie Anna hinterher und ätzte: »Ich hasse sie. Immer muss sie alles besser wissen. ›Seht mich an, meine Oma war eine Gräfin, und deshalb bin ich Miss Perfect‹ … Arrogantes Miststück.«

»Keine Sorge, Mädels«, meinte Celine zuversichtlich, »wir kriegen sie schon klein. Haben wir nicht soeben wieder ein ziemlich asoziales Verhalten von ihr beobachtet?«

Jana und Valeria nickten und lächelten hinterlistig.

»Ja, allerdings«, stimmte Jana arglistig zu.

Philipp Hinkheim hatte inzwischen einige Zeit damit verbracht, eine Parklücke für sein Auto zu finden. Er war enttäuscht und wütend darüber, dass die Fahrt mit Anna alles andere als zu seiner Zufriedenheit verlaufen war. Mit energischen Schritten betrat er den Schulhof und blickte sich suchend um. Es dauerte nicht lange, bis er Annas schwarzes Haar aus der Menge der Schüler herausragen sah. Er trat an sie heran und ergriff ihren Arm in der Ellenbogenbeuge. Er bemühte sich nun, die Stimme so zu erheben, dass sie laut genug war, dass Anna ihn hören konnte aber gleichzeitig leise genug, dass nicht jeder mitbekam, was er sagen wollte.

»Was sollte das eben?«, fragte er vorwurfsvoll. »Warum bist du einfach ausgestiegen?«

»Ich verstehe nicht, warum du dich aufregst«, antwortete Anna ruhig und eintönig. »Die Abmachung lautet, dass du mich zur Schule mitnimmst. Es ist keine Rede davon, dass wir darüber hinaus Zeit miteinander verbringen müssen. Und nun lass bitte meinen Arm los!«

Philipp nahm seine Hand wieder an sich.

»So habe ich mir das aber nicht vorgestellt.«

»Nun, dann tut es mir leid, lieber Philipp. Aber du und Mama müsst einsehen, dass ich einen Freund habe. Eure Bemühungen, daran etwas zu ändern, sind hoffnungslos. Wenn dich diese Tatsache vor allzu große Probleme stellen sollte, darfst du dich von deiner Verpflichtung als entbunden betrachten. Ich nehme mir gerne ein Taxi.«

»Nein, das ist nicht nötig«, lenkte Philipp ein. »Entschuldige bitte. Ich würde die Abmachung gerne aufrechterhalten.«

»Dann sehen wir uns nach der achten Stunde«, beschloss Anna und schenkte ihm im Weggehen ein kurzes Lächeln. »Habe einen schönen Tag.«

»Du auch«, erwiderte Philipp, dem Annas Lächeln aus irgendeinem Grund wieder Hoffnung gab, in einem schmeichelnden Ton. Da klingelte es auch schon zum ersten Mal. In fünf Minuten würde die erste Stunde beginnen. Ohne zu zögern begab sich Anna in das Schulgebäude und ging zu dem Hörsaal im obersten Geschoss, in dem ihr Geschichte-Leistungskurs stattfand. Sie war sehr glücklich darüber, denn weder Celine und Jana noch Melli und Isi teilten diesen Kurs mit ihr. So konnte es zu keiner unangenehmen Begegnung kommen. Da sie das Fach Geschichte sehr liebte, genoss sie die fünfundvierzig Minuten, in denen sie ihren Kummer einmal völlig beiseite lassen konnte, umso mehr.

Für die zweite Stunde sah es für Anna weniger gut aus. In ihrem Englisch-Leistungskurs saßen auch Celine und Jana. Nun hatte Vivienne ihrer Tochter für jede Lehrkraft einen handgeschriebenen Zettel mitgegeben, den sie vor der Stunde ihrem jeweiligen Lehrer oder ihrer Lehrerin übergeben sollte. Auf diesem Blatt hatte ihre Mutter mit Unterschrift vermerkt, dass Anna angehalten sei, sich abseits der anderen Schüler in die hintere Bank zu setzen. Anna übergab ihrer Lehrerin Miss Hadleigh das Blatt trotz des erniedrigenden Inhalts mit aller Würde.

Florence Hadleigh, 32, eine gebürtige Britin aus Hastings in Südostengland, nahm den Zettel mit teilnahmsvollem Gesichtsausdruck zur Kenntnis.

»Thank you, Dear«, sagte sie lächelnd zu Anna. »Please have a seat!«

»Thank you«, antwortete Anna ebenfalls auf Englisch, da es eine beschlossene Sache war, im Kursraum während der Englischstunde kein Deutsch zu sprechen. Es war ihr äußerst unangenehm, so fernab von den anderen Schülern in der letzten Reihe Platz zu nehmen, zumal Celine und Jana allzu oft nach hinten sahen und Anna spöttisch anblickten. Sie tat ihnen jedoch nicht den Gefallen, sich irgendetwas anmerken zu lassen.

Das alles wurde für Anna in der dritten Stunde viel schwieriger, denn nun hatte sie eine Doppelstunde Mathematik-Grundkurs, an dem nicht nur Celine und Jana, sondern auch Melli und Isi teilnahmen. Ähnlich wie im Sozialkundekurs saßen Melli und Isi ganz vorne rechts, während Celine und Jana links versetzt hinter ihnen auf der anderen Seite des Ganges saßen.

Der Mathematiklehrer hieß Ewald Jürgens, war 48 Jahre alt und hatte kurze, graue Haare. Unter seiner Nase saß ein großer, grauer, altmodischer Schnurrbart. Vor den Augen der neugierigen Mitschüler schritt Anna beim Betreten des Raumes auf ihn zu und reichte ihm den Zettel ihrer Mutter hin. Der Lehrer nickte kurz und wies wortlos mit seiner rechten Hand zum hinteren Ende des Raumes. Melli und Isi sahen Anna mit großen Augen hinterher, wie sie an allen Tischen vorbei zur hinteren Sitzreihe ging und sich niederließ. Während Anna ihre Unterlagen auspackte, begann Herr Jürgens die Stunde.

»So, meine Herrschaften, wir greifen heute noch einmal kurz auf den Stoff der zehnten Klasse zurück.«

Melli sah nach hinten. Anna tat ihr leid, wie sie dort
saß: Alleine, ihren Schreibstift auf dem Block abgelegt
und die Hände im Schoß gefaltet. Deshalb blickte sie zu
ihrem Lehrer und hob die Hand.

»Herr Jürgens?«

»Ja, Melina?«

»Warum sitzt Anna ganz hinten?«

»Eine elterliche Anordnung. Bitte keine Fragen mehr
dazu … Okay, wir legen los. Wir beschäftigen uns mit der
Frage nach der Monotonie bei Potenzfunktionen, bei denen der Exponent eine beliebige positive, ungerade na-
türliche Zahl ist.«

An dieser Stelle war es Isi, die aufzeigte, nachdem sie
mit Melli einen Blick ausgetauscht hatte.

»Ja, Isabel, was gibt's denn noch?«, wollte Herr Jürgens
ungeduldig wissen.

»Es ist so …«, begann Isi vorsichtig, »also, Melina und
ich haben mit Annabelle zur Heyden eine Lerngruppe ge-
gründet.«

»Ach ja?«

»Ja. Und deswegen ist das jetzt voll doof. Weil, es wär
ja besser, wenn wir zusammen sitzen würden. Dürfen wir
auch nach hinten gehen und uns zu Anna setzen?«

Herr Jürgens zog überrascht die Augenbrauen hoch.

»Nun«, überlegte er, »damit hatte ich nicht gerechnet.
Aber gut, ich meine, euch beiden wird es ohne Zweifel
gut tun, wenn ihr mit Annabelle lernt. Und da es sich dabei um eine rein schulische Zusammenarbeit handelt,
sehe ich keine Bedenken. Ja, ihr dürft. Bitte sehr.«

Und so packten Melli und Isi ihre Sachen zusammen, standen auf und begaben sich nach hinten. Zufrieden mit sich schmunzelten sie sich an. Die Rührung und Dankbarkeit in Annas Augen war nicht zu übersehen, als die beiden sich links und rechts von ihr hinsetzten und sie vorsichtig und unauffällig anlächelten.

Die Mädchen hätten gerne mit Anna gesprochen, doch so einfach war das nicht. Herr Jürgens behielt die drei im Auge, da er wusste, dass er jegliches Privatgespräch zwischen ihnen zu unterbinden hatte. Mit Vivienne zur Heyden war nicht zu spaßen, und der Einfluss von Annas Mutter als Mäzenatin der Schule reichte weit. So blieb Melli und Isi erst einmal nichts anderes übrig als abzuwarten.

Der Lehrer begann nun mit dem Kurs, eine Potenzfunktion fünften Grades zu diskutieren. Die Schüler schrieben alles mit, und nach einer Weile hatten sie drei Seiten in ihren Collegeblöcken vollgeschrieben. Im Anschluss daran schrieb Herr Jürgens eine ähnliche Aufgabe an die Tafel.

»Und die hier macht ihr jetzt mal als Übung«, beschloss er. »Dann sehen wir mal, ob ihr alles verstanden habt.«

Er setzte sich ans Pult und beobachtete seine Schüler, wie sie die Übungsaufgabe bearbeiteten. Immer wieder sah er dabei auch zu Anna, Melli und Isi herüber. Melli schob ihren Block in Annas Richtung und stupste sie an. Dabei deutete sie mit ihrem Stift abwechselnd auf ihr Blatt und zur Tafel, so als ob sie mit Anna die Aufgabe besprechen wollte.

»Trip ist sich sicher, dass die Kobros dich da reingeritten haben«, flüsterte sie.

»Ja«, bestätigte Anna leise, »das habe ich meiner Mutter gegenüber auch schon zur Sprache gebracht. Aber sie glaubt mir nicht.«

Die Mädchen vermieden es, den Lehrer anzusehen. Das hätte zu verräterisch ausgesehen. Stattdessen betrachteten sie gegenseitig ihre Schreibblöcke.

»Er hat vor, das wieder geradezubiegen. Er lässt sich bestimmt was einfallen, Anna.«

»Mein Tim. Wie geht es ihm? Wie fühlt er sich?«

»Ziemlich beschissen. Er vermisst dich voll.«

Anna presste die Lippen zusammen. Mellis Notizen verschwammen vor ihren Augen.

»Sagst du ihm, dass ich ihn auch sehr vermisse?«

»Na klar.«

Tapfer sammelte Anna sich wieder. Das war auch nötig, denn Herr Jürgens sah zu ihnen hin und stand auf. Er begann eine Kontrollrunde durch den Raum und war offensichtlich bestrebt, dabei ziemlich schnell zur hintersten Reihe zu gelangen. Als er näher kam, überflog Anna Mellis Blatt aufmerksam und bemerkte tatsächlich eine Stelle, an der Melli ein Minuszeichen anstelle eines Pluszeichens aufgeschrieben hatte. Sie fügte mit ihrem Stift den senkrechten Strich hinzu.

»An der Stelle muss ein Pluszeichen stehen«, bemerkte sie.

»Oh, ja, stimmt«, gab Melli zu. »Da muss ich echt besser aufpassen.«

»In der Tat«, bestätigte Anna, während Herr Jürgens dicht hinter ihnen stehen blieb und auf ihre Blätter herabsah. »Von dort an hast du wahrscheinlich alles falsch heraus. Komm, wir überprüfen es einmal zusammen.«

»Ihr beide sprecht nur über Mathematik, richtig?«, fragte Herr Jürgens misstrauisch.

»Ja, sicher«, gab Melli ihm mit einem unschuldigen Gesicht zurück. »Darum geht's uns doch.«

Der Lehrer nickte skeptisch und drehte sich langsam weg, um wieder nach vorne zu gehen.

»Weißt du was, Anna?«, meinte Melli deutlich hörbar. »Wir sollten morgen Nachmittag zusammen üben. Um halb drei bei mir?«

»Ja, gute Idee!«, stimmte Isi ein.

»Da muss ich meine Mutter fragen«, sagte Anna. »Aber ich denke, das wird möglich sein.«

Herr Jürgens sah im Weggehen noch einmal mit einem leicht ungläubigen Blick zu ihnen hin, sagte aber nichts mehr.

»Wir müssen dann aber wirklich Mathematik üben, ja?«, flüsterte Anna.

»Machen wir«, flüsterte Melli augenzwinkernd zurück. »Unter anderem.«

Kapitel 3

Am Abend saßen die Freunde wieder im Haus der Jugend zusammen. Tim war sehr glücklich, als Melli ihm Annas Gruß ausrichtete.

»Danke«, sagte er und drückte sowohl Melli als auch Isi einmal kurz an sich.

»Und?«, rief Alex, der von der Sofa-Sitzgruppe her auf die drei zuging. »Hat's geklappt?«

»Wir haben's noch nicht abgehört«, antwortete Melli und reichte Alex ein kleines, silbernes, stabförmiges Gerät. »Aber ich denke schon.«

»Was ist das?«, fragte Tim verwundert.

»Ein Aufsteckmikro fürs Handy«, erklärte Alex grinsend. »Kriegst du im Internet für neunzig Mäuse. Da hast du 'ne erweiterte Aufnahmecharakteristik und kriegst die Gespräche besser drauf, die weiter weg gesprochen werden.«

»Ditze hat es uns gegeben«, fügte Isi hinzu, »um die Kobros abzuhören.«

Tim grinste verblüfft über das ganze Gesicht.

»Altes Spielkind!«, sagte er lachend zu Alex, »Dann lasst mal hören, was ihr drauf habt, Mädels.«

Melli nahm schmunzelnd ihr Smartphone hervor und suchte nach den Sprachdateien, die sie am Morgen aufgenommen hatte. Währenddessen gingen sie zusammen auf die Sitzgruppe zu und gesellten sich zu Julian, Damian und Michael. Die Freunde steckten die Köpfe zusammen und lauschten angestrengt, ob sie etwas verstehen konnten.

»Das war direkt heute morgen«, erklärte Melli, »als Anna auf den Schulhof kam.«

»Boah!«, warf Isi ein. »Die Kusnezow ist so doof! Stellt sich vor Anna und will die voll anmachen.«

»Und Anna?«, fragte Tim neugierig.

»Sie hat's ihr voll gegeben«, berichtete Isi. »Hör's dir an.«

Die Aufnahme war nicht sehr gut. Es rauschte, und immer wieder waren laut die Stimmen von Schülern zu hören, die dem Mikrofon näher standen. Trotzdem konnte man verstehen, was um Anna herum gesprochen wurde. Gespannt hörten die Freunde Annas Worten an Valeria zu.

»Bääm!«, kommentierte Julian, und die ganze Gruppe lachte ausgelassen. »Das nenn ich eine Abreibung!«

»Das ist meine Kleine!«, rief Tim laut lachend. Und dann hörten sie alle konzentriert zu, was in Annas Abwesenheit gesprochen wurde. Tims Gesichtausdruck wurde grimmig.

»Alles klar«, stellte er fest. »Sie können es so haben wie sie wollen.«

Tim lehnte sich zurück, hob die Arme und legte die Hände hinter den Kopf, während er nachdachte. Durch sein T-Shirt zeichnete sich seine angespannte Muskulatur ab.

»Was hast du vor?«, wollte Damian wissen und sprach damit aus, was alle anderen ebenfalls dachten. Tim schwieg und betrachtete für eine Weile den Verputz an der Decke.

»Mädels«, richtete er schließlich das Wort an Melli und Isi. »Der Mensch ist ein Gewohnheitstier. Haben die drei irgendwelche Rituale oder andere Gewohnheiten, die euch aufgefallen sind? Irgendwas, was sie regelmäßig und immer am selben Ort machen?«

»Pfff, keine Ahnung«, stieß Melli hervor. »Was meinst du damit?«

»Das einfachste wäre«, erklärte Tim, »ihnen eine Falle zu stellen. Dazu muss es aber etwas geben, was vorhersagbar ist, damit man das auch planen kann.«

»Hm«, machte Melli nachdenklich, »da wüsste ich jetzt nichts.«

»Moment!«, überlegte Isi. »Gehen die nicht immer so gegen halb acht auf die Toilette? Lippen nachziehen und so?«

»Ja«, stimmte Melli zu, »genau, Isi! Jedenfalls haben sie das bis jetzt immer gemacht. Diese Woche hab ich sie aber noch kein einziges Mal auf der Toilette gesehen.«

»Stimmt«, nickte Isi und überlegte.

Tim lehnte sich nach vorne und sah seine Freundinnen eindringlich an.

»Denkt nach!«, forderte er sie auf. Isi wedelte konzentriert mit dem Zeigefinger vor ihrem Gesicht.

»Die sind heute um dieselbe Zeit herum aus dem C-Trakt gekommen«, erinnerte sie sich. »Da sind die sonst nie.«

»Der Bunker!«, warf Melli ein.

»Der Bunker«, bestätigte Isi und nickte.

»Raus damit!«, drängte Tim. »Wovon redet ihr?«

»Okay«, begann Melli, »der C-Trakt des Gymnasiums wurde auf einem alten Militärbunker aus dem Zweiten Weltkrieg erbaut. Das sind heute alles Archivräume, die sich seit Ewigkeiten keine Sau mehr angesehen hat. Aber da gibt es eine alte Toilettenanlage, die immer noch in Betrieb ist.«

»Da geht nur seit letztem Jahr niemand mehr hin«, fügte Isi hinzu, »weil damals im Erdgeschoss alle Toiletten neu gemacht worden sind.«

»Ich verstehe«, nickte Tim und rieb sich gedankenvoll übers Kinn.

»Dann könnte ich mir vorstellen«, meinte Julian, »dass die Weißröckchen seit neuestem dort unten ihre Lippen nachziehen, weil sie da ungestört ihre Aktionen gegen Anna planen können.«

Tim nickte und deutete zweimal zur Bestätigung mit dem Finger auf Julian.

»Wenn das stimmt«, murmelte er grimmig, »dann kriegen wir sie am Arsch … Melli, Isi, ihr überprüft das bitte morgen früh! Bestimmt gehen sie wieder da runter.«

»Wird gemacht«, lachte Isi und ballte vergnügt die Fäuste.

»Und was habt ihr über die Neue rausgefunden?«, fragte Tim weiter.

»Nicht so viel«, gab Melli zu. »Sie heißt Valeria Kusnezow, ist vierzehn Jahre alt, geht in die 9c, und sie ist die Tochter von Wladimir Kusnezow, dem …«

»Dem Immobilienmakler!«, warf Tim ein. »Das hab ich mir gedacht. Die Firma hab ich heute gegoogelt. Was wissen wir über den?«

»Der besitzt mittlerweile sau viele Grundstücke und Häuser in der Gegend«, meldete sich Damian. »Meine Mutter arbeitet bei dem im Büro. Der hat wohl ganz klein angefangen und dann in den letzten zehn Jahren ziemlich viel Kohle gemacht.«

»Weiß man, wo die privat wohnen?«, fragte Tim. »Im Online-Telefonbuch stehen sie nämlich nicht drin.«

»Das wollte ich dir ja eben sagen«, bemerkte Melli vorwurfsvoll, »kurz bevor du mir ins Wort gefallen bist!«

»Oh!«, rief Tim bedauernd. »Sorry, Melli! Wo wohnen sie denn?«

»Im Helmswieschen 17.«

»Okay … Danke …«, sprach Tim langsam und tippte auf seinem Handy herum. »Was sagt denn der Herr Google dazu?«

Die Straßenkarte um Valerias Adresse baute sich Stück für Stück auf dem Display auf. Tim zoomte etwas zurück, um einen Überblick zu erhalten, in welchem Stadtviertel das Haus lag.

»Sieh mal einer an!«, kommentierte er, als er das Wohngebiet erkannte. »Fasanenberg Nummer eins. Hier wohnt Anna. Das ist Annas Wohnviertel!«

Wieder steckten die Freunde die Köpfe zusammen und sahen zu, wie Tim begann, die Karte auf dem Display hin und her zu schieben.

»Klar«, meinte Michael. »Alle, die Kohle haben, wohnen in dem Bonzenviertel. Ist nicht wirklich 'ne Überraschung.«

Tim erläuterte seinen Freunden die Karte.

»Da bin ich mit Anna raufgefahren«, beschrieb er. »Hier ist das Haus von der Rheinmann, und da … ach, jetzt hol mich der Teufel! Das Haus da, das hat Anna mir auch gezeigt. Da wohnt dieser Hinkebein, der scharf auf Anna ist …«

»Hinkheim?«, rief Melli. »Philipp Hinkheim aus der Dreizehn? Mit dem ist Anna heute gefahren! Und der läuft ihr in der Schule die ganze Zeit hinterher. Wie so ein Hündchen.«

»Wieso fährt sie mit dem?«, fragte Alex verwundert. »Was soll das?«

»Ich geh davon aus«, meinte Tim ruhig, »dass meine liebe Freundin Vivienne das eingefädelt hat. Aber jetzt passt mal auf, das hier wollte ich euch eigentlich zeigen: Die Kusnezow wohnt direkt neben Hinkebein!«

»Aha!«, riefen Melli, Isi und Julian gleichzeitig aus, und Julian fügte hinzu: »Alter, da läuft 'ne Riesensauerei, das sieht übel aus!«

»Wie schön«, sprach Tim völlig unbeeindruckt vor sich hin. »Meine Gegner stehen alle dicht beieinander. Sehr günstig.«

»Du scheinst das ja ganz locker zu sehen«, meinte Alex dazu.

»So ist es, Ditze«, gab Tim trocken zurück. »Ich weiß jetzt, dass ich endlich was unternehmen kann. Ich muss nur einmal an der richtigen Stelle zuschlagen, um die ganze Scheiße zu beenden.«

Am Freitagnachmittag saßen Melli und Isi auf dem grauen Stoffsofa am Fenster von Mellis Zimmer und warteten. Ihre Unterlagen aus dem Mathematik-Unterricht hatten sie auf dem kleinen Tischchen ausgebreitet, das für gewöhnlich seitlich an der Wand in dem kleinen Zimmer stand, nun aber vorübergehend als Sofatisch diente. Melli wohnte mit ihren Eltern und ihrer jüngeren Schwester zur Miete in einem kleinen, dreistöckigen Reihenhaus mit Keller und Dachspeicher, das in einer schmalen Nebenstraße nahe dem Stadtzentrum stand.

Um fünf Minuten vor halb drei hörten die Mädchen durch die schlecht schließenden Fenster, wie unten auf der Straße ein Auto vorfuhr. Sie knieten sich aufs Sofa und sahen aus dem Fenster. Die Straße lag so nah am Haus, dass Melli und Isi vom zweiten Stock aus steil auf das Dach des silbernen Audi TT blickten.

»Krass!«, meinte Isi. »Sogar jetzt muss sie von diesem Hempel gebracht werden.«

Es klackte, und die Beifahrertür öffnete sich. Annas Beine schwangen sich elegant aus dem Fahrzeug. Die hohen, goldenen Absätze ihrer braunen Tom-Ford-Ankleboots setzten auf dem Boden auf.

»Hat sie eigentlich jemals was von Jeans gehört?«, kicherte Isi.

»Oder überhaupt von Hosen?«, witzelte Melli. Gespannt beobachteten die Mädchen die Vorgänge um Annas Ankunft.

Nun kamen auch Annas Kopf und Körper aus dem Auto zum Vorschein. Sie trug ein feines, blaues Kleid, eine braune Tom-Ford-Handtasche und hatte eine große, braune Haarspange in Form eines schmalen Herbstblattes im Haar.

»Da ist ja unsere Mini-Maus«, kommentiere Isi. »Was meinst du, Melli, Alexander McQueen?«

»Auf jeden Fall very british«, meinte Melli. »Und es sieht wieder so toll aus! Manchmal würde ich auch gerne mal so was anziehen.«

»Tja«, ulkte Isi, »wenn dein Papa zwei Monate lang arbeiten geht und ihr in der Zeit auf Essen und Trinken verzichtet, dann kannst du dir dieses Outfit sicher leisten.«

Melli lachte und stand vom Sofa auf. Isi reckte sich ans Fenster und lugte nach unten. Senkrecht unter ihr näherte Anna sich der Haustür.

»Uuuh, Anna!«, feixte sie im Singsangton. »Ich kann deine Titten sehen!«

»Hey!«, rief Melli lachend und gab Isi einen Klaps auf den Hintern. »Komm jetzt! Wir gehen ihr aufmachen.«

Das kratzige, elektrische Summen der Türklingel tönte durchs Haus, begleitet vom Knarren und Ächzen der alten Holzstufen, die Melli und Isi gerade auf Socken hinab eilten.

Das Haus war sehr alt, und die Holztreppe ging bis zum Keller hinunter. Auf Höhe des Erdgeschosses befand sich die Wohnungstür. Von dort aus führte der letzte Teil der Treppe in den Keller. Auf halber Höhe wendelte sie sich an der Haustür vorbei. Das bedeutete, dass man von der Haustür aus direkt auf eine der hölzernen Stufen trat und von dort aus noch einen guten Meter die Treppe hinaufgehen musste, um ins Erdgeschoss zu gelangen. Da die Mädchen mit ein wenig Verzögerung im Erdgeschoss ankamen, war Mellis Mutter ebenfalls aufgestanden und unterwegs zur Tür.

»Ich mach das schon!«, rief Melli. Sie öffnete flink die Wohnungstür und lief schnell die Stufen zur Haustür hinunter, um Anna die Tür aufzumachen.

»Hey!«, grüßte sie Anna.

»Hallo, Melli«, grüßte Anna zurück.

»Komm rein!«, lud Melli ihre Freundin ein, eilte nach oben vor und hielt Anna die Wohnungstür auf. Anna schritt die paar Holzstufen hinauf und stand schließlich in der engen Diele vor Frau Kupser und Mellis 11-

jähriger Schwester Katharina, die neugierig hinzugekommen war.

»Mama, das ist Anna«, stellte Melli sie vor.

»Guten Tag«, grüßte Mellis Mutter freundlich.

»Guten Tag, Frau Kupser«, grüßte Anna höflich zurück und hielt ihr die rechte Hand hin. »Anna zur Heyden.«

»Annemarie Kupser«, antwortete Mellis Mutter und gab Anna die Hand. »Freut mich.«

»Mich ebenfalls«, lächelte Anna und deutete einen Knicks an. Annemarie musterte Anna kurz, dann sagte sie: »Melina? Du hast mir nicht gesagt, dass ihr heute noch weggehen wollt.«

Melli machte ein verdutztes Gesicht.

»Wollen wir doch gar nicht«, gab sie ihrer Mutter verwundert zurück.

»Und warum ist eure Freundin dann so schick angezogen?«, fragte Annemarie ungläubig.

»Ach so!«, rief Melli aus und lachte. »Nein, das sind Annas normale Tagesklamotten. Du musst wissen, Hollister trägt sie nicht mal zum Kelleraufräumen.«

Annemarie nickte zögerlich. Sie war immer noch recht erstaunt.

»Ich kenne dich!«, rief Katharina Anna zu.

»Tatsächlich?«, antwortete Anna ihr lächelnd.

»Ja. Du bist eine von den Royal Chicks!«

»Das stimmt. Das heißt, das war ich. Und wie heißt du, wenn ich fragen darf?«

Katharina winkte, indem sie mit der rechten Hand einen Bogen vor ihrem Körper beschrieb.

»Ich bin Kathi.«

»Hallo, Kathi. Es freut mich, dich kennen zu lernen.«

Kathi lächelte verlegen.

»Du bist voll hübsch«, sagte sie leise.

»Oh, Danke schön«, antwortete Anna erfreut. »Du aber auch.«

Kathi legte schüchtern die Arme hinter den Körper und neigte den Kopf zur Seite.

»Möchtest du mal mein Zimmer sehen?«, fragte sie und biss sich verlegen auf die Unterlippe.

»Ach, Kathi!«, wehrte Melli ab. »Anna ist meinetwegen hier. Wir müssen lernen.«

»Ich sehe mir sehr gerne dein Zimmer an«, sagte Anna freundlich, »aber zuerst müssen deine Schwester und ich noch ein wenig Mathematik üben.«

»Und dann kommst du rüber?«

»Versprochen.«

»Cool!«, rief Kathi ausgelassen und klatschte in die Hände. Dann ergriff Melli wieder das Wort.

»Isi«, schlug sie vor, »geh doch schon mal mit Anna rauf, ja? Ich quatsch noch kurz mit Mama.«

»Klar!«, stimmte Isi zu. »Komm, Anna!«

Isi und Anna begannen, die knarrenden Stufen der Holztreppe hinaufzusteigen.

»Wer ist dieses Mädchen?«, flüsterte Annemarie ihrer Tochter verblüfft zu.

»Das hab ich dir doch erzählt, Mama«, antwortete Melli leise. »Das ist Anna. Die Freundin von Tim.«

Mellis Mutter machte große Augen und deutete mit dem Finger zur Treppe.

»Das ist Tims Freundin?«, stieß sie hervor. »Tim ist mit diesem Mädchen zusammen? Nur, dass ich das richtig verstehe, wir reden hier von Tim Richthof, unserem Raubein, richtig?«

»Ja«, lachte Melli, »genau von dem.«

»Das hätte ich nie für möglich gehalten!«

»Glaub mir, Mama, ich auch nicht! … Es ist echt komisch. Noch vor zwei Wochen konnte ich Anna nicht ausstehen. Und jetzt mag ich sie voll.«

»Sie ist auch sehr liebenswürdig. Und so vornehm.«

Dann zwinkerte Annemarie neckisch und fügte hinzu: »Ich hätte mir ja nie im Leben träumen lassen, dass meine Tochter mal mit einer Prinzessin befreundet sein würde.«

»Mama!«, hielt Melli lachend dagegen. »Das ist Quatsch. Sie ist ganz normal. Nur … halt … stinkreich.«

Annemarie nickte und lächelte ihrer Tochter zu.

»Viel Spaß beim Lernen«, sagte sie und strich Melli über den Arm.

»Ja«, stimmte Melli ironisch zu, »weil Lernen ja immer so viel Spaß macht.«

Dann ging Melli die zwei Geschosse nach oben in ihr Zimmer und gesellte sich zu Isi und Anna, die schon Platz genommen hatten und auf sie warteten.

»Du hast ein schönes Zimmer, Melli«, bemerkte Anna.

»Eh nicht«, grinste Melli, »aber Danke.«

»Doch, ganz ehrlich«, beharrte Anna, »es ist sehr schön.«

»Würde dein Bett hier reinpassen?«, fragte Melli demonstrativ und hob die Augenbrauen hoch.

»Nein«, gab Anna kleinlaut zu.

»Da hast du es«, trotzte Melli.

»Nur weil es klein ist«, wandte Anna ein, »muss es nicht hässlich sein.«

»Das stimmt«, sagte Melli und lachte. »Ich weiß, du meinst es lieb. Danke.«

Anna lächelte Melli an und griff dann in ihre Tasche. Sie zog ihren Schreibblock hervor und schlug die Stelle auf, an der sie am Tag zuvor in der Schule aufgehört hatten.

»Nicht so schnell, Anna«, bremste Isi ihren Eifer.

»Ja!«, pflichtete Melli ihr bei und nahm ihr Handy in die Hand. »Zuerst musst du mit Trip reden.«

Anna machte ein erschrockenes Gesicht.

»Das darf ich nicht!«, widersprach sie nervös. »Mama wird mich fragen, ob ich ihn gesehen habe, oder ob ich mit ihm telefoniert oder geschrieben habe, und dann wird sie es merken und ganz furchtbar poltern. Und dann wird sie mich noch mehr bestrafen …«

»Hey! Hey!«, beruhigte Melli sie und nahm ihre Hand. »Das wissen wir! Und deshalb wirst du ihn nicht sehen, nicht mit ihm telefonieren und auch nicht schreiben. Du wirst keinen Kontakt mit ihm haben.«

»Aber wie soll das denn gehen?«, wollte Anna wissen.

»Vertrau uns«, schmunzelte Melli. »Wir haben uns was ausgedacht.«

»Jaja«, machte Isi lachend auf geheimnisvoll.

»Jetzt habt ihr mich aber sehr neugierig gemacht«, sagte Anna.

»Okay«, stellte Melli fest, »Trip ist on.«

»Pass auf, Anna«, erklärte Isi. »Du sagst uns, was du Trip sagen möchtest. Wir schreiben es ihm. Dann schreibt er zurück, und wir lesen es dir vor. Du sprichst also nicht mit ihm, sondern nur mit uns. Und was kannst du dafür, wenn wir es ihm weitertratschen?«

Anna lächelte erleichtert und glücklich zugleich.

»Das ist eine wunderbare Idee!«, sagte sie froh.

»Dann mal los, Anna, was möchtest du sagen?«

»Ich möchte sagen: ›Hallo Liebster.‹«

»Sehr romantisch«, bemerkte Melli. »Also: Hallo … Liebster … und ab.«

»Was schreibt er zurück?«

»Einen Moment noch. Uuund, ja! ›Hallo Süße!‹«

Anna legte die Hände zart auf ihren Mund.

»Es funktioniert!«, hauchte sie entzückt.

»Ja, natürlich funktioniert das!«, rief Melli lachend. »Warum soll das nicht funktionieren? Mach weiter, Anna!«

»Ja. Schreibe bitte: ›Ich vermisse dich!‹«

»Ich … vermisse … dich … gesendet.«

Anna legte ihre Hände auf ihr Dekolleté und wartete lächelnd auf die Antwort.

»Da kommt's: ›Ich vermisse dich auch.‹ Okay, das war zu erwarten. Kommt schon, ihr Süßen, lasst es krachen!«

»Oh, es gibt so viel, was ich ihm sagen möchte. Aber ich bin so verwirrt. Ich weiß nicht. Auf jeden Fall soll er wissen, dass ich zu ihm halte und ihn unter keinen Umständen verlassen werde!«

»Okay …«

Flink bewegten sich Mellis Daumen über ihr Smartphone hinweg, begleitet vom Tickern der Tastaturanschläge.

»… ›Es gibt so viel, was ich dir sagen möchte. Das Wichtigste ist, dass ich zu dir halte und dich nicht verlassen werde.‹ Gut so?«

»Ja.«

»Gesendet.«

»Danke.«

Anna schaute Melli gespannt an. Die blickte kurz nach unten auf ihr Handy, das sie im Schoß hielt. Dann nickte sie Anna freundschaftlich zu.

»Er schreibt.«

Anna hob ihre Schultern an und strahlte. Wieder sah Melli auf das Display ihres Handys.

»Das wird wohl ein Roman … Ah, jetzt: ›Das freut mich sehr. Immerhin wirst du hier gebraucht. Du wolltest dir doch neue Namen für meine Katzen ausdenken‹, Zwinkersmiley.«

Anna nickte und lächelte glücklich.

»Aber echt!«, rief Isi. »Anna, mach das bloß! Die armen Katzen, eh!«

»Er schreibt noch mehr«, bemerkte Melli. »Schreibt … Schreibt … Jetzt … Oh mein Gott, ist das süß! … Isi, guck mal!«

Melli presste ihre Hand auf den Mund und hielt Isi ihr Handy hin.

»Oooh«, machte Isi verzückt und legte die Hände an ihre Wangen.

»Was hat er geschrieben?«, drängte Anna voller Ungeduld.

»Liest du das vor, Isi?«, fragte Melli. »Wenn ich das mache, muss ich heulen.«

»Ich kann das nicht«, wehrte Isi ab. »Ich heul dann garantiert auch.«

»Zusammen?«

»Okay.«

Und dann lasen sie gemeinsam vor:

»Ich weiß, dass du jetzt lächelst. Und genau so stelle ich mir dich gerade vor. Mit deinem umwerfenden Lächeln. Die Vorstellung macht mich glücklich.«

Melli drückte Isi ihr Telefon in die Hand und stand auf. Sie nahm ein Päckchen Papiertaschentücher aus einer Schublade und setzte sich wieder hin.

»Schreibe ihm bitte: ›Ich liebe dich!‹«, sagte Anna unter Freudentränen.

Isi nickte, wischte sich über das Gesicht und tippte. Nach einer halben Minute las sie vor: »Ich liebe dich auch. Wir werden uns bald wiedersehen.«

Zu dritt tupften sich die Mädchen die Augen ab und schnäuzten sich die Nasen. Anna stand auf und lächelte ihre Freundinnen an.

»Danke«, brachte sie hervor und breitete die Arme aus. »Kommt her!«

Melli und Isi standen ebenfalls auf, doch gerade als Anna Melli umarmen wollte, wich diese zurück und hielt die Hände vor den Körper.

»Stopp!«, rief sie.

»Was ist?«, fragte Anna verdutzt.

»Ich hab nichts an den Füßen«, erklärte Melli lachend, »und ich bin nicht wirklich scharf drauf, deine Titten im Gesicht zu haben.«

»Melina! Also, ich muss doch bitten!«, rief Anna halb empört und halb belustigt, während sie mit ihren Händen den Ansatz ihrer Brüste bedeckte. »Das sagt man doch nicht!«

»Ach ja? Wie nennst du das denn?«, gab Melli frech zurück.

»Das heißt Büste!«, stellte Anna klar.

»Büste?«, wiederholte Isi verwirrt. »Fehlt da nicht ein ›r‹ dazwischen?«

»Hä?«, kam es von Melli flapsig zurück. »Bürste? Warum sollte man Bürste dazu sagen?«

»Na ja«, gackerte Isi, »vielleicht bei Frauen mit Brustbehaarung?«

Anna schlug ihre Hände vors Gesicht und lachte herzhaft. Sie bog kichernd ihren Oberkörper nach vorne und richtete sich dann wieder lachend auf.

»Bürste!«, wiederholte sie, und Melli und Isi lachten mit ihr. Schließlich fasste Anna sich und kicherte: »Nein, was für eine köstliche Wortspielerei! Ihr beide seid richtige Spaßvögel.«

»Und es heißt wirklich Büste?«, hakte Isi ungläubig nach.

»Aber ja«, nickte Anna. »Was glaubt ihr, wofür die Abkürzung ›BH‹ steht?«

»Na, für ›Busenhalter‹ natürlich«, meinte Isi.

»Ja«, stimmte Melli zu.

»Nein, ihr irrt euch«, berichtigte Anna sie. »Es steht für ›Büstenhalter‹. «

»Na gut«, lenkte Melli ein und deutete im folgenden Satz die Anführungszeichen mit Zeige- und Mittelfinger ihrer Hände an, »dann eben ›Büste.‹ Dann will ich eben deine ›Büste‹ nicht im Gesicht haben.«

»Oh, ich weiß!«, fiel Anna ein, hob einen Fuß an und griff mit einer Hand nach ihrem Schuh. Mit der anderen Hand hielt sie sich an Mellis Schulter fest, um ihr Gleichgewicht zu unterstützen.

»Was macht sie?«, fragte Isi schelmisch. »Melli, was tut sie da? «

»Ich glaube, sie kommt vom Gipfel runter«, kicherte Melli. »Sie kehrt zurück ins Basislager.«

»Seid still!«, lachte Anna und zog sich die Schuhe aus.

»Schön langsam atmen, Anna«, witzelte Melli weiter. »Hier unten herrscht ein höherer Luftdruck als du gewohnt bist.«

Anna warf ihren zweiten Schuh zu Boden und richtete sich auf.

»Voilà!«, rief sie und breitete wieder lächelnd die Arme aus.

»Viel besser!«, lachte Melli und fiel Anna in die Arme. Danach wurde Isi ebenfalls herzlich gedrückt.

»Danke für diesen wunderschönen Tag«, sagte Anna mit einem Strahlen im Gesicht. Melli und Isi sahen sie leicht verwirrt an.

»Das … Das geht schon klar, Anna«, meinte Melli verwundert. »Du brauchst dich doch dafür nicht zu bedanken.«

»Ja«, pflichtete Isi ihr bei. »Das ist doch selbstverständlich.«

»Nein!«, widersprach Anna bestimmt. »Das ist es durchaus nicht. Solche Freundinnen zu haben, ist ganz und gar nicht selbstverständlich. Glaubt mir!«

Die Mädchen setzten sich wieder hin und kamen ihrer Pflicht nach, zusammen Mathematik zu lernen. Im Anschluss erfüllte Anna ihr Versprechen, Kathi in ihrem Zimmer einen Besuch abzustatten. Dann hieß es Abschied nehmen, und Anna wurde wieder nach Hause gefahren.

So nach und nach kam der Betrieb im Haus der Jugend zur Ruhe. Heute war Schnuppertag für Viert- und

Fünftklässler gewesen. Julian und Damian hatten den ganzen Nachmittag damit zugebracht, Hermann dabei zu helfen, den wuselnden Haufen quirliger Jungen und Mädchen zu betreuen. Als Tim das Haus betrat, wurden die letzten Kinder gerade von ihren Eltern abgeholt.

Tim sah im Hereinkommen den letzten Gästen nach, die das Haus durch die schwere Eingangstür verließen und schaute dann zu Julian und Damian rüber, die sich erschöpft an der Theke niederließen. Hermann nahm vier Gläser aus dem Hochschrank über der Spüle und stellte sie auf den Tresen. Dann griff er unter die Theke und zog eine Flasche Coke Zero hervor.

»Und?«, fragte Tim. »War gut?«

»Hammer!«, sagte Julian und pustete durch die Wangen. »So viele waren's noch nie.«

»Ich glaube«, meinte Damian, »die Leute kapieren allmählich, dass wir doch nicht ganz so große Ärsche sind, wie immer erzählt wird.«

»Das stimmt!«, rief Hermann und füllte das letzte Glas. »Die Eltern waren voller Lob über euren Einsatz. Das habt ihr richtig gut gemacht, Männer. Hier, trinkt was!«

»Danke.«

Gierig stürzten die beiden Jungs ihre Gläser. Tim, der freilich keineswegs erschöpft war, trank einmal ab und stellte sein Glas wieder auf die Theke.

»Moin, Moin!«, blökte Michael, der im Türrahmen auftauchte, in den Raum.

»Hawkens!«, rief Damian. »Was geht?«

»Hallo Michael!«, grüßte Hermann. »Kannst du die Theke machen? Ich hab jetzt noch einiges nachzubereiten.«

»Klar, kein Ding!«, rief Michael zurück. Bei seinen Freunden angekommen, meinte er grinsend zu Tim: »Sieh dir Motte und Boggy an. Die sehen ziemlich fertig aus, he?«

»Ja«, griente Tim. »Sieht aus, als hätten sie mal was getan für ihr Geld.«

Die Jungs lachten. Sie liebten ihr Ehrenamt, doch an Tagen wie diesen hätten sie eine Vergütung für ihre Dienste ganz sicher nicht abgelehnt.

»Hallöchen!«

Mit sichtlich guter Laune betraten Melli und Isi den Gemeinschaftsraum. Tim drehte sich zu ihnen hin.

»Da sind ja meine beiden Engel!«, rief er erfreut und lief auf seine Freundinnen zu. Dicht vor ihnen ging er leicht in die Hocke, umfasste mit den Armen jeweils beide Oberschenkel der Mädchen und hob sie hoch. Quiekend hielten sie sich an Tims Hals und Kopf fest. Dann drehte Tim sich um und trug die Mädels zur Theke.

»Die beiden hier kommen direkt nach meinem Annaschatz«, stellte er lachend fest. Seine Freunde ahnten, was kommen würde und nahmen Flaschen und Gläser vom Tresen. Da setzte Tim die beiden Mädchen auch schon auf die Theke.

»Wisst ihr was?«, grinste Tim die beiden an. »Ich spendier euch jetzt ’nen Drink!«

»Oooh!«, rief Isi ironisch. »Wie großzügig, der Herr.«

»Barkeeper!«, schnippte Tim Michael zu. »Zweimal Ihren besten Whiskey bitte. Ein Viertel Wasser. Serviert im Tumbler.«

»Kommt sofort!«, lachte Michael. Er nahm zwei frische Gläser und füllte ein wenig Cola und Limo hinein. Dann nahm er eine Flasche Sprudel und kippte davon noch ein bisschen hinzu. Dann übergab er Tim die Gläser. So richtig obercool stellte sich Tim vor Melli und Isi und reichte ihnen ihre »Drinks«, die sie albern kichernd entgegennahmen.

»Uuuh!«, machte Melli spielerisch beeindruckt. »Äußerst Paul-Newman-mäßig!«

»Als ob du wüsstest, wer das ist!«

»Hey, Ditze!«, gröhlte Michael durch den Raum. Alex hatte gerade den Raum betreten. Nach seinem Ausruf in Richtung Isi blieb er kurz stehen und machte ein übertrieben verwundertes Gesicht, als er die Freundinnen auf der Theke sitzen sah.

»Ey, Leute!«, rief er aus. »Fangt gefälligst erst mit den Sexspielchen an, wenn ich da bin!«

Ausgelassenes Gelächter hallte durchs Haus, so laut, dass Hermann aus seinem Büro kam um nachzusehen. Er konnte nicht fassen, was er sah. Energisch aber mit einem Lachen auf dem Gesicht schimpfte er: »Hey! Die Weiber vom Tisch runter! Ich glaub, ich spinne. Wo sind wir denn hier?«

Sogleich hüpften Melli und Isi von der Theke herunter, und die Freunde verteilten sich auf die ordentlichen Sitzgelegenheiten.

»Es wäre noch schöner, wenn Anna hier wäre«, stellte Isi fest.

»Dass ausgerechnet du das sagst«, bemerkte Alex. »Vor zwei Wochen hast du ihr noch die Pest an den Hals gewünscht.«

»Ja, ich weiß«, bestätigte Isi mit qequälter Stimme. »Das tut mir jetzt voll leid, dass ich so fies zu ihr war.«

»Ist schon okay, Isi«, beruhigte Tim sie. »Darüber redet jetzt niemand mehr.«

»Danke«, lächelte Isi, und dann beugte sie sich vor und sah Tim eindringlich an. »Aber apropos Pest, mein Lieber: Anna wird deine Katzen umbenennen, und du wirst dich nicht einmischen, klar?«

Tim warf zuerst lachend den Kopf in den Nacken. Dann wurde er ernst, blickte zu Boden und sagte bedrückt: »Sie kann sie von mir aus Prada und Chanel nennen. Und wenn sie will, kann sie mein Wohnzimmer rosa streichen. Wär mir scheißegal. Hauptsache, ich hätte sie wieder …«

Michael legte seine Bärentatze auf Tims Schulter und rüttelte ihn leicht, um ihn zu trösten.

»Komm schon, Alter!«, sagte er. »Das wird schon wieder.«

»Ja, Trip«, bekräftigte Alex, »und wir helfen dir dabei.«

»Danke, Leute«, brachte Tim hervor und nickte, während er seine Freunde nacheinander anschaute.

»Wie steht's denn mit deinem Schlachtplan?«, fragte Julian.

»Ja, lass hören!«, rief Damian.

»Okay, ja«, sagte Tim und fasste sich wieder. »Das hängt davon ab, was die Mädels heute morgen rausgekriegt haben. Erzählt mal!«

»Also«, begann Melli, »wir haben sie heute morgen wieder im Auge behalten. Es stimmt tatsächlich, sie gehen jetzt offenbar immer zwischen sieben und halb acht runter in die Mädchentoilette im Bunker.«

»Sehr gut«, kommentierte Tim. »Und da geht sonst echt niemand hin?«

»Nö«, antwortete Isi. »Wie gesagt, oben sind sämtliche Toiletten neu gemacht worden. Die reichen für alle. Unten im Bunker ist nie was los.«

»Ausgezeichnet!«, lobte Tim zackig und schaute auf sein Handy. »Also dann, meine Herren: Es ist achtzehn Uhr zweiundfünfzig! Ich übernehme das Kommando über die Operation ›Spitfire‹!«

»Aye aye, Käpt'n!«, salutierte Alex stellvertretend für alle. »Deine Mannschaft ist dienstbereit!«

»Danke, Nummer Eins!«, gab Tim augenzwinkernd im Militärton zurück.

»Spitfire?«, fragte Isi verwundert.

»Das ist das englische Wort für Giftspritze«, erklärte Tim. »So nennt man fiese, zänkische Weiber.«

»Passt perfekt«, stimmte Melli zu. »Und was machen Isi und ich bei deiner Operation?«

»Gar nichts«, konterte Tim trocken. »Ihr habt schon genug getan. Den Rest überlasst ihr uns. Ich werde nicht zulassen, dass ihr Ärger mit der Schulleitung bekommt!«

Das sahen Melli und Isi ein.

»Aber unsere Informantinnen seid ihr nach wie vor«, entschied Tim. »Als erstes muss ich wissen, ob die Toiletten und das Gebäude regelmäßig abgeschlossen werden.«

»Die Toiletten selbst nicht«, erklärte Isi, »aber das Schulgebäude wird nachts und am Wochenende abgeschlossen.«

»Das ganze Wochenende?«

»Hm, nein. Samstags nachmittags finden öffentliche Kurse statt, da ist zumindest die Tür zum A-Trakt immer offen.«

»Und ab wann sind die Türen an Schultagen aufgeschlossen?«

»Keine Ahnung, ab sieben, denk ich. Oder, Melli?«

»Ich würde sagen, früher. Der Hausmeister kommt immer früh. So zwischen halb sieben und sieben müssten die Türen spätestens auf sein.«

»Kann ja sein«, wandte Isi ein, »aber das nützt euch nichts. Sobald die Türen offen sind, werden sie von Lehrern bewacht, damit keiner vor Schulbeginn ins Gebäude kommt.«

»Ich verstehe …«, murmelte Tim nachdenklich. »Okay, wir machen es so: Morgen Nachmittag geht einer von uns ins Gymmi rein und kundschaftet den Toilettenraum im Bunker aus. Man wird keinen Verdacht schöpfen, wenn er ins Gebäude geht, weil man ihn für einen Kursteilnehmer halten wird.«

»Trotzdem blöd, wenn ihn einer erkennen würde«, wandte Alex ein. »Ich meine, uns kennen viele, und dann haben sie uns sofort wieder auf dem Kieker.«

»Das ist korrekt«, sinnierte Tim. »Dann verkleiden wir ihn. Am besten als Frau. Und ich weiß auch schon, wer von euch das sein wird.«

»Was guckst du mich dabei so an?«, wehrte Julian ab. »Oh nein, das kommt nicht in die Tüte, Mann!«

»Komm schon, Boggy!«, redete Alex ihm zu, »Dir würde man's abkaufen. Du bist der dünnste von uns allen.«

»Warum kann Motte das nicht machen?«, protestierte Julian.

»Ja, klar!«, rief Damian ironisch aus. »Oder besser noch Hawkens, he?«

»Ha, ha!«, spottete Alex. »Genau, Hawkens als Frau! Da würde er ja weniger auffallen, wenn er sich als Obelix verkleiden würde.«

»Hey!«, beschwerte sich Michael lachend. »Wer ist hier dick?«

»Verdammt, Boggy!«, versuchte Tim, seinen Kumpel zu überreden. »Tu's für Anna. Bitte! Ich weiß, wie gerne du mit ihr über Styling quatschst.«

»Zum Teufel, ja!«, gab Julian ungehalten nach. »Ich mach's.«

»Das ist ein Wort«, sagte Tim erleichtert, »Danke! Also, du gehst morgen da runter. Mit deinem Handy. Du berichtest uns und machst reichlich Bilder. Und auf dieser Basis entwickeln wir dann eine Strategie. Alles klar?«

»Ja, hab's kapiert.«

Tim nickte anerkennend und schmiedete weiter an seinem Plan.

»Und dann brauchen wir noch ein fremdes Auto, das nicht mit uns in Verbindung gebracht wird. Eins, wo wir alle reinpassen.«

»Oder«, meinte Michael, »wir nehmen einen Van von der Straßenmeisterei. Da schöpft keiner Verdacht.«

»Gute Idee, Hawkens«, begeisterte sich Tim, »das ist sogar noch besser! Dann nehmen wir gleich noch fünf orangefarbene Westen und Helme mit. Zur Tarnung.«

»Wie geil!«, grinste Alex. »Das ist so auffällig, dass es schon wieder unauffällig ist.«

»Exzellent!«, rief Tim und klatschte einmal in die Hände. »Das war alles für heute, Männer. Wegtreten!«

»Ey, Trip!«, warf Damian ein. »Mach mal halblang. Wir sind doch keine Soldaten.«

»Ich meinte mich selbst«, blödelte Tim und stand auf. »Ich muss pinkeln.«

Alle lachten. Dann verließ Tim den Raum und ging zur Toilette. Die Jungs sahen ihm nachdenklich nach, bis sie hörten, wie sich die Tür zum WC schloss.

»Habt ihr gesehen?«, fragte Alex leise in die Runde. »Trip hat wieder den Blick drauf. Ist 'n bisschen wie damals, oder?«

»Hab gerade dasselbe gedacht«, fügte Julian gedämpft hinzu.

»Ich sag euch eins«, raunte Damian. »Der macht auf lustig, aber der ist total sauer.«

»Ihr kennt ihn viel länger als wir«, flüsterte Melli. »Meint ihr, das wird krass? Was denkt ihr, was er mit den Weißröckchen macht?«

»Keine Ahnung«, sagte Damian, »aber wir reden hier über Trip. Und dem gehst du nur einmal auf den Piss. Genau einmal! Verstehst du?«

»Aber jetzt, wo er Anna hat«, meinte Isi, »wird er doch sicher keinen Scheiß machen, oder? Er muss doch wissen, dass er Anna garantiert nie wieder sieht, wenn er den Kobros was antut.«

»Davon gehen wir auch aus, klar«, schloss Damian. »Trotzdem wollt ihr nächsten Montag nicht Celine oder Jana heißen, darauf könnt ihr euch verlassen!«

»Alles klar!«, rief Tim gelöst dazwischen, als er zurückkehrte. »Genau aufs Schneewittchen.«

»So genau wollten wir's gar nicht wissen«, lachte Julian.

»Sag mal, Trip«, fragte Alex, »wie sieht dein Plan für die Weißröckchen denn jetzt genau aus? Was hast du mit ihnen vor?«

»Das verrat ich euch morgen«, gab Tim zurück. »Das hängt noch von zu vielen Faktoren ab. Aber die klären wir morgen Nachmittag.«

»Wird es schlimm für sie?«, wollte Melli vorsichtig wissen.

»Darauf kannst du ruhig wetten«, antwortete Tim kernig. »Nach dem, was sie Anna angetan haben, lass ich sie auf keinen Fall ungeschoren davonkommen.«

Kapitel 4

»Zum Teufel, nein!«, tönte es aus der Mädchentoilette im Haus der Jugend heraus. Tim klopfte energisch an die Tür.

»Jetzt stell dich nicht so an, Boggy!«, rief er durch die geschlossene Tür. »Wir wollen doch nur mal einen Blick drauf werfen.«

»Ich sage: Nein!«, hörte man dumpf Julians Stimme. »Alter, wenn du wüsstest, was die beiden aus mir gemacht haben!«

»Das ist doch nur ein Probedurchgang, Boggy«, klang Mellis Stimme ebenso dumpf hervor.

»Genau!«, stimmte Isis Stimme mit ein. »Man muss es am Anfang etwas extremer machen, damit das Endergebnis optimal wird.«

»Aber nicht so! So verlasse ich auf keinen Fall diesen Raum!«

Tim blickte von der Toilettenraumtür zu Alex, Damian und Michael hinüber. Er rollte mit den Augen und murmelte lautlos etwas vor sich hin. Es sah aus, als würde er Julians Gejammer nachäffen.

»Jetzt stell dich nicht so an, Boggy!«, rief er abermals und bullerte noch mal an die Tür. »Wir haben nicht ewig Zeit.«

»Ich … komme … nicht … raus!«

»Dann kommen wir rein. Ist dir das lieber?«

Eine Weile rührte sich nichts im Toilettenraum. Tim hob die Faust, um erneut anzuklopfen.

»Nur Trip!«, rief Julian.

Tim betätigte die Klinke und betrat den Raum.

»Tür zu!«

Tim drückte die Tür von innen ins Schloss und ging durch den Vorraum in den eigentlichen Toilettenraum, in dem eine Reihe mit Waschbecken vor großen Spiegeln an der Wand hing. Unzählige Kosmetikprodukte standen und lagen auf den Becken herum. Über den Türen der Toilettenkabinen hingen verschiedene Mädchenklamotten. Und mittendrin stand Julian, flankiert von Melli und Isi, die ihre Puderpinsel und Eyeliner noch in den Händen hielten und gespannt lächelnd zu Tim herüber sahen. Julian steckte in hochhackigen Damenschuhen und einem weißen Minikleid. Seine Beine waren völlig rasiert. Auf dem Kopf hatte er eine lange, schwarze Perücke. Melli und Isi hatten sich große Mühe gegeben, ihm ein ansehnliches Make-up zu verpassen. Sein Erscheinungsbild konnte irgendwo zwischen Mädchen und Drag-Queen eingeordnet werden, jedoch etwas näher an Mädchen, wie man eingestehen musste. Um den Hals hatte Isi ihm eine goldene Doublé-Kette mit einem herzförmigen Anhänger gelegt.

»Dürfen wir vorstellen«, präsentierte Melli grinsend, »Julia zur Heyden.«

Tim kniff verzweifelt die Augen zusammen und verzog das Gesicht.

»Oh, verdammt«, presste er hervor und winkte ab. »Wie soll ich Anna je wieder anrühren können? Ich muss dieses Bild loswerden … Leute, weg damit! Neuer Versuch!«

»Ja, ist ja schon gut«, lenkte Melli ein. »War ja nur ein Test.«

Tim wandte sich ab und ging wieder nach draußen in den Flur, wo die anderen drei Jungs ihn gespannt erwarteten.

»Können wir ihn auch mal sehen?«, fragte Damian aufgeregt.

»Nein!«, hielt Tim ihm entgegen. »Und ihr würdet das auch gar nicht wollen.«

Er deutete seinen Freunden an, sich umzudrehen und in den Gemeinschaftsraum zurückzukehren. Dort fläzten sie sich in die Sofagarnitur und warteten. Nach einer knappen Stunde schaute Tim ungeduldig auf sein Handy.

»Wie lange dauert das denn noch? ›Vertrau uns, Trip. Wir können das. Wir haben beide Kunst LK.‹ Wenn da jetzt wieder so ein Kackmist rauskommt, dann kann er gleich als Ronald McDonald gehen.«

»Jetzt lass doch mal, Alter!«, beschwichtigte Alex ihn. »Die kriegen das hin. Bleib cool.«

Endlich ging die Tür der Mädchentoilette auf. Sofort sprangen Tim, Alex, Damian und Michael auf und liefen in den Flur, um Julian zu sehen. Diesmal war sein Outfit in dezenten Brauntönen gehalten. Ein knielanger Rock, eine Blazerjacke, halbhohe Pumps, ein wenig ausgelatscht, aber besser für seine Füße, und eine aschblonde Perücke in Form einer halblangen Damenfrisur verbargen Julians Identität vorzüglich. Mit seinem Make-up sah er aus wie eine Frau um die fünfunddreißig.

»Saubere Arbeit, Mädels!«, lobte Tim.

»Danke«, sagte Melli froh. »Lasst ihn noch eine halbe Stunde laufen üben, bevor ihr ihn losschickt.«

Und so stakste Julian einige Male den Flur auf und ab, begleitet von den Anfeuerungsrufen seiner Freunde.

»Schöne Beine, Süße!«

»Mehr mit den Hüften, Boggy!«

»Halt dich etwas mehr gerade!«

»Ja, Bitch, raus mit den Titten!«

»Haltet die Mäuler, ihr Spacken!«

Nach einer Weile konnte Julian einigermaßen überzeugend in den Damenschuhen gehen. Damian hielt ihm die schwere Haustür auf.

»Okay«, sagte Tim. »Ditze, gib ihm noch einen Satz Ohrstöpsel mit.«

»Wieso?«, fragte Julian. »Ich muss doch was hören.«

»Ganz genau«, bestätigte Tim. »Du hörst uns nur über diese Ohrstöpsel.«

»Hä?«

»Trip meint Bluetooth-In-Ear-Kopfhörer, Boggy«, erklärte Alex und drückte ihm eine winzige Schachtel in die Hand. »Damit keiner hört, was wir sagen.«

»Exakt«, fuhr Tim fort. »Gleichzeitig machst du Fotos und sendest sie uns über WhatsApp. «

»Stimmt«, sah Julian ein. »Alles klar, kapiert.«

Damian hielt die Tür weit auf, um seinen verkleideten Freund galant hindurchgehen zu lassen. Als Julian an Damian vorbei ging, holte dieser aus und gab ihm dreckig lachend einen festen Klaps auf den Hintern.

»Blöder Wichser!«, schimpfte Julian. Dann verließ er endgültig das Haus und ging zu seinem Auto.

Der Rest der Gruppe saß im Haus der Jugend auf der Couchgarnitur und wartete ab. Sie hatten in etwa einen Zeitrahmen ermittelt, in dem Julian sich melden musste. Ziemlich genau zu diesem Zeitpunkt vibrierte Tims Handy. Er ging ran.

»Hier Basis.«

»Ich bin's. Ich bin im A-Trakt.«

»Wer ist da?«

»Du weißt genau, wer ich bin!«

»Sorry, aber ohne Codename können wir nicht mit dir reden.«

Tim stellte sein Handy auf Lautsprecher und legte es vor sich auf den Couchtisch.

»Wir brauchen deine Codebezeichnung zur Authentifizierung, sonst brechen wir die Misson ab.«

»Oh, Herrgott! … Hier ist ›Slutty Bartfass‹, verdammt nochmal!«

Die Jungs und Mädchen im Haus der Jugend bogen sich vor Lachen.

»Sehr witzig. Jetzt gebt mir endlich Melli, ihr Arschlöcher!«

»Okay, Boggy, alles cool. Sprich jetzt nicht mehr so viel, und hör einfach nur Melli zu!«

Melli beschrieb Julian präzise den Weg, den er vom A-Trakt bis zum C-Trakt gehen musste, und dann führte sie ihn hinunter in den Flur des historischen Bunkergeschosses.

»Ich bin jetzt vor der Tür der alten Mädchentoilette. Die Tür ist nicht verschlossen. Ich geh rein. Im vorderen Bereich ist nichts. Nur eine weitere Tür nach rechts. Die ist zu. Ein Steckschloss. Neben beiden Türen ist jeweils ein Lichtschalter … Alles klar, die machen beide das Deckenlicht an und aus. Jetzt geh ich durch die große Öffnung in der Zwischenwand. Links sind sechs Toilettenkabinen. Rechts sind sechs Waschbecken mit jeweils einem Spiegel drüber.«

Julian illustrierte seine Beschreibungen mit reichlich Fotos. Tim sah sich alles äußerst aufmerksam an.

»Okay, wir sehen's. Was ist mit der Außenwand? Gibt's da ein Fenster?«

Julian sendete ein Foto der Wand.

»Nein. Nur einen Abluftventilator oben rechts.«

»In Ordnung. Was ist mit dieser zweiten Tür? Kannst du erkennen, wo die hinführt?«

»Nein, wie gesagt, da ist ein Steckschloss drauf. Ich kann nicht durchs Schlüsselloch gucken.«

»Okay.«

»Aber warte! Ich geh zurück in den Gang und seh mal, ob der Nebenraum auch eine weitere Tür hat …«

Die Freunde lauschten auf Julians Schritte, die im Flur hallten.

»Versuch, was leiser zu gehen, Boggy!«

»Dann hättet ihr mir andere Treter mitgeben sollen«, erwiderte Julian. »Bingo! Der Nebenraum hat eine Tür zum Flur!«

»Ist die offen?«

»Nein, abgeschlossen. Aber ohne Steckschloss.«

»Guck mal durchs Schlüsselloch und sag uns, was du siehst!«

»Okay … Also, das ist ziemlich hell. Da kommt Tageslicht rein, und zwar durch ein Oberlicht an der Außenwand. Ansonsten nur alte Regale mit halb verrotteten Aktenordnern. Sieht ziemlich verwahrlost aus.«

»Okay, Boggy, warte kurz!«

Tim lehnte sich zurück und dachte angestrengt nach. Nach ein paar Sekunden beugte er sich wieder nach vorne.

»Es ist halb vier«, murmelte er. »Der Baumarkt macht um vier zu.«

Dann sprach er wieder in sein Handy.

»Boggy! Leg jetzt auf und fahr zum Baumarkt. Wir treffen uns auf dem Parkplatz, ganz hinten am Zaun. Bleib im Auto sitzen!«

»Verstanden.«

Tim stand auf und nahm seine Autoschlüssel aus der Hosentasche.

»Wartet hier! Ich komm sofort wieder zurück.«

Eine gute halbe Stunde später kehrte Tim ins Haus der Jugend zurück. Seine Freunde sahen ihn staunend an. Sie waren unglaublich neugierig zu erfahren, was Tim ausgeklügelt hatte. Kurz darauf rief Julian wieder an.

»In Ordnung, Boggy, wie ich dir gezeigt habe: Den Akkubohrer genau senkrecht ans Steckschloss und langsam bohren.«

»Alter!«, warf Damian ein. »Dann hinterlassen wir Spuren. So merken die, dass einer da war!«

»Keine Sorge«, beruhigte Tim ihn. »Die Tür hat seit Jahrzehnten keiner mehr benutzt. Die wissen garantiert nicht mehr, wo der Schlüssel zu dem Steckschloss ist. Und wenn doch, werden sie nur verblüfft feststellen, dass er nicht passt.«

»Hä? Versteh ich nicht.«

»Warte ab. Wie weit bist du, Boggy?«

»Halb durch. Der Bohrer wird sau heiß.«

»Brauchst ihn ja nicht anzufassen.«

Da hörten sie durch Tims Handy ein Knacken.

»Alles klar, Boggy?«

»Ja. Das Schloss hängt am Bohrer fest. Es wackelt. Ich kann's ein bisschen bewegen.«

»Gut. Jetzt nimm den Schraubenzieher und steck ihn links versetzt ins Schlüsselloch. Siehst du den Bolzen, der … «

»Es klappt! Ich kann's rausziehen.«

»Klasse! Jetzt wird's knifflig. Ich hoffe, du kommst mit dem Dietrich klar.«

»Kann losgehen.«

»Okay, steck ihn ins Schlüsselloch. Das wird ein bisschen fummelig, aber bei diesen Schlössern geht das normalerweise ziemlich leicht.«

Man hörte ein kurzes Klacken über das Handy.

»Und?«

»Tür ist offen!«

Tim ballte die Fäuste.

»Ausgezeichnet! Geh jetzt noch nicht rein. Steck erst das neue Steckschloss rein und prüfe, ob es funktioniert!«

»Tadellos. Klappt einwandfrei.«

»Seht ihr, Leute?«, triumphierte Tim in die Runde. »Jetzt haben die immer noch ein Steckschloss, nur dass wir den Schlüssel dazu haben.«

»Alter Fuchs!«, bemerkte Melli bewundernd.

»Okay, Boggy, bereit?«

»Hab gerade mein Werkzeug weggepackt und die Metallspäne weggepustet. Ja, bin bereit.«

»Dann geh jetzt in den Nebenraum und sieh dir das Oberlicht an. Kann man es öffnen?«

»Da ist zumindest so ein merkwürdiger Griff. Moment. Ja, es geht auf. Man muss den Griff nur leicht nach unten ziehen.«

»Wie groß ist die Öffnung? Passt Hawkens da durch?«

»Mal sehen. Joa, ich denke schon. Wenn er den Bauch einzieht, sollte es kein Problem sein.«

»Perfekt. Wie sieht es draußen aus?«

»Moment, ich mach noch Bilder. So. Da ist ein Grünstreifen. Vielleicht fünf Meter. Dahinter sind ziemlich dichte Büsche. Und dahinter müsste irgendwo die Saint-Dizier-Straße verlaufen. Die kann ich aber von hier aus nicht sehen.«

»Okay, was siehst du noch?«

»Nur 'nen gelben Pfahl mit 'nem mickrigen gelben Schild, der etwa drei Meter nach rechts versetzt im Boden steckt.«

»Der markiert eine Gasleitung. Und uns den Einstieg ins Schulgebäude. Mach das Fenster jetzt wieder zu, Boggy, aber mach den Griff nicht ganz hoch. Mach es so, dass das Fenster geschlossen bleibt, sich aber leicht aufstoßen lässt.«

»Alles klar. Gemacht.«

»Gut. Und jetzt raus da! Schließ das Steckschloss noch ab! Wir sehen dich in zehn Minuten.«

Sichtlich zufrieden lehnte Tim sich zurück und legte die Hände hinter den Kopf. Melli lächelte ihn an und schüttelte bewundernd den Kopf.

»Annas weißer Ritter«, bemerkte sie. »Was ein Mann aus Liebe so alles tut … «

»Ich bin aber lieber der Dunkle Ritter«, trotzte Tim flapsig.

»Ja, genau!«, rief Alex und sang: »Dede-dede, dede-dede, dede-dede, Batman!«

An der Stelle rollte Melli nur mit den Augen.

Kurze Zeit später kam Julian herein und gesellte sich wieder zu seinen Freunden. Erleichtert zog er sich die Perücke vom Kopf.

»Alter! Das juckt vielleicht!«

»Das war ausgezeichnete Arbeit, Kumpel«, lobte Tim ihn. »Gut gemacht!«

»Und wie geht's jetzt weiter?«, wollte Julian wissen.

»Morgen basteln wir noch ein bisschen«, beschloss Tim. »Ich war heute Vormittag bei den Jungs von Stage-Light-Eventmanagement und hab leichten Bühnenmolton besorgt. Und wo ich gerade dabei bin: Ihr müsst für den Einsatz dunkle Sachen anziehen, Leute. Am besten Schwarz.«

»Geht klar«, nickte Michael. »Aber jetzt sag doch mal, was du genau vorhast!«

»In Ordnung«, lenkte Tim ein und deutete seinen Freunde per Handzeichen an, näher an ihn heranzurücken. »Passt auf, das ist der Plan: …«

Anna wären auf jeden Fall bessere Dinge in den Sinn gekommen, diesen Samstagabend anstelle des Absitzens von Hausarrest zu verbringen. Zwei Möglichkeiten fielen ihr in erster Linie ein, doch die eine war undenkbar, und die andere hatte auch nicht gerade gute Chancen zur Umsetzung. Wenn sie schon nicht mit Tim zusammensein durfte, was hätte denn gegen einen Mädchenabend mit Melli und Isi gesprochen? Hier auf ihrem Zimmer? Aber sie musste ja schon auf Knien dankbar sein, dass ihre Mutter ihr erlaubt hatte, am Vortag bei Melli zu Hause Mathematik zu lernen. Anna setzte sich auf ihr Bett und nahm einen tiefen Atemzug. Was für ein langweiliger

Abend. Sie beschloss, sich frühzeitig für die Nacht vorzubereiten. Sie würde ja vor dem Zubettgehen noch ein wenig lesen können.

Also stand Anna auf und trat von ihrem großzügigen, in hellen Cremetönen eingerichteten Wohn- und Schlafraum durch eine leichte, zweiflüglige Schiebetür in ihr Ankleidezimmer. Sie streifte ihr Kleid ab und hängte es sorgfältig auf einen Bügel. Ihre Schuhe verstaute sie ordentlich in einem massiven Zedernholz-Schuhschrank, der für sich alleine schon die Ausmaße eines ausladenden Schlafzimmerschrankes hatte. Vor einem wuchtig eingerahmten Wandspiegel hob sie ihr Haar nach oben und band es zu einem großen, lockeren Dutt zusammen. Dann ging sie durch eine zweite Tür ihres Schrankzimmers in ihr privates Badezimmer, das in etwa die doppelte Grundfläche von Mellis Zimmer hatte. Nun legte Anna ihre Unterwäsche ab und nahm eine Dusche. Anschließend trocknete sie sich ab, cremte sich ein und ging zurück ins Ankleidezimmer, wo sie in ein frisches, seidenes Höschen schlüpfte. Dann legte sie sich den passenden BH für den Morgen zurecht und warf sich einen ihrer ebenfalls seidenen Lise-Charmel-Kimonos über, den sie vorne in Höhe der Taille lose zusammenband. Schließlich zog sie eine Schublade auf und griff nach einem Paar Wollsocken – Socken aus natürlicher, unbehandelter Schafswolle für zehn Euro neunundneunzig aus dem Schäferladen im fünf Kilometer entfernten Nachbardorf.

»In Gesellschaft trägt die Dame feine Schuhe«, hatte Oma Leni immer gesagt, »doch am Abend, in ihrer Kemenate, wärmt sie sich ihre Füße mit der einfachsten und vorzüglichsten Methode, die es überhaupt gibt.«

Anna lächelte, als sie daran dachte, wie ihre Großmutter oft hinzugefügt hatte: »Gib nur immer fein Acht, mein Kind, dass sie genau die richtige Größe haben.«

Nun schritt Anna zurück in ihr Zimmer. Auf Socken, und auch barfuß, bewegte sie sich mit einer ebenso eleganten Haltung wie in ihren hohen Schuhen. Ein weiterer Umstand, den sie der Zuwendung ihrer Großmutter zu verdanken hatte. Alle Bewegungsabläufe, die Oma Leni ihr antrainiert hatte, waren ihr in Fleisch und Blut übergegangen. Es verlangte ihr nicht die geringste Konzentration ab. Und dies war der Grund dafür, warum Anna trotz ihres vornehmen Auftretens niemals aufgesetzt oder gekünstelt wirkte. Sie war bereits zu diesem Zeitpunkt, mit ihren 16 Jahren, die Verkörperung einer adeligen Dame. Das wiederum ließ die Leute in ihrem Umfeld oft vergessen, was sie in erster Linie war: Ein Mensch mit Gefühlen und Bedürfnissen wie jeder andere Mensch auch. Es schien Anna, dass sogar ihre eigenen Eltern diese einfache Tatsache aus den Augen verloren hatten. Ihre Mutter verlangte die äußerliche Perfektion von ihr, ein Aushängeschild der angesehenen Familie zur Heyden zu sein, während ihr Vater die innerliche Perfektion forderte: Beste Noten sowie unbedingten Erfolg in der Schule, im Beruf und in der Gesellschaft.

Anna sah sich kurz in ihrem Zimmer um. Ihr Laptop auf dem Schreibtisch fiel ihr ins Auge. Den hatte ihre Mutter ihr nicht weggenommen. Ob sie stattdessen das WLAN abgeschaltet hatte? Anna setzte sich auf ihren großen, an der Lehne golden verschnörkelten Schreibtischstuhl und klappte den Computer auf. Blauweiß beleuchtete der Bildschirm ihr Gesicht. Die Drahtlosverbindung stand. Wie sie es liebte, sich auf youTube Styling-Tutorials anzusehen, teils, weil sie sich gerne darüber amüsierte, welchen Unsinn viele Youtuberinnen dabei verzapften, aber auch teils, weil viele von ihnen ausgesprochen gut waren.

Ob Melli oder Isi online waren?

Verschmitzt und verstohlen loggte Anna sich auf Facebook ein. Nein, ihre Freundinnen waren offline. Stattdessen erinnerte sie die Liste am rechten Bildschirmrand daran, wie selten sie bisher ihr Facebook-Profil genutzt hatte. »Royal Chick Line« und »Royal Chick Jana« waren offensichtlich im Augenblick über ihre Mobiltelefone online. Anna klickte auf ihr eigenes Profil. »Royal Chick Anna«. Es war höchste Zeit, das zu ändern! Sie wählte ihre persönlichen Einstellungen an und klickte auf die Option zur Änderung ihres Benutzernamens. Sie überlegte. Wie sollte sie sich nennen? Sollte sie ihren richtigen Namen nehmen? Oder ihn in irgendeiner Form abkürzen? Vielleicht »An Na?« Nein, das machten fast alle Annas, die anonym bleiben wollten. »Belle Anna?« Originell, aber zu eingebildet. »AzH?« Zu abstrakt. Wie hatte Isi im Messing gesagt? »Mini-Maus?« Oh, nein, viel zu kindisch, und außerdem unseriös! Darüber hinaus waren ohnehin schon zu viele Userinnen auf diese Idee gekommen.

»Ach, sei's drum«, flötete Anna halblaut und tippte »Anna zur Heyden« in das Editierfeld. Warum auch nicht? Sie hatte abgesehen von ihrem Profil- und Titelbild keine weiteren Bilder hinzugefügt und außerdem ihre privaten Daten unterdrückt.

Immer noch kein grüner Punkt auf Mellis und Isis Profilen. Das war nur zu natürlich. Wenn überhaupt, wären

sie auf Instagram oder SnapChat online, und dazu, so war
sich Anna sicher, würde sie ihr Smartphone brauchen.
Anna seufzte leise, loggte sich aus und klappte den Laptop zu. Sie entschied, noch ein wenig zu lernen.

Gerade, als sie ihren Collegeblock und ihr Französisch-
buch ausgepackt und vor sich auf den Schreibtisch gelegt
hatte, klopfte es an ihre Zimmertür.

»Annabelle?«, erklang Viviennes mahnende Stimme
stark gedämpft durch die massive Tür.

»Ja, bitte«, lud Anna ihre Mutter ein, ihr Zimmer zu
betreten.

Vivienne kam mit stechenden Schritten in das Zimmer
ihrer Tochter. Ihre ohnehin recht schmalen Lippen kniff
sie energisch zusammen.

»Du machst es mir wirklich nicht leicht«, tadelte sie.
»Gib mir bitte dein Notebook!«

Erwischt. Anna zog missmutig die Kabelverbindungen
aus ihrem Laptop und reichte ihn ihrer Mutter, die ihn
ungehalten entgegen nahm.

»Provoziere mich nicht, Annabelle!«, schimpfte sie
lautstark. »Du wirst den Kontakt zu diesem Jungen ein
für allemal abbrechen, dafür werde ich sorgen!«

Und so stampfte Vivienne hektisch aus dem Zimmer
und zog die Tür hinter sich zu. Anna atmete einmal tief
ein und seufzte. Sie war sehr niedergeschlagen, doch sie
vergoss keine Träne. Sie war es müde zu weinen. Sie verspürte nur noch den Wunsch, schlafen zu gehen. Also
stand sie auf, setzte sich auf ihr Bett und löste den lockeren Dutt aus ihrem Haar, den sie sich für die Dusche gemacht hatte. Sie legte ihren Kimono ab und zog sich ihr
Nachthemd über. Dann nahm sie eine Bürste aus ihrem

Nachttisch. Zwanzig Minuten lang strich sie in aller Ruhe durch ihr langes Haar. Als sie damit fertig war, legte sie ihre Bürste zurück in die Schublade und nahm ein langes, schmales, weißes Band aus dem Nachttisch, mit dem sie ihr Haar sorgsam für die Nacht zusammenband. Ganz oben auf dem Kopf vollendete sie die Vorbereitung ihrer Bettruhe mit einer Schleife, die sie aus dem weißen Haarband knüpfte. So schlüpfte sie nun unter ihre Bettdecke.

»Licht ausschalten!«, sagte sie, und langsam dimmte die Zimmerbeleuchtung herunter, bis völlige Dunkelheit im Raum herrschte.

Gegen halb vier in der Nacht wurde Anna wach. Ein vertrauter Druck in ihrem Unterleib vermittelte ihr ein Bedürfnis, also stieg sie aus dem Bett und suchte ihr Badezimmer auf. Als sie zurückkehrte, bemerkte sie, dass sie hellwach war. Anna war sowieso eine Frühaufsteherin, und wenn sie an einem Samstagabend um halb zehn zu Bett gegangen war, so war es nur natürlich, dass sie sich morgens um halb vier ausgeruht fühlte. Sie setzte sich auf die Bettkante und legte die Hände in den Schoß. Die Ereignisse des Abends gingen ihr durch den Kopf.

›Weshalb wusste Mama, dass ich online war?‹, fragte sie sich in Gedanken. ›Ich war doch lediglich für fünf Minuten auf Facebook. Kann sie es möglicherweise am WLAN-Router sehen? Weiß sie, wie man das macht? Oder Papa? Nein, so gut kennen sie sich mit diesen Dingen nicht aus. Außerdem bezweifele ich, dass sie die Anlage unentwegt im Blick behalten.‹

Anna hob ihre Bettdecke an und schlüpfte wieder ins Bett. Sie legte sich seitlich auf ihr Kissen und blickte aus dem Bett heraus.

›Waren sie etwa im selben Moment wie ich auf Facebook aktiv? Aber angenommen, sie waren es … Ich hatte sie nie hinzugefügt, also tauche ich in ihren Listen überhaupt nicht auf.‹

Anna drehte sich auf den Rücken.

›Haben sie vielleicht bewusst nach mir gesucht? Das wäre möglich. Mama vertraut mir nicht mehr. Aber es wäre doch ein zu erstaunlicher Zufall, wenn sie mich genau in diesen fünf Minuten ausfindig gemacht hätte. Sie hatte doch keine Ahnung, dass sie nach ›Royal Chick Anna‹ suchen musste. Ach, sei's drum. Wahrscheinlich haben Line und Jana ihr längst zugetragen, dass ich mir damals heimlich ein Profil angelegt hatte. So war es sicher.‹

Anna schloss die Augen und versuchte, noch einmal einzuschlafen. Ihre Gedanken ließen sie nicht los.

›Line und Jana!‹

Anna riss die Augen auf und richtete sich hastig im Bett auf.

›Sie waren im selben Zeitraum online wie ich. Es ist gewiss kein Zufall, dass Mama mir den Laptop wegnimmt, kurz nachdem ich online war.‹

Entschlossen schlug Anna die Bettdecke zur Seite und stand auf. Leise, barfüßig, auf Zehenspitzen, verließ sie ihr Zimmer. Der breite Flur im Obergeschoss war mit einem Bewegungsmelder ausgestattet, der im selben Moment, da Anna aus ihrem Zimmer trat, die Beleuchtung aktivierte. Daher schlich sie schnell die breite Marmortreppe hinunter in die große Diele. Dort wartete sie, bis das Licht selbsttätig wieder ausging. Es dauerte eine Weile, doch dann dimmte es langsam herunter. Wie dunkel das Haus nun war! Von der Diele aus war es nicht mehr weit bis zur Küche. Da sie zur Straßenseite hin lag, fiel das Licht einer entfernten Straßenlaterne durch das Fenster an die weiße Decke. Annas Augen hatten sich mittlerweile gut an die Dunkelheit gewöhnt, und so konnte sie auch den großen Küchentisch mit seiner glatten Granitplatte erkennen. Ebenso erkannte sie die weißen Ornamente der Küchenstühle, die sich um den Tisch verteilten. Und ja, auf einem der Stühle lag wie üblich Viviennes Handtasche. Ein überlegenes Lächeln huschte über Annas Gesicht. Wenn irgendjemand flink und lautlos hantieren konnte, dann sie. Und das hier war einfacher als eine Portion Eis aus einem Glasschälchen zu löffeln. Ohne jedes Geräusch durchstöberte Anna die große Tasche ihrer Mutter, bis sie ein Mobiltelefon in der Hand hielt. Sie schaltete das Display ein. Was war das? Ein iPhone 6s mit Avril-Lavigne-Hintergrundbild?

›Das ist ja meins‹, dachte Anna erfreut. ›Wie gut zu wissen.‹

Sie legte ihr Handy zurück in die Tasche und suchte weiter. Kurz darauf hielt sie das einfachere iPhone 6 ihrer Mutter in der Hand. Anna brauchte nun nur noch die Anrufliste durchzugehen. Wenn sie richtig lag, musste Vivienne den verräterischen Anruf zwischen fünf vor neun und neun Uhr erhalten haben. Und tatsächlich, ganz oben in der Liste stand es: 20:58 Uhr, angenommener Anruf von Jana Eichendorf!

›Wie infam und niederträchtig!‹

Mit bitterem Gesicht legte Anna das Handy ihrer Mutter wieder in die Tasche zurück. Noch eine zeitlang blieb sie nachdenklich in der dunklen Küche stehen. Melli hatte gesagt, dass Tim sich etwas einfallen lassen würde. Doch hatte er eine Ahnung, mit wem er es zu tun hatte? Was würde er gegen drei bösartige Weibsbilder unternehmen können?

Kapitel 5

Annas Frage musste eigentlich lauten: Wussten die drei Weibsbilder, mit wem sie es zu tun hatten? Sie hielten Tim für einen nichtsnutzigen, bildungsfernen Herumtreiber und fühlten sich ihm überlegen.

Dieser Sonntagnachmittag im September zeigte sich von seiner sommerlichen Seite. Celine, Jana und Valeria lagen auf den Sonnenstühlen hinter dem Haus der Rheinmanns und genossen überkandidelte, alkoholfreie Cocktails. Sie waren zuversichtlich, ihre Intrige gegen Tim und Anna noch lange aufrechterhalten zu können.

Doch Tim war aus einem anderen Holz geschnitzt. Während seiner großen Tour stand er mehr als einmal vor wesentlich größeren Schwierigkeiten, die seinen Grips und seine Kraft forderten. Und so ahnten die drei Mädchen nicht, was sich im selben Moment in Tims Haus über ihnen zusammenbraute. Langsam, Stück für Stück, mit jeder Stunde, die dieser milde Sonntag verstrich, richtete er seine Pläne gegen sie.

»Sag mal«, meinte Michael skeptisch, »ist das nicht ein bisschen zu viel Aufwand, um drei Mädchen zu erschrecken?«

Tim warf einen Stapel schwarzer Tücher auf den rohen, hölzernen Tisch seiner Veranda.

»Nein«, widersprach er. »Das sind nicht irgendwelche kleinen Mädchen, die harmlose Kinderstreiche spielen. Wir haben es hier mit gemeinen, hinterhältigen Schlampen zu tun. Wenn wir erreichen wollen, dass sie Anna in Ruhe lassen, müssen wir sie richtig beeindrucken.«

»Und du meinst«, fragte Michael, »dass deine vorgezogene Halloweenparty das bringt?«

»Das musst du anders sehen, Hawkens«, erklärte Tim. »Die Kostüme sind in erster Linie zweckmäßig für uns selbst. Aber unterschätze ihre demoralisierende Wirkung nicht. Ganz besonders dann nicht, wenn wir sie mit den richtigen Aktionen und den passenden Worten einsetzen.«

Dann sah er auf dem Tisch umher.

»Schwarzer Molton«, zählte er auf, »schwarze Nylon-Strumpfhosen, Heißklebepistole, schwarzes Panzertape, Weißlicht-LEDs … Ditze, wo sind die Drähte und die Schalter? Und die Batteriehalter?«

»Hier«, antwortete Alex und stellte einen weißen Pappkarton, der bis eben noch neben ihm auf dem Boden gestanden hatte, auf den Tisch.

»Sehr gut«, nickte Tim zufrieden. »Also, das wird einfacher, als es im Moment noch aussieht. Aus dem schwarzen Molton schneidern wir uns Umhänge mit Kapuzen. Das sind nur zwei Teile, die sich leicht zusammenfügen lassen. Hier, ich hab meinen schon angefangen …«

Tim warf sich einen vorbereiteten Umhang über und setzte die Kapuze auf.

»Wow!«, rief Alex. »Fast wie ein Nazgul!«

»Oder wie ein schwarzer Mönch«, meinte Julian.

»Und deswegen braucht ihr die Nylons?«, warf Isi ein. »Um sie übers Gesicht zu ziehen?«

»Korrekt«, bestätigte Tim. »Aber das ist noch nicht alles. Hier, die weißen LEDs, die klebt ihr euch als Augen auf die Nylons. Sieht schaurig aus, und hat den Vorteil, dass ihr im Dunklen was sehen könnt.«

»Wie sollen wir was sehen«, wandte Damian ein, »wenn wir die vor den Augen hängen haben?«

»Ihr tragt sie nicht vor den Augen«, berichtigte Tim ihn, »sondern darüber. Auf den Augenbrauen.«

Anschließend führte er seinen Freunden vor, was sie machen sollten. Sie schnappten sich ihre Materialien und folgten Tims Anleitungen: »Ihr zieht euch jetzt erstmal jeder einen Strumpf über den Kopf. Okay. Dann malt ihr euch gegenseitig die Augenbrauen nach … Richtig. Genau so! … Jetzt zieht ihr die Strümpfe wieder ab und legt sie vor euch. Und mit der Heißklebepistole macht ihr mitten auf die Augenbrauenlinie einen kurzen Strich aus heißem Wachs. Da legt ihr zwei LEDs rein. Und achtet darauf, dass ihr schön dick Wachs drauf macht. Dann streut sich nachher das Licht besser, und man erkennt nicht, dass es LEDs sind.«

»Ehm, Trip?«, warf Isi ein. »Sorry, aber das wird so nicht funktionieren.«

»Warum?«

»Wenn du jetzt Wachs auf die Nylons machst, dann blättert das alles ab, sobald ihr mit den Köpfen reinschlüpft. Du brauchst was, wo du sie vorher schon drüber ziehen kannst!«

»Berechtigter Einwand«, sah Tim ein und sah sich um. Er verschwand kurz im Haus und kam mit einem Punching Ball zurück, einem Trainingsgerät für Boxer mit einer kopfgroßen Lederbirne auf einem elastisch montierten Stab.

»Damit wird's gehen«, stellte Tim fest und stellte das Sportgerät neben den Tisch. »Danke für den Hinweis, Isi. Das war cool.«

»Kein Problem«, schmunzelte Isi. »Ich will ja, dass alles klappt. Die Aktion muss unbedingt gelingen!«

Alex hatte inzwischen seinen Nylon-Strumpf über den Punching Ball gestülpt und damit begonnen, die nachgezeichneten Augenbrauen mit Heißwachs nachzuziehen.

»So?«, fragte er nach.

»Genau so«, nickte Tim. »Legt die LEDs ein bisschen schräg, damit die Augen wütend aussehen! Und die Drähte immer nach außen!«

»Das wird richtig geil«, begeisterte sich Damian. »Schwarze Mönche mit bösen, weiß leuchtenden Augen. Hammer!«

»Hinterher legt ihr euch die Drähte zum Batteriefach hin und macht einen Schalter dran«, ordnete Tim an. »Macht euch den Schalter an eine Stelle, wo ihr gut rankommt. Ihr müsst in der Lage sein, die Augen blitzschnell ein- und auszuschalten.«

Die Jungs arbeiteten eifrig an ihren Strumpfmasken, während Melli und Isi dabei halfen, die Kapuzen an die Umhänge zu nähen.

»Was ist mit dir, Trip?«, fragte Julian, als alle ihre Strumpfmasken vollendet hatten. »Warum machst du dir keine?«

»Seht ihr die schlabberige Brusttasche, die ich mir auf das schwarze T-Shirt genäht habe?«, erklärte Tim. »Da hab ich sechs LEDs eingenäht. Von vorne könnt ihr die nicht sehen, aber die leuchten oben aus der Tasche raus.«

»Und wozu soll das gut sein?«, fragte Melli.

»Das zeig ich euch gleich«, sagte Tim geheimnisvoll. »Ist euer Heißkleber trocken?«

»Ja.«

»Dann gehen wir jetzt rein und machen einen Test!«

Die Freunde gingen ins Wohnzimmer. Tim schaltete das Deckenlicht ein und verdunkelte alle Fenster und Türen.

»Okay. Jetzt die Masken aufziehen und die Umhänge anlegen.«

Die Jungs zogen die schwarzen Strümpfe über und hüllten sich in ihre Kostüme. Dann standen sie da und sahen sich gegenseitig an.

»Oh mein Gott!«, rief Melli. »Das sieht ja im Hellen schon voll gruselig aus!«

»Fertig?«, rief Tim.

»Alles bereit!«, bestätigte Alex, woraufhin Tim das Licht ausschaltete. Absolute Finsternis erfüllte den Raum.

»Augen einschalten!«, kommandierte Tim.

Was für ein furchteinflößender Anblick das war! Die Leuchtdioden von Alex, Damian, Julian und Michael leuchteten wie glühende Dämonenaugen aus den Kapuzen heraus. Sie waren gerade eben so hell, dass sie ein Schummerlicht auf die Wände warfen, vor denen sich die Umhänge aus Molton als tiefschwarze Silhouetten abhoben.

»Uuuuh-Huhuhuuuu!«, machte Damian begeistert. »Ist das geil, Leute! Die drei pissen sich die Röckchen voll, jede Wette.«

»Jetzt du, Trip!«, rief Alex.

Tim schaltete die Leuchtdioden in seiner Brusttasche ein. Ihr kaltes Licht traf Tims Gesicht steil von unten. Schaurig traten seine Gesichtskonturen hervor. Es sah schrecklich aus. Er setzte ein breites, verrücktes Grinsen auf, öffnete weit seine Augen und raunte langsam mit übertriebenen Lippenbewegungen: »Showtime!«

»Boah! Krass!«, rief Alex. »Das sieht so mega hart aus!«

»Nimm dein Schwert«, krächzte Tim mit heiserer Stimme, »und streck mich nieder, junger Skywalker!«

Die Jungs lachten. Alex beugte sich leicht in Richtung der Mädchen vor. Mit einer schauerlich flüsternden Stimme sagte er langsam: »Auenland! Beutlin!«

»Macht bitte das Licht wieder an!«, flehte Isi. »Bitte, Trip!«

»Ja«, bat auch Melli, »bitte hört jetzt auf!«

Tim schaltete die Zimmerbeleuchtung wieder ein und sah schmunzelnd zu den Mädchen hinüber.

»Angst, he?«, fragte er lachend. »Was glaubt ihr, wie es morgen erst den Kobros ergeht?«

»Also«, drückte Julian leise hervor, »wenn wir dann auch noch die Sachen durchziehen, die du uns gestern gesagt hast … Mann, Alter, meinst du nicht, das wird zu krass?«

»Daran hätten sie eben vorher denken sollen«, gab Tim trocken zurück. »Wenn sie Anna wehtun, dürfen sie von mir keine Gnade erwarten.«

»Richtig so!«, pflichtete Isi ihm bei. »Hoffentlich sterben sie vor Angst!«

»Okay, Leute«, nahm Tim Isis Worte zum Anlass, in die Runde zu mahnen, »bitte hört mir 'ne Sekunde zu. Besonders du, Isi. Ich hab nämlich das Gefühl, dass du die Aktion als Rache für das siehst, was sie dir damals angetan haben. Ist okay, kannst du von mir aus machen. Aber ich sag euch eins: Die drei werden morgen ihren Denkzettel kriegen. Aber ich erwarte, dass jeder von euch sie hinterher mit Respekt behandelt. Es wird nicht nachgetreten! Verstanden?«

»Ja, Boss«, stimmte Damian zu, und die Jungs wie auch Melli nickten.

»Isi?«, bohrte Tim nach.

»Ja, ist gut«, versicherte Isi ein wenig widerwillig.

»Gut«, schloss Tim. »Ihr Jungs pennt heute Nacht hier. Hawkens fährt gleich den Van holen. Ich fahr in der Zeit die Mädels nach Hause. Melli, ich komm kurz mit dir rein. Ich brauch noch was von Kathi.«

»Was denn?«, wollte Melli wissen.

»Sie muss mir noch was vorsingen«, schmunzelte Tim.

»Okay?«, meinte Melli unsicher.

»Wir pennen bis drei Uhr«, entschied Tim weiter, »dann fahren wir los.«

Es war nachts gegen viertel nach drei, als der orangefarbene Van an der Saint-Dizier-Straße rechts ranfuhr. Der Motor brummte noch ein paar Sekunden, dann war alles still.

»Bleibt noch sitzen!«, raunte Tim. »Wenn irgendjemand aus der Nachbarschaft jetzt gerade pinkeln ist, muss er uns nicht aussteigen sehen.«

»Du denkst aber echt an alles«, staunte Julian.

»Kunststück«, gab Tim zurück. »Da vorne in dem Fenster brennt Licht.«

»Ach so«, sagte Julian. »Hab ich gar nicht gesehen.«

»Jetzt ist es aus«, kommentierte Alex.

»Wir bleiben noch fünf Minuten im Auto sitzen«, entschied Tim. »Seht ihr da die dunkle Stelle in der Hecke?«

»Ja.«

»Das sieht wie ein Hohlraum aus. Da können wir rein, schätz ich. Falls nicht, hinlegen und drunter durch rollen.«

Nach fünf Minuten öffneten sich die Türen des Vans, und die Jungs gingen locker, jeder mit einem Rucksack im Arm, auf die Hecke zu. Die dunkle Stelle war tatsächlich eine Öffnung in der Hecke, durch die man gebückt hindurchgehen konnte. Nach rechts hin vergrößerte sie sich innerhalb der Hecke auf eine Höhlung von einem Meter fünfzig Höhe. Die Jungs erkannten im Licht der Taschenlampen ein Holzbänkchen und zwei kleine, bunte Kunststoffautos.

»Ach, wie niedlich«, flüsterte Alex. »Hier haben sich ein paar Kinder ’ne Spielecke eingerichtet.«

»Cool«, flüsterte Tim. »Das kommt uns entgegen. Wir lassen unsere Westen und Helme hier.«

»Wie kommen wir jetzt zum Gymmi?«, wollte Michael wissen.

»Ich seh mal nach«, antwortete Tim. »Ich schätze, hier unter dem Rand der Hecke können wir uns durchrollen. Wartet kurz.«

Tim legte sich hin und rollte von der Höhlung unter den Rand der Hecke.

»Was liegt denn hier?«, raunte er plötzlich. »Bah! Das ist ’ne Lümmeltüte!«

»Jetzt wissen wir, wozu die Hecke noch benutzt wird«, feixte Damian leise.

Tim schob sich unter dem Rand der Hecke durch und sah sich um. Von den Straßenlaternen aus gelang nur ganz wenig Licht hierher, doch das Wichtigste konnte Tim erkennen. Dann kehrte er zu seinen Jungs zurück.

»Der gelbe Pfosten befindet sich ungefähr fünf Meter nach rechts versetzt«, beschrieb er ihnen. »Von da aus sind es dann noch circa drei Meter bis zum Fenster. Los geht's!«

Einer nach dem anderen robbten sich die Jungs unter dem schulseitigen Rand der Hecke hindurch. Glücklicherweise war es keine Dornenhecke. Dann schlichen sie zu dem gelben Pfosten und suchten von dort aus die niedrige, bodennahe Fensterreihe ab.

»Das hier ist es«, verkündete Julian gedrückt. Er presste kurz gegen den Rahmen, und mit einem leisen Ruck sprang das Fenster nach innen auf. Bäuchlings, mit den Füßen voran, rutschten die Jungs durch das offene Fenster in den Lagerraum, der durch die Zwischentür mit der Mädchentoilette verbunden war.

»Dann schließ mal die Tür auf, Boggy«, ordnete Tim an. »Hast ja schon Erfahrung.«

Julian gelang es, die Tür zu öffnen, doch im Dunkeln, nur mit dem Licht einer Taschenlampe, rumpelte und klackerte es, und es dauerte recht lange. Doch dann zog er die Tür auf, die dabei schrill in den Scharnieren quietschte. Tim schaltete die Beleuchtung des Toilettenraumes ein. Dann ging er zielstrebig zu den WC-Kabinen und testete die Beweglichkeit der Türen. Auch sie quietschten in den Gelenken.

»Wie du vermutet hast, Hawkens«, sprach er. »Wir müssen sie schmieren. Ditze, das Öl. Du sorgst bitte dafür, dass hier nichts mehr quietscht.«

»Geht klar.«

»Boggy, du übst dich bitte mit dem Türschloss. Du musst es nachher blitzschnell und ohne Geräusch abschließen können. Wenn du dabei mit dem neuen Steckschloss rumklapperst, dann ist der Effekt für den Arsch.«

»Das krieg ich hin.«

»Sobald wir das im Griff haben, ziehen wir unsere Kostüme an und üben, uns im Dunkeln ohne anzustoßen durch den Raum zu bewegen.«

Damit hatten die fünf Kameraden noch einiges zu tun. Gegen halb sechs wurde es draußen merklich heller, was in dem fensterlosen Toilettenraum jedoch nicht zu bemerken war. Eine Stunde später ging die Sonne auf. Es dauerte noch eine halbe Stunde, bis sie über den Hügeln, die die Stadt in ihrem wunderschönen Tal umgaben, zum Vorschein kam. Im flachen Winkel glitten ihre Strahlen zwischen Bäumen und Häusern hindurch und übermalten das Blau der Dämmerung mit goldenem Schein. Schließlich wurde auch der Schulhof an diesem klaren Montagmorgen vom Licht der noch tief stehenden Sonne geflutet.

Celine, Jana und Valeria betraten den Schulhof. Ihre eleganten, weißen Neil-Barrett-Kostüme führten sie wie üblich mit allem Stolz vor. Auf ihren Nasen trugen sie große, dunkel verspiegelte Sonnenbrillen.

»Macht euch bereit«, textete Melli heimlich an Tim. »Die Power-Puff-Girls sind eingetroffen.«

Die drei Mädchen stellten sich an ihre gewohnte Stelle auf dem Schulhof. Celine warf ihr langes, braunes Haar nach hinten und drehte ihr Gesicht affig zur Sonne. Sofort tat Jana es ihr mit ihrem hellbraunen, durch blonde Strähnchen aufgehellten Haar nach.

»Wie spät ist es, Valy?«, fragte Celine überheblich.

Hastig kramte Valeria ihr Handy hervor und verkündete: »Zehn nach sieben.«

»Wir sollten runtergehen«, schlug Jana verächtlich vor, »bevor Miss Perfect ankommt.«

»Einverstanden«, antwortete Celine. »Auf geht's, Chicks!«

Gemeinsam bewegten sich die Royal Chicks auf die Tür des C-Trakts zu.

»Showtime«, war Mellis Text an ihre Freunde.

»Okay, Leute«, kommentierte Tim die Nachricht in der Mädchentoilette. »Aufstellung!«

Die Jungs hörten das Hallen der hochhackigen Pumps, das langsam lauter wurde. Valeria betätigte die Klinke, öffnete die Tür einen Spalt und schob ihre Hand hinein, um das Licht einzuschalten. Es flackerte für ein paar Sekunden, dann tauchten die alten Neonröhren den Raum in helles Licht. Ruhig stöckelten die drei Mädchen vor die Spiegel über den Waschbecken und strichen sich mit den Händen durch ihre Haare. Dann nahmen sie ihre Schminksets aus den Taschen und begannen damit, sich die Lippen nachzuziehen.

»Wie sieht es heute aus?«, fragte Celine.

»Sie hat Spanisch Grundkurs in der Ersten«, antwortete Jana.

»Natürlich«, spottete Celine mit einem leisen Stöhnen. »Eine von den tausend Sachen, die Miss Perfect freiwillig macht. Und dann?«

»In der Zweiten haben wir zusammen Mathe«, beschrieb Jana. »Da müssen wir wieder vorsichtig sein, weil sie ihre Asi-Schlampen bei sich hat.«

»Oh, Mann«, stöhnte Celine.

»Aber dann«, zischte Jana, »ab der Dritten, da haben wir eine Doppelstunde Englisch LK. Da haben wir sie für uns alleine.«

»Perfekt«, freute sich Celine.

Da machte es »Klack!«, und das Licht ging aus. Völlig überrascht von der undurchdringlichen Dunkelheit blieben die Mädchen wie angewurzelt stehen.

»Oh mein Gott«, hauchte Valeria. »Was ist das?«

»Wahrscheinlich ein Stromausfall«, beruhigte Celine sie. »Das musste ja irgendwann kommen, in dem alten Loch hier unten.«

»Und jetzt?«, fragte Jana.

»Einfach abwarten«, meinte Celine. »Sicher ist der Strom gleich wieder da.«

Da klang eine weibliche Kinderstimme, die leise und unsicher ein Lied sang, durch den Raum.

»Schneeflöckchen Weißröckchen
Wann kommst du geschneit?
Du wohnst in den Wolken
Dein Weg ist noch weit.«

Die Mädchen hielten sich angstvoll an den Händen.

»Was ist das?«, wimmerte Valeria. »Ich hab Angst.«

Plötzlich erschraken die drei heftig. Grell leuchtende Augen in furchtbaren, schwarzen Silhouetten blickten sie von allen Seiten an. Sie begannen hysterisch zu schreien, doch schon im selben Moment legten sich Hände in schwarzen Lederhandschuhen schwer auf ihre Münder und in ihre Nacken. Eine nach der anderen wurde mit einem Stück Panzertape geknebelt. Sie versuchten, um sich zu schlagen und zu treten, doch irgendwer griff nach ihren Armen und hielt ihre Hände auf dem Rücken zusammen, und sie wurden auf die Knie gezwungen. Außer sich vor Angst fiepten sie, ihre Augen weit aufgerissen. Als nächstes sahen sie ein schauriges, menschliches Gesicht vor sich aufleuchten. Ihr Fiepen wurde noch heller. Sie begannen zu weinen. Die schwarze Gestalt mit dem gruselig leuchtenden Gesicht begann in rauchigem, aber ruhigem Ton mit ihnen zu sprechen.

»Guten Morgen, meine Damen«, raunte die Stimme heiser. Ein helles Fiepen in schneller Folge kündete von der entsetzlichen Angst der Angesprochenen.

»Gestatten?«, fuhr die Gestalt fort. »Ich bin der Asi-Fürst. Ihr drei haltet euch für so überlegen. Ihr habt ja keine Ahnung, mit wem ihr euch angelegt habt!«

Leise weinten Celine, Jana und besonders Valeria. Noch immer blickten sie die Gestalt angstvoll an.

»Ihr werdet mir jetzt ganz genau zuhören. Euer Gemobbe gegen Anna zur Heyden ist hiermit beendet, ist das klar? Wenn ihr sie noch ein einziges Mal dumm anquatscht oder schief anguckt, dann erfahre ich davon. Und dann mach ich euch fertig. Ich mach euch das Leben zur Hölle. Habt ihr verstanden? Ist diese Botschaft in eure hohlen Schädel eingesickert?«

Die Kobros nickten unter Tränen.

»Das sind brave Mädchen. Und damit ihr sicher sein könnt, dass ich hier keine leeren Drohungen ausspreche, habe ich eine kleine … ›Demonstration‹ … für euch vorbereitet. Los geht's, Jungs!«

Das Gesicht begann zu grinsen. Im selben Moment griffen Hände in Celines und Janas Haare. Die langen

Klingen von großen Haushaltscheren glitten knirschend durch ihre Frisuren. Mit jedem Schnitt kreischten die beiden völlig außer sich in sich hinein. Tränen strömten über ihre Gesichter.

»Oooh«, kommentierte die Stimme mit vorgetäuschtem Bedauern, »jetzt weint ihr. Dabei geben wir uns solche Mühe, euch hübsch zu machen. Was für ungezogene Mädchen ihr doch seid.«

Zum Schluss griffen auch Hände in Valerias Haar und hoben es nach obe, begleitet vom metallischen Schaben einer sich öffnenden Schere. Sie begann verzweifelt zu wimmern.

»Wartet!«, befahl die Stimme. »Bei ihr ist es vielleicht nicht nötig.«

Dann näherte sich das Gesicht mit einem geisterhaften Schwung der verängstigten Valeria.

»Ich sag dir was, Kleine«, raunte die Gestalt. »Wenn du mit dem Teufel aus einem Topf essen willst, dann musst du einen langen Löffel haben, sonst verbrennst du dir den Mund.«

Als sie das hörte, nickte Valeria verängstigt. Nun nahm die Gestalt die beiden Scheren selbst in die Hand und näherte sich den beiden anderen Mädchen. Sie legte Celine und Jana die Klingen an die Wangen. Die Stimme schaltete um. Sie war immer noch ruhig und leise, doch ihr Ton war nun aggressiver.

»Und jetzt passt auf, Kotzbrocken! Diesmal kommt ihr mit 'nem verhunzten Pony davon. Beim nächsten Mal kommt die Matte ganz runter. Vergesst nie: Ich krieg euch, wann und wo immer ich will. Und was das Malheur betrifft, das euch hier heute Morgen zugestoßen ist: Ihr habt versucht, euch gegenseitig den Pony zu kürzen, doch das Experiment ging schief. Alles klar? Sollte ich irgendwo da draußen eine andere Version hören …«

Die Mädchen erschraken heftig, als dicht neben ihren Ohren die Scheren zusammenschnappten. Zum Schluss wurden ihnen ruckartig die Tapes von den Mündern gerissen, und dann verschwanden plötzlich sowohl das Gesicht vor ihnen als auch die Augen der anderen Schreckgestalten. Die Hände der Mädchen wurden freigegeben, und absolute Stille kehrte ein, nur unterbrochen vom Wimmern der drei verängstigten Weißröckchen.

Die Jungs aber verschwanden lautlos durch das Oberlicht des Nebenraums. Alex war der Letzte. Er brachte den Fenstergriff in eine halbhohe Position und kroch nach draußen. Dann setzte er von außen einen WC-Gummisauger an die Scheibe und zog das Fenster zu. Mit einem leichten Rumms fiel es notdürftig ins Schloss. Anschließend verschwanden die Freunde blitzschnell unter der Hecke, zogen ihre Gewänder aus und legten die Warnwesten und Schutzhelme der Straßenmeisterei an. Alles andere verstauten sie schnell in ihren Rucksäcken. Langsam und bedächtig schritten sie auf der anderen Seite aus der Öffnung der Hecke heraus und stiegen in den Van. Michael startete den Motor, und sie fuhren los.

»Alter!«, rief Julian, der auf dem Rücksitz zwischen Damian und Alex saß, beeindruckt. »Wie bist du denn da abgegangen!«

»War schon ziemlich krass, he?«, bemerkte Tim, der vorne neben Michael saß, und lachte in die Runde.

»Mann!«, rief Alex aus. »Die Nummer könntest du in jedem Horrorfilm bringen. Die sind mega fertig.«

»Ja«, nickte Tim, »die haben wir ziemlich beeindruckt. Mission erfüllt, schätz ich.«

Plötzlich brach Damian in lautes, ausgelassenes Gelächter aus. Er bekam sich nicht mehr ein vor Lachen. Er schlug sich auf die Schenkel und rang nach Luft.

»Was ist los, Motte?«, wollte Julian wissen. »Alter! Worüber lachst du so?«

Damian hielt sich den Bauch und gackerte in geradezu ansteckender Weise weiter.

»Mann, Motte!«, rief Tim ihm zu. »Jetzt sag schon! Warum lachst du?«

Damian versuchte, sich endlich nal zu sammeln, und deutete auf Tim.

»Und du sagst noch, du lässt sie nicht ungeschoren davonkommen!«, wieherte er.

Daraufhin erhob sich gröhlendes Gelächter im Auto. Michael musste sogar rechts ranfahren und anhalten, so heftig lachte er.

»Verdammt!«, kicherte Tim und wischte sich die Tränen aus den Augen. »Das war mir gar nicht aufgefallen.«

»Und dann der Spruch!«, warf Julian ein. »Der Spruch mit dem Teufel und dem Löffel! Aus welchem Film war der nun wieder?«

Tim drehte sich nach hinten und grinste.

»Heinz Rühmann, Mein Schulfreund, 1960.«

»Das war so klar!«, rief Julian lachend. »Du und Ditze, ihr guckt echt jeden Scheiß.«

»Tja«, gab Alex dazu, »man lernt 'ne Menge dabei. Stimmt's, Trip?«

»Richtig«, bestätigte Tim, »und wenn's nur coole Sprüche sind.«

In der alten Mädchentoilette saßen Celine, Jana und Valeria heulend auf dem Boden. Immer noch war es stockdunkel um sie herum. Valeria tastete sich auf Händen und Knien zur Eingangstür und schaltete das Licht ein. Als sie sich umdrehte und ihre Freundinnen ansah, brach sie in Tränen aus und setzte sich mit dem Rücken neben die Tür.

»Ich dachte, das wäre so cool, bei euch mitzumachen«, heulte sie und hielt sich die Hände vors Gesicht, »aber das ist total Scheiße.«

»Warum heulst du eigentlich?«, schluchzte Celine. »Dir ist doch nichts passiert.«

Jana fasste wimmernd an Celines verschnippelte Frisur und tastete dann ihre eigenen Haare ab. Schließlich standen sie beide qequält auf und sahen in den Spiegel. Noch einmal brachen sie in Tränen aus. Sie kramten Papiertücher aus ihren Taschen hervor und begannen, sich die Gesichter abzutupfen.

»Was sollen wir denn jetzt bloß machen?«, jammerte Jana und zupfte an den zerzausten Überbleibseln ihrer vorderen Haarpartie herum.

»Wer war das?«, fragte Valeria leise und legte ihre Hände auf die Brust, während sie verängstigt ein- und ausatmete.

»Das war Annas Freund«, presste Celine niedergeschlagen hervor.

»Leute!«, fügte sie nach einer Pause hinzu. »Der ist noch schlimmer als wir dachten. Der ist zu allem fähig.«

»Ja«, wisperte Valeria und begann wieder zu schluchzen. »Ich will das nicht mehr. Ich mach nicht mehr mit.«

Und damit stand sie auf, warf die Tür des Toilettenraumes hastig auf und lief durch den dunklen Flur zum Treppenhaus.

Jana versuchte verzweifelt, sich ihre Haare vorne irgendwie zu einem Pony zurecht zu zupfen, doch es war aussichtslos. Das erste Klingelzeichen ertönte im Schulgebäude. Ernüchtert sah Jana ihre nicht minder zerzauste Freundin an.

»Und jetzt?«

»Hast du dein Tuch dabei?«

»Ja.«

»Ich schlage vor, wir warten, bis die erste Stunde anfängt. Dann gehen wir sofort zum Friseur.«

»Aber heute ist doch Montag, Line.«

»Ach ja, zu blöd … Lass mich überlegen … Wie wär's, wenn wir Sabrina anrufen? Sie wird uns helfen. Todsicher. Sie kann es sich nicht leisten, uns als Kundinnen zu verlieren.«

Schweigend warteten Celine und Jana auf das Klingelzeichen zum Beginn der ersten Stunde. Wie lang fünf Minuten doch sein konnten! Jana unterbrach die Stille schließlich.

»Und was ist mit Anna? Und Tim Richthof?«

»Vergiss es, Jana. Das ist es nicht wert. Lass uns das einfach abhaken, okay?«

»Von mir aus. Fürs Erste. Aber sie sollen sich bloß nicht einbilden, dass sie gewonnen haben!«

»Jägerschnitzel mit doppelt Pommes Schranke?«, rief die Bedienung laut hinter der Theke in der Imbissbude am Bahnhof.

»Hier!«, rief Michael und nahm den Teller mit seinem Mittagessen entgegen.

»Macht mal ein bisschen Platz, Leute«, sagte er, als er sich zu seinen vier Freunden an den Stehtisch gesellte und versuchte, seinen Teller zwischen deren Geschirr zu schieben.

»Wie wär's«, schlug Alex vor, »wenn wir 'nen zweiten Tisch ranschieben? Die Mädels müssen ja auch jeden Augenblick kommen.«

»Dann macht!«, kommandierte Michael, hob seinen Teller wieder hoch und ging einen Schritt zur Seite. Alex zog einen der unbesetzten Nachbartische heran und rückte ihn an die Stelle, an der Michael gestanden hatte.

»Jawoll!«, freute sich der und platzierte sein Geschirr zufrieden auf der leeren Tischplatte. Selig begann er zu schmausen. Eine Minute später betraten Melli und Isi die hölzerne Bude.

»Und?« – »Wie ist es gelaufen?«, wollten sie mit großen Augen wissen, als sie sich zu Michael an den Tisch stellten.

»Sagt ihr es uns!«, gab Tim zurück. »Ihr habt sie bei Licht gesehen.«

»Von wegen«, widersprach Melli. »Das einzige, was wir gesehen haben, war die Kusnezow, wie sie vom Schulhof gerannt ist.«

»Wär fast noch hingeflogen«, witzelte Isi, »mit ihren hohen Absätzen.«

»Aber von den anderen beiden keine Spur«, fügte Melli hinzu.

»Sagt schon, wie übel habt ihr sie verunstaltet?«, forderte Isi ihre Freunde gespannt auf.

»Och, so schlimm war's nicht«, antwortete Damian gelassen. »Wir haben ihnen nur ein paar Strähnen rausgeschnippelt. Die können sich 'nen guten Friseur leisten.«

»Wie willst du beurteilen, wie schlimm es war?«, fragte Melli ihn spöttisch. »Du weißt nicht, wie schlimm es für ein Mädchen ist, wenn man ihr die Frisur zerschnippelt!«

»Nee, ohne Witz jetzt, Melli«, hielt Julian dagegen. »Es geht wirklich noch. Wenn sie schlau sind, lassen sie sich jetzt 'nen schönen Rundpony oder Vintage-Pony schneiden, und dann können sie wieder vor die Tür.«

»Okay«, lenkte Melli ein. »Wenn du das sagst, glaub ich es.«

»Tun sie dir auf einmal leid, oder was?«, fragte Isi ihre Freundin.

»Keine Ahnung«, antwortete Melli unsicher und fasste sich ans Haar. »Ich stell mir nur gerade vor, jemand würde mir die Haare abschneiden.«

»Was du hast!«, bemerkte Isi verständnislos. »Von mir aus hättet ihr sie kahl rasieren können.«

»Isi?«, richtete Tim das Wort an sie. »Worüber hatten wir gesprochen?«

»Wieso?«, begehrte Isi auf. »Was die beiden machen, ist systematisches Mobbing! Wisst ihr überhaupt, wie schlimm das ist? Wie viele haben sich schon umgebracht, weil sie jahrelang gemobbt wurden? Habt ihr daran mal gedacht? So was kann man gar nicht hart genug bestrafen. Sorry, aber 'ne kleine Spukveranstaltung und ein bisschen die Haare zerzauseln reicht einfach nicht!«

»Jetzt fahr mal runter!«, warf Alex ein. »Du warst nicht dabei. Die Aktion war schon ziemlich finster, das darfst du uns glauben. Die haben Rotz und Wasser geheult.«

Tim drehte sich zu Isi hin und fasste sie an den Schultern.

»Hör zu, Isi«, sagte er ruhig. »Wir können nur ahnen, wie sehr sie dich damals verletzt haben.«

Isi bekam feuchte Augen, als ihr die Erinnerungen wieder in den Kopf kamen.

»Aber du darfst eins nicht vergessen: Leute, die andere mobben, haben meistens nicht vor, jemanden in den Selbstmord zu treiben. Sie sind nicht fähig, die Konsequenzen abzuschätzen, weil sie einfach zu unreif sind. Sie sind letzten Endes einfach nur dumme Kinder.«

»Die beiden sind aber keine Kinder mehr«, wandte Isi ein. »Guck sie dir doch an!«

»Ja, ganz genau, Isi!«, stimmte Tim ihr zu. »Guck sie dir an! Und was siehst du dann? Teure Klamotten, viel Make-up, großspuriges Gehabe, und das war's. Vergleich sie einfach mal mit dir und Melli. Oder mit Anna. Ihr seid alle fünf gleich alt, aber total unterschiedlich.«

»Na ja, stimmt schon«, sah Isi ein. »Anna ist irgendwie schon voll erwachsen.«

»So«, fuhr Tim fort, »und jetzt stell sie dir neben Celine und Jana vor. Und denk dir dabei jetzt einfach mal die teuren Klamotten weg.«

»Wie oft ich das schon gemacht habe«, bemerkte Damian grinsend.

»Schnauze, Motte!«, warf Tim ihm trocken entgegen.

»Ja, sicher«, sagte Isi, »man merkt's schon. Celine und Jana verhalten sich noch genauso wie vor zwei Jahren.«

»Merkst du was?«, setzte Tim eindringlich nach. »Die beiden hängen mit einer aus der Neunten ab, und du, Melli und Anna mit uns Älteren.«

»Is echt so«, erkannte Isi und lächelte. »Es war aber trotzdem gut, dass sie mal zurechtgestutzt worden sind.«

Damian kaute gerade auf einem Stück Schnitzel. Er begann nach Isis Worten albern zu kichern.

»Was ist los, Motte?«, wollte Michael wissen.

»Zurechtgestutzt«, wiederholte Damian mit vollem Mund und gluckste. Seine Körper bebte dabei.

»Jaja«, meinte Julian verschmitzt, »war schon 'ne haarige Sache heute Morgen.«

In dem Moment bekam Damian einen Lachanfall. Er war außerstande, sein gekautes Schnitzelstück hinunterzuschlucken. Er drehte sich um und spuckte es in einen Müllbehälter. Dann lachte er sich in gebückter Haltung kaputt. Die übrigen Jungs stimmten schallend mit ein.

»Mit uns Älteren, hm?«, zwinkerte Melli Isi zu. »Wann werden Jungs doch gleich erwachsen?«

»Nie!«, lachte Isi. »Komm, wir bestellen uns was zu essen.«

Während die Mädchen ihre Mahlzeit orderten, beruhigten sich die Jungs wieder. Gemeinsam nahmen sie ihr Mittagessen ein, ohne die Geschehnisse des Morgens noch mal aufzugreifen. Eine zeitlang hörte man nur das Klimpern und Klirren des Bestecks auf dem Geschirr. Tim nahm aus dem Augenwinkel wahr, wie neben ihm Alex seine Pommes mit lautem Pochen vom Teller spießte. Damian schnitt emsig ein Stück von seinem Schnitzel ab. Sein Messer klackerte mit jedem Stich, der Teil seines hastigen Schnittes war.

›Wie geht das bloß?‹ fragte sich Tim in Gedanken und spießte seine Gabel vorsichtig in sein Wiener Schnitzel. Dann setzte er das Messer an und begann, es sachte und langsam auf dem panierten Fleisch hin und her zu bewegen. Es dauerte recht lange, bis er sich mit der Klinge dem Tellerboden näherte. Vorsichtig beugte sich Tim etwas hinab und verlangsamte die Schneidebewegung, um nicht an dem Teller zu kratzen.

»Alles in Ordnung mit deinem Schnitzel?«, erkundigte sich Alex.

»Schmeckt's dir nicht?«, fragte Melli.

»Doch, doch«, wehrte Tim gedankenvoll ab, »alles okay. Ich musste nur gerade an Anna denken. Wie ging's ihr denn heute?«

»Schwer zu sagen«, meinte Melli. »Sie lässt sich nichts anmerken.«

»Aber ich glaube«, warf Isi ein, »es hat ihr ganz gut getan, dass die Kobros nicht da waren.«

»Habt ihr nicht miteinander geredet?«, frage Tim.

»Nein«, antwortete Melli. »Wir sitzen ja nur in Mathe zusammen, und der Jürgens passt auf wie Sau, dass wir nicht schwätzen.«

»Und Philipp Hinkheim wird immer schlimmer«, stöhnte Isi und rollte mit den Augen. »Ständig hält er nach ihr Ausschau und hängt sich an sie ran.«

»Ja, echt!«, fügte Melli höhnisch hinzu. »In der Pause hat er die Tür für sie aufgehalten, und als sie durch ging, hat er ihr die Hand so in den Rücken gehalten.«

»Vielleicht sollte ich ihm seine dreckigen Flossen abreißen?«, knurrte Tim wütend.

»Entweder das«, meinte Melli, »oder du vertraust Annas Fähigkeit, selbst mit ihm fertig zu werden. Dann wird niemand verletzt.«

»Zumindest nicht körperlich«, schmunzelte Isi.

»Ich kann darüber nicht lachen, Mädels«, murrte Tim. Er blickte auf seinen Teller und ballte die Fäuste auf dem Tisch. Isi legte ihre Hand auf seinen Unterarm und streichelte ihn beruhigend.

»Er hat keine Chance bei ihr«, sagte sie sanft, »ganz sicher.«

»Ich weiß«, raunte Tim. »Er soll trotzdem seine verwichsten Griffel von ihr lassen.«

»Das wird sie ihm schon sagen«, lächelte Isi ihn aufmunternd an.

»Genau«, lachte Melli. »Sie wird's nur etwas vornehmer ausdrücken. Sie würde wohl eher sagen: ›Nimm deine ejakulatbedeckten Extremitäten von mir.‹«

Melli und Isi kicherten vergnügt, doch die Jungs sahen sich nur gegenseitig an und verzogen verständnislos die Gesichter.

»Nein, das glaub ich nicht«, widersprach Tim. »Sie braucht keine Fremdwörter, um sich vornehm auszudrücken. Sie würde irgendwas sagen, was man versteht, aber es würde sich klasse anhören. Das ist eins von den Dingen, die sie so einzigartig machen.«

»Oooh«, neckte Isi ihn, »wie verliebt du bist!«

»Total süß«, schwärmte Melli entzückt.

»Ach, ihr!«, wehrte Tim leicht genervt ab. »Ihr wollt mich nur auf die Rolle nehmen.«

Isi lachte auf.

»Nein, Moment!«, rief sie, als hätte sie einen Geistesblitz. »Wir wollen dich … Warte, da hatte Anna auch ein anderes Wort für. Weißt du noch, Melli, letzte Woche? Morgens vor der Schule?«

»Was meinst du?«, fragte Melli nach.

»Ach«, überlegte Isi angestrengt, »die Sache mit dem Takko und so. Was hat sie da gesagt: ›Ihr wollt mich …‹, ich komm nicht drauf.«

»Ja, stimmt«, kam es Melli langsam wieder in den Sinn. »Irgendwas mit ›an der Nase rumführen‹, mein ich.«

»Nasführen!«, rief Isi lachend. »Das war's! Wir wollen dich nasführen, Trip!«

»Ja«, stimmte Tim zu und lächelte, »das klingt nach Anna. Wisst ihr was? Am liebsten würde ich nach der Pause rauf zum Gymmi fahren, sie aus der Stunde rausholen und irgendwas Cooles mit ihr machen.«

»Hm, ich weiß nicht«, witzelte Melli. »Damit würdest du ihr keinen Gefallen tun.«

»Warum nicht?«

»Sie hat jetzt 'ne Doppelstunde Geschi. Und wenn sie eins noch mehr liebt als dich, dann Geschi.«

»Sehr witzig, Leute!«, spottete Tim.

»Und wir beide haben noch was zu tun!«, mahnte Michael augenzwinkernd. »Ich mäh den Straßenrand nicht alleine.«

»Und!«, bekräftige Alex. »Stell dir mal vor, wie ihrer Mutter der Arsch bluten würde, wenn du das bringst.«

»Mach lieber keinen Scheiß, Alter!«, mahnte auch Julian zur Besonnenheit.

»Ja, schon gut, ich mach's ja nicht«, wehrte Tim ab. »Ich halt's nur langsam nicht mehr aus, das ist alles.«

»Danke fürs Nachhausebringen«, sagte Anna höflich, als sie vor ihrem Zuhause aus dem silbernen Audi stieg. Philipp hielt die lange Tür des sportlichen Fahrzeugs für sie auf. Während sie an ihm vorbeiging, beugte er sich mit einem vielsagenden Schmunzeln nach vorne. Anna wich ihm sachte aus und schenkte ihm im Vorbeigehen ein gezwungenes Lächeln. Dann begann sie ohne zu zögern, den langen Aufgang zu ihrem Elternhaus hinaufzugehen.

»Anna?«, rief Philipp ihr hinterher. Anna drehte sich um und sah ihn an.

»Ja, bitte?«, antwortete sie ihm zurückhaltend.

»Eines Tages werde ich dich küssen«, kündigte er an, »einfach nur so.«

Anna tat so, als würde ihr in dem Moment etwas ganz Wichtiges einfallen, indem sie sich mit den Fingerspitzen an die Stirn tippte.

»Aber ja!«, sprach sie. »Ich wollte mir ja noch ein neues Pfefferspray besorgen! Danke, dass du mich daran erinnerst.«

Augenblicklich wandte sie sich ab und schritt zügig die Stufen hinauf. Sie sah nicht zu Philipp zurück und verpasste damit den Anblick seines hochroten Kopfes, mit dem er in seinem Auto verschwand. Kurz quietschten seine Reifen auf, als er hektisch davonbrauste.

Es war zwanzig vor vier, als Anna ihr Zimmer betrat. Sie seufzte. Ein weiterer einsamer und überaus langweiliger Restnachmittag lag vor ihr. Der Abend würde ohne Zweifel nicht aufregender werden. Sie stellte ihre Tasche an ihrem Schreibtisch ab und ging hinüber ins Ankleidezimmer. Als sie einen Augenblick später wieder zurück in ihr Zimmer kam, war sie zwölf Zentimeter kleiner.

Anna beschloss, das Beste aus der Situation zu machen und vor dem Abendessen noch ein wenig für die Schule zu tun. Sie setzte sich an ihren Schreibtisch und nahm ihren Schreibblock aus der Tasche. Frau Dr. Uebelacker, ihre Geschichtslehrerin, hatte ihr drei Themen zur Auswahl gegeben, von denen sie sich eines für ein Referat aussuchen sollte. Sie hatte damit die Wahl, den Abend mit den Deutsch-Polnischen Beziehungen im Wandel der Zeiten, der Europaidee oder der Entwicklung des Frauenbildes in Familie und Gesellschaft zu verbringen. Für Anna waren das jedoch keineswegs triste Aussichten. Gewiss, ein Abend in Gesellschaft mit ihren neuen Freunden, oder besser noch mit Tim, wäre ihr natürlich lieber gewesen, doch sich mit ihrem Lieblingsfach zu befassen, bereitete Anna durchaus Freude. Und es hatte einen Vorteil, der zunächst nicht sofort auf der Hand lag, doch bei der Frage nach der Stoffrecherche offenkundig wurde. Freudig lief Anna aus ihrem Zimmer heraus und die Treppe hinunter. In der Diele saß ihre Mutter und las. Das Gespräch zwischen Vivienne und Anna verlief auf beiden Seiten in eiskaltem Ton und kurz angebunden.

»Mama?«

»Annabelle?«

»Es wird nötig sein, dass du mir meinen Laptop zurückgibst.«

»Aus welchem Grund?«

»Ich muss ein Referat in Geschichte halten und möchte mich angemessen darauf vorbereiten.«

»Kannst du nicht die Literatur in unserer Bibliothek zu Rate ziehen?«

»Die ist uralt. Die Themen erfordern die Berücksichtigung neuerer Quellen.«

»Wie du meinst. Er steht auf dem Schreibtisch deines Vaters.«

»Danke.«

Anna ging zu dem großen Schreibtisch und nahm ihren Laptop an sich. Dann drehte sie sich ihrer Mutter zu, knickste schnippisch und stolzierte davon. Vivienne musste unbedingt das letzte Wort haben: »Nicht so kokett, junge Dame!«

Anna gewährte es ihr großmütig. Auch das gefiel ihrer Mutter nicht.

»Wir werden später bei Tisch noch miteinander sprechen!«, ereiferte sie sich. »Und zieh dir gefälligst Schuhe an, Annabelle! Ich hasse es, wenn du barfuß durchs Haus läufst.«

Doch inzwischen war Anna schon wieder im oberen Stockwerk angekommen und in ihr Zimmer gelaufen. Sie verspürte nicht die geringste Lust, sich länger als nötig mit ihrer Mutter zu unterhalten. Stattdessen erkundigte sie sich online über die drei zur Wahl stehenden Themen, entschied sich für die Europaidee und begann ihre Stoffsammlung.

Kurz vor achtzehn Uhr musste Anna ihre Arbeit wohl oder übel unterbrechen. Es war wieder einmal Zeit fürs Abendessen, und auch nur eine Minute nach sechs am Tisch zu erscheinen, hätte wieder nur ein weiteres Streitgespräch zwischen den beiden Frauen ausgelöst. Also zog sich Anna ihre Schuhe wieder an und ging hinunter ins Esszimmer. Wie an den Tagen zuvor setzte sie sich an das ihren Eltern gegenüberliegende Ende der Tafel. Kurz nach Anna betrat Wolfgang das Zimmer. Er nickte seiner Frau und seiner Tochter nacheinander zu und sagte dabei zum Gruß: »Vivienne. Annabelle.«

Dann setzte er sich an seinen Platz, nickte beiden noch einmal freundlich zu und bediente sich am Tomaten-

Mozzarella-Gratin. Während er konzentriert mit dem Schöpfbesteck hantierte, formulierte er nebenbei die obligatorische Frage an seine Tochter: »Wie war's in der Schule, Schätzchen?«

Anna sah ihm ausdruckslos zu.

»Was möchtest du denn wissen?«, antwortete sie ruhig und monoton. »Wenn es um meine Leistungen geht, wirst du erfreut sein zu hören, dass ich viel Neues gelernt habe und an einem Vortrag über die Grundlagen zur Entstehung der Europäischen Union arbeite. Falls es dich jedoch interessiert, ob ich mit anderen Schülern gesprochen habe, kann ich nur sagen: Nein. Gut, die eine Hälfte der Schüler denkt inzwischen, ich sei zwanghaft menschenscheu, und die andere hält mich für unerträglich arrogant, aber das verkrafte ich bis jetzt ganz gut.«

Daraufhin sah Wolfgang eindringlich und sichtlich verärgert zu Anna herüber.

»Annabelle«, ermahnte er sie, »ich habe dir eine höfliche Frage gestellt. Es gibt keinen Grund, spitzzüngig zu werden!«

Anna ließ sich jedoch erst einmal nicht aus der Ruhe bringen.

»Verzeih bitte, Papa. Ich habe nur beschrieben, wie ich den heutigen Schultag empfunden habe. Es lag nicht in meiner Absicht, dich zu kränken. Ich würde niemals willentlich deine Gefühle verletzen. Oder dabei zusehen, wie jemand anderes es tut.«

»Soll das eine Anspielung sein, Annabelle?«, zischte Vivienne.

Anna lächelte ihr schnippisch entgegen.

»War ich zu subtil?«

»Du glaubst also, dass ich das alles nur mache, um dich zu kränken, ja?«

»Nein, Mama«, antwortete Anna ironisch, »so etwas würdest du doch nicht tun. Du zerstörst nur mein Glück für deine eigene Zufriedenheit. Du erwartest, dass ich bereitwillig leide, damit dein Haus von außen schön weiß bleibt.«

Nun wurde Vivienne richtig wütend.

»Du bist ein Mitglied dieser Familie, Annabelle zur Heyden!«, schrie sie. »Du hast eine Verantwortung ihr gegenüber! Es ist deine Pflicht, den Wünschen deiner Eltern zu entsprechen!«

»Vivienne!«, versuchte Wolfgang seine Frau zu besänftigen. »Bitte beruhige dich!«

Doch er konnte den Streit der beiden Frauen nicht mehr aufhalten. Auch Anna verlor die Fassung.

»Eure Wünsche?«, rief sie ihrer Mutter zu. »Ich versuche doch schon mein ganzes Leben lang, euren Erwartungen gerecht zu werden! Aber was ist mit meinen Wünschen?«

Anna begann heftig zu weinen.

»Weißt du überhaupt, was ich mir wünsche?«, schluchzte sie und sah ihre Mutter an. »Interessiert es dich, was ich möchte? Ich möchte dir so gerne von Tim erzählen. Ich möchte dir erzählen, wie ich ihn kennen gelernt habe. Und ich möchte, dass du neben mir sitzt, wenn ich mich für ihn schön mache, und dass wir dabei über ihn sprechen. Mehr will ich doch gar nicht von dir!«

Vivienne nahm Annas Worte mit versteinerter Miene zur Kenntnis. Wolfgang blickte nachdenklich geradeaus zum Fenster. Er versuchte, Worte zu finden.

»Schätzchen, du solltest vielleicht …«, begann er.

»Und du!«, fiel Anna ihm unter Tränen ins Wort. »Du nennst mich immer nur Schätzchen, wenn du mich nicht ansiehst. Immer wenn du mich ansiehst, sagst du Annabelle zu mir. Würde es dich umbringen, mich nur ein einziges Mal anzusehen, wenn du mich Schätzchen nennst?«

Weinend sah sie ihren Vater an. Er erwiderte ihren Blick nicht, sondern sagte nur: »Sei bitte so lieb, und geh auf dein Zimmer.«

Es erschien Anna wie ein Déjà-vu, als sie einmal mehr ihren Stuhl an den Tisch rückte, aus der Esszimmertür eilte und die Treppe hinauf ging. Verzweifelt legte sie sich auf ihr Bett und weinte.

Im Esszimmer schwiegen Wolfgang und Vivienne sich eine zeitlang an. Wolfgang stützte seinen Kopf nachdenklich in die Hände, während Vivienne da saß und den Kopf schüttelte.

»Wir kommen nicht mehr an sie heran«, bemerkte sie schließlich. »Ich hatte gehofft, es würde nicht nötig werden, aber jetzt sehe ich keine andere Möglichkeit mehr.«

»Woran denkst du?«, fragte Wolfgang seine Frau.

»Ich denke daran«, gab Vivienne zurück, »einen Spezialisten hinzuzuziehen. Wir sind an einem Punkt angelangt, an dem wir Hilfe benötigen.«

»Einen Spezialisten?«, wiederholte Wolfgang ungläubig. »Wovon sprichst du bitte?«

»Ach, Wolfgang, von einem Psychologen natürlich.«

Wolfgang ließ seine Hände auf den Tisch sinken und sah seine Frau entrüstet an. Er warf seine Serviette auf den Tisch neben seinem Teller.

»Das ist ja lächerlich«, hielt er mürrisch dagegen.

»Wir sollten es zumindest in Erwägung ziehen«, beharrte Vivienne.

»Nein!«, entschied Wolfgang energisch. »Es reicht jetzt, Vivienne! Sie ist unsere einzige Tochter. Wir verlieren sie, wenn wir so weitermachen. Mir gefällt nicht, was für eine Art Eltern wir geworden sind.«

Entschlossen stand Wolfgang auf und verließ den Raum. Vivienne blieb sitzen und verschränkte die Arme vor der Brust, während ihr Mann ins obere Geschoss hinaufging.

Oben angekommen klopfte er an Annas Zimmertür.

»Annabelle?«, sprach er sanft. »Darf ich reinkommen?«

Anna setzte sich betrübt auf und wischte sich die Tränen ab.

»Ja, natürlich«, antwortete sie traurig. Sie schaute zu Boden, die Hände im Schoß übereinander gelegt, als ihr Vater ins Zimmer kam. Er trat näher und setzte sich neben sie auf die Bettkante.

»Du magst ihn wirklich sehr, nicht wahr?«, bemerkte er nach einer Weile des beidseitigen Schweigens. Anna nickte und sah weiter zu Boden. Sie schwieg, während ihr Vater überlegte, was er sagen sollte.

»Papa?«, brachte Anna schließlich leise hervor.

»Ja?«

»Bist du jetzt bitte ganz ehrlich zu mir?«

»Ja, selbstverständlich.«

»Welchen Eindruck hattest du von Tim, als er vor Kurzem hier war?«

Wolfgang atmete einmal tief ein.

»Ich meinte es ernst, was ich gesagt hatte. Er scheint vernünftige Ansichten zu haben. Seine Vergangenheit

128

deutet jedoch auch auf eine dunkle Seite hin, und es ist nur natürlich, dass wir dich als Eltern davor beschützen wollen.«

»Das trifft vielleicht für dich zu«, wandte Anna ein, »aber Mama geht es doch nur um ihr Ansehen in der Gesellschaft.«

»Nicht nur«, widersprach ihr Vater. »Sie ist natürlich ebenfalls besorgt.«

»Aber tue ich denn nicht alles dafür, dass ihr mir vertrauen könnt?«, meinte Anna. »Ich erfülle doch alle Anforderungen, die ihr an mich stellt. Es kommt mir so vor, als wäre das in euren Augen alles nichts wert. Stattdessen setzt ihr mich nur noch mehr unter Druck.«

»Ja, ich weiß«, lenkte Wolfgang ein. »Wir glauben ständig zu wissen, wie viel wir von dir erwarten können. Und dabei verlieren wir oft aus den Augen, darauf zu achten, was deine Wünsche sind. Und das tut mir sehr leid.«

Anna nickte wieder stumm dazu. Ihr Vater beugte sich leicht nach vorne, um sie anzusehen. Er strich mit dem Finger über ihre Wange.

»Sieh mich bitte einmal an«, forderte er sie ruhig auf. Anna drehte ihr Gesicht zu ihm hin. Dann legte er beide Hände an ihre Wangen und sah ihr in die Augen.

»Es tut mir leid, Schätzchen«, sagte er. Tränen liefen Anna übers Gesicht, als sie ihre Arme um ihn legte. Gleichzeitig setzte sie sich mit eingezogenen Beinen auf seinen Schoß und schmiegte sich fest an ihn. Sie musste den Kopf recht tief nach unten beugen, um ihre Wange auf seine Schulter legen zu können. Sie schaute von der Schulter ihres Vaters nach außen, sodass sie ihm ungewollt den Ansatzknoten ihres langen Pferdeschwanzes in die Wange drückte. Wolfgang umarmte seine Tochter dennoch liebevoll, und es gelang ihm auch, seinen Kopf so zu drehen, dass er ihr einen Kuss seitlich auf den Hinterkopf geben konnte.

»Komm her, meine Große«, lächelte er gerührt. »Das hast du lange nicht mehr gemacht. Nur dass es damals für uns beide bequemer war, nicht wahr?«

Anna lächelte. Wolfgang spürte ihr zustimmendes Kopfnicken an dem wechselnden Druck ihres Zopfansatzes auf seiner Wange.

»Und ich muss dir noch etwas sagen«, fügte Wolfgang hinzu, während er ihren Kopf streichelte. »Ich bin sehr, sehr stolz auf dich.«

Noch einige Minuten hielten sie sich im Arm, dann setzte Anna sich wieder neben ihren Vater. Sie blickte für ein paar Sekunden recht unsicher umher, dann fasste sie sich ein Herz und stellte behutsam die Frage: »Darf ich Tim wiedersehen?«

»Wenn es nach mir ginge«, sagte Wolfgang nachdenklich, »würde ich sagen: Ja. Und ich denke, dass wir trotz allem auch deine Mutter dazu bringen können, einverstanden zu sein. Aber es wird nicht sofort sein. Wir müssen ihr die Möglichkeit geben, bei der Sache ihr Gesicht zu wahren.«

Er gab Anna noch einen Kuss auf die Wange und stand dann auf.

»Und was bedeutet das nun für mich?«, wollte Anna wissen.

»Es bedeutet«, antwortete Wolfgang an der Zimmertür, sich abschließend in den Raum wendend, »dass ich ihr einen Vorschlag unterbreiten werde, in den sie ihre

Bedingungen einflechten wird. Was am Ende dabei her-
auskommt, kann ich dir noch nicht sagen.«

»Ich verstehe«, nickte Anna. »Danke, Papa.«

Ihr Vater nickte ebenfalls mit einem Lächeln und verließ das Zimmer. Anna lehnte sich auf ihrem Bett nach
hinten und starrte an die Decke. Wie gut sich Hoffnung
anfühlen konnte!

Kapitel 6

Tim lag mit Malaria im Bett. Pest und Cholera gingen in seinem Haus um, und draußen vor der Tür lauerte Typhus. Malaria war eine braun getigerte Katze mit weißen Tatzen, die zusammengekauert auf Tims Brustkasten saß, während er es sich längs auf seinem Bett gemütlich gemacht hatte und über Kopfhörer eine Lern-CD anhörte. Er hatte keine Ahnung, wo genau sich gerade die unzertrennlichen Katzen, die schwarze Pest und die grau getigerte Cholera, aufhielten, doch den dickkopfigen, roten Kater Typhus wusste er vor der Verandatür auf eine Portion Futter wartend.

Es war Sonntagabend. Tim hatte Anna nunmehr seit über anderthalb Wochen nicht gesehen. Es war ein quälendes Gefühl. Alles, was er über Anna erfuhr, kam aus den spärlichen Informationen, die Melli und Isi ihm tagtäglich aus der Schule berichteten. Wenigstens war sein Plan aufgegangen. Celine und Jana sahen bisher völlig davon ab, Anna, Melli oder Isi zu dissen. Valeria Kusnezow hatte sich von den Weißröckchen gelöst und trug nun wieder normale Tagesbekleidung. Wie lange sollte es denn noch dauern, bis Annas Eltern ihre strengen Vorschriften lockern würden?

Tim stoppte seine CD ab.

»Komm, Mamsell«, flüsterte er Malaria zu, »mach 'nen Satz!«, doch die Katze sprang erst von Tims Brust herunter, als er sich aufrichtete. Tim schlurfte zur Haustür und nahm ein Näpfchen Katzenfutter vom Boden auf. Dann trottete er durchs Haus, öffnete die Verandatür und stellte es Typhus vor die Nase. Der schleckte sich schon schnurrend über die Schnurrhaarkissen.

»Hau rein, Dicker!«, murmelte Tim.

Tim bemerkte die gut riechende Abendluft, die von der tief stehenden Sonne durchflutet wurde. Er trat hinaus und atmete die würzige Waldluft ein.

»Was zum Geier?«, bemerkte er plötzlich leise. Ihm war eine tennisballgroße, graue Kugel an dem hausseitigen Querbalken des Verandadaches aufgefallen. Die graue Kugel hatte an der Unterseite ein Loch und sah aus, als wäre sie aus mehreren Lagen Recyclingpapier aufgebaut.

»Verdammt«, entfuhr es Tim, »das muss jetzt wirklich nicht sein.«

Er betrachtete das Wespennest, das ungefähr einen knappen Meter über ihm hing, genau von unten und versuchte, durch das Loch etwas zu erkennen.

»Sieht nicht aus, als ob's noch bewohnt wäre. Aber besser mal nachsehen.«

Tim nahm einen der Verandastühle heran und stellte ihn unter das Nest. Dann sah er sich um. Ein Stöckchen wäre nicht schlecht. Er verließ kurz die Veranda nach unten zur Wiese hin und brach sich ein morsches Ästchen von einer Kiefer ab. Mit diesem begab er sich zurück zum Wespennest und stieg auf den Stuhl. Ganz vorsichtig führte er den Zweig in das Einflugloch des Nestes hinein. Außer ein paar Waben konnte er im Inneren nichts erkennen. Es schien leer zu sein.

Plötzlich erklang ein lautes, eindringliches Summen! Tim erschrak und machte einen Satz rückwärts vom Stuhl hinunter. Er strauchelte und setzte sich auf den Hintern. Die Wespen mussten schnell gewesen sein, denn es summte direkt vorne in seiner Hose. In diesem Moment erkannte er, dass es sein Handy war, das in seiner linken Hosentasche vibrierte.

»Meine Fresse!«, rief er aus. »Alter Verwalter! Ohne Witz, ey!«

Dann nahm er schnell sein Handy hervor und traute seinen Augen nicht. »Anna zu Hause« stand groß im Display. War es Anna selbst? Oder wieder ihre Mutter? Oder gar ihr Vater? Hastig tippte Tim auf die Taste mit dem Hörer.

»Richthof«, meldete er sich halbwegs gefasst.

»Zur Heyden«, erklang Viviennes gewohnt kühle Stimme am anderen Ende. »Haben Sie im Augenblick Zeit zu sprechen, oder störe ich Sie bei einer Tätigkeit?«

»Nein, ähm, guten Abend, Frau zur Heyden. Nein, Sie stören nicht.«

»Gut. Nun, Sie können sich sicher vorstellen, worum es geht, Herr Richthof.«

»Es geht um Ihre Tochter, schätz …, äh, nehme ich an?«

»So ist es. Wir haben die aktuelle Situation in den vergangenen Tagen wiederholt und eingehend erörtert, und wir haben schlussendlich die Möglichkeit in Betracht gezogen, dass Sie unsere Tochter in Kürze sehen könnten.«

»Wie meinen Sie das bitte?«

»Annabelle äußerte uns gegenüber, dass es ihr ausdrücklicher Wunsch sei, Sie als Begleitung zur Tauffeier unserer Familie am kommenden Samstag einzuladen.«

»Ja, das ist richtig.«

»Nun, wir haben auch weiterhin unsere Bedenken, Sie dort als ihren festen Partner zu präsentieren, doch wir beabsichtigen, Ihnen die Möglichkeit zu geben, sich dort von Ihrer besten Seite zu zeigen. Anschließend kann über eine Zustimmung unsererseits zu einer dauerhaften Liaison beraten werden.«

Tim, der immer noch auf dem Boden saß, ließ sich auf den Rücken sinken. Er legte die linke Armbeuge über seine Augen und verzog für einen Moment das Gesicht. Er war bemüht, die heftige Emotion, die ihn in diesem Moment übermannte, schnell zu verarbeiten.

»Sind Sie noch in der Leitung, Herr Richthof?«, krächzte es aus dem Handy, dass Tim am langen Arm rechts in der Hand hielt. Er fasste sich und setzte sich wieder auf.

»Ja … Ja, ich bin noch dran.«

»Nehmen Sie unsere Einladung an?«

»Ja. Vielen Dank, Frau zur Heyden!«

»Gerne. Es gibt indessen noch einige Bedingungen, die wir Ihnen zur Vorbereitung auf die Feier mitgeben möchten.«

»Ja, okay. Und welche?«

»Nummer eins: Die bisherigen Bedingungen gelten unverändert. Sie werden sich bis zum Tag der Feier von unserer Tochter fernhalten.«

»Ich verstehe.«

»Nummer zwei: Sie sind ein offizieller Gast und erscheinen ohne Begleitung.«

»Verstanden. Das ist kein Problem.«

»Nummer drei: Wir erwarten, dass Sie sich unserer Tochter auch am Tag der Feier nicht in persönlicher Weise annähern. Keine Vertraulichkeiten!«

»Vertraulichkeiten?«

»Keine Gesten, die Ihre Hingezogenheit zueinander offenbaren. Annabelle hat die ebensolchen Anweisungen Ihnen gegenüber erhalten.«

»Ich verstehe. Keine Vertraulichkeiten.«

»Sehr gut. Dann haben wir am kommenden Samstag das Vergnügen. Ich wünsche Ihnen einen schönen Abend.«

»Moment noch! Entschuldigen Sie bitte, aber darf ich Ihnen noch eine Frage stellen?«

»Bitte.«

»Dürfte ich Ihre Tochter ausnahmsweise schon ein paar Tage vor der Feier mal kurz treffen?«

»Aus welchem Grund?«

»Na ja, Anna hat gesagt …«

»Ihr Name ist Annabelle!«

»Entschuldigung. Annabelle. Also, Annabelle hat gesagt, dass sie mir helfen möchte, einen geeigneten Anzug für mich auszusuchen, und deshalb möchte ich fragen, ob wir vielleicht …«

Mit einem kurzen, spöttischen Lachen unterbrach Vivienne Tims Frage.

»Herr Richthof, mir ist bewusst, dass Sie sich von der Anwesenheit meiner Tochter beim Kauf eines Anzugs einen Vorteil erhoffen. Doch für Ihre Garderobe werden sie wohl selbst aufkommen müssen.«

»Nein, so meinte ich das nicht!«

»Guten Tag, Herr Richthof.«

Damit war das Gespräch beendet. Tim steckte sein Handy wieder in die Hose und stand auf.

»Blöde Kuh«, murmelte er und klopfte sich mit den Händen den Staub von der Hose. »Ich frag mich, wie

Anna überhaupt lebend aus dir rauskommen konnte, so verkrampft wie du bist.«

Der nächste Morgen begann grau. Zwar kündigte sich schon an, dass die Sonne später am Tage die Oberhand gewinnen würde, doch zu der Zeit, da der Schulhof des Gymnasiums sich mit Leben füllte, hielten die dicken Wolken noch standhaft dagegen. Glücklicherweise blieb es dabei trocken.

Melli und Isi näherten sich mit ihren schwarzen Rucksäcken dem Schulhof. Mellis kleine Schwester Kathi trottete ihnen hinterher und versuchte, mit den beiden Schritt zu halten.

»Jetzt lauft doch nicht so!«, beschwerte sie sich.

»Wir gehen so wie immer«, wies Melli sie zurecht. »Außerdem brauchst du uns jetzt nicht mehr nachzulaufen. Wir haben die Schule erreicht.«

»Und was mach ich jetzt hier alleine?«, trotzte Kathi.

»Bleib einfach hier stehen und warte auf Stella und Mareike«, beschloss Melli. »Die kommen ja bestimmt auch gleich. Ich kann auch nichts dafür, dass Laura heute krank ist.«

»Ich steh doch jetzt nicht hier rum«, maulte Kathi. »Das ist voll dumm!«

»Stell dich nicht so an, Kathi!«, schimpfte Melli. »Guck mal, da drüben kommen sie doch schon. Isi und ich setzen uns da hinten auf die Bank, siehst du? Da, wo wir immer sitzen.«

»Jaa, ist gut.«

Während Melli und Isi sich zu ihrer üblichen Sitzgruppe begaben, schlossen sich Kathis Klassenkameradinnen auch schon ihrer Freundin an. Kurz darauf fuhr der silberne Audi TT von Philipp Hinkheim heran und stoppte auf der Suche nach einem Parkplatz vor dem Schulhof. Die Beifahrertür öffnete sich, und eine vor Freude strahlende Anna stieg aus.

»Mensch, Anna!«, tönte es noch aus dem Auto, doch sie entgegnete nur: »Danke fürs Mitnehmen!«, und lachend warf sie die Tür ins Schloss. Mit beschwingten Schritten strebte sie auf den Schulhof zu, wobei sie sich Kathi und ihren Freundinnen näherte.

»Hey, Anna!«, rief Kathi ihr freudig zu.

»Hallo, Kathi«, grüßte Anna lächelnd zurück. »Wie geht es dir?«

»Gut«, antwortete Kathi stolz und genoss es, wie Stella und Mareike große Augen machten und sich mit offenen Mündern ansahen. »Kommst du bald noch mal vorbei?«

»Oh, ganz gewiss!«, gab Anna erfreut im Vorbeigehen zurück. »Habe einen schönen Tag, Kathi.«

»Du auch, Anna!«, flötete Kathi ihr hinterher.

»Boah, Kathi!«, staunte Stella. »Du kennst Anna zur Heyden?«

»Jap«, machte Kathi einen auf cool. »Sie war neulich bei mir. In meinem Zimmer.«

»In deinem Zimmer?«, wiederholte Stella verblüfft.

»Glaub ich nicht«, zweifelte Mareike.

»Is aber so«, strunzte Kathi. »Ihr könnt meine Schwester fragen.«

Ihre Schwester und deren blonde Freundin hatten sich auf ihrer Lieblingsbank niedergelassen und gammelten nun lässig in den beginnenden Schultag hinein. Eine kühle Brise umwehte sie.

»Jetzt ist der Sommer vorbei«, stellte Melli fest. »Dann fängt schon bald das Sauwetter an.«

»Na, warte ab«, hielt Isi dagegen. »Es heißt nicht umsonst ›Goldener Oktober.‹«

»Alter!«, lachte Melli. »Du klingst wie deine Oma.«

»Und wenn schon«, gab Isi ihr zurück. »Noch seh ich kein Sauwetter. Also jammer nicht!«

»Ich finde«, beharrte Melli, »die Luft ist trotzdem ganz schön kalt heute Morgen.«

»Is so«, bestätigte Isi und schaute zum Zugang des Schulhofs hin, »und es gibt ein Mädchen auf der Welt, dem das überhaupt nichts ausmacht.«

Sie hatte Anna erblickt, die zielstrebig auf die beiden Freundinnen zuging.

»Ich glaube«, fügte Melli hinzu, »sie ist überhaupt das einzige Mädchen auf der Welt, dem es nie kalt ist … Und warum ist sie so gut drauf? Mensch, sie strahlt ja richtig!«

Tatsächlich lachte Anna über das ganze Gesicht, als sie vor Melli und Isi stehen blieb.

»Anna!«, rief Isi flapsig zur Begrüßung.

»Isi!«, rief Anna in gleicher Weise zurück.

»Was ist los mit dir?«, lachte Melli. »Woher die gute Laune?«

»Ich habe wundervolle Neuigkeiten«, schwärmte Anna begeistert.

»Erzähl!«, forderte Melli sie auf.

»Also«, begann Anna glücklich, »euch ist möglicherweise aufgefallen, dass wir in diesem Moment eine Unterhaltung führen.«

»Ist uns nicht entgangen«, grinste Isi. »Und wir sind schon ganz gespannt!«

»Ich darf das jetzt wieder!«, jubelte Anna.

»Endlich!«, rief Melli. »Und dürfen wir jetzt auch wieder zusammen sitzen?«

»Ja!«, nickte Anna entzückt. »Wir drei dürfen wieder freien Umgang miteinander pflegen.«

»Und wem haben wir das Glück zu verdanken?«, fragte Isi.

»In erster Linie meinem Vater«, erzählte Anna. »Er hatte schon vor einer Woche ein Einsehen und versucht, meine Mutter umzustimmen. Aber es hat bis gestern Nachmittag gedauert, bis sie sich endlich einig waren. Mama hatte drei Tage lang nicht mit ihm gesprochen, so aufgebracht war sie.«

»Das klingt nicht so, als ob jetzt wieder alles Friede-Freude-Eierkuchen wäre«, wandte Isi ein.

»Das stimmt leider«, gab Anna zu. »So gelten zum Beispiel mein Hausarrest und mein Handyverbot noch bis zum Wochenende, was ich persönlich schon recht gemein finde.«

»Wie krass!«, warf Melli ein. »Das sind ja dann insgesamt über zwei Wochen.«

»Aber das Beste ist«, erzählte Anna begeistert, »dass Tim am Samstag zu unserer Familienfeier eingeladen wurde. Ich werde ihn endlich wiedersehen!«

»Anna, das ist toll!«, freute sich Isi.

»Das wird bestimmt wunderbar!«, stimmte Melli ein. »Ich freu mich so für euch!«

»Nun ja«, räumte Anna ein, »einige Einschränkungen gibt es dort schon. Ihm ist eine Gaststellung zugewiesen worden, die es uns verbietet, Vertraulichkeiten auszutauschen.«

»Was für Vertraulichkeiten?«, fragte Isi erstaunt. Melli erkannte, was es bedeutete: »Du meinst, kein Händchenhalten, keine Umarmung, kein Küssen und so?«

»Ganz recht«, bestätigte Anna, »aber ich freue mich trotzdem unbeschreiblich darauf, ihn zu sehen.«

»Das ist aber nicht das einzige, was dich beschäftigt, oder?«, spürte Melli. Anna nickte zustimmend.

»Mama hat darauf bestanden«, erzählte sie bedrückt, »dass Philipp ebenfalls eingeladen wird. Sie nannte es einen Akt der Höflichkeit und des Respekts für seine Unterstützung.«

»Respekt am Arsch!«, warf Isi wütend ein. »Sie will nur, dass er Trip in die Quere kommt!«

»Ja«, stimmte Anna zu, »das ist äußerst offenkundig, nicht wahr? Ich befürchte, dass er ihm Höflichkeitsfallen stellen wird, sodass er sich vor meiner Familie blamiert und schließlich völlig in Ungnade fällt.«

»Mach dir da mal keine Sorgen, Anna«, beruhigte Melli sie. »Trip ist ganz schön clever. Er wird das schon hinkriegen. Und weißt du auch, warum? Weil er nichts weiter zu machen braucht als der tolle Typ zu sein, der er ist.«

»Danke, Melli«, erwiderte Anna lächelnd. »So wird es gewiss sein.«

»Klare Sache«, versicherte Melli. »Denk mal dran, wie locker er dich umgehauen hat.«

»Oh, ja, das ist wahr«, strahlte Anna. »Wie überrascht ich da über mich selbst war!«

»Siehst du?«, lachte Isi. »Und da warst du noch Darth Whiteskirt, der eiskalte Engel, an den sich sonst kein Junge rangetraut hat. Was glaubst du wohl, wie schnell er deine Leute begeistern wird!«

»Nun ja«, meinte Anna verliebt, »er kann auf seine ungeschlachte Art und Weise schon außerordentlich charmant sein.«

»Dann pass aber lieber auf, Anna!«, scherzte Melli. »Am besten hältst du ihn von deinen Tanten und Cousinen fern.«

»Genau!«, stimmte Isi lachend ein. »Am Ende laufen sie ihm scharenweise hinterher.«

»Keine Sorge, meine Damen«, sagte Anna gewitzt. »Ich werde schon dafür sorgen, dass er nur Augen für mich hat.«

Karl Basberg, der Boss der Straßenmeisterei, war ein bierbäuchiger Endvierziger mit einer Glatze, die von einem Kranz aus kurzen, krausen, schwarzgrau melierten Haaren eingerahmt war. Dies war jedoch nicht offenkundig zu erkennen, da er ständig seine alte, graue Bauarbeiterkappe trug. Er enthüllte seine Kahlköpfigkeit immer nur dann, wenn er seine Kappe nach hinten schob und sich am Kopf kratzte. Was seine Figur betraf, konnte man sagen, dass er wie eine verkleinerte Version von Michael wirkte, mit etwa drei Vierteln von dessen Größe.

»Valentin! Richthof!«, dröhnte er kurz vor der Mittagspause bärbeißig aus seinem Bürofenster. »Kommt ma rein!«

Michael, der gerade mit Tim zusammen das Werkzeug von dem kleinen, orangefarbenen Laster lud, hob die Hand und signalisierte Herrn Basberg, dass er verstanden hatte.

»Scheiße«, raunte er Tim zu. »Der fragt jetzt bestimmt wegen dem Van.«

»Glaub ich nicht«, widersprach Tim leise. »Wenn der letzten Montag was gemerkt hätte, dann wär er direkt gekommen. Kennst ihn doch.«

»Und was will er dann?«, fragte Michael und nahm die letzte Schaufel von der Ladefläche.

»Finden wir's raus«, meinte Tim locker und gab Michael einen Klaps auf die Schulter. Gemeinsam schlenderten sie über den gepflasterten Hof und betraten das Bürogebäude.

»Tag, Chef!«, grüßte Michael beim Betreten des mit Papierkram überladenen, aber nicht unaufgeräumten Dienstzimmers seines Vorgesetzten.

»Guten Tag!«, grüßte auch Tim.

»Ja, Tach!«, grüßte Karl mit seinem Eifeler Dialekt zurück. »Setzt eusch!«

»Was gibt's denn?«, wollte Michael noch beim Hinsetzen wissen.

»Mir müsse wat bereden«, brummte der Boss seelenruhig und lehnte sich wie in Zeitlupe in seinem Bürostuhl zurück.

»Ziemlich klare Antwort, Chef«, grinste Tim ihm ins Gesicht.

»Halt deine große Rand, Rischthof«, brummte Karl in unverändert lässiger Tonlage. »Isch weiß, ihr Clowns wollt jetz in de Mittach.«

»Dann wär's nett«, meinte Michael, »wenn Sie auf den Punkt kämen, Chef.«

»Ja, ja«, wiegelte Karl ab. »Passt uff. Wat isch eusch saren wollt: Ihr zwei kommt ja jut middenander parat, ne?«

»Ja, sicher«, antwortete Tim und hob erwartungsvoll die Augenbrauen hoch.

»Ja, ne?«, rückversicherte Karl noch mal liebenswürdig und fuhr fort: »Isch seh dat ja uch. Wenn ihr zwei zusammen schafft, dann jibt dat immer Stücker. Dat find isch jut.«

Er lächelte Michael und Tim freundlich nickend an.

»Okay«, sagte Michael ungeduldig, »und weiter?«

»Habt ihr et eilisch?«, fragte Karl zurück.

»Wir würden gerne was essen gehen«, erklärte Tim. Karl gluckste mit seinem dicken Bauch.

»En schön Schwätzjen, da habt ihr et net mit, ne?«

»Doch, normalerweise schon«, gab Michael zurück.

»Da passt uff«, hatte Karl ein Einsehen. »Isch würd dat jern hann, dat dä Tim wat öfter kütt. Wat meinste, Jung? Da dätste uch wat mehr verdinne.«

Michael sah Tim erfreut an und gab ihm einen freundschaftlichen Knuff auf den Oberarm.

»Ja«, brachte Tim verblüfft hervor. »Ja, ähm, klar. Danke, Chef.«

»Is jut«, grinste Karl. »Solle mir dat dann ab nähste Monat su mache?«

»Das wär mir ganz recht«, antwortete Tim. »Dann könnte ich diesen Monat noch ein paar wichtige Sachen erledigen. Und da kommt später noch ein Lehrgang, den ich besuchen muss. Wär das in Ordnung?«

»Dat jeht ald«, meinte Karl freundlich und winkte ab. »Mir zwei bereden dat die Tach, und dann krieje mir dat schon hin.«

Tim und Michael standen auf.

»Danke noch mal, Chef«, sagte Tim höflich.

»Jaja, is jut«, brummte Karl vergnügt. »Seht zu, dat ihr Land jewinnt!«

»Mensch, Alter«, freute sich Michael draußen auf dem Hof. »Geile Sache, Mann!«

»Und ich kann's verdammt gut gebrauchen«, jubelte Tim. »Jetzt brauch ich nicht so viel von der hohen Kante zu nehmen.«

»Was meintest du eben mit dem Lehrgang?«, erkundigte sich Michael. »Heißt das, dass das jetzt endlich mit deiner Lizenz klappt?«

»Ja, es sieht so aus«, bestätigte Tim froh. »Ein paar Sachen muss ich noch erfüllen, aber dann könnte es endlich so weit sein, dass sie hier anerkannt wird.«

»Das wär echt cool. Ich drück dir die Daumen!«

»Danke. Wird schon hinhauen. Ich zieh mir schon seit Tagen die Lern-CD rein.«

Michael zog die Stirn kraus.

»Ich versteh nur nicht«, gestand er, »warum du in Amerika den Pilotenschein machst, und dann wird er hier nicht anerkannt.«

»Die fordern hier in Deutschland halt noch das deutsche Sprechfunkzeugnis«, erklärte Tim, »deswegen der Lehrgang. Dann gibt's noch einen extra Prüfungsflug, und, na ja, die wollen noch mal ein polizeiliches Führungszeugnis sehen.«

»Ouu!«, rief Michael und verkniff das Gesicht. »Und das ist natürlich der Knackpunkt, ich verstehe.«

»Ja«, nickte Tim gedankenvoll, »das wird 'ne schöne Fragerunde geben, schätz ich.«

»Und deswegen hast du heute Nachmittag frei, oder wie?«, wollte Michael wissen.

»Nein, Mann!«, rief Tim gelöst und lachte auf. »Heute bereite ich mich auf eine andere große Prüfung vor!«

»Na dann … Aber zum Futtern kommst du jetzt noch mit, ja?«

»Klar, mach ich.«

Die Mittagspause verging wie jeden Montag in vertrauter Gesellligkeit in der Pommesbude am Bahnhof. Anschließend stiegen Melli und Isi in den schwarzen Jeep, um von Tim zum Gymnasium gebracht zu werden. Auf der Straße vor dem Schulhof fuhr Tim rechts ran und stellte den Motor ab.

»Warum machst du das Auto aus?«, rief Isi von der Rückbank nach vorne. Melli saß auf dem Beifahrersitz. Tim sah aus dem offenen Fenster der Fahrertür hinaus zum Schulhof und blickte hin und her. Melli sah ihn mit einem Lächeln an.

»In fünf Minuten fängt die Siebte an, Trip«, sagte sie bedauernd. »Sie wartet jetzt bestimmt schon vor ihrem Kursraum.«

Tim drehte den Kopf wieder herein und nickte Melli zu. Er machte ein nachdenkliches Gesicht.

»Und ihre Mutter hat also tatsächlich diesen Hinkheim mit eingeladen, ja?«

»Hat Anna uns so erzählt, ja.«

Tim schwieg, hielt sein Lenkrad energisch fest und sah starr zur Windschutzscheibe hinaus. Melli fasste seinen Arm.

»Sie hat's uns gesagt, damit du drauf vorbereitet bist.«

»Für wie hinterlistig haltet ihr ihn?«, fragte Tim die Mädchen.

»Es ist seine letzte Chance«, meinte Isi, »also wird er alles versuchen, vermute ich mal.«

Tim sah gedankenvoll geradeaus in die Ferne.

146

»Wie in Runde zwölf«, murmelte er.

»Runde zwölf?«, wiederholte Melli. »Was meinst du damit?«

»Die letzte Runde«, erklärte Tim ruhig. »Der Champ führt nach Punkten. Wenn Hinkheim jetzt noch gewinnen will, muss er aus der Deckung raus und angreifen. Er muss den Champ ausknocken.«

»Okay?«, versuchte Melli zu verstehen. »Und was willst du uns jetzt damit sagen?«

»So was passiert nur in Filmen«, grinste Tim und sah Melli an. »In Wirklichkeit wird es so sein, dass der Champ cool bleibt und den Fight über die Zeit rettet.«

»Ich verstehe«, sagte Melli, »aber Philipp kommt aus Annas Welt und hat ihre Eltern auf seiner Seite. Also, warum bist du der Champ und führst nach Punkten?«

»Na, weil ich bereits mit Anna zusammen bin«, gab Tim zuversichtlich zurück, »und deshalb kann dieser Penis mich mal.«

»Ein guter Punkt«, stimmte Isi zu. »Genau so musst du's sehen!«

»Was mich aber richtig anätzt«, fügte Tim hinzu, »ist die Tatsache, dass ich mir jetzt extra 'nen feinen Zwirn kaufen muss. Wo kriegt man denn so was, hier in der Stadt?«

»Na ja«, druckste Melli und verzog schmunzelnd den Mund, »die erste Adresse dafür ist natürlich ›La Boutique‹, aber da kannst du ja wohl kaum hingehen.«

»Weil das diese Nobelkette von den Eichendorfs ist«, warf Isi ein, »Janas Eltern!«

»Ach so!«, sah Tim ein. »Da ist was dran. Aber geht Anna nicht auch immer da hin?«

»Ja, schon«, meinte Isi, »aber sie hat deren Tochter ja auch nicht die Haare zerfleddert.«

»Und außerdem«, schloss sich Melli an, »sind Anna und Frau Eichendorf total dick befreundet.«

»Na, das ist doch wunderbar!«, freute sich Tim und lachte. »Dann wird es Zeit, diese sympathische Frau mal kennen zu lernen.«

»Ernsthaft jetzt?«, wunderte sich Isi.

»Na klar!«, versicherte Tim. »Denn erstens, sie kennt Annas Style und kann mich perfekt beraten, und zweitens stellt Feigheit vor dem Feind überhaupt keine Option dar! Alles klar?«

Melli und Isi sahen sich vielsagend an und grinsten bis zu den Ohren.

»Das nenn ich mal Eier, oder?«, feixte Isi.

»Total!«, stimmte Melli lachend zu. »Was für 'ne tapfere Art zu sterben.«

»Dann raus jetzt, Mädels«, befahl Tim scherzhaft. »Ihr habt Schule, und ich fahr jetzt direkt mal zu La Buddik, oder wie das heißt.«

»Was?«, rief Melli und öffnete die Beifahrertür. »So etwa? Mit Sicherheitsschuhen und Arbeitshose?«

»Zieh dich wenigstens vorher noch um!«, mahnte Isi und stieg ebenfalls aus. Tim lachte vergnügt.

»Keine Sorge«, blödelte er, »der Dude packt das!«

»Jaja!«, winkte Isi ab. »The Big Lebowski‹, ich weiß schon. So 'n typischer Jungsfilm aus den Neunzigern, hab ich recht?«

»1998, um genau zu sein«, gab Tim zurück und spöttelte: »Schreibt's euch auf. Kommt in der Geschiarbeit dran.«

»Is klar! Zisch ab, du Freak!«, rief Melli lachend und warf die Tür ins Schloss, woraufhin Tim losfuhr.

»Je nobler Klamottenläden sind«, brummte Tim beim Einparken vor ›La Boutique‹, »desto abartiger sind die Schaufensterpuppen.«

Er war Isis Ratschlag tatsächlich noch gefolgt und hatte sich nach der Arbeit geduscht und umgezogen. Dabei hatte er festgestellt, dass er mal wieder seine Wäsche aufbereiten musste. Das einzige frische T-Shirt, das er in seinem Schrank gefunden hatte, war an den Nähten löchrig und eine Nummer zu klein. Und das war der Grund, warum er sich zusätzlich eines seiner karierten Hemden übergeworfen hatte. Ein rot kariertes Hemd, offen auf einem zu kleinen, weißen T-Shirt, eine abgenutzte Blue Jeans, dazu sein brauner Ledergürtel mit Western-Style-Schnalle und die braunen Kangaroos-Outdoor-Stiefeletten. So ausstaffiert wagte er nun den Gang durch die große, gläserne Eingangstür von ›La Boutique‹. Wie es hier schon roch! Es gibt Läden, die erkennt man beim Betreten mit verbundenen Augen, nur am Geruch. Und Modegeschäfte gehören definitiv dazu.

Nur ein paar Schritte hinter der Tür blieb Tim stehen. Die Füße etwas mehr als schulterbreit, die Hände in die Hüften gestützt, mit den Daumen hinten und den Zeige- und Mittelfingern vorne vor den Beckenknochen, die übrigen Finger eingezogen, stand er da und versuchte, sich einen Überblick über das Sortiment zu verschaffen.

»Liefern sie etwas?«, rief eine Dame um die Dreißig ihm zu, während sie auf ihn zukam. Sie trug ein feines, dunkelblaues Kostüm mit knielangem, glattem Rock, dunkle Strumpfhosen und hochhackige Lackpumps. Ihre blonden Haare waren zu einer eleganten Frisur hochgesteckt.

»Ähm, nein«, antwortete Tim freundlich und humorig, »im Gegenteil, ich wollte was mitnehmen. Gegen Bezahlung, versteht sich.«

»Ich verstehe nicht«, äußerte die Mitarbeiterin.

»Ich möchte Klamotten kaufen«, erklärte Tim langsam und deutlich, was die Dame mit einem leicht herablassenden Lächeln quittierte.

»Wir dürften wohl schwerlich haben, wonach Sie suchen«, bemerkte sie distanziert. Tim schürzte die Lippen und blies leise hindurch.

»Ich fürchte, doch«, widersprach er ruhig. »Ich befürchte, dass Sie genau das haben, wonach ich suche.«

»Möchten Sie vielleicht doch eine Warensendung abholen?«, erkundigte sich die Verkäuferin unsicher.

»Nein!«, versicherte Tim und rieb sich kurz nervös mit der Hand über Mund und Kinn. »Okay, ich muss mich wohl feiner ausdrücken: Würden Sie möglicherweise meine Figur in Augenschein nehmen zwecks Ankaufs eines Bekleidungsstückes?«

»Sie sind vielleicht besser beraten«, gab die Dame verunsichert zu bedenken, »wenn Sie es in einem anderen Geschäft versuchen?«

Tim ließ seine Hände fallen und schlug sie seitlich auf die Oberschenkel.

»Ich kann das nicht«, stieß er entnervt hervor. »Sehen Sie, deshalb wollte ich, dass meine Freundin mitkommt. Aber sie darf nicht. Und Boggy muss arbeiten. Und jetzt bin ich hier und könnte genauso gut mitten im Tschad stehen und versuchen, mit einem Einheimischen zu sprechen. Waren Sie mal im Tschad? Verschissen heiß da – Ihre Frisur wäre ruiniert, das sag ich Ihnen. Aber der Emi Koussi ist ein wahnsinnig beeindruckender Berg!«

»Wenn Sie mich bitte einmal kurz entschuldigen?«, flüsterte die blonde Dame sichtlich befremdet und ging hektisch zur Kassentheke, die mitten in dem großen Geschäftsraum stand. Dort verschwand sie in einer Art Bürozimmer. Kurz darauf trat eine andere Frau aus der Tür, etwas älter als die erste, dafür aber noch eleganter angezogen. Sie war schlank und hatte langes, rotbraunes Haar. Zielstrebig und freundlich, geradezu herzlich lächelnd ging sie auf Tim zu.

»Sie interessieren sich für unser Sortiment?«, fragte sie noch im Gehen. Tim schnippte erleichtert mit den Fingern.

»Das hätte ich sagen sollen!«, rief er gelöst aus. »Ja, ich interessiere mich für Ihr Sortiment, richtig.«

Die Dame reichte ihm ihre rechte Hand hin.

»Nicole Eichendorf«, sagte sie freundlich. »Ich bin die Inhaberin.«

Tim schüttelte ihr die Hand.

»Tim Richthof«, sagte er ebenso freundlich. »Ich bin der Verzweifelte.«

Nicole lachte äußerst herzlich.

»Nun«, scherzte sie, »wenn Ihre Verzweiflung von einer Modefrage herrührt, dann kann ich Sie sicher aus ihr befreien.«

»Das klingt sehr beruhigend.«

»Ihr Name sagt mir etwas, Herr Richthof.«

»Könnte schon sein.«

»Sind Sie möglicherweise mit meiner Tochter befreundet? Jana?«

»Ich würde jetzt nicht unbedingt sagen, befreundet, aber wir sind uns schon mal über den Weg gelaufen, ja.«

»Sehr nett«, freute Nicole sich. »Nun, wonach suchen Sie denn, Herr Richthof?«

Tim kratze sich verlegen am Hinterkopf.

»Ich brauche einen Anzug«, erklärte er, »einen guten.«

»Einen Anzug mit Hemd, Krawatte, Gürtel und Schuhen?«, zählte Nicole auf.

»Scheiße, ja!«, fiel es Tim ein. »Das ganze Zeug brauch ich ja auch.«

Nicole sah ihn an und schüttelte vergnügt den Kopf.

»Sie sind ja ein richtiges Sorgenkind«, lachte sie. »Dann schauen wir doch mal. Für welchen Anlass benötigen Sie den Anzug denn?«

»Ist für eine Familienfeier«, beschrieb Tim, »aber bei vornehmen Leuten. Meine Freundin hat mich eingeladen, aber ich hab keinen Dunst, was man da anzieht. Ich hab gehört, Sie kennen sie. Anna zur Heyden?«

»Anna?«, rief Nicole begeistert. »Meine liebe Anna ist Ihre Freundin?«

»Ja«, bestätigte Tim knapp.

»Ach, wie wundervoll!«, freute sich Nicole. »Jetzt weiß ich auch, warum Ihr Name mir so vertraut vorkam. Meine Tochter hat mir von Ihnen und Anna erzählt.«

»Wenn das so ist«, wandte Tim vorsichtig ein, »dann weist das Bild, das Sie von mir haben, ein paar Schrammen auf, schätz ich.«

»Ja, das muss ich zugeben«, nickte Nicole. »Sie spricht nicht gerade löblich über Sie. Und um der Wahrheit die

Ehre zu geben, ich hörte auch von den Problemen, die Sie in Ihrer Schulzeit hatten.«

»Dann werfen Sie mich jetzt bestimmt raus.«

»Ach was, natürlich nicht! Sie müssen wissen, ich liebe meine Tochter, aber ich kenne auch ihre Ecken und Kanten. Und mir ist klar, dass die Leute gerne übertreiben, wenn sie etwas weitererzählen. Aber das Wichtigste ist: Ich kenne Anna. Und ich weiß, dass dieses zauberhafte Mädchen niemals mit einem Jungen zusammen wäre, der auch nur halb so abscheulich ist wie der Ruf, der ihm vorauseilt.«

Tim war sehr erleichtert. Wie es aussah, hatte Jana ihn nicht verpfiffen. Ihre Mutter hätte ihn doch niemals so freundlich behandelt, wenn sie gewusst hätte, dass er den Weißröckchen vor einer Woche so übel mitgespielt hatte. Er schämte sich fast ein bisschen. Janas Mutter war so nett, das völlige Gegenteil von ihrer Tochter.

»Vielen Dank«, sagte Tim höflich, »das ist sehr nett von Ihnen.«

»Dann gehen wir beide jetzt mal in unsere Herrenabteilung«, schlug Nicole vor, »denn hier vorne ist Annas Shoppingzone. Es würde ihr nicht gefallen, wenn Sie auf der Feier auftauchten und dasselbe Kleid anhätten wie sie.«

Tim lachte.

»Der Spruch hätte von ihr kommen können«, stellte er fest. »Kein Wunder, dass Sie beide sich so gut verstehen. Sie haben den gleichen Humor.«

Nicole lächelte gerührt.

»Wissen Sie, Herr Richthof«, sagte sie, »Sie sind der erste Mann, der Annas Humor noch vor ihrem Aussehen herausstellt. Und genau deswegen ist sie mit Ihnen zusammen.«

»Wie meinen Sie das?«

»Nun, Ihnen wird sicher aufgefallen sein, dass Anna außergewöhnlich hübsch ist.«

»Ja, klar.«

»Sie werden es nicht glauben, aber sie hat lange Zeit darunter gelitten. Wie Sie sich vorstellen können, haben sich unzählige Jungen für sie interessiert, aber jeder einzelne hat sich immer nur wegen ihres Aussehens in sie verliebt. Ständig haben sie ihr vorgeschwärmt, wie hübsch sie wäre, aber nie hat jemand Anna als Person wahrgenommen.«

»Ich verstehe, was Sie meinen.«

»Was haben Sie empfunden, als Sie sie zum ersten Mal sahen? Ganz ehrlich.«

»Ich geb zu, ich hab auch gedacht, dass sie total hübsch ist. Ich mein, das fällt ja auf. Sie ist ja nun mal kein Eimer. Aber weil sie so eingebildet rüber kam, hab ich mir nichts aus ihr gemacht. Erst später, als ich sie näher kennen gelernt hab, da fing sie an, mich zu faszinieren.«

»Sehen Sie? Das meinte ich vorhin. Anna hatte sich damals geschworen, wenn sie jemals mit einem Jungen ausgeht, dann darf er ihr vorher nicht ein einziges Mal gesagt haben, wie hübsch er sie findet.«

»Ist ja übel!«, war alles, was Tim hervorbrachte.

In der Herrenabteilung angekommen, präsentierte Nicole ihm einige Anzüge in seiner Größe.

»Hier haben wir einen Armani«, erklärte sie, »zeitlos schön und zweifellos an Eleganz nicht zu übertreffen.«

Tim nahm als Erstes das Preisschild in die Hand.

»Aber siebenhundert Mäuse?«, fragte er. »Gibt's da auch was günstigeres?«

»Wie wäre es mit Boss?«, fragte Nicole zurück und zeigte ihm einen entsprechenden Anzug. »Ebenfalls sehr stilvoll und hochwertig. In der günstigeren Preisklasse hätten wir dann Pierre Cardin oder René Lezard?«

»Sehen gut aus«, meinte Tim. »Ich hab so an fünfhundert Euro gedacht.«

Nicole überlegte kurz. Dann führte sie Tim ein paar Meter weiter und nahm einen anderen Anzug hervor.

»Wie wäre es mit diesem hier?«, fragte sie ihn. »Ein Windsor-Anzug. Genau richtig für einen selbstbewussten jungen Mann wie Sie, aber dennoch dezent genug, um nicht zu sehr aufzutragen. Außerdem mag Anna den britischen Stil. Dieser Anzug wäre perfekt für Sie.«

»Der gefällt mir auch sehr gut«, stellte Tim fest.

»Prima«, freute sich Nicole, »dann schauen wir mal, wie er an Ihnen wirkt. Die Umkleidekabine finden Sie dort drüben.«

Und so fand Tim Stück für Stück die passende Garderobe für die Familienfeier der zur Heydens. Eine Sorge war ihm genommen, dank der freundlichen Beratung von Nicole Eichendorf.

Der Samstag konnte kommen.

Kapitel 7

Hubert und Helene zur Heyden hatten in den wenigen Jahren ihrer glücklichen Ehe zwei Kinder gezeugt. Der eine Sohn hieß Ansgar, der andere war der drei Jahre jüngere Wolfgang. Als der Vater starb, waren Ansgar sieben und Wolfgang vier Jahre alt. Beide genossen in den folgenden Jahren die aufopferungsvolle Hingabe und vortreffliche Erziehung ihrer Mutter und wurden zu angesehenen jungen Männern. Ansgar heiratete die ein Jahr jüngere Edeltraud Kullin, Tochter des Hoteliers Eberhard Kullin, während Wolfgang einige Zeit später die sechs Jahre jüngere Vivienne Lehnenbach zur Frau nahm. Ansgar und Edeltraud bekamen drei Kinder, Marilena, Vanessa und Gabriel. Wolfgang und Vivienne genossen nur einmal das Glück, Eltern zu werden. Ihre Tochter Annabelle wurde zwei Jahre nach Marilena und im selben Jahr wie Vanessa geboren. Fünf Jahre später folgte Gabriel.

Ansgar übernahm schließlich zusammen mit Edeltraud das Burghotel und -museum Aarstein, welches vierzig Kilometer von Leyental entfernt in der Nähe des Dorfs Hohenborn auf einem flachen, bewaldeten Hügel lag und von Eberhard Kullin aufgrund dessen Alters abgegeben wurde. Wolfgang dagegen kaufte sich einige Jahre nach seinem BWL-Studium in die örtliche Bank ein und übernahm sie später ganz. Man konnte es fast als Ironie bezeichnen, dass es ausgerechnet die beiden Söhne der entehrten Komtess zur Heyden waren, die zu den erfolgreichsten und wohlhabendsten Männern der Region aufstiegen.

Helene selbst blieb in Leyental wohnhaft, was sich für Wolfgang und Vivienne als Glücksgriff herausstellen sollte. Annabelle war ein Einzelkind, und ihre Eltern waren ausgesprochene Workaholics. Also musste eine Möglichkeit gefunden werden, das Mädchen an Arbeitstagen zu betreuen. Vivienne sprach sich dafür aus, eine Kinderfrau zu engagieren, doch Wolfgang hielt es für die weitaus bessere Idee, seine Mutter zu fragen, ob sie bereit wäre, sich um das Kind zu kümmern. Als Witwe stets alleine in ihrem Haus, nahm Helene den Vorschlag mit großer Freude an. Sie verliebte sich geradezu in das kleine Mädchen mit den pechschwarzen Haaren und schenkte ihr nicht weniger Zuwendung als ihren Söhnen. So kam es, dass Helene maßgeblich an der Erziehung der kleinen Annabelle beteiligt war. Zwischen ihnen entstand eine besonders enge und liebevolle Beziehung.

Die Burg Aarstein war im Gegensatz zu den meisten Burgen in der Gegend vollständig erhalten, und das sowohl von ihrer Bausubstanz her als auch hinsichtlich der Innenausstattung. Sie war eine der ganz wenigen Burgen, die im völlig originalen Zustand die Jahrhunderte überdauert hatten. Aus diesem Grund kam ihr eine besonders hohe kulturelle Bedeutung zu, was sich in der Tatsache äußerte, dass die historische Burganlage inzwischen zu einem hochrangigen Museum geworden war. Besonders die Waffensammlung und die Schatzkammer zogen alljährlich die Besuchermassen an.

In der Zeit nach dem Zweiten Weltkrieg wurde unterhalb der alten Burgmauer, außerhalb der Denkmalschutzzone, ein stilecht auf altertümlich getrimmter

Baukomplex errichtet, der als Burghotel Aarstein europaweit bekannt und beliebt wurde.

Ansgar und Edeltraud zur Heyden, die Inhaber und Betreiber der gesamten Anlage, waren nun zum vierten Mal Eltern geworden und luden zu diesem Anlass ihre ganze Familie zur Feierlichkeit in den großen Saal des Burghotels ein.

»Scheiß die Wand an!«, raunte Tim verblüfft vor sich hin und bestaunte die vielen Nobelkarossen. Er fuhr in diesem Moment seinen alten, schwarzen Jeep Wrangler auf den Parkplatz des Hotels und suchte nach einer Lücke für sein Auto. Wie vereinbart hatte er die Taufmesse des kleinen Anthon nicht besucht, sondern war auf direktem Weg zur anschließenden Feierlichkeit im Burghotel angereist. Am oberen Ende des großen Parkplatzes fand Tim eine Lücke zwischen einem Porsche Cayenne und einem Audi Q7. Beim Aussteigen tätschelte er seinem Auto flapsig aufs Verdeck und witzelte: »So, dann unterhalt dich mal nett hier. Erklär den beiden Schönlingen, was Offroad bedeutet.«

Grinsend drehte er sich in Richtung Fahrgasse und blickte einer Gruppe von Gästen in die Gesichter, die seine Ansprache an sein Auto mitbekommen hatten und ihn nun ansahen wie einen Verrückten. Von einer der Frauen vernahm er ein missbilligendes Räuspern.

»Guten Tag«, nickte er freundlich lächelnd und ging schnurstracks auf den Haupteingang des Hotels zu.

Der große Saal war festlich eingerichtet. Eine lange und etwas breitere Tafel mit jeweils zwei Stühlen an den Kopfenden zog sich längs durch den Raum. Sie war festlich eingedeckt mit vornehmen Tischdecken, silbernen Kerzenhaltern, großen Platztellern und funkelnden Bestecken. Tim trat vorsichtig in die Tür. Der Raum war erfüllt vom Gemurmel der bereits Anwesenden. Gleich neben der Tür erwartete ein Ehepaar um die fünfzig seine Gäste. Der Herr war groß, etwas bauchig und hatte grau melierte Haare. Tim erkannte gleich seine Ähnlichkeit mit Annas Vater. Die Dame war rundlich, vollbusig und hatte eine blonde, elegante Kurzhaarfrisur, zu der sie eine zweifellos sehr teure Brille trug. Sie kicherte fröhlich, als sie Tim die Hand reichte.

»Der junge Herr Hinkheim, wie ich annehme?«

»Nein«, antwortete Tim und gab ihr freundlich die Hand, »Tim Richthof.«

»Aber selbstverständlich!«, erwiderte sie höflich. »Bitte entschuldigen Sie. Willkommen, Herr Richthof. Edeltraud zur Heyden.«

»Kein Problem«, sagte Tim höflich. »Vielen Dank. Freut mich.«

»Herzlich Willkommen, Herr Richthof!«, tönte nun auch die tiefe, sonore Stimme des Gastgebers. »Ansgar zur Heyden.«

»Vielen Dank, Herr zur Heyden«, antwortete Tim und folgte der Aufforderung zum kräftigen Händedruck. Dann ging er in den Saal hinein und sah sich erwartungsvoll um. Plötzlich stand ihm wieder jemand im Weg. Eine schlanke Mittzwanzigerin mit weißer Bluse, hochgestecktem Haar und viel zu krass gezupften Augenbrauen hielt ihm ein Tablett entgegen.

»Ein Aperitif für Sie?«, flötete sie, und die Betonung ihrer Frage gab ihm nicht wirklich das Gefühl, die Wahl zu haben. Also nahm er sich ein Glas Sekt von ihrem Tablett.

»Vielen Dank.«

Tim schlenderte die Tafel entlang, in der einen Hand sein Getränk, die andere Hand lässig in der Hosentasche. Rechts hinten im Raum erkannte er Wolfgang und Vivienne, die sich gerade mit einigen Leuten unterhielten. Er ging aus der Entfernung eine Viertelrunde um die Gruppe herum. Und dann erblickte er sie! Sie stand bei ihren Eltern, in einem noblen, karminroten, kurzen, schulterfreien Kleid, in goldbraunen hohen Schuhen, Oma Lenis Kette um den Hals, mit kleinen, goldenen Kreolen an den Ohren, dazu passend schlichte, goldene Armbänder – die schwarzen Haare hatte sie zu einem großen Dutt hochgesteckt, aus dem fünf kurze Haarsträhnen wie die Zacken eines Sterns herausragten. Wie wunderschön ihr Hals auf diese Weise zur Geltung kam! Tim blieb lächelnd stehen und sah sie an. Kurz darauf drehte Anna ihren Kopf zu ihm hin. Sofort blieben ihre großen Augen an ihm hängen. Tim sah, wie sich ihre Augenbrauen anhoben, ihre Lippen sich vorne leicht öffneten und ihre Schneidezähne zart hervorblitzten. Eine Sekunde lang schaute sie ihn so an, dann breitete sich ein glückliches Lächeln auf ihrem Gesicht aus. Sie wandte sich mit einem für Tim unhörbaren »Entschuldigt mich bitte« von der Gesprächsgruppe ihrer Eltern ab und ging auf Tim zu. Auch sie hielt ein Glas mit Sekt in der Hand.

»Anna«, brachte Tim leise hervor, als sie vor ihm stehenblieb.

»Hallo, Tim«, grüßte sie ihn zart. War das schön, ihre Stimme wieder zu hören! Entzückt sah sie an ihm hinab und wieder hinauf und bemerkte: »Windsor. Eine sehr gute Wahl. Du siehst so toll aus!«

»Vielen Dank«, erwiderte Tim. »Dasselbe wollte ich dir auch gerade sagen. Du siehst einfach umwerfend aus. Toll, wie du das immer machst.«

»Danke«, antwortete Anna geschmeichelt.

»Du kannst dir nicht vorstellen, wie gern ich dich jetzt küssen würde«, gestand Tim ihr im Flüsterton.

»Doch«, widersprach Anna ebenso leise, »doch, ich glaube, das kann ich sehr wohl.«

Tim sah ihr in die Augen und nickte lächelnd. Dann grinste er und nippte an seinem Sekt.

»Jetzt möchte ich gerne wissen, woran du denkst«, bemerkte Anna neckisch.

»Ganz ehrlich?«, fragte Tim verschmitzt zurück.

»Ich bitte darum«, antwortete Anna augenzwinkernd. »Sag es mir. Was geht dir jetzt gerade durch den Kopf?«

»Ich würde jetzt gerne das Geschirr vom Tisch schmeißen, dich mit dem Rücken auf die Tischplatte legen und dann von oben bis unten mit heißen Küssen eindecken.«

»Mmm … das klingt aufregend«, säuselte Anna und biss sich zart auf die Unterlippe. »Ich fürchte nur, Mama würde es uns als Vertraulichkeit auslegen.«

»Ja«, scherzte Tim, »ich vermute auch, dass sie da irgendwas reininterpretieren würde.«

Anna hielt sich vornehm die Hand vor den Mund und kicherte glucksend.

»Sie guckt schon her«, witzelte Tim weiter. »Wie gut, dass wir uns an unseren Gläsern festhalten.«

»Wir sollten die Konversation mit den anderen Gästen suchen«, schlug Anna vor und fasste in ihrer vornehmen

Art Tims Armbeuge. »Komm mit, ich möchte dich meinen Cousinen vorstellen.«

So führte sie ihn einmal quer durch den Raum.

»Und das ist jetzt keine Vertraulichkeit?«

»Nein, das sind Etikette.«

»Ah, okay. Die müsst ich mir auch mal zulegen, schätz ich. Hab noch nicht mal Post-Its dabei.«

Hell erklang Annas Kichern hinter ihrer vorgehaltenen Hand. Eine kleinere Gruppe von Gästen blickte das Paar kurz pikiert an.

»Du darfst mich nicht so unversehens zum Lachen bringen«, erklärte Anna humorig. »Du musst wissen: Derartiges ist zu diesem Zeitpunkt verfrüht.«

»Alter Falter, echt jetzt?«, staunte Tim leise. »Na, das kann ja 'ne wilde Party werden …«

»Du wirst meine ältere Cousine mögen«, versicherte Anna. »Sie wäre in dem Punkt gewisslich auf deiner Seite.«

Tim ging neben Anna her und begleitete sie zu zwei jungen Frauen, die in der Nähe des Fensters rücklings vor einem schmalen, fein eingedeckten Abstelltisch standen. Eine von ihnen war in Annas Alter, nur etwas kleiner, von der Größe her ziemlich genau zwischen Isi und Anna. Sie hatte glatte, schulterlange, braune Haare mit einem strengen Seitenpony und trug ein bodenlanges, rosafarbenes Kleid mit einem gleichfarbigen Bolerojäckchen. Die andere war bereits volljährig und eine Handbreit größer als ihre Schwester. Ihr Haar war lang, gewellt und goldblond. Ihre blauen Augen blickten aufgeweckt von Anna zu Tim und wieder zurück. Das zweifellos festliche Kurzkleid, das sie anhatte, war eine dieser zweifarbigen Kreationen mit merkwürdig eckig aufgeblähtem Rockteil.

»Marilena, Vanessa«, eröffnete Anna das Gespräch mit einer präsentierenden Handbewegung, »darf ich euch mit Tim Richthof bekannt machen?«

Instinktiv vollführte Tim eine angedeutete Verbeugung mit Blickkontakt zu den Mädchen, so wie er es in alten Filmen gesehen hatte.

»Tim«, präsentierte Anna weiter, »das sind meine Cousinen Marilena und Vanessa.«

»Nett, euch kennen zu lernen«, sagte Tim höflich.

»Hallo«, wisperte Vanessa leise und senkte den Blick zu Boden.

»Freut mich sehr«, erwiderte Marilena forsch und streckte Tim die Hand hin. »Du bist also der berüchtigte Weltenbummler?«

»Sieht ganz so aus«, antwortete Tim lässig und gab ihr die Hand.

»Bist du so einer wie Bear Grylls?«, fragte Marilena frech. »So einer, der lebende Raupen isst und solche Sachen?«

»Nein, ich mag meine Raupen lieber gebraten«, gab Tim belustigt zurück, »und wenn's mal outdoor geht, bin ich in der Regel ordentlich vorbereitet.«

»Ist ja abgefahren«, nickte Marilena Tim beeindruckt zu. Dann wurde ihr Blick abgelenkt, und sie rollte mit den Augen.

»Früher oder später musste es ja soweit sein«, stöhnte sie gedämpft. »Sieh mal zum Eingang, Belle!«

Anna drehte den Kopf zur Tür des Saales. Auch wenn ihr nicht gefiel, was sie sah, blieb sie gefasst.

»Ich entschuldige mich jetzt bereits für alles, was in Kürze kommen wird«, sagte sie ruhig zu Tim. Der blieb lässig stehen, ohne sich umzukehren. Er hatte bereits einen Verdacht, was der Grund für das Unbehagen der Mädchen sein konnte.

Philipp Hinkheim schlenderte mit großen Schritten auf sie zu. Unterwegs schloss er mit der rechten Hand den mittleren Knopf seines schwarzen Armani-Einreihers. Schließlich erreichte er die Gruppe und drängte sich zwischen Anna und Tim, die ohnehin nicht sehr nahe beieinander standen. Tim wich ihm lässig und betont höflich zur Seite aus und kam genau neben Vanessa zu stehen. Philipp drehte sich noch ein Stück weiter, um Tim mit seiner Körpergröße vollständig aus Annas Blickfeld auszublenden.

»Hallo, Anna«, begann er ihr zu schmeicheln. »Darf ich dir ein Kompliment machen? Du siehst von Tag zu Tag hübscher aus. Jeden Tag stehe ich auf und kann es nicht erwarten zu sehen, dass du wieder noch hübscher geworden bist!«

»Vielen Dank, Philipp«, erwiderte Anna höflich mit einem vielsagenden Schmunzeln. »Eine Frau hört es immer gerne, dass sie noch Spielraum nach oben hat.«

Tim grinste Vanessa und Marilena an. Vanessa wich seinem Blick wieder nach unten aus. Marilena dagegen lachte sich leise in die vorgehaltene Hand.

»Möchtest du etwas trinken, Anna?«, fuhr Philipp fort. »Einer muss dich ja schließlich mal fragen.«

Anna hob ihr fast volles Sektglas an und bemerkte: »Hab recht vielen Dank, Philipp, aber im Augenblick benötige ich nichts.«

»Aber vielleicht möchtest du mir etwas bringen, Philipp?«, säuselte Marilena ihm süß lächelnd zu. Man merkte Philipp an, dass diese Entwicklung nicht seinen Vorstellungen entsprach, doch er wusste auch, dass es unhöflich gewesen wäre, Marilenas Bitte nicht zu entsprechen.

»Natürlich«, murmelte er nervös und entfernte sich in Richtung des angrenzenden Schankraums. Marilena aber griff hinter sich und nahm ihr volles Sektglas von dem Abstelltisch.

»Zu dumm«, kicherte sie und nahm einen kleinen Schluck. »Jetzt hat mir doch tatsächlich schon jemand anderes einen Sekt gebracht.«

Tim musste lachen.

»Das ist gemein«, hielt Anna nur halb amüsiert dagegen. »Das hat er nun auch wieder nicht verdient.«

»Oh, der arme Kerl«, flötete Marilena ironisch. »Alles, was er vom Leben wollte, war Liebe.«

Tim, der gerade an seinem Glas nippte, setzte ab und deutete mit einer kurzen Handbewegung auf Annas Cousine.

»Citizen Kane«, stellte er fest, »1941.«

»Wie bitte?«, fragte Marilena verwundert.

»Alles, was er vom Leben wollte, war Liebe«, wiederholte Tim. »Das ist aus ›Citizen Kane.‹ Ein toller Film.«

»Okay?«, gab Marilena zurück und schaute schmunzelnd zu Anna hin.

»Wie ich das vermisst habe«, lachte Anna und sah Tim mit einem humorigen Kopfschütteln an. Dann seufzte sie und fügte hinzu: »Und wie ich wünschte, dass Philipp Hinkheim heute nicht hier wäre.«

»Darf ich ihn für dich vermöbeln?«, fragte Tim schelmisch und zwinkerte ihr mit einem Auge zu. »Ich könnte dafür sorgen, dass Hinkheim heim hinkt.«

»Daran habe ich keinen Zweifel«, gluckste Anna. »Aber … lieber nicht. Ich würde nicht gerne sehen, wie man dich aus dem Gebäude begleitet.«

»Auch wieder wahr«, sah Tim ein.

In diesem Moment trat Edeltraud in die Mitte des Raumes und breitete die Arme aus.

»Meine Lieben«, rief sie erfreut kichernd, »wir bitten nun zu Tisch. Bitte nehmt Platz!«

Die Gäste folgten dem Aufruf bereitwillig. Ansgar und Edeltraud wiesen nun jedem Familienmitglied einen Platz an. Auch dem leisteten alle Anwesenden bedingungslos Folge. Tim staunte nicht schlecht über den reibungslosen und ruhigen Ablauf. Er bekam seinen Platz zwischen Wolfgang und Vanessa zugewiesen. Links von Wolfgang war der Platz von Marilena. Dann folgte das Kopfende des Tisches, an dem Edeltraud und Ansgar als Gastgeber Platz nahmen. An der anschließenden Längskante saßen nun Gabriel, Vivienne und Anna. Vivienne saß damit Wolfgang und Anna Tim gegenüber. Philipp, der inzwischen das für Marilena bestellte Glas Sekt hektisch auf dem Tablett einer Serviererin abgestellt hatte, erhielt den Platz neben Anna. Nach rechts hin verteilten sich die übrigen Verwandten. Tim schaute recht verwirrt auf die unzähligen Bestecke, die sich links und rechts von seinem Platzteller ausbreiteten. Dann schaute er auf und versuchte, die Sitzordnung zu begreifen, die Edeltraud und Ansgar festgelegt hatten. Wolfgang erkannte Tims Verwirrung.

»Sie wundern sich über die Tischordnung, nicht wahr?«, bemerkte er. »Sehen Sie, mein Bruder hat eine klassische britische Platzverteilung gewählt. Er hat Eheleute und Paare gegenübergesetzt und dafür gesorgt, dass immer zwei Damen und zwei Herren nebeneinander sitzen.«

»Ja, ich verstehe«, bestätigte Tim. »Das hat er nicht ohne Grund gemacht, schätz ich.«

»Sehr richtig«, erklärte Wolfgang. »Dadurch, dass sich die Partner gegenübersitzen, haben beide mehr Kontakt zu den übrigen Gästen.«

»Na klar!«, begriff Tim. »Und dass immer zwei Frauen und zwei Männer zusammensitzen, ist auch nicht blöd. Denn wenn jetzt die Männer zum Beispiel alle über den Boxkampf letzte Nacht reden wollen, dann können die Frauen sich zur Seite drehen und meinetwegen über die neueste Folge von ›Pretty Little Liars‹ quatschen, oder so.«

»Mein Kompliment, Herr Richthof«, sagte Wolfgang amüsiert lächelnd. »Zwar werden die Themen höchstwahrscheinlich andere sein, doch Sie haben den Sinn und Zweck der Tischordnung zweifellos erkannt.«

»Vielen Dank.«

»Und noch etwas: Sie werden bemerkt haben, dass durch die Tischordnung auch stets jeder Herr neben einer Dame sitzt.«

»Logisch.«

»Das bedeutet, dass zu jedem Tischherrn eine Tischdame gehört. Sie sind zum Beispiel der Tischherr meiner Nichte Vanessa, und sie ist Ihre Tischdame.«

»Was heißt das, bitte?«

»Das heißt, dass Sie für ihre Wünsche zuständig sind. Sie reichen ihr an, was sie sich wünscht und sind ihr auch ansonsten zuvorkommend.«

»Hey, das hat Klasse! Und was ist, wenn an einem Tisch immer abwechselnd Männer und Frauen sitzen? Wer macht dann einen auf Tischherr?«

»In dem Fall ist der Tischherr immer der Herr zur Linken der Dame.«

»Das ist echt cool«, bemerkte Tim beeindruckt. »Danke, dass Sie mir das alles erklären.«

»Gerne, Herr Richthof«, erwiderte Wolfgang und nickte ihm freundlich zu. Tim drehte sich zu Vanessa hin. Sie saß neben ihm, kerzengerade, die Hände im Schoß und den Blick schüchtern gesenkt.

»Alles klar, Vanessa«, raunte er ihr aufmunternd zu. »Dann werden wir beide die Oma schon schubsen, was?«

Vanessa sah ihn kurz an.

»Ja, bestimmt«, lächelte sie verlegen und senkte wieder den Blick. Tim zeigte auf sein Bestecksortiment und scherzte: »Und du hilfst mir dabei, mit diesen Folterinstrumenten hier alles richtig zu machen, einverstanden?«

Wieder nickte Vanessa zaghaft.

»Das ist gar nicht so schwer«, wisperte sie ganz leise. »Du nimmst sie einfach zu jedem Gang von außen weg.«

»Krass. Vielen Dank«, ermutigte Tim das schüchterne Mädchen. »Ich bin echt froh, dass du meine Tischdame bist. Ohne deine Hilfe wäre ich hier total aufgeschmissen.«

Dann schaute Tim zu Anna und bekam seinerseits ein aufmunterndes Lächeln geschenkt, gefolgt von einem sehnsüchtigen Blick und einem äußerst liebevollen

Augenaufschlag. Kaum zu glauben, dass die beiden Mädchen im selben Alter waren.

Ansgar sprach Tim vom Kopf des Tisches aus an.

»Fühlen Sie sich wohl, Herr Richthof?«

Tim lächelte ihm höflich zu.

»Mir geht's gut … Danke, dass Sie mich in Ihr Haus eingeladen haben.«

»Bitte sehr. Es ist uns ein Vergnügen.«

»Na ja, das ist nicht selbstverständlich, schätz ich. Immerhin bin ich ein völlig Fremder für Sie.«

Da gluckste Philipp hörbar auf.

»Und das wirst du auch bleiben«, sang er in einer Lautstärke vor sich hin, die von seinen Tischnachbarn und den Leuten gegenüber zu vernehmen war. Anna warf ihm von der Seite einen giftigen Blick zu. Tim sah ihn für den Bruchteil einer Sekunde an, reagierte aber nicht auf die Anfeindung.

»Nun«, ergriff Edeltraud das Wort, »dann machen Sie uns doch die Freude und erzählen uns etwas über sich. Was machen Sie beruflich, Herr Richthof?«

»Zurzeit arbeite ich bei der Straßenmeisterei und in der Jugendbetreuung. Davor war ich einige Jahre im Ausland.«

»Tatsächlich?«, fragte Ansgar interessiert nach. »Welcher Tätigkeit sind Sie dort nachgegangen?«

»Er hat sich durch Wüsten und Urwälder gekämpft«, warf Marilena ein. »Er ist ein richtiger Abenteurer!«

»Ist das so?«, fragte Ansgar neugierig und sah Tim wieder an.

»Ja, stimmt schon«, antwortete Tim belustigt. »Ich hab aber auch viel Zeit in der Zivilisation verbracht. Ich musste ja schließlich Geld verdienen, um meine Spesen zu decken, wie man so schön sagt.«

»Nennen Sie uns ein Beispiel!«

»Ich war eine zeitlang auf einer Baustelle in Dubai beschäftigt.«

»Waren Sie dort an der Planung beteiligt?«, fragte Edeltraud.

»Nein«, gab Tim zurück. »Ich hab Betonstahl zusammengerödelt.«

»Das ist ja äußerst interessant«, schloss Edeltraud höflich.

»Tja«, rief Philipp verächtlich dazwischen. »Jeder bleibt bei dem, was er kann, nicht wahr?«

Tim ignorierte ihn auch dieses Mal. Er sah stattdessen aufmerksam zu, wie eine Armee von Kellnern den ersten Gang servierte. Innerhalb von weniger als einer Minute hatte jeder Gast eine Suppe vor sich stehen.

»Hatten Sie Gelegenheit, sich die Stadt anzusehen?«, fragte Ansgar.

»Nicht wirklich«, entgegnete Tim. »Wir durften nur nachts arbeiten. Tagsüber sollten wir schlafen, in so Baracken draußen in der Wüste.«

»Und wie war es im Dschungel?«, wollte Marilena wissen. »Bist du da gefährlichen Tieren begegnet? Zum Beispiel einer giftigen Brillenschlange?«

Tim sah sich kurz um. Die Blicke der Tischgesellschaft gaben ihm zu verstehen, dass diese doch recht naive Frage tatsächlich auf Interesse stieß.

»Also«, erklärte er ruhig, »das ist nicht wie im Kino. Schlangen sind scheu und total empfindsam. Die spüren schon, dass ein Mensch kommt, bevor er sie zu sehen

170

kriegt. Und dann verkriechen sie sich. Aber einmal, ja, da bin ich einer Kobra begegnet.«

»Und was ist passiert?«, fragte Marilena gespannt. Tim zuckte mit den Schultern.

»Gar nichts«, bemerkte er trocken. »Ich bin vorsichtig an ihr vorbeigegangen, und das war's.«

»Wie mutig«, sagte Edeltraud anerkennend. »Das hätte ich mich sicher nicht getraut. Diese Tiere sind doch unberechenbar, nicht wahr?«

»Nicht unbedingt«, widersprach Tim gelassen und nahm seine Hände zur Anschauung hinzu, was freilich nicht ganz im Sinne der Tischmanieren war. »Sehen Sie, die Kobra hat einen Sicherheitsradius. Wenn ich den betrete, richtet sie sich auf und zischt. Komm ich ihr zu nah, beißt sie. Verlasse ich ihren Sicherheitsbereich, legt sie sich wieder hin. Das gilt immer. Die Kobra ist also im Grunde 'ne ehrliche Haut. Ich kann mich auf sie verlassen. Deswegen gibt's Momente, wo ich lieber 'ner Kobra gegenüberstehe als 'nem Menschen. Denn Menschen zeigen einem oft das eine Gesicht, verhalten sich dann aber ganz anders.«

»Wie bemerkenswert«, sagte Edeltraud verblüfft. »So habe ich das noch nie betrachtet. Sehr beeindruckende Worte, Herr Richthof.«

»Vielen Dank«, antwortete Tim und griff nach seinem Suppenlöffel. Dabei sah er Anna an. Ihre Augen ließen ihn wissen, wie begeistert sie von der Art und Weise war, wie er mit der Situation umging. Das war natürlich nicht zuletzt Marilenas Einwurf zu verdanken.

Anna beschloss, ihrem Freund einen weiteren Ball zuzuspielen.

»Tim kennt sich außerdem vorzüglich mit Filmen aus«, sprach sie. »Ganz besonders mit alten Schwarz-Weiß-Klassikern.«

»Ach, in der Tat?«, fragte Ansgar schmunzelnd nach.

»Ja, ich geb's zu«, antwortete Tim lachend. »Ich steh auf den guten, alten Kintopp. Ich mag die alten Streifen.«

»Dann mögen Sie wahrscheinlich auch den Film ›Casablanca‹«

»Ja, sehr sogar. Das ist einer meiner absoluten Lieblingsfilme.«

»Können Sie uns sagen«, schloss sich Edeltraud an, »woher Ihre Affinität zu alten Filmen rührt?«

»Ich weiß auch nicht«, sagte Tim nachdenklich. »Irgendwie mag ich es, wie die Leute da drauf sind, so mit ihren Anzügen und Hüten. Die haben immer Klasse und gute Manieren.«

»Nun«, warf Philipp wieder ein, »ein Mensch bewundert ja immer das, was er selber nicht hat.«

Diesmal war es nicht nur Anna, die ihm einen verärgerten Blick zuwarf. Auch Wolfgang sah ihn mahnend an.

»Philipp! Bitte!«

»Nein, nein«, hielt Tim vergnügt grinsend dagegen, »er hat ja recht. Sehen Sie mich an. Ich sitz hier vor einem ausgekippten Besteckkasten und hab keinen Dunst, was ich damit machen soll. Gut, dass ich eine Tischdame wie Vanessa habe. Sie bringt mir mit einer Engelsgeduld bei, wann ich was benutzen muss.«

Damit hatte Tim die Lacher auf seiner Seite. Auch Vanessa lächelte fröhlich in die Runde. Anna nahm sich mit der Brotzange eine Scheibe Weißbrot aus einem Körbchen und legte sie auf einen kleinen Teller. Den ließ sie sogleich hinter der Tischkante auf ihren Schoß sinken. Ein verschmitztes Annalachen strahlte Tim an. Irgendetwas heckte sie aus, aber was?

»Bitteschön, mein Tischherr«, sprach sie ruhig zu Philipp und reichte ihm den kleinen Teller. »Ein wenig Brot zur Suppe?«

»Oh, vielen Dank, liebste Anna«, reagierte Philipp erfreut und nahm das Brot entgegen. »Sehr aufmerksam von dir.«

Er fasste die Scheibe vornehm an der Kante. Als er sie genau über seinen Teller hielt, brach die Kruste ab, und das Brot plumpste in die Suppe, wobei einige Spritzer der Brühe sein Hemd trafen. Dieser Unfall blieb natürlich nicht unbemerkt. Recht peinlich berührt sah die Tischgesellschaft zu ihm hin. Vivienne, die sich bisher vornehm zurückgehalten hatte, äußerte ihre Bestürzung.

»Philipp! So etwas darf nun wirklich nicht passieren. Nimm dich doch zusammen!«

»So ein Pech aber auch«, kommentierte Tim das Geschehen. »Am besten nimmst du die Schnitte schnell aus der Suppe und wringst sie aus!«

An der Stelle begann Wolfgang, leise in sich hinein zu lachen. Aus dem innerlichen Lachen wurde schnell ein hörbares. Er tupfte sich seinen Mund mit der Serviette ab.

»Entschuldigt bitte«, lachte er, »aber eine nasse Scheibe Brot auswringen …«

Sein Lachen steckte den größten Teil der Tischgesellschaft an. Vivienne zeigte kein Verständnis für solche Entgleisungen, doch da selbst Edeltraud und Ansgar mitlachten, sagte sie nichts. Sogar Vanessa kicherte vergnügt in ihre vorgehaltenen Hände. Tim blickte heiter von einem zum anderen.

»Mann, da hab ich aber 'nen Gag gerissen, was?«

»Der war wirklich gut, ja«, stimmte Wolfgang zu, »Kompliment.«

»Ja, aber der ist nicht von mir«, wandte Tim ein und überlegte angestrengt. »Von wem ist der nochmal? Moment, ich komm drauf … ah, ja! Buster Keaton, Candid Camera Show, 1961. Ein Klassiker!«

So wurde ein Festtagsessen, das für gewöhnlich zwar nicht steif, aber doch deutlich weniger humorig durchgeführt wurde, zu einer für Tim recht angenehmen Veranstaltung. Seine Gastgeber sahen ihm nach, dass seine Stilsicherheit in Bezug auf die Etikette nicht zum Besten war. Sie zeigten sich tolerant, während Tim sich alle Mühe gab. Immerhin verzichtete er völlig auf seine Kraftausdrücke. Philipp dagegen spielte sich mit seinem Auftreten mehr und mehr ins Abseits. Dies war ihm durchaus klar, und so kam es, dass er zwischen dem Mittagessen und dem Nachmittagskaffee die Konfrontation mit Tim suchte. Er nutzte die Gelegenheit, als Anna und Marilena zur Toilette gingen.

»Sei dir bloß nicht zu sicher, Richthof«, warnte er Tim, der in diesem Moment alleine stand, und baute sich vor ihm auf. »Annas Mutter sieht dich immer noch als Schandfleck an. Du bist so gut wie draußen, nach der Nummer beim Mittagessen.«

»Alter«, gab Tim mit einem verständnislos zweifelnden Gesichtsausdruck zurück. »Du lebst nicht gerade in der Realität, oder? Wer zum Geier glaubst du eigentlich, bist du?«

»Ich«, protzte sein Widersacher, »bin Philipp Hinkheim, der Sohn von Dr. Josef Eduard Hinkheim, dem
Rechtsanwalt. Was hast du schon dagegenzusetzen, du
unterprivilegierter Wicht?«

»Ich«, trotzte Tim in aller Seelenruhe, »bin der Freund
von Anna zur Heyden.«

Philipp atmete hörbar durch die Nase aus. Die jungen
Männer sahen sich herausfordernd in die Augen.

»Zu blöd, hm?«, fügte Tim lässig hinzu. »Diese eine Sache kann dein Alter dir nicht kaufen.«

Philipp kniff die Lippen zusammen und sah wütend
auf Tim herab. Er ging ein wenig um ihn herum, um si-
cherzustellen, dass er mit dem Rücken in Richtung Wolfgang und Vivienne stand. In provozierender Absicht erfasste er mit beiden Händen das Revers von Tims Anzug
und stieß ihm die Fäuste an die Brust. Tim jedoch wandte
den Blick nicht von Philipps Gesicht ab.

»Gestatten, Brustmuskulatur«, höhnte er leise. »Ein
halbes Jahr Training, und du hast vielleicht auch so was.«

Da fing Philipp an, mit den ausgestreckten Fingern seiner rechten Hand an Tims Hals und Wangen herumzu-
stochern und herausfordernde Gesten zu machen.

»Alter!«, grinste Tim. »Was hast du für 'n Problem?«

»Komm schon!«, zischte Philipp. »Was ist, hm? Mach
schon! Ich weiß, du bist ein Schläger.«

»Für wie blöd hältst du mich, he?«, zischte Tim zurück.
»Glaubst du, ich kapier nicht, was dein Plan ist? Du willst
mich provozieren, damit ich sauer werde und dir eine
reinhaue. Glaub mir, der Teil des Plans gefällt mir richtig
gut. Aber den Rest, nämlich dass ich danach hier rausgeschmissen werde, den find ich scheiße. Ich hab schon

gewonnen, Hinkheim. Du kannst mich mal. Und jetzt geh mir aus der Sonne!«

Da Philipp keine Anstalten machte wegzugehen, wandte Tim sich kurzerhand ab, um selbst woanders hinzugehen. In dem Augenblick holte Philipp aus und schlug Tim von hinten auf die Wange. Es klatschte laut. Die übrigen Gäste drehten sich aufgeschreckt zu ihnen um. Tim fuhr herum, ballte die Fäuste und blickte wutentbrannt zurück zu seinem Widersacher.

»Du feige Ratte kannst froh sein, dass wir nicht alleine sind!«, stieß Tim knurrend hervor.

»Nun, meine Herren«, machte Ansgar sich Luft, »das war es dann ja wohl. Ich darf Sie beide bitten zu gehen. Sofort!«

Philipp sah Tim mit einem triumphierenden Grinsen an. Dann drehte er sich weg und marschierte aufrecht und mit langen Schritten in Richtung Ausgang. Tim sah sich noch einmal in der Runde um. Zerknirscht und enttäuscht nahm er die abwertenden Blicke zur Kenntnis und machte sich ebenfalls auf den Weg zur Tür.

In diesem Augenblick kehrten Anna und Marilena von der Toilette zurück. Verwirrt blickte Anna zwischen ihrem Onkel und dem Ausgang hin und her.

»Was ist geschehen?«, wollte sie wissen.

»Eine Prügelei«, antwortete Vivienne spitz, »wie es zu erwarten war. Die beiden werden gerade des Hauses verwiesen.«

»Oh, nein!«, seufzte Anna traurig. Mehr brachte sie in ihrer Überraschung nicht hervor.

Kurz bevor die jungen Männer die Saaltür erreichten, lief Vanessa zu Ansgar hin.

»Papa!«, hauchte sie. »Das ist unfair. Tim hat nichts gemacht. Es war Philipps Schuld. Er hat Tim ohne Grund geschlagen.«

»Bist du sicher, Vanessa?«, fragte Ansgar seine Tochter eindringlich, als er sich zu ihr hinabbeugte. Sie tat einen Schritt rückwärts und senkte den Kopf.

»Ja!«, antwortete sie dennoch mit Bestimmtheit. »Ich habe es genau gesehen.«

Ansgar richtete sich wieder auf und sah zur Tür.

»Warten Sie, Herr Richthof!«, rief er Tim hinterher. Der hielt inne und schaute verwirrt zwischen Ansgar und Philipp hin und her. Philipp verließ eben in dieser Sekunde das Gebäude. Er hatte gar nicht mitbekommen, dass Ansgar Tim gerade gerufen hatte.

»Kommen Sie bitte einmal rasch zurück!«, forderte Ansgar Tim ruhig aber bestimmend auf. Tim folgte der Aufforderung nur allzu gerne und schritt zügig in den Saal zurück, hin zu Annas Onkel.

»Ja, bitte?«, erkundigte er sich hoffnungsvoll.

»Meine Tochter behauptet, dass Sie keine Schuld an dem Vorfall tragen. Wie stellen Sie sich dazu?«

»Was soll ich sagen? Sie hat recht. Philipp hat einen Streit angefangen, aber ich hab mich nicht provozieren lassen. Ich wollte ihn einfach stehenlassen. Aber als ich mich von ihm weggedreht hab, da hat er mir einen fiesen Suckerpunch verpasst.«

»Was ist das?«

»Ein Schlag ohne Vorwarnung aus dem Hinterhalt.«

Ansgar wandte sich abermals seiner jüngeren Tochter zu.

»War es so, Vanessa?«

»Ja«, bestätigte sie nervös. »Ganz genau so ist es gewesen.«

»Nun«, sprach Ansgar betont freundlich zu Tim, »in dem Fall nehmen Sie bitte meine Entschuldigung an, Herr Richthof. Bitte seien Sie auch für den Rest des Tages unser Gast!«

»Sehr gerne«, sagte Tim erleichtert. »Vielen Dank, Herr zur Heyden.«

»Ich möchte gerne etwas hinzufügen, Ansgar«, meldete sich Wolfgang, »wenn du erlaubst?«

»Gewiss doch, Wolfgang!«

»Ich finde, dass der junge Herr Richthof sich heute als ein sehr angenehmer Zeitgenosse erwiesen hat … Was meinst du dazu, Schatz?«

Anna hielt fast den Atem an. Sie sah mit großen Augen zu Vivienne hin, die in diesem Moment nervös nach Worten suchte.

»Heute ist nicht alles glatt gelaufen«, begann sie. »So einiges war mir ein Dorn im Auge. Meine Zweifel sind nicht völlig zerstreut worden, was Sie betrifft, Herr Richthof … Aber es sieht offenbar so aus, dass ich gewisse Dinge zu akzeptieren habe … und dies wohl auch vermag.«

Sie schwieg für einen Moment. Dann lächelte sie Anna zu: »Du siehst so glücklich aus, wenn du ihn ansiehst.«

Anna hielt sich erwartungsvoll die Hände an die Wangen.

»Dürfen wir zusammen sein?«, fragte sie aufgeregt, und ihre Mutter nickte lächelnd. Daraufhin flog Anna ihr freudestrahlend um den Hals. Während Vivienne die überschwängliche Umarmung ihrer Tochter verhalten erwiderte, reichte Wolfgang dem glücklich lachenden Tim die Hand.

»Sie haben in der Sache ausgesprochen viel Geduld und Abgeklärtheit gezeigt«, sprach er anerkennend.

»In manchen Situationen hilft nichts anderes«, gab Tim zurück. »Da muss man einfach cool bleiben und abwarten. Auch wenn's heftig ist.«

»Da haben Sie recht«, stimmte Wolfgang zu, und dann fuhr er schmunzelnd fort: »Ich nehme an, auch dazu haben Sie ein Filmzitat in petto.«

»'Ne Menge«, grinste Tim, »aber ich glaub, das verkneif ich mir jetzt lieber. Ich will Sie nicht überfordern.«

Lachend klopfte Wolfgang Tim auf die Schulter. Anna löste die Umarmung, die sie ihrer Mutter gegeben hatte, und wandte sich Tim zu, der gerade das Wort an Vanessa richtete.

»Und du«, sagte er freundlich zu Annas Cousine, »du hast mir heute aus der Klemme geholfen. Damit gehörst du ab jetzt zu meinen besten Freundinnen.«

Vanessa lächelte und wurde ganz rot im Gesicht.

»Und das heißt«, fuhr Tim fort, »dass du mich Trip nennen darfst. Und ich nenn dich Nessi. So mach ich das immer bei besten Freundinnen. Einverstanden?«

»Ja.«

»Alles klar. Und wenn ich irgendwas für dich tun kann, egal was es ist, sagst du mir Bescheid, okay?«

»Ja!«

Vanessa strahlte über das ganze Gesicht und ließ sich sogar von Tim umarmen. Dann war es soweit. Er und Anna standen sich gegenüber. Langsam reichten sie sich die Hände. Tim spürte ihre weiche Haut auf seinen

Fingern. Lächelnd sah er Anna in die Augen. Sie lächelte zurück und sagte: »Ich möchte jetzt unbedingt einen Spaziergang mit dir machen.«

»Aber gerne«, stimmte Tim zu und drehte sich seitlich zu ihr, um ihr seinen Arm anzubieten. Anna hakte sich auf ihre charmant altmodische Weise bei ihm ein und ließ sich von ihm an die frische Luft führen. Unterwegs bekamen sie gar nicht bewusst mit, wie ihre Schritte sich beschleunigten. Schließlich erreichten sie einen kleinen Kurpark mit hohen Buchen. Eine kleine Plattform bot einen Ausblick über die Landschaft. Dort führte Tim seine Freundin hin und lehnte sich rücklings an das Geländer. Sanft zog er sie an der Taille zu sich heran. Gleichzeitig legte Anna ihre Arme um seine Schultern. Wie sie duftete! Unmöglich, alle Sinneseindrücke zu verarbeiten. Der Moment wollte genossen werden, in dem ihre geöffneten Lippen sich näherten und zart berührten, sich ihre Zungenspitzen weich umspielten, mit Verlangen bereit, alles nachzuholen, was ihnen zweieinhalb Wochen lang vorenthalten worden war. Leidenschaftlich glitten seine Lippen an ihrem Hals hinab und über ihre Schultern, begleitet von ihren hellstimmigen, genussvollen Seufzern, um dann wieder ihren Mund zu suchen und hingebungsvolle Küsse auszutauschen.

Ein leichtes Räuspern erklang wie aus weiter Ferne.

»Entschuldigt bitte!«, war der kräftige Ruf einer jungen Frauenstimme, der Tim und Anna schließlich erreichte und aufmerksam machte.

»Tut mir leid, ihr Süßen«, bedauerte Marilena aus einigen Metern Entfernung, »aber oben wollen sie, dass ihr pünktlich zum Kaffee auftaucht.«

»Jetzt schon?«, hauchte Anna und rückte sich den Schmuck zurecht.

»Wie, jetzt schon?«, wiederholte Marilena und lachte herzhaft. »Ihr wart immerhin eine Dreiviertelstunde weg!«

»Ups«, meinte Tim grinsend. »Mir kam's vor wie zehn Minuten.«

»Das kann ich mir vorstellen, Romeo«, schmunzelte Marilena. »Ich habe mich schon gefragt, wie lange ich euch noch gewähren lassen soll, aber länger als fünf Minuten zuschauen gehört sich nicht.«

Die beiden glücklich wiedervereinten gingen Arm in Arm auf Annas Cousine zu. Marilena hob augenzwinkernd eine goldbraun gemusterte Handtasche in die Höhe.

»Dein Schönheitssalon, Belle. Ich habe mir gedacht, dass du den jetzt gebrauchen könntest.«

»Danke, Lena«, kicherte Anna. »Was hätte ich nur ohne dich gemacht?«

»Warum muss der Kaffee denn so megapünktlich getrunken werden?«, erkundigte sich Tim. »Haben die noch was Wichtiges vor?«

»Ja, ich glaube schon«, antwortete Marilena. »Mein Vater hat bestimmt vor, anschließend eine Burgführung zu machen. Für die, die Lust haben, sich das anzutun, versteht sich.«

»Tja, dann«, meinte Tim grinsend, »wollen wir mal nicht die Spielverderber sein, oder?«

Kapitel 8

Tim und Anna brachten den Nachmittagskaffee geduldig hinter sich. Wie gerne hätten sie sich jetzt verabschiedet und den Rest des Tages zusammen verbracht, doch die Höflichkeit ließ es nicht zu. Sie hatten beschlossen, die Tischordnung des Mittagessens beizubehalten. So hatte Anna zwar keinen Tischherrn, doch gemäß der klassischen Sitzbelegung saßen sie und Tim nun auch als offizielles Paar einander gegenüber. Diesen Effekt kosteten sie glücklich aus. Gleichzeitig brauchte Vanessa nicht auf ihren Tischherrn zu verzichten.

Als die Festgesellschaft endlich vom Tisch aufstand, gingen Tim und Anna gleich wieder aufeinander zu, um sich an den Händen zu halten.

»Dein Vater und dein Onkel sind auch nicht schlecht«, bemerkte Tim augenzwinkernd, »aber du bist die unangefochtene Meisterin.«

»Wovon sprichst du bitte?«, fragte Anna verwundert.

»Von euren Essenskünsten«, lachte Tim, dann hob er spitzbübisch die Augenbrauen an und fügte hinzu: »Alle anderen hört man übrigens deutlich.«

Anna kicherte und legte ihre Hände zärtlich an Tims Brust.

»Darauf hast du geachtet? Hattest du nichts Besseres zu tun? Zum Beispiel mich anzuschauen?«

»Glaub mir, das hab ich!«, versicherte Tim und streichelte Anna über ihre Oberarme. Lächelnd zupfte sie seine Krawatte zurecht und zog den Knoten etwas enger an seinen Kragen. Tim pustete leise durch die Wangen.

»Wie lange muss ich den Strick eigentlich noch tragen?«, brummelte er. »Und kann ich die Jacke vielleicht mal ausziehen?«

»Erst, wenn Onkel Ansgar sein Jackett ablegt«, erklärte Anna und schenkte ihm ein süßes, aufmunterndes Lächeln.

»Und was machen wir beide bis dahin?«, fragte Tim verschmitzt. Anna drehte gedankenvoll ihre Augen zur Seite. Sie trommelte kurz ganz zart mit ihren Händen auf seiner Brust und hakte sich dann in seinem Arm ein.

»Komm mit!«, flirtete sie. »Ich zeige dir etwas ganz und gar außergewöhnliches.«

Damit führte sie ihn aus dem Saal heraus in einen benachbarten Schankraum, an dessen hinterem Ende sich die Tür zu den Gästetoiletten befand. Dort zog sie ihn rückwärtsgehend und an den Händen haltend hindurch, um sich anschießend wieder bei ihm einzuhaken. Sie standen nun im Vorraum zu den Toiletten. Links von ihnen befanden sich die Türen mit der Aufschrift »D« und »H«. Rechts von ihnen, den beiden WC-Türen gegenüber, erblickte Tim eine weitere Tür, auf der stand: »Privat. Kein Zutritt für Gäste.« Durch die zog Anna ihn ebenfalls hindurch, wobei sie sich zart und verführerisch auf ihre Unterlippe biss.

Eine steile, steinerne Treppe führte nach unten in einen alten Gewölbekeller. Zuerst kamen sie an langen Regalen vorbei, in denen zahllose Weinflaschen lagen. Anna führte Tim an ihnen entlang, bis in den hinteren Bereich, in dem keine Regale mehr standen. Von dort aus drängte sie ihn in einen dusteren, staubigen und muffig riechenden Kellerraum.

»Hör zu, Anna«, meinte Tim ein wenig verlegen, »ich geb zu, ich kann's auch kaum erwarten. Aber denkst du nicht auch, dass wir was Schöneres verdient haben als einen dreckigen Quickie im Keller?«

Anna kicherte und legte ihre Hände von vorne auf seine Schultern.

»Du frecher Kerl!«, flüsterte sie schelmisch. »Ich wusste, du würdest an dergleichen denken. Aber ich möchte dir etwas ganz anderes zeigen.«

»Und was?«

Sie gab Tim einen Schmatzer auf den Mund.

»Komm mit!«

Dann nahm sie ihn wieder bei der Hand und führte ihn zu einer abgelegenen Seitenwand des Raumes, von der aus eine Treppe in ein dunkles, annähernd rechteckiges Loch in der Wand hinabführte.

»Hier bin ich sehr oft als Kind gewesen«, flüsterte Anna. »Du wirst gewiss erstaunt sein.«

Sie griff in das dunkle Loch. Es knarrte und quietschte, als sie eine schwere, hölzerne Tür mit schmiedeeisernen Beschlägen aufschob. Dann machte es Klack! Anna hatte mit einem uralten Drehschalter das Licht eingeschaltet. Ein langer, enger Korridor wurde im Schein der alten Glühlampen sichtbar.

»Wo sind wir hier?«, fragte Tim neugierig.

»Das ist ein alter Fluchttunnel, der aus Burg Aarstein herausführt«, erklärte Anna. »Als das Hotel erbaut wurde, hat man ihn mit dem Keller des Gebäudes verbunden.«

»Ziemlich cool«, bemerkte Tim und spähte in den Gang hinein. Anna nahm abermals seine Hand und ging voran.

»Als Kinder sind Lena und ich ganz oft hier gewesen, obwohl es uns nicht erlaubt war. Und manchmal, da bin ich auch alleine hineingeschlichen.«

»Warum?«, wunderte sich Tim. »Was findest du hier so interessant?«

»Das wirst du gleich sehen«, flüsterte Anna geheimnisvoll lächelnd.

Der Gang war gerade eben breit genug, um nebeneinander gehen zu können. Er war im Grunde auch hoch genug, um aufrecht zu gehen, doch die Decke war so niedrig, dass man ständig das Gefühl hatte, sich ducken zu müssen.

Nach einiger Zeit erreichten Tim und Anna eine Stelle, die deutlich enger und auch niedriger war. Für einige Meter des Wegs mussten sie sich bücken und hintereinander gehen.

»Die Wände sehen hier anders aus«, stellte Tim fest. »Die Steine sind viel größer.«

»Das kommt daher, dass wir uns genau unter dem Zingel befinden«, erklärte Anna.

»Wo?«, fragte Tim verwundert.

»Unter dem Bering.«

»Bering?«

»Ja. Die Ringmauer der historischen Burganlage.«

»Ach so. Ich verstehe.«

»Früher, vor dem Bau des Hotels, war der Gang noch viel enger«, erzählte Anna. »Unter der Zingelwand musste man sogar krauchen.«

»Aha«, bemerkte Tim, »dann schätz ich, dass der Erbauer des Hotels den Gang erweitert hat, um schneller in die Burg zu kommen.«

»Nicht nur deshalb«, wandte Anna ein und richtete sich wieder auf, da die Ringmauer der Burg nun hinter ihnen lag. »Es gibt noch einen weiteren Grund, und den zeige ich dir alsogleich.«

»Du machst es ja sehr spannend«, lachte Tim.

»Das ist es auch!«, bekräftigte Anna. »Siehst du dort? Ganz am Ende des Ganges, dort ist man schon beinahe unter der Burg. Da gibt es verschiedene Seitenkammern. Ich habe es geliebt, sie zu erkunden.«

»Das kann ich mir gut vorstellen«, stimmte Tim belustigt zu, »du alte Tomb-Raider-Zockerin.«

Anna kicherte: »Das werde ich nie vergessen, wie du aus der Wäsche geschaut hast, als ich dir das erzählt habe.«

»Und ich glaub's immer noch nicht so richtig«, zog Tim sie auf.

»Warum nicht?«

»Weil du nicht aussiehst wie eine, die auf 'ner Tastatur rumhämmert und über Team-Speak ihre Leute anschreit.«

»Das tue ich auch nicht. Tomb Raider spielt man alleine, wie du gewiss weißt. Aber wenn du noch zweifelst, Mister Filmlexikon, kannst du mir ja einige Fragen stellen und mich prüfen.«

»Okay. Hm, mal überlegen … Wie heißt der Butler von Lara Croft?«

»Winston Smith. Das war leicht.«

»Na gut, dann … Wer war Laras Mentor?«

»Werner von Croy.«

Tim nickte und zuckte mit den Schultern.

»Klingt richtig.«

»Es klingt richtig?«, wiederholte Anna erstaunt und bekräftigte: »Es ist ganz gewiss richtig!«

»Keine Ahnung«, feixte Tim. »Ich hab das nie gespielt.«

Anna gab ihm einen leichten, aber empörten Schlag auf den Oberarm.

»Immerzu musst du mich auf den Arm nehmen! Dass ich aber auch jedes Mal darauf hereinfalle!«

»Dafür hast du mich jetzt überzeugt«, scherzte Tim. »Willkommen im Nerdclub, Zockerbraut.«

»Ich bin gewiss nicht das, was man eine ›Zockerbraut‹ nennen könnte«, hielt Anna amüsiert dagegen. »Etwas anderes habe ich nämlich nie gespielt. Du etwa?«

»Eigentlich nicht«, gab Tim zu. »Ditze und Hawkens zocken ziemlich viel. Ich mach nur ab und zu mal mit. Aber ich bin nicht gut. Ich verlier immer.«

Sie erreichten das Ende des Tunnels, der sich plötzlich erweiterte und zu beiden Seiten eine Reihe von fünf raumhohen Öffnungen aufwies. Alle vier Meter befand sich einer dieser Zugänge in der Wand. Sie waren so etwas wie Miniflure und hatten einen quadratischen Grundriss, gerade breit genug, dass Anna hätte zwei Mal nebeneinander stehen können. Von diesen Vorkammern aus führten schwere, alte Eichenholztüren in so eine Art Lagerräume. Anna betrat den ersten dieser winzigen Vorräume, nahm den Griff des rostigen Beschlages in die Hand und wandte sich Tim zu.

»Bist du bereit?«, flüsterte sie geheimnisvoll.

»Ja, lass sehen!«, forderte Tim gespannt.

Lächelnd stieß Anna die Tür auf und betätigte wieder einen der altertümlichen Lichtschalter. Tim folgte ihr in den Raum und sah sich um. Mit Ausnahme der gegenüberliegenden Wand war der schmale Raum leer. Doch dort an der Längswand verlief ein Regal aus uralten Holzbohlen mit fünf Etagen, in denen zahlreiche abgenutzte Holzkisten gelagert waren. Aus ihren verschlossenen Deckeln ragte so etwas ähnliches wie Stroh hervor.

»Das ist überwältigend, Anna«, spöttelte Tim. »Ich bin wirklich sehr aufgeregt.«

»Dann gib einmal acht!«, kommentierte Anna, legte ihren Arm um ihn und führte ihn näher ans Regal heran. Sie klappte eine der kleineren Kisten auf, und nachdem sie kurz in dem strohigen Polstermaterial gewühlt hatte, nahm sie einen glänzenden, goldenen Kelch hervor und präsentierte ihn Tim. Er machte große Augen und pfiff anerkennend.

»Alter Verwalter!«, stieß er beeindruckt hervor und blickte von einer Holzkiste zur anderen, »Ist da überall …?«

Anna nickte und legte den Kelch zurück in seine Kiste. Dann nahm sie wieder Tims Hand.

»Komm mit.«

Mit sichtlicher Freude zog sie ihn in den nächsten Raum. Hier gab es Tische und einfache Glasvitrinen, in denen einige goldene Gegenstände wie Pokale und Kelche, aber auch Schmuckstücke und Dolche aufbewahrt wurden. Zu jedem Teil war ein laminiertes Kärtchen mit Nummer und Beschreibung gelegt worden.

»Was ist das hier alles?«, wollte Tim wissen.

»Hier werden die Ausstellungsstücke für das Burgmuseum sortiert«, erklärte Anna. »Die Exponate in der Schatzkammer sind nur ein Teil des Vermögens, das die Burg beherbergt.«

Tim durchquerte langsam den Raum und betrachtete die Stücke aufmerksam. Auf einem der Tische lagen große, mit blauem Samt bezogene Präsentationswürfel, auf denen einige goldene Schmuckstücke anscheinend probeweise ausgelegt waren. Auf einem anderen Tisch sah er ein aufgeklapptes Holzkästchen mit einigen kleinen, braunen Fläschchen, in denen sich offenbar Chemikalien befanden. Daneben befanden sich mehrere Lupen mit unterschiedlichen Stärken sowie eine moderne Feinwaage. Einige antike Waagen aus Holz und Messing waren in zurückgeschobener Position an der Wand entlang aufgereiht.

»Und was wird hier gemacht?«, fragte Tim.

»Hier wird der Reinheitsgrad des Goldes bestimmt«, erklärte Anna, »um den Wert der Stücke zu ermitteln.«

Tim ging zu dem Tisch mit den samtenen Würfeln hinüber und blieb dort stehen. Ihm war eine ebenfalls mit blauem Samt bezogene, weibliche Büste aufgefallen, um deren kopflosen Hals eine goldene Kette gelegt war. Sie bestand aus mehreren Elementen. Die eigentliche Halskette bestand aus großen, goldenen Gliedern ähnlich wie bei Annas Kette, doch von den Schultern an zog sich vorne eine weitere, feinere Kette unter der Hauptkette entlang. An ihr hing ein goldenes Christuskreuz, das mit roten Steinen besetzt war. Anna trat von hinten an Tim heran, schlang ihre Arme um seinen Bauch und legte ihr Kinn auf seine Schulter.

»Hast du so etwas Schönes schon einmal gesehen?«, flüsterte sie lächelnd.

»Ja, einmal, in Arabien«, antwortete Tim gedankenversunken. Dann lachte er leise in sich hinein und legte seine

Hände auf Annas Arme, die liebevoll seinen Bauch umfassten.

»Worüber lachst du?«, fragte sie.

»Darüber, dass ich's wahrscheinlich gerade vermasselt habe.«

»Was meinst du?«

»Na ja, kann ja sein, dass du wieder was Nettes von mir hören wolltest und ich besser gesagt hätte, dass du schöner bist als dieser Goldschmuck.«

Anna lächelte verträumt und schmiegte sich noch enger an Tim.

»Und warum hast du es nicht gesagt?«, flirtete sie.

»Weil du das doch eigentlich gar nicht hören willst. Also, dass einer dich hübsch findet.«

»Wie kommst du denn darauf?«

»Weil du doch nie mit einem Jungen ausgehen wolltest, der dir sagt, dass du hübsch bist.«

»Woher weißt du … Nicole!«, rief Anna aus und kicherte. »Du hast deinen Anzug bei Nicole gekauft.«

»Wo denn auch sonst?«

»Und sie hat dir das erzählt.«

»Ja. Stimmt das etwa nicht?«

»Doch, es ist wahr. Aber es galt nur für die Zeit vor dem ersten Treffen. Und du hattest es zuvor tatsächlich nie gesagt. Ich hatte ja schon beinahe befürchtet, dass du mich gar nicht hübsch findest.«

Tim öffnete sanft Annas Griff und drehte sich zu ihr um. Er legte seine Arme um ihre Taille und sah ihr in die Augen.

»Dich nicht hübsch finden? Ich kenne keine, die schöner ist!«

»Danke. Und damit du es weißt: Jetzt, da wir zusammen sind, möchte ich es durchaus gerne hören.«

»Und warum nicht vorher?«

»Weil es mich ganz entsetzlich genervt hat, dass die Jungs so einfallslos waren. Und so unaufrichtig. Ständig sagten sie mir, ich sei das hübscheste Mädchen der Welt.«

»Das klingt doch aber nett.«

»Gewiss. Allein, welchen Wert hat ein solches Kompliment ohne entsprechende Kompetenz? Sie vermochten es nicht zu beurteilen. Verstehst du? Es handelte sich bloß um betuliches Gerede, denn letztendlich haben sie ja nie die Welt bereist!«

Tim nahm Annas Hände und hielt sie zärtlich fest.

»Ich aber!«, sagte er bestimmt. »Und eins kann ich dir sagen: Es gibt wunderschöne Mädchen auf der Welt. Zum Beispiel in Südamerika. Die haben da so tolle Lippen, dass ein Kerl nur davon träumt, sie zu küssen. Oder im Orient. Da haben die Mädchen so schöne, große, braune Augen, dass du gar nicht mehr weggucken kannst. Von der makellos glatten, hellen Haut der ostasiatischen Mädels will ich da erst gar nicht anfangen.«

»Jetzt hast du aber genug von ihnen geschwärmt«, wandte Anna leicht schmollend ein.

»Tja«, schloss Tim, »und dann komm ich zurück nach Europa und treffe dich. Und ob du es jetzt hören willst oder nicht: Du bist das hübscheste Mädchen, das ich auf der ganzen Welt gesehen habe.«

Anna legte den Kopf auf die Seite und lächelte Tim geschmeichelt an.

»Also, wenn du das sagst, hat das eine ganz andere Qualität.«

Sie warf ihre Arme um seine Schultern und sah ihm verliebt in die Augen. Dann küssten sie sich. Anna lockerte ihre Umarmung, sodass ihre Hände weiter außen an Tims Schultern lagen. Zart legte Tim seine Hände seitlich an ihren Hals, wobei seine Daumen an ihrem Unterkiefer anlagen. Seine Finger berührten Oma Lenis Kette, als er Anna noch einmal küsste.

»Nur deine Kette«, witzelte er danach und deutete auf das Schmuckstück auf der samtenen Büste, »die bleibt ein bisschen hinter der hier zurück.«

»Ja, nicht wahr?«, bestätigte Anna und blickte zu der ausgestellten Halskette. »Ist sie nicht traumhaft?«

Tim schmunzelte verschmitzt.

»Ich hab eine Idee«, sagte er und griff langsam an den Verschluss von Annas Kette.

»Weißt du noch, wie man das macht?«, kicherte Anna erwartungsvoll. »Vergiss nicht, es ist eine antike Halskette.«

»Ich weiß. Hab's ja bei Armin auch hingekriegt. Man muss dieses Stäbchen durch den Ring schieben.«

»Das nennt sich Knebelverschluss.«

»Ich verstehe. Hab sie.«

Tim legte die Kette vorsichtig in die linke Hand. Obwohl er sie schon einmal in den Händen hatte, war er wieder über ihr Gewicht erstaunt. Als er die andere Kette von der Büste nahm, fiel ihm ein Zettel auf, der mit einem Klebefilmstreifen an den Fuß der Büste geheftet war.

»Die Legende von Madame de la … Garrigü?«, las Tim vor, woraufhin Anna gluckste.

»De la Garrigue«, korrigierte sie amüsiert. »C'est un nome francais. Tu ne parle pas cette langue belle?«

Tim sah Anna verträumt an.

»Okay«, sagte er langsam und bedächtig, »ich hab jetzt zwar kein Wort verstanden. Aber wenn du mich scharf machen willst, dann mach ruhig weiter.«

»Was denn?«, lachte sie. »Nur, weil ich Französisch gesprochen habe?«

»Ich hatte ja keine Ahnung, wie sexy das bei dir klingt«, flirtete Tim und legte Anna den kostbaren Schmuck mit dem steinbesetzten Kreuz um den Hals.

»Sieh mal an«, murmelte er, als er sie hinten schloss, »die hat den gleichen Knebelverschluss wie deine. Ob die gleich alt sind?«

Entzückt ertastete Anna die Kette an ihrem Hals. Mit den Fingerspitzen tastete sie über die Glieder.

»Sie ist wunderschön, nicht wahr? Wie schade, dass ich mich nicht sehen kann.«

»Warte«, sagte Tim und nahm sein Handy aus der Innentasche seines Jacketts. Damit trat er einen Schritt zurück und machte ein Foto von Anna.

»Mein erstes Foto von dir«, fiel ihm auf. »Und? Wie findest du's?«

Er drehte Anna das Display zu.

»Oh, wie schön!«, schwärmte sie. »Sieht es nicht wunderschön aus?«

»Absolut. Richtig edel. Und wie würde Anna zur Heyden jetzt auf Französisch heißen? … Oh ja, genau, begrüß mich mal auf Französisch!«

»Oui, bon jours«, kicherte Anna, »je suis Annabelle de la Lande.«

»Wow!«, begeisterte sich Tim. »War ja klar, dass das super klingen würde. Echt cool.«

»Und jetzt sollten wir sie zurücklegen«, entschied Anna und griff an den Verschluss in ihrem Nacken. Sie drapierte die Kette wieder ordentlich auf der Büste. Tim hielt Oma Lenis Kette daneben.

»Guck mal«, bemerkte er. »Die sehen wirklich ähnlich aus. Nur, dass deine etwas breiter ist und die Glieder enger beieinander liegen.«

Anna drehte sich zu ihm hin und deutete lächelnd mit beiden Zeigefingern auf ihren Hals.

»Das ist nicht verwunderlich«, erklärte sie, während Tim ihr ihren Schmuck wieder anlegte. »Die Kette von Madame de la Garrigue gehörte schließlich ebenfalls Oma Leni … Danke … Onkel Ansgar verwendet sie hin und wieder als Ausstellungsstück für die Schatzkammer.«

»Dann gehört sie gar nicht wirklich zur Burg?«, wunderte sich Tim. »Ist das nicht so ein bisschen … Beschiss?«

»Ich bin ebenfalls dieser Auffassung«, stimmte Anna zu. »Oma Leni besaß zahlreiche Schmuckstücke, die von der Ausführung her meiner Halskette ähnlich waren. Nach ihrem Tode ging alles an ihren ältesten Sohn über. Aber mein Onkel ist leider eher ein Geschäftsmann als ein Historiker. Und als er dann von dieser Legende gehört hatte, begann er sie zu vermarkten.«

Tim betrachtete das Blatt, das an den Fuß der Büste geheftet war.

»Und was für eine Legende soll das sein?«

»Es heißt, dass Antoinette de la Garrigue einen heimlichen Liebhaber hatte, der Soldat in der napoleonischen Armee war. Sein Name war Clément Duvall Rocheux. Er fiel 1815 in der Schlacht bei Waterloo. Sein Bruder

Bernard, so will es die Legende, brachte Antoinette den Griff von Cléments Säbel. Sie legte daraufhin eine Grabstätte an, in der sie den Griff des Säbels anstelle des Körpers ihres Geliebten begrub. Da ihre Liebschaft zu einem einfachen Soldaten verpönt war, hielt sie die Grabstelle geheim. Nur sie selbst wusste, wo sie war. Aber angeblich hatte sie auf ihrer Halskette eine verschlüsselte Inschrift hinterlassen, die zur Grabstelle führen sollte, damit sie nach ihrem Tode nicht in Vergessenheit geriete.«

»Ach ja?«, raunte Tim fasziniert und beugte sich neugierig zu der Büste hinunter.

»Ja. Aber es ist aussichtslos«, erzählte Anna. »Sie wurde bereits mehrfach untersucht. Es konnte keine Inschrift gefunden werden. Es ist eben nur eine Legende. Nichts weiter als eine hübsche Geschichte.«

»Na ja«, wandte Tim ein, während er sich wieder aufrichtete, »aber so eine romantische Geschichte müsste doch eigentlich total dein Ding sein, oder?«

»Natürlich«, stimmte Anna zu. »Doch in diesem Fall geht es um historische Fakten. Das sollte schon getrennt betrachtet werden.«

»Da hast du wohl recht«, meinte Tim. »Wollen wir mal in den nächsten Raum gehen? Vielleicht gibt's da Schwerter und Äxte?«

»Gerne«, antwortete Anna, »und ja, eine der Kammern beherbergt in der Tat auch Waffen.«

Sie verließen den Raum und traten zurück in das burgseitige Ende des Fluchttunnels, um die nächste Kammer aufzusuchen. Als sie sich ihr näherten, nahmen sie ein flüsterleises Rauschen wahr.

»Was rauscht denn hier so?«, fragte Tim verwundert.

»Das weiß ich nicht«, wunderte sich auch Anna. »Dieses Geräusch habe ich hier nie zuvor vernommen.«

Tim trat langsam durch den Gang und lauschte aufmerksam. Als er an den verbleibenden Türen vorbeigegangen war, kehrte er um und kam wieder auf Anna zu. Vor der zweitletzten Wandöffnung auf der linken Seite des Ganges blieb er stehen.

»Es kommt von hier«, stellte er fest und deutete in den kleinen Vorraum der Kammer. Anna ging an ihm vorbei und betrat den engen Zugang. Sie öffnete die alte Eichenholztür.

»Das ist aber sonderbar«, bemerkte sie verblüfft. »Hier befindet sich eine weitere Tür. Eine moderne Kellertür.«

Tim zwängte sich zur ihr in die Maueröffnung und tastete den Rahmen der Stahltür ab, die mit einem Abstand von ungefähr einer Handbreite hinter der Holztür angebracht war.

»Sieht aus, als hätte hier jemand einen raumgroßen Container in die alte Kammer reingebaut. Wann warst du das letzte Mal hier unten?«

»Ich weiß nicht. Möglicherweise vor zwei oder drei Jahren?«

»In der Zeit war jemand fleißig, schätz ich.«

Tim staunte sehr, als Anna die schwarze Klinke hinunterdrückte und die Tür aufschob. Sofort war das Rauschen lauter zu hören.

»Wieso ist hier alles offen?«, wunderte er sich. »Hier liegt alles voller Reichtümer, aber es gibt nicht eine einzige Sicherheitsmaßnahme.«

»Das liegt wohl daran«, vermutete Anna, »dass die Zugänge zum Fluchttunnel auf beiden Seiten so gut verborgen liegen. Vor allem der burgseitige Zugang ist schwerlich auffindbar, wenn man ihn nicht kennt.«

Tim und Anna betraten den Raum und sahen sich um. Hier musste tatsächlich jemand einen exakt quaderförmigen Container in das alte, krumme Gemäuer gebaut haben. Der Boden war mit glattem PVC ausgelegt. Längs an der Decke lief ein silbernes, spiralig gewickeltes Rohr entlang, das in einer Ecke mit einem leise brummenden Gerät verbunden war.

»Das muss eine Art Klimaanlage sein«, stellte Tim fest und deutete auf den mittleren Bereich vor der Längswand. »Und ich weiß auch, wozu die da ist.«

Dort, wo Tim hinzeigte, stand ein tischhoher, breiter Metallschrank, der auf der Vorderseite große, flache Schubladen hatte. Auf dem Schrank standen, wie Bücher in einem Regal, große, barock anmutende Bilderrahmen in verschiedener Größe. An den größeren Rahmen, die zwischen den kleineren herausragten, war zu erkennen, dass sie Gemälde enthielten. Es waren äußerst alte, teils rissige Ölgemälde, die hier sorgsam gelagert und vor Feuchtigkeit geschützt wurden. Anna sah sich die äußeren, etwas kleineren Bilder an. Auf den Rückseiten der Rahmen fand sie kleine Schilder, auf denen die Namen und Erschaffungsdaten der Werke festgehalten waren. Tim ging zu einer schräg gegenüberliegenden Stelle des Raumes. Auch dort entdeckte er einen entsprechenden, aber viel schmaleren Schrank, auf dem ebenfalls einige Bilderrahmen abgestellt waren. Neugierig zog er eine Schublade auf. Zu seiner Überraschung stellte er fest, dass dort eine Handvoll älterer Fotoalben untergebracht waren.

Anna zog einen mittelgroßen Bilderrahmen von dem ersten Schrank hervor und betrachtete das Frauenportrait auf der Leinwand. Dann drehte sie den Rahmen um und warf einen Blick auf die Rückseite. Überrascht lächelte sie und sah zu Tim hinüber.

»Tim!«, hauchte sie entzückt und hielt ihm das Gemälde entgegen. »Sieh einmal, was ich gefunden habe!«

»Hey!«, erkannte Tim freudig. »Das ist die Kette von dieser Madame de Garage, die die Frau da umhat.«

»Es ist noch viel aufregender!«, begeisterte sich Anna. »Dieses Portrait zeigt sie selbst! Hier steht es: Antoinette de la Garrigue, Öl, 1812.«

»Coole Sache«, bemerkte Tim und zog sein Handy hervor. »Halt's mal eben ruhig.«

Er schoss ein Foto des Gemäldes und steckte sein Telefon anschließend wieder in die Tasche.

»Jetzt haben wir auch das Original«, grinste er. »Wollen nachher mal sehen, wem sie besser steht.«

»Da dürfte es wohl keinen Zweifel geben«, lachte Anna und stellte das Bild wieder zurück. Dann durchstöberte sie das andere Ende des Bilderstapels. Tim wandte sich seinem Fund zu und begann seinerseits, einige Bilderrahmen zu untersuchen.

»Ach!«, rief er aus. »Hier sind ja sogar Fotos dabei! Zwar nur vergilbte Schwarz-Weiß-Bilder, aber eindeutig Fotografien.«

Plötzlich erfasste eines der Bilder seine Aufmerksamkeit. Nicht nur, dass es überhaupt nicht vergilbt war, es kam ihm außerdem ziemlich bekannt vor. Auf dem Foto war das Portrait einer älteren, würdevollen Dame in dunkler, vornehmer Bekleidung zu sehen. Er sah es aufmerksam an. Auf der unteren Leiste befand sich eine schmale, ovale, goldene Plakette, auf der zart ein Name eingraviert war: Helene zur Heyden. Tim sah zu Anna hin, die immer noch neugierig die Gemälde auf dem anderen Schrank durchsah.

»Süße!«, rief er leise. »Guck mal!«

Lächelnd drehte Anna den Kopf zu ihm hin. Als sie das Bild erkannte, öffnete sie staunend die Lippen und machte große Augen. Während sie auf Tim zuging, legte sie eine Hand auf den Mund und die andere auf die Brust.

»Wo hast du es gefunden?«, wisperte sie.

»Es stand hier bei den anderen«, erklärte Tim. »Vielleicht gibt's ja noch mehr?«

Anna erblickte die Alben in der Schublade, die Tim vorhin halb aufgezogen hatte, und ging zu ihnen hin, um sie näher anzuschauen.

»Ich erinnere mich an diese Fotoalben«, hauchte sie mit zittriger Stimme. »Ich habe sie seit Jahren nicht mehr gesehen. Es ist alles hier. Es ist alles hier bei Onkel Ansgar!«

Sie nahm eines der Alben hervor und schlug es auf. Tim, der den Bilderrahmen mit Oma Lenis Foto wieder abgestellt hatte, trat nahe an Anna heran. Gemeinsam sahen sie sich die Fotos an. Es war eine Vielzahl an Fotos, von quadratisch bis rechteckig, von schwarz-weiß bis farbig. Sie alle waren mit transparenten Fotoecken eingeklebt worden. Im hinteren Teil des Albums gab es mit einigen wenigen Ausnahmen nur noch Farbfotos. Die meisten zeigten Helene zur Heyden zusammen mit einem kleinen, glücklich lachenden Mädchen, das Tim nicht nur wegen seiner langen, schwarzen Haare vertraut vorkam. Er sah seine Freundin von der Seite an, wie sie dort stand und langsam Seite für Seite umblätterte, während ihr die Tränen übers Gesicht liefen.

»Es tut mir leid, Anna«, drückte Tim leise hervor. »Ich hab gedacht, du würdest das gerne sehen. Ich wollte dich nicht traurig machen.«

Anna schüttelte den Kopf und lächelte ihn an.

»Du hast mich nicht traurig gemacht«, versicherte sie leise, »ganz im Gegenteil. Ich bin einfach nur … so überwältigt.«

Sie gluckste leise auf und wischte sich mit den Fingern die Tränen unter den Augen weg.

»Ich bin so fürchterlich nahe am Wasser gebaut. Entschuldige bitte.«

»Blödsinn«, gab Tim sanft zurück. »Du brauchst dich doch nicht zu entschuldigen. Du hast alte, schöne Erinnerungen wiedergefunden. Da wirst du doch wohl 'n bisschen heulen dürfen.«

»Danke«, erwiderte Anna lächelnd und blätterte die nächste Seite um. Hier blickten sie nun auf einige etwas größere Schwarz-Weiß-Fotos. Sie waren ausgesprochen klar, mit professioneller Schärfe. Auch diese Bilder zeigten Anna und ihre Oma, teils zusammen auf einem altertümlichen Sofa, teils alleine auf verschiedenen Sitzmöbeln. Ganz offensichtlich waren diese Aufnahmen in einem Studio entstanden.

»Hier waren wir einmal beim Fotografen«, erzählte Anna und strich mit den Fingern zart über die Bilder. »Da war ich sechs Jahre alt.«

»Du hast süß ausgesehen«, sagte Tim schelmisch, »mit deinen zwei Pferdeschwänzen. Fehlt nur noch so ein bunter Lolli.«

Anna hob kurz leise kichernd die Schultern an und blätterte dann erneut um. Auf der folgenden Doppelseite waren zwei einzelne Nahaufnahmen von Anna und ihrer Großmutter zu sehen.

»Hey!«, rief Tim aus. »Die kommen mir jetzt aber verdammt bekannt vor.«

»Wie ist das möglich?«, wandte Anna ein. »Du hast diese Fotos doch niemals zuvor gesehen.«

»Doch!«, beharrte Tim. »Ich hab sie eindeutig schon mal gesehen. Nicht genau diese Fotos hier. Aber dich und deine Oma erkenn ich wieder.«

Er schnippte mit den Fingern und deutete auf Annas goldenen Herzanhänger.

»Und zwar genau da drin«, erinnerte er sich.

»Aber ja!«, wurde es auch Anna klar, und sie griff sofort nach dem Verschluss ihrer Kette. »Das müssen die Vorlagen für die Kunstwerke auf den Steinen sein!«

Sie nahm ihre Kette ab und öffnete das goldene Herz. Sie verglich die Miniaturgemälde auf den weißen, herzförmigen Opalscheibchen mit den Originalfotografien im Album. Und tatsächlich, sie entsprachen einander exakt.

»Oh, wie zauberhaft!«, schwärmte Anna. »Machst du davon bitte auch Fotos, ja?«

»Na klar«, nickte Tim und zog sein Handy hervor, »aber hat dein ich-Fon nicht eine bessere Kamera?«

»Das mag sein«, stimmte Anna zu, »doch es befindet sich in meiner Handtasche, und die habe ich oben im Saal stehen lassen.«

»Ist kein Problem«, meinte Tim. »Ich schick sie dir nachher einfach. Haben halt nur nicht ganz die Qualität, die du gewohnt bist.«

»Das macht nichts«, sagte Anna und lehnte sich an seine Schulter. »Danke, Liebster.«

Tim fotografierte nicht nur die beiden Fotos der gerade aufgeschlagenen Doppelseite, sondern noch so einige mehr. Auch das große Portrait im Rahmen nahm er auf. Es zeigte sich, dass es noch vier weitere gerahmte Bilder von Annas Oma gab. Auch die wurden kurzerhand mit dem Handy fotografiert.

»Am liebsten würde ich die Fotoalben mitnehmen«, meinte Anna hinterher, »aber hier in diesem Spezialraum sind sie zweifellos besser aufgehoben.«

»Und jetzt?«, fragte Tim. »Wollen wir noch weitergehen? In die Burg?«

»Lieber nicht«, gab Anna zurück. »Onkel Ansgar macht bestimmt gerade seine Burgführung. Wenn wir dort plötzlich auftauchen, wird er wissen, dass wir den Tunnel benutzt haben. Und dann wird er poltern. Wir dürfen im Grunde gar nicht hier sein.«

»Ich verstehe«, nickte Tim. »Dann also zurück zum Hotel?«

»Ja, das wird das Vernünftigste sein«, bestätigte Anna entschlossen, und so machten sie sich auf den Rückweg durch den langen Korridor in den Weinkeller und von dort aus die Treppe hinauf in den Vorraum der Gästetoiletten.

Als sie den Schankraum neben dem Festsaal betraten, begegneten sie einer Gruppe von Annas Verwandten, die sich genau hier für eine Unterhaltung zusammengestellt hatten. Jede von ihnen starrte Tim und Anna an. Einige schürzten die Lippen und sahen an ihnen herab, andere wiederum schüttelten abgestoßen die Köpfe.

»Hallo«, grüßte Anna sie lächelnd, und Tim nickte ihnen freundlich zu. An der weit offenen, zweiflügeligen Tür zum Festsaal hin trafen sie auf Marilena und Vanessa, die recht lustlos beieinander standen und den Verlauf des Tages abwarteten. Etwas mehr als die Hälfte der gesamten Gesellschaft, darunter auch Annas Eltern, waren Ansgars Einladung zur Burgführung gefolgt. Der Rest hatte sich offenbar ein wenig in den Räumlichkeiten ausgebreitet.

Annas Cousinen lächelten, als die beiden sich ihnen näherten.

»Hallo, meine Damen«, grüßte Anna vergnügt.

»Hey, ihr beiden«, grüßte Marilena fröhlich zurück und übertönte damit Vanessas leises »Hallo.«

»Hey!«, grüßte auch Tim und machte ein leicht verwundertes Gesicht. »Warum sind eure Leute so komisch drauf? Die haben uns angeguckt, als hätten wir Kinder gegessen.«

Marilena lachte auf.

»Na, was glaubst du wohl, wie das aussieht, wenn du mit Belle händchenhaltend aus dem Toilettenraum kommst?«, stichelte sie. »Hier wissen doch alle, wie lange ihr euch … vermisst habt.«

»Du brauchst das gar nicht so zu betonen, Lena!«, spöttelte Anna zurück. »Wir haben nichts dergleichen gemacht.«

Und dann murmelte sie: »Außerdem ist es mir gleichgültig, was Tante Stephanie und ihre Familie über uns denken.«

»Stimmt genau«, flüsterte Marilena. »Die sind eh ein bisschen komisch … Was meint ihr, wollt ihr zwei nicht auch was zu trinken bestellen und euch mit uns hinsetzen?«

»Sehr gerne«, stimmte Anna zu und nickte. Sie und Tim gingen zur Bar, während Marilena und Vanessa zur inzwischen frisch mit Platztellern und Bestecken eingedeckten Speisetafel gingen.

»Oh!«, bemerkte Anna leise, als sie an der Bar angekommen waren und wischte Tim mit der linken Hand über den Ärmel seines Anzuges. »Du hast ein wenig jahrhundertealten Mörtel mitgebracht.«

»Kann sein«, bestätigte Tim grinsend. »Bin vorhin unter dieser Zingelmauer an der Wand vorbeigeschrappt.«

»Was wünschen sich die Herrschaften?«, fragte ein Kellner hinter der Theke.

»Zwei Gläser Cros Parantoux Premier Cru, bitte«, bestellte Anna.

»Sehr wohl«, sagte der Kellner freundlich und drehte sich um.

»Was?«, lachte Tim und zog schelmisch die Augenbrauen hoch. »Wer ist gestorben?.«

»Was meinst du bitte?«, lachte Anna zurück.

»Das Gift, das du eben bestellt hast. Was war das?«

»Cros Parantoux?«

»Ja.«

»Das ist ein Wein. Ein äußerst feiner, wie ich bemerken darf.«

»Uiii. Dann nehm ich an, dass man den nicht im Norma kriegt, oder?«

»Wo?«

»Schon okay«, lachte Tim. »Und warum bestellst du uns so ein edles Gesöff?«

»Weil wir beide etwas zu feiern haben«, gab Anna freudig zurück. »Ich denke darüber nach, eine Flasche Champagner mit nach Hause zu nehmen. Dann brauchen wir nur noch ein paar frische Erdbeeren und perfekt wäre ein romantischer Abend auf meinem Zimmer.«

»Uuuh«, freute sich Tim, »äußerst Pretty-Woman-mäßig. Kann's kaum erwarten.«

»Wir müssen nur noch das Abendessen hinter uns bringen«, säuselte Anna.

»Kein Problem«, grinste Tim, »solange es keine schlüpfrigen Scheißerchen gibt.«

Anna musste herzhaft lachen.

»Ja«, pflichtete sie Tim bei, »die Stelle gefällt mir auch sehr gut. Weißt du was? Warum schauen wir uns nicht auch einen von deinen geliebten Schwarz-Weiß-Filmen an?«

»Ein romantischer Abend mit dir«, fasste Tim zusammen, »und dazu ein alter Streifen – ich würde sagen, besser geht's nicht!«

»Wie wundervoll«, schwärmte Anna. »Wie ich mich darauf freue!«

»Ihr Wein, gnädige Frau«, kommentierte der Kellner und reichte ihnen die Gläser. »Bitte sehr.«

»Danke schön«, antwortete Anna höflich, nahm die Getränke an sich und reichte Tim ein Glas. Sie lächelten sich an und machten sich auf den Weg zu Marilena und Vanessa.

»Was ist eigentlich mit Nessi?«, wollte Tim unterwegs wissen. »Warum ist sie so schüchtern?«

»Nun ja«, meinte Anna, »sie stand schon immer in Lenas Schatten. Lena ist von ihrem Wesen her recht dominant, und Vanessa hat sich im Grunde ihr Leben lang zurückgestellt.«

»Ich verstehe. Schade. Ich mag sie.«

»Du hast das ernst gemeint, dass du sie zu deinen besten Freundinnen zählst.«

»Absolut! Was sie heute für mich getan hat, werde ich ihr nie vergessen. Ohne sie wäre dieser Tag schlimm ausgegangen. Ich schulde ihr eine Menge. Ich tue ihr jeden Gefallen.«

»Wirklich jeden?«

»Jeden! … Na ja, nicht wirklich jeden, du weißt schon. In die Kiste würde ich natürlich nicht mit ihr gehen.«

Anna schmunzelte Tim an.

»Keine Sorge, darum wird sie dich gewiss nicht bitten. Gut, dass sie so schüchtern ist, nicht wahr?«

»Hmm. Unterschätz die Schüchternen nicht. Das sind die Wildesten von allen. Das kann ich dir sagen.«

»Ach, tatsächlich?«

»Ehm … Hab ich gelesen.«

»Jaja.«

Gemeinsam setzten Tim und Anna sich zu Marilena und Vanessa. Die jungen Leute unterhielten sich, bis die übrigen Gäste von der Burgführung zurückkehrten. Das Abendessen wurde zeitig aufgetragen, sodass es nicht allzu spät war, als die einzelnen Gruppen der Familie sich verabschiedeten.

Tim und Anna, die zusammen in Tims Auto fuhren, freuten sich auf ihren romantischen Filmabend. Nun standen sie vor der Herausforderung, ihre schöne Idee in die Tat umzusetzen. Konnten sie Annas Eltern dazu bringen, Ja zu sagen?

Tim hielt den Wagen an und stoppte den Motor. Augenblicklich waren er und Anna von absoluter Stille umgeben. Dann knipste er die Innenraumbeleuchtung des Fahrzeugs aus, und tiefe, undurchdringliche Dunkelheit lag um sie herum. Anna tastete nach seiner Hand.

»Es hat so seinen Vorteil, ein Stück außerhalb zu wohnen«, sagte Tim ruhig. »Du hast mir heute was ganz besonderes gezeigt. Jetzt will ich dir was zeigen.«

Er nahm Annas Hand aus seiner, hob sie an und küsste sie. Anschließend legte er sie zurück in Annas Schoß.

»Warte kurz«, flüsterte er, »und hab keine Angst.«

»Ich habe keine Angst«, versicherte Anna leise.

Es klackte, und Tim öffnete die Fahrertür. Er stieg aus. Anna hörte das Knirschen seiner Schritte, die vorne um den Wagen herum immer näher zu ihr kamen. Wieder klackte es, diesmal lauter und direkt rechts neben ihr. Sie spürte die frische Luft, die durch die sich öffnende Beifahrertür hereinwehte. Tims Hand tastete ihren Arm entlang nach unten und fasste zart ihre Finger.

»Komm«, hörte sie seine Stimme. Anna stieg vorsichtig aus, geführt von Tims Händen. Ein feiner Lufthauch umspielte ihr Gesicht. Flüsterleise rauschten die Kiefern in einiger Entfernung. Sie nahm den Duft des Waldes wahr, in den sich angenehm der würzige Geruch des ihr so vertrauten Eau de Toilettes mischte. Sie tastete ihrerseits an seinen Armen hinauf bis zu seinen Schultern. Dort legte sie ihre Hände ab. Wie wohl sie sich fühlte!

»Und jetzt guck nach oben«, flüsterte Tim, »in den Himmel.«

Anna legte den Kopf in den Nacken und war überwältigt. Der Himmel sollte schwarz sein, aber das war er nicht. Stattdessen war er übersät mit tausenden hell funkelnder Lichtpunkte. So einen Sternenhimmel hatte sie noch nie gesehen. Es war, als wollten die Sterne auf sie herabregnen. Darüber zog sich das schimmernde Band der Milchstraße über sie hinweg. Je länger sie beide dort standen, desto mehr Sterne nahmen sie wahr.

»Wie findest du's?«, fragte Tim.

»Es ist so wunderschön«, wisperte Anna. »Ich finde keine Worte, um es zu beschreiben.«

»Dann sieh es dir einfach nur an.«

Tim begann, Annas Wangen, ihren Hals und ihre Schultern zärtlich zu küssen. Anna kicherte wohlig und schmiegte sich an ihn.

»Du schaust ja gar nicht mit auf die Sterne«, hauchte sie lächelnd.

»Na und?«, kommentierte Tim verschmitzt und fuhr fort, sie zu küssen. »Ich hab hier unten was viel Schöneres.«

Anna schloss die Augen und genoss es, so liebkost zu werden. Ihre und Tims Lippen fanden schließlich zueinander, woraufhin sie sich leidenschaftliche Zungenküsse gaben. Es war schön, so in völliger Dunkelheit, ohne sich zu sehen, Zärtlichkeiten auszutauschen. Sie vergaßen jedoch beide nicht, was sie eigentlich vorhatten.

»Und jetzt gehen wir rein«, entschied Tim, »und nehmen uns ein paar Filme mit.«

»Sehr gerne«, stimmte Anna zu. Tim legte einen Arm um ihre Hüfte und deutete ihr an, loszugehen, doch Anna blieb unsicher stehen.

»Aber ich kann überhaupt nichts sehen«, wandte sie zögerlich ein.

»Keine Sorge«, beruhigte Tim sie und fuhr geheimnisvoll fort. »Halt dich einfach an mich. Ich kann den Weg innerlich erspüren.«

Anna hakte sich ein wenig angespannt bei ihm ein und ging zaghaft und ein wenig staksig neben ihm her. Tim aber machte ruhige Schritte vorwärts. Nach ein paar Metern trat er gegen eine der Steinplatten und stolperte.

»Au!«, entfuhr es ihm. »Kackmist!«, und dann musste er lachen.

»Scheiße. Geht irgendwie doch nicht, schätz ich.«

»Tja«, stimmte Anna lachend ein, »vom Macho zum Hanswurst ist es oft nur ein kleiner Schritt. Soll ich uns den Weg mit meinem Telefon leuchten?«

»Nein, danke«, spöttelte Tim zurück. »Ich hab selber eins.«

Kurz darauf erreichten sie die Haustür. Es tat für einen winzigen Moment in den Augen weh, als Tim nach dem Gang durch die Dunkelheit das Licht in der kleinen Diele einschaltete. Gemeinsam traten sie ins Wohnzimmer. Tim kniete sich sofort vor den Fernseher, um seine DVD-Sammlung in dem breiten Unterschrank zu durchsuchen. Anna blieb stehen, ließ ihre Handtasche mit beiden Händen vor ihren Oberschenkeln hängen und schaute sich lächelnd um.

»Hier«, kommentierte Tim, »›Casablanca‹, den nehmen wir auf jeden Fall mit … und ›Begegnung‹, der könnte dir auch gefallen.«

»Der Titel sagt mir nichts.«

»Hast du ›Die Brücken am Fluss‹ gesehen?«

»Ja. Den mochte ich.«

»Dachte ich mir. Der hier ist so ähnlich, aber von 1945 … Und dann nehmen wir auf jeden Fall noch ›Vom Winde verweht‹ mit.«

»Du magst ›Vom Winde verweht?‹«

»Nein, der ist stinklangweilig. Geschlagene dreieinhalb Stunden darauf warten, dass Rhett Butler endlich Eier wachsen.«

Anna schüttelte verwirrt den Kopf.

»Und warum möchtest du ihn dann mitnehmen?«

Tim nahm die drei DVD-Kassetten in die Hand und richtete sich auf. Grinsend drehte er sich zu Anna um.

»Weil ich meine Freundin Vivienne kenne.«

»Das musst du mir genauer erklären.«

»Ganz einfach. Möchtest du ihr sagen, dass wir uns einen romantischen Abend machen wollen?«

»Nein.«

»Sondern?«

»Dass wir uns einen Film anschauen möchten.«

»Siehst du? Und ich wette mit dir, sie nimmt es wörtlich und sagt, dass wir uns einen einzigen Film ansehen dürfen und ich danach direkt nach Hause muss.«

»Das könnte in der Tat sein.«

»So. Und wenn es wirklich so sein sollte, dann legen wir ›Vom Winde verweht‹ ein, und wir haben fast vier Stunden Zeit für uns.«

Anna gluckste.

»Wie raffiniert du doch bist«, schmunzelte sie.

»Tja«, gab Tim stolz zurück, »da kannst du mal sehen, was für einen cleveren Kerl du in Albenhain die ganze Zeit angebaggert hast.«

»Ich?«, rief Anna erstaunt lächelnd aus. »Ich habe nicht den ersten Schritt unternommen. Du hast mir zuerst Avancen gemacht.«

»Das seh ich anders«, widersprach Tim amüsiert. »Du hast mich aufgefordert, mit dir auszugehen.«

»Gewiss«, wandte Anna ein, »doch du hattest mir zuvor ein Schälchen Erdbeerquark geschenkt. Und nicht aus Dankbarkeit, wie ich vermutete. Das hattest du selbst abgestritten. Also musstest du dort bereits Hintergedanken gehabt haben.«

»Was du nicht sagst«, grinste Tim und wies mit der Hand zur Tür. »Wollen wir?«

»Noch nicht«, lehnte Anna charmant ab. »Lass uns noch ein paar Minuten auf deiner Couch Platz nehmen. Ich bin so gerne hier bei dir.«

»Okay«, antwortete Tim, der über Annas Worte zutiefst glücklich war, und er führte seine Freundin zu seiner alten Couch, wo sie sich nebeneinander hinsetzten. Tim legte die drei Filme auf dem Couchtisch ab. Im selben Moment sprang Cholera von hinten auf die Sofalehne und von dort aus neben Anna auf die freie Sitzfläche. Es dauerte nicht lange, und auch Pest lugte hinter dem Sessel hervor.

»Na, du Süße?«, wisperte Anna zärtlich und begann, Cholera zu streicheln.

»Endlich bist du wieder hier«, meinte Tim. »Nicht nur ich hab dich vermisst, sondern auch die Katzen.«

Anna zwinkerte ihn neckisch an und kicherte.

»Was ist?«, fragte Tim. »Ach, ich verstehe. Ja, in Ordnung. Du hast dir bestimmt schon was ausgedacht, wie du sie nennen willst, oder?«

»Ja, das habe ich.«

»Dann lass mal hören.«

Anna gluckste vergnügt in sich hinein.

»Wie wäre es statt Pest und Cholera mit Prada und Chanel?«

Tim ließ lachend den Kopf nach vorne sinken.

»Okay, war ja klar … Diese Klatschweiber!«

»Und?«

»Von mir aus. Mir ist alles recht. Ich steh zu meinem Wort. Und wie soll Malaria heißen?«

Anna drehte nachdenklich die Augen seitlich nach oben.

»Mmm … Da würde ich sagen: Miu.«

»Miu Miu? Was ist das denn?«

»Das ist ein Modelabel von Miuccia Prada. Recht verspielt, daher nicht mein Stil, doch sehr bekannt.«

»Für dich vielleicht. Okay, und was hast du für den Kater?«

»Ihn nennen wir einfach Tom!«

»Tom.«

»Ja. Tailor für dich, Ford für mich.«

»Das klingt fair, schätz ich.«

»Ich freue mich, dass es so einfach war«, bemerkte Anna und sah sich mit einem äußerst verschmitzten Lachen im Wohnzimmer um.

»Was ist jetzt?«, wollte Tim wissen. »Da kommt doch noch was. Ich kenn dich.«

»Aber nein«, kicherte Anna ausgelassen und schmiegte sich an ihn, »es ist alles in bester Ordnung … Ich habe mir nur gerade gedacht, dass deine Wände ein wenig Farbe gebrauchen könnten.«

Tim öffnete überrascht und ungläubig den Mund. Dann stieß er einen Lacher aus.

»Nur zu! Dich in Anstreicherklamotten zu sehen, mit Papierhütchen und Farbklecksen im Gesicht, dafür würde ich sogar Geld bezahlen.«

»Wie schön«, sagte Anna ruhig mit einem listigen Blick. Dann stand sie auf und reichte Tim die Hand hin. Er nahm sie und stand ebenfalls auf.

»Du machst Witze, stimmt's?«, fragte er sie unsicher auf dem Weg zur Tür. »Das ziehst du nicht durch, gell?«

Doch Anna schmunzelte ihn nur frech an.

»Ich habe nach wie vor Bedenken, Annabelle«, klang Viviennes Stimme kühl durch die große Wohndiele. »Das habe ich dir bereits nach dem Abendessen gesagt, und daran hat sich nichts geändert.«

»Aber Mama«, hielt Anna ruhig dagegen, »wir möchten uns doch bloß einen Film anschauen.«

»Das könntet ihr ebenso gut hier unten im Fernsehzimmer«, wandte Vivienne ein, »in unserer Gesellschaft.«

»Das wäre mir nicht so recht«, protestierte Anna.

»Und Sie würden das auch gar nicht wollen«, fügte Tim grinsend hinzu. »Ich hab die Angewohnheit, alle fünf Minuten auf Pause zu drücken und die Hintergründe zur Entstehung der Szene zu erklären.«

»Herr Richthof«, richtete Vivienne das Wort an ihn, »ich befürchte, Sie haben nicht verstanden, worum es hier geht.«

»Doch, Frau zur Heyden«, widersprach Tim lässig, »das habe ich. Sie machen sich Sorgen um das, was da oben passieren könnte. Denken Sie nicht, dass wir, wenn es uns darum ginge, längst eine andere Möglichkeit dazu gefunden hätten?«

Vivienne nahm tief Luft, antwortete jedoch nicht.

»Schatz«, trat Wolfgang an sie heran und legte ihr den Arm um die Schultern, »so reizvoll es auch wäre, vom Wissen des jungen Herrn Richthof über Filmproduktionen zu profitieren, so schlage ich doch vor, dass wir die beiden bei ihrem Vorhaben gewähren lassen. Annabelle hat uns mehr als einmal bewiesen, dass, wozu sie sich auch immer entscheidet, wir auf ihren Verstand und ihre Reife vertrauen können.«

Anna lächelte ihn dankbar an.

»Meinetwegen«, stimmte Vivienne widerwillig zu. »Ihr dürft euch einen Film ansehen. Einen Film! Danach erwarte ich Ihren umgehenden Aufbruch, Herr Richthof.«

»Versprochen«, versicherte Tim.

»Welchen Film werdet ihr euch ansehen?«, wollte Wolfgang wissen.

»Vom Winde verweht«, antwortete Anna erfreut.

»Vom Winde verweht?«, warf Vivienne skeptisch ein. »Hat der nicht ausgesprochene Überlänge? Es wird bis weit in die zweite Nachthälfte dauern, bis er zu Ende ist.«

»Aber das ist ein Klassiker«, entgegnete Tim nüchtern und nachdrücklich zugleich, »und Anna … belle möchte ihn gerne sehen.«

»Nun gut«, lenkte Vivienne ein, »dann wünsche ich gute Unterhaltung. Wir werden uns inzwischen zurückziehen. Annabelle, du weißt, wie du die Alarmanlage vorübergehend deaktivierst, wenn du Herrn Richthof in der Nacht verabschiedest?«

»Ja, Mama, gewiss.«

Damit nahm Anna Tim bei der Hand und führte ihn über die breite Marmortreppe hinauf zu ihrem Zimmer. Oben im Flur reagierte der Bewegungsmelder auf ihre Anwesenheit und aktivierte die Deckenbeleuchtung sowie die Schalenlampen an den Wänden. Tim ließ sich von Anna ein wenig ziehen. Er war so erstaunt über die moderne und feudale Ausstattung des Elternhauses seiner Freundin, dass er neugierig den Kopf hin und her drehte, um alles zu erfassen. Schließlich blieb Anna vor einer großen massivhölzernen Tür stehen, um sie im nächsten Moment zu öffnen. Beim Betreten des Raumes sagte sie: »Licht einschalten!«, worauf die Beleuchtung in erhabener Gemächlichkeit ansprang.

»Übel!«, staunte Tim und trat langsam durch die Tür. Nun stand er in Annas Zimmer und war sichtlich verblüfft.

»Jarvis?«, rief er und drehte sich nach allen Seiten um. Anna lachte ihn an, während sie ihre Handtasche auf einem der Sessel ihrer cremefarbenen Ledersitzgruppe ablegte.

»Nein«, versicherte sie scherzhaft, »so weit sind wir noch nicht. Aber wir arbeiten daran.«

»Gut zu wissen«, meinte Tim augenzwinkernd und sah sich weiter um. »Wie genau hier alles aufeinander abgestimmt ist. Die Möbel. Die Stehlampen. Die Bilderrahmen. Wände, Teppich … Und dieses riesige Bett! Hast du das alles selbst zusammengestellt?«

»Das kann man nicht behaupten«, erzählte Anna. »Mein Zimmer wurde neu eingerichtet, als ich zwölf Jahre alt war. Und glücklicherweise durfte ich meine Vorstellungen mit einbringen. Mama und ich haben einen ganzen Tag mit der Innenarchitektin zugebracht, alleine um mein Zimmer zu planen. Es war anstrengend, aber es hat auch sehr viel Spaß gemacht.«

»Oh, ja!«, bekräftigte Tim ironisch grinsend. »Das kann einen fertig machen, sein Zimmer mit einer Innenarchitektin zu planen. Mann, ich bin danach auch immer dreimal nass geschwitzt.«

»Nein«, wehrte Anna ab, »so meinte ich das nicht. Entschuldige bitte, ich wollte nicht wie eine Angeberin klingen.«

Tim nahm ihre Hand in seine und lächelte sie an.

»Ist schon okay. Wir beide kommen nun mal aus verschiedenen Welten. Und der Tag heute hat mir noch mal besonders klar gemacht, wie unterschiedlich unsere Welten sind.«

»Falls du dich nicht wohl fühlst«, schlug Anna besorgt vor, »können wir auch gerne zu dir gehen.«

»Nein, Süße«, sagte Tim ruhig, »das ist nicht nötig. Zugegeben, deine Welt macht mir manchmal ein bisschen Angst, aber ich find's auch ziemlich cool. Du hast ein schönes Zimmer, und ich bin froh, hier bei dir zu sein.«

»Das ist wundervoll«, freute sich Anna und fasste zu beiden Seiten unter sein Jackett an seine Hüften. »Ich möchte nämlich, dass du dich wohl fühlst. Ganz besonders heute Abend.«

Langsam zog sie sich an ihn heran und begann, von seinem Unterkiefer bis zu seinen Ohren hin zarte Küsse zu hinterlassen. Dort angekommen biss sie ganz sanft in sein Ohrläppchen. Ein intensives Kribbeln lief durch Tims Körper. Dann sah Anna ihn verschmitzt strahlend an.

»Lege du doch bitte schon einmal den Film ein«, forderte sie ihn auf, »während ich unsere übrigen Sachen aus dem Auto hole und uns Gläser besorge.«

»Gerne«, lächelte Tim. Da griff Anna auch schon in seine Hosentasche nach seinem Autoschlüssel. Dabei stieß sie auf eine angenehme Überraschung, die sie zuvor mit ihrer Zuwendung an Tims Ohr zum Leben erweckt hatte. Sogleich drückte sie ihren Unterleib darauf. Tim sah, wie Annas Augenlider sich zitternd zur Hälfte schlossen und ihre roten Lippen sich leicht öffneten, um sofort darauf in ein erwartungsvolles Lächeln überzugehen. Es gab keinen Zweifel, dass seine Freundin an diesem Abend ein besonderes Verlangen verspürte. Die Tatsache, dass sie es nicht im Geringsten verbarg, empfand er als äußerst aufregend.

»Bis nachher«, flüsterte sie zärtlich und verließ ihr Zimmer.

Mit klopfendem Herzen ging Tim hinüber zu Annas Blue-Ray-Player, der unter dem wandmontierten Bang & Olufsen 85-Zoll-Monster in einem Unterschrank stand. Nachdem er die DVD eingelegt hatte, setzte er sich auf den Boden und sah sich neugierig Annas Filmesammlung an. Wie sich zeigte, war Anna in dieser Hinsicht ein ganz normales Mädchen, das eine stattliche Sammlung aller modernen Tanzfilme und neben der vollständigen Harry-Potter-Reihe auch eine kleine Auswahl an Superheldenverfilmungen und Actionthrillern besaß.

Das leise Klackern von Damenschuhen drang durch die geschlossene Tür an Tims Ohr. Kurz darauf trat Anna mit einem silbernen Tablett ins Zimmer. Eine Flasche Champagner, zwei Gläser und eine Kristallschüssel mit

Erdbeeren waren die edle Ausstattung, die sie lächelnd vor sich hertrug. Sie stellte das Tablett auf ein kleines Beistelltischchen, welches sie anschließend nah an ihr Bett rückte.

Tim stand auf und ging auf Anna zu.

»Es ist Zeit, die Schuhe auszuziehen«, wisperte sie und streifte sich ihre goldbraunen Stiletto-Pumps ab. Tim nickte, zupfte seine Schnürsenkel auf und zog seine feinen, schwarzen Lederschuhe aus. Anna griff nach seinen Armen und drehte sich sanft mit ihm um. Dann schubste sie ihn, während sie selbst zwei Schritte vorwärts tat, sanft mit der Hand auf seiner Brust auf ihr Bett.

»Mache es dir bequem«, forderte sie ihn liebevoll auf. Er folgte und legte sich auf den Rücken. Anna setzte sich zu ihm auf die Bettkante. Sie beugte sich halb über ihn und streichelte seine Brust. Dann spielte sie mit den Fingern am Knoten seiner Krawatte herum.

»Du hast sie den ganzen Tag tapfer getragen«, lächelte sie schelmisch. »Ich bin stolz auf dich. Und wie du versucht hast, mit dem Besteck keine Geräusche zu machen, war einfach umwerfend.«

»Ich finde noch raus, wie du das machst«, stellte Tim fest. »Verlass dich drauf.«

»Das lässt dich nicht los, nicht wahr?«, witzelte Anna. »Das fasziniert dich ganz besonders.«

»Zur Hölle, ja!«, lachte Tim. »Ich find das einfach nur krass … Hey, ich hab 'ne Idee! Ich mach die Augen zu, und du isst 'ne Erdbeere. Und ich muss hören, wann es soweit ist.«

»Einverstanden«, schmunzelte Anna. »Dann schließe deine Augen, Liebster.«

Tim machte die Augen zu und verhielt sich so ruhig, wie er konnte. Er lauschte ganz konzentriert in die Stille, um sein Gehör zu schärfen. Er stellte zufrieden fest, dass es in Annas Zimmer kein Hintergrundgeräusch gab, hinter dem Anna ihren Biss verbergen konnte.

»Okay«, sagte er schließlich, »fang an!«

Doch er hörte nur Annas helles Kichern.

»Was ist?«, wollte er wissen.

»Ich habe bereits zwei Erdbeeren gegessen.«

Tim riss die Augen auf und sah staunend, wie Anna sachte kaute und ihm verschmitzt ein Erdbeerstielchen mit grünem Blätterkranz vor die Nase hielt. Ein zweites Stielchen lag vor ihr auf dem Tablett.

»Eine Chance sollst du noch bekommen«, entschied sie. »Augen zu!«

Tim schloss die Augen und lauschte wieder. Zwei Sekunden später bemerkte er einen verstärkten Duft nach Annas Parfum, untermischt mit Erdbeergeruch und einem Minihauch von Kosmetik. Im selben Moment berührte die Spitze einer Erdbeere seine Lippen. Er öffnete den Mund und biss ein Stück ab. Doch die Erdbeere verschwand nicht. Sie berührte weiter seine Lippen. Er biss ein größeres Stück ab, wobei nun etwas Weiches den Rest der Erdbeere freigab und sich auf seine Lippen drückte. Annas Lippen umspielten erst seine Oberlippe, dann umschlossen sie fest seine Unterlippe und zogen an ihr, bevor sie losließen. Tim zerdrückte die Erdbeere mit seiner Zunge am Gaumen und schluckte sie hinunter. Schon gingen Annas Lippen wieder auf Tuchfühlung, und ihre Zunge fand den Weg zu seiner. Es folgte ein langer und gefühlvoller französischer Kuss.

»Ich habe mich so auf diesen Moment gefreut«, lächelte sie ihn an, »den Moment, in dem wir wieder auf diese Weise zusammen sind.«

Tim nahm Annas Hand und küsste ihre Handfläche im Bereich der Daumenbeuge.

»Und heute Abend«, fuhr sie fort, »dürfen wir eine besondere Freiheit genießen.«

»Was meinst du?«, fragte Tim.

Anna lächelte und stand auf. Sie ging zu ihrer Tasche, griff hinein und kehrte mit einem kleinen, flachen Gegenstand zurück. Dieser entpuppte sich als goldenes, stoffbezogenes und mit Goldfäden durchwirktes Etui. Es sah aus wie ein Brillenetui, war jedoch viel kleiner. Anna öffnete es und präsentierte Tim mit einem liebevollen Lächeln ein kleines, rechteckiges Kärtchen, auf dem ein roter Pfeil den Weg über kleine Noppen wies, die von 1 bis 28 durchnummeriert waren. Die ersten fünf Noppen auf dem Kärtchen sahen schon ganz zusammengedrückt aus.

»Als ich hoffen durfte, dass wir uns wiedersehen würden«, erzählte sie freudig, während sie sich wieder auf die Bettkante setzte, »habe ich mich gleich um ein Rezept bemüht.«

»Das ist toll!«, freute sich Tim. »Aber … wirkt die denn jetzt schon?«

Anna schmunzelte.

»Ich muss sagen, es war ein enormer Glücksfall, dass ich in derselben Woche meinen … Besuch bekam.«

»Besuch? Was für einen Besuch?«

»Du weißt schon … Den Besuch von Tante Rosa aus Unterleipzig. Den alle Mädchen von Zeit zu Zeit bekommen.«

»Wie jetzt?«, rief Tim lachend aus. »Vornehme Mädchen kriegen das auch?«

»Nein, natürlich nicht«, entgegnete Anna ironisch. »Bei uns purzeln Rubine und Diamanten heraus.«

»Ich wusste es!«, feixte Tim und fuhr dann erfreut fort: »Und als du es gemerkt hast, hast du nicht lange gefackelt. Du bist echt wunderbar.«

»Danke«, sagte Anna und nahm ihn bei der Hand, »und nun begleite mich bitte.«

»Was hast du vor?«, fragte er gespannt, als sie ihn zu der doppelflügeligen Schiebetür führte.

»Lass dich überraschen«, gab sie geheimnisvoll zurück und öffnete die Tür zu ihrem Ankleidezimmer. »Du bist jetzt in meiner Welt. Hier funktioniert alles ein wenig anders als du es gewohnt bist, aber in vielen Dingen auch ähnlich, wie du sehr bald feststellen wirst.«

Tim kam aus dem Staunen nicht mehr heraus. Er betrat einen Raum von der Größe seines Wohnzimmers, der von großen Kleider- und Schuhschränken flankiert und mit einer Vielzahl an Kleiderständern ausgestattet war.

»Wow!«, stieß er beeindruckt hervor. »Sowas hab ich ja noch nie gesehen! Hier sind also die heiligen Hallen, in denen Anna zur Heyden sich jeden Tag rausputzt.«

Anna trat auf Tim zu und nestelte an seiner Krawatte herum.

»Und du bist das erste männliche Wesen, das sie jemals betreten durfte«, kommentierte sie, als sie ihm die Krawatte löste und abnahm. Er sah sie ungläubig an.

»Als ob!«

»Es ist wahr. Noch nicht einmal mein Vater war je hier.«

»Kein Scheiß jetzt?«

Anna streichelte zärtlich Tims Brust und schob sein Jackett über seine Schultern nach hinten. Während er damit beschäftigt war, aus den Ärmeln zu schlüpfen, umgriff sie seine Hüften und presste sich an ihn. Sanft schob sie ihr Knie zwischen seine Schenkel und begann, ihn zu küssen. Er streichelte ihre Schulterblätter. Schließlich tastete er nach dem Reißverschluss ihres roten, schulterfreien Kleids und fand ihn. Langsam zog er ihn hinunter und glitt dabei mit den Fingerspitzen die Haut an ihrem Rücken hinab. Es war kein Stoff und kein Riemen im Weg. Also zog er den Reißverschluss ganz auf, so dass sich Annas Kleid obenrum lockerte und auftat. Augenblicklich legte der Stoff ihre runden, festen Brüste frei. Während er Anna auszog, war sie schon dabei, sein Hemd aufzuknöpfen. Ihr Kleid fiel an ihren schönen, langen Beinen entlang nach unten. Sie stieg heraus und ließ sich genüsslich ihr Höschen nach unten streifen. Zart streichelte Tim über den kleinen Schmetterling, den die sauber getrimmten Härchen auf Annas Schambein formten. Kurz darauf glitt auch seine Hose zu Boden. Zärtliche Hände griffen in seine Unterhose und entblößten seinen Unterleib. Langsam hob er Annas rechtes Knie nach oben, und sie begann, ihren Schmetterling über seinen harten Schaft zu reiben. Nach einer Weile ergriff sie seine Hände und zog ihn weiter, zur nächsten Tür. Schon befand er sich in Annas Badezimmer, in dem alle Anlagen und Armaturen nur so glänzten. Eine perfekt angelegte Deckenbeleuchtung verursachte diesen Effekt. Was waren das für Eindrücke, die Tim an diesem Abend überfluteten, und mittendrin seine wunderschöne Freundin, die sie ihm bescherte.

»Dann bin ich auch der erste Mann, der nachher deine ›Örtlichkeiten‹ benutzen darf?«

Anna streichelte noch einmal seine Hüften und wandte sich dann ab, um die große Duschkabine zu öffnen. Sie lächelte und sagte mit ihrer gewohnt ruhigen Stimmlage, die Tim schon in Albenhain schätzen gelernt hatte: »Das darfst du. Ich würde es dennoch sehr schätzen, wenn du sämtliche Angelegenheiten sitzenderweise verrichten würdest.«

Tim konnte sich daraufhin einen flapsigen Spruch nicht verkneifen.

»Du verlangst echt von mir, dass ich im Sitzen kacke?«

»Das habe ich geflissentlich überhört«, gab sie vornehm mit einem stolzen Lächeln zurück und trat in die Dusche. »Was ist? Kommst du?«

Anna drehte das Wasser auf, als Tim zu ihr in die Dusche stieg. Wie ein warmer Regen rieselte es aus einer riesigen Brause auf das Paar herab, das nun damit begann, sich gegenseitig einzuseifen und zu streicheln. Anna war besonders anschmiegsam aufgelegt. Sie drückte sich an ihren Freund, um seine warme Männlichkeit an ihrem Unterleib zu spüren. Tim spürte obendrein Annas Nippel, wie sie sanft an seiner Brust kitzelten. Mit geschlossenen Augen ließ sie sich genüsslich von ihm den Rücken und die Pobacken massieren. Kurz darauf erwiderte sie die Zärtlichkeiten, indem sie ihrerseits Hand an ihn legte.

So frisch geduscht war es eine Wonne, in Annas satinbezogenem Bettzeug zu liegen. Die anfängliche Kühle des Stoffs verwandelte sich bald in eine wohlige Wärme, in der sie beide ihr Vorspiel begannen. Anna schwang ihre Beine über Tims Körper, warf die Bettdecke zurück und setzte sich auf seinen Bauch. Mit kreisenden Hüftbewegungen rieb sie sich an seinem Rumpf, wobei sie ihm verlangend in die Augen blickte. Er fasste sie an den Pobacken und dirigierte sie behutsam Stück für Stück zu seinem Gesicht hin, bis er ihren duftenden Schoß küssen konnte. Die Feuchte ihrer Erregung vermischte sich mit der seiner Zunge, während sie tief einatmend den Kopf in den Nacken warf und in seine Haare griff. In dieser Position konnte sie wunderbar den Druck bestimmen, den seine Zunge ausübte, und darüber hinaus auch, über welche Bereiche ihres Unterleibs sie glitt. So schob sie schließlich ihr Becken auch mal weit nach vorne und nahm mit einem lustvollen Aufstöhnen wahr, dass ihr Liebster keine Stelle ausließ, um sie zu verwöhnen. Irgendwann, nach einem prickelnden Schauer, rutschte sie wieder zurück und legte sich bäuchlings auf Tim. Zuerst gaben sie sich tiefe Zungenküsse, dann bewegte Anna sich langsam rückwärts und bedeckte seine Brust mit hauchenden Lippenberührungen. Ganz zart knabberte sie an seinen Brustwarzen, um schließlich alle sechs Wölbungen seines Bauches zu küssen. Sie sah ihn an und lachte schüchtern.

»Ich möchte es gerne versuchen«, lächelte sie, »aber ich habe es noch nie gemacht. Sag mir bitte, wenn es nicht schön ist, ja?«

»Ja, bestimmt«, versicherte Tim sanft und erregt zugleich. Daraufhin senkte sich ihr Gesicht wieder hinunter, und er spürte zarte, liebevolle Küsse an der Stelle, wo er sie von ihr noch nie zuvor erhalten hatte. Ihre Zunge spielte an der vorderen Rundung, dann verspürte er intensiv die Wärme von Annas Mundraum und den Druck ihrer Lippen. Ab und zu musste er leicht zusammenzucken. Anna ließ kurz ab.

»Ist es gut so?«, hörte er ihre Stimme.

»Ein bisschen weniger Zähne wäre schön.«

»Entschuldige«, gluckste sie, und kurz darauf gingen ihre Lippen wieder ans Werk. Diesmal fühlte es sich absolut phantastisch an. Tim konnte sich nun entspannt auf das Erlebnis einlassen. Aus einem leichten Kribbeln wurde ein vertrautes, intensives Prickeln. Der Drang wuchs. Ob es okay wäre, wenn er jetzt …? Für gewöhnlich verfuhr er nach dem Leitsatz: Lieber hinterher um Entschuldigung bitten als vorher um Erlaubnis fragen. Aber verdammt, das hier war Anna, seine süße Freundin, die er auf keinen Fall so behandeln wollte! Dann aber letztendlich nahm sie ihm die Entscheidung ab.

»Ich möchte noch nicht bis zum Ende gehen«, flüsterte sie. »Ich hoffe, du bist nicht böse.«

»Nein, natürlich nicht«, antwortete er zärtlich. »Das ist absolut okay.«

Lächelnd kroch Anna wieder nach vorne und setzte sich auf Tims Unterleib, wo es gar nicht lange dauerte, bis er wie von selbst in sie hinein glitt. Dieses ungetrübte Gefühl wurde von beiden mit einem intensiven Lustlaut begleitet.

»Ich möchte es lieber dort haben, wo es hingehört«, kommentierte Anna mit einem neckischen Lächeln und zitternden Augenlidern. So gingen die beiden den Rest der Strecke in ungezügelter Leidenschaft, während der Anna mit weit gespreizten Schenkeln auf den Knien über Tim kauerte und er seine Hüfte anhob, um immer wieder fast ganz herauszuziehen und tief in sie hineinzustoßen.

Ihre Lippen pressten sich fest aufeinander, um gegenseitig ihre Lustschreie zu unterdrücken. Immer schneller bewegten sich ihre Becken gegeneinander, bis Anna es nicht mehr zurückhalten konnte. Sie presse ihr Gesicht dicht neben Tims Kopf ins Kissen und schrie hemmungslos hinein. Schließlich entlud sich in einem langen Höhepunkt ihre Spannung, und in mehreren Schüben strömte es für beide spürbar in Annas Schoß. Nur langsam beruhigten sie sich. Ihr Rhythmus wurde langsamer, bis Anna sich entspannt keuchend auf Tim ablegte. Sie umklammerte seinen Hals, während er mit einem Arm fest ihre Schultern umfasste und mit der anderen Hand eine ihrer Pobacken hielt. Schwer atmend lächelten sie sich an, küssten sich und sahen sich wieder an. Plötzlich drehte Tim den Kopf aufmerksam zur Seite und schielte zur Tür.

»Im Flur ist gerade das Licht angegangen«, flüsterte er Anna ins Ohr. Sie wandte ihren Oberkörper ab, um ebenfalls einen Blick zu Tür zu werfen. Plötzlich erschien von rechts ein Schatten in dem leuchtenden Spalt unter der Tür.

»Lass ihn schön drin«, hauchte sie, als sie sich zu Tim zurückdrehte, »hörst du? Und jetzt schschsch!«

Für ein paar Sekunden lugten sie weiter zur Tür, dann machte Anna sich vernehmlich.

»Wann erkennt Scarlett endlich, dass Rhett der Richtige für sie ist?«, sprach sie in üblicher Zimmerlautstärke. Tim reagierte geistesgegenwärtig.

»Wahrscheinlich nie«, sagte er locker aber betont. »Pass auf, gleich rennt sie schon wieder diesem Ashley hinterher.«

»Das ist wirklich außerordentlich spannend«, täuschte Anna Begeisterung vor. »Reichst du mir bitte mein Glas an?«

Der Schatten im Türspalt verschwand in die Richtung, aus der er gekommen war. Dann ging das Licht im Flur wieder aus.

»Gut gemacht«, flüsterte Tim amüsiert. »Jetzt denkt sie, dass wir drei Meter auseinander sitzen.«

»Wenn sie darum wüsste, wie sehr wir gerade verbunden sind«, kicherte Anna, »wäre sie völlig außer sich. Lass uns jetzt lieber für einen Moment ganz leise sein.«

Tim gluckste: »Das gelingt dir beim Essen besser als beim Sex, he?«

Darauf schlug sie ihm empört auf die Schulter.

»Du bist ein unmöglicher Kerl«, wisperte sie.

»Wie machen wir das jetzt am besten?«, grübelte Tim. »Wir müssen äußerst vorsichtig sein.«

»Weshalb denn?«, wollte Anna wissen und hob verwundert den Kopf.

»Du bist so süß«, lächelte Tim sie an. »Also, wenn man es ohne macht, gibt es da dieses ganz besondere Problemchen, verstehst du? Wenn du dein Bett nicht frisch beziehen willst, dann beweg dich jetzt lieber nicht.«

»Oh«, hauchte Anna glucksend, »ja, ich verstehe, was du sagen möchtest. Ich spüre es jetzt auch.«

»Am besten würden wir jetzt so ins Badezimmer schweben«, scherzte Tim, was er im nächsten Moment auch schon bereute. »Nein, Anna! Nicht lachen! Hör auf zu … Oh, verdammt!«

Annas Körper schüttelte sich im Takt ihres Lachens, wodurch das Malheur nicht aufzuhalten war.

»Das ist nicht schlimm«, kicherte sie. »Das machen wir ganz geschwind wieder frisch. Es war ja ohnehin nicht zu vermeiden.«

»Wie du meinst«, lachte Tim. »Und für die Zukunft kannst du dir merken: Husten und Niesen ist in dem Moment genauso blöd.«

Bei dieser Vorstellung prustete Anna los und lachte heftig.

»Okay«, kommentierte Tim, »nur zu! Jetzt ist es ja sowieso egal … Nur, wie schlagen wir jetzt deine Riesenbettdecke weit genug nach hinten?«

Er richtete sich mit Anna leicht auf und zog seinen Hintern mit sanften Hüftbewegungen etwas zurück.

»Hmmm«, machte sie genüsslich. »Ich müsste jetzt nicht unbedingt aufstehen.«

»Du sitzt ja auch nicht drin«, trotzte Tim. »Aber wenn du magst, trage ich dich so ins Bad.«

»Ja, bitte«, hauchte sie und legte ihre Arme fest um seinen Nacken. Er kreuzte seine Unterarme unter ihrem Po und stand mit ihr auf, sodass sie schließlich ihre Beine um seine Hüften schwingen konnte. Eilig schritt er mit Anna auf dem Arm ins Bad und in die geräumige Duschkabine.

»Bitte hör nicht auf!«, keuchte Anna. »Bitte!«

Und so drückte Tim sie gegen die Fliesen und begann erneut, sein Becken auf und ab zu bewegen. Anna griff zu beiden Seiten an seinen Kopf und sah ihm mit geöffnetem Mund und heftigen Atemstößen tief in die Augen. Nach dem nun folgenden Höhepunkt küssten sie sich ausgiebig, ohne die Stellung zu verändern. Als sie die Verbindung lösten, konnte Anna sich vollständig entspannen. Lächelnd und mit immer ruhiger werdenden

228

Atemzügen ließ sie sich sacken und von Tims starken Armen tragen. Glücklich lächelnd ließ sie ihren Kopf nach hinten fallen. Er spürte, wie ihr Herz klopfte.

»Meine kleine Genießerin«, flüsterte er ihr liebevoll zu. »Jetzt ist dein schöner Haarpuschel ganz zerzaust.«

Anna lachte befreit auf und legte ihre rechte Hand auf die Brust. Dann legte sie ihren linken Arm um Tims Nacken, richtete sich langsam auf und ließ sich von ihm auf die Füße stellen.

»Den werde ich nun sowieso öffnen«, stellte sie fest, »sobald wir uns abgeduscht haben.«

Auch wenn Tim Anna schon einmal mit offenen Haaren gesehen hatte, so war er doch wieder verblüfft, als sie nach dem Abtrocknen ihren großen Dutt öffnete und ihr Haar nach unten fiel. Tim strich von vorne mit gespreizten Fingern abwärts durch ihre lange, schwarze Mähne.

»Die gehen dir echt bis zum Arsch«, beschrieb er bewundernd. »Und wie weich die sind!«

Anna lehnte sich an ihn, während er ihr Haar vom Kopf über den Rücken bis hinunter zu den Pobacken streichelte.

»Melli hat mir erzählt, was ihr mit Line und Jana gemacht habt«, sagte sie leise.

»Da musste ich auch gerade dran denken«, gestand Tim ihr.

»Versprichst du mir etwas?«, fragte Anna.

»Alles, was du willst.«

»Bitte tut so etwas nie wieder! Ganz gleich, wie garstig sie sich verhalten, ja? Denn das war ganz entsetzlich. Versprichst du es?«

»Ja, okay.«

So gingen sie zusammen zurück zu Annas Bett, und nachdem sie das Laken gegen ein frisches ausgetauscht hatten, kuschelten sie sich zusammen unter die Bettdecke. Auf dem großen Fernsehschirm lief immer noch der Film.

»Wo sind wir denn im Augenblick?«, erkundigte sich Anna. »Ist Scarlett schon zurück in Tara?«

»Jap. Sie flennt sich gerade aus«, beschrieb Tim kühl, »und jetzt kommt gleich ihr schmierenkomödiantischer Auftritt mit der geballten Faust.«

»Sei nicht so fies!«, entgegnete Anna. »Sie hat soeben erfahren, dass ihre Mutter gestorben ist.«

»Na und?«, gab Tim frech zurück. »Wenigstens hatte sie inzwischen schon ein Glas Schampus.«

»Oh ja, das stimmt«, kicherte Anna. »Wir haben ihn noch gar nicht angerührt. Nun, wärst du so liebenswürdig?«

»Na logo«, antwortete Tim und rollte sich von Anna weg, hin zum Beistelltischchen. Dort setzte er sich auf die Bettkante und griff nach der Flasche. Er begann, an der Umhüllung des Korkens herumzupiddeln. Anna richtete sich in ahnungsvoller Besorgnis auf. Tim bemerkte es.

»Kein Problem!«, beruhigte er sie. »Ich krieg das schon hin.«

»Hast du das zuvor schon einmal gemacht?«, fragte Anna neugierig.

»Nein«, entgegnete Tim trocken, »aber ich hab schon tausendmal dabei zugesehen.«

»Soll ich es nicht lieber machen?«

»Nein, ich mach nur Quatsch. Ich werd doch noch wissen, wie man 'ne Flasche Kunstpisse aufmacht.«

»Ich höre wohl nicht richtig!«

»Wieso? Ist doch letzten Endes auch nur Sekt. Halt nur aus Frankreich.«

»Du wirst dich wundern.«

Es zischte mit einem leisen Ploppen, und Tim hielt den Korken in der Hand. Doch Anna rümpfte kichernd die Nase.

»Das müssen wir wohl noch üben«, stichelte sie, »aber für den Anfang war es nicht schlecht.«

»Wie? War das immer noch zu laut?«

»Streng genommen, ja. Der Korken darf nur seufzen, weißt du?«

»Ach, komm schon!«, entgegnete Tim lachend. »Seufzen! Sei froh, dass die Lampen noch heil sind und der Teppich nicht versaut ist.«

Gekonnt füllte er die beiden Gläser und reichte Anna eins hin. Sie nahm es erfreut und elegant entgegen.

»Bitte sehr, die Dame.«

»Danke schön, der Herr. Wie reizend.«

Tim stieß sachte mit seinem Glas an Annas und prostete ihr zu.

»Auf das Beste aus beiden Welten!«, brachte Anna einen Toast aus.

»Das Beste aus beiden Welten«, stimmte Tim nickend zu. »Ja, das klingt gut.«

Und so nahm er nun endlich einen Schluck des feinen Getränks.

»Alter!«, entfuhr es ihm mit Erstaunen, und er deutete begeistert mit dem Finger in sein Glas. »Das ist gar nicht wie normaler Sekt. Das ist viel angenehmer und schmeckt besser!«

»Siehst du?«, bemerkte Anna, die über Tims unfeines Gezappel lachen musste. »Schon hast du wieder etwas gelernt.«

»Oh, ja!«, bestätigte Tim lachend. »Heute hab ich vor allem gelernt, wie man mit einem schönen, reichen Mädchen Schampus trinkt.«

»Was du nicht sagst«, gab Anna lässig zurück, nahm ihm sein Glas ab und nötigte ihn, sich hinzulegen. »Und nun wirst du lernen, wie man sich mit einem schönen, reichen Mädchen einen Film anschaut.«

So sahen sie sich den Rest des Films an. Tim lag auf dem Rücken, während Anna es sich auf seiner Brust gemütlich machte und sich an ihn kuschelte. Ihre weiche Haut und ihr duftendes Haar streichelnd schloss er schließlich die Augen.

Kapitel 10

Anna öffnete die Augen und hob den Kopf an. Ihr Kissen, das sie umschlungen hielt, atmete tief und gleichmäßig durch die Nase. Nach einiger Zeit nahm sie den abgestandenen Geruch der leeren Champagnergläser wahr. Ihr Radiowecker zeigte 5:23 Uhr an. Schlagartig war sie völlig wach.

»Licht einschalten!«

Sie zog ihre Beine an und kauerte sich neben ihren Freund.

»Tim!«, flüsterte sie eindringlich und rüttelte an seinen Schultern. »Tim, wach auf!«

Tims Atmung wurde kürzer und unregelmäßig. Knurrend öffnete er die Lider. Er blickte direkt in Annas große Augen.

»Hey, Süße«, murmelte er und lächelte.

»Wir müssen aufstehen!«, drängte Anna leise. »Mama wird aufgebracht sein, wenn sie feststellt, dass du bei mir geschlafen hast.«

Tim richtete sich auf und rieb sich die Augen.

»Wir sind eingepennt, schätz ich«, gähnte er, »verdammt.«

»Du musst dich anziehen und aufbrechen.«

»Ja.«

Hastig sprang Tim aus dem Bett und zog blitzschnell seine Sachen an, die in Annas Ankleidezimmer verteilt waren. Anna wartete schon an ihrer Zimmertür, die Klinke in der Hand. Sie legte den Finger auf die Lippen, öffnete lautlos die Tür und winkte Tim herbei.

»Du nicht?«, flüsterte Tim. Er spürte, wie kratzig seine Stimme klingen würde, daher hauchte er die Frage nur. Anna schüttelte mit einem sinnlichen Lächeln den Kopf und nahm seine Hand. Der Sensor im Flur nahm die beiden sofort wahr und schaltete das Licht an. Anna dachte nicht an ihre schlafenden Eltern. Deren Schlafzimmer lag ganz hinten links am Ende des Flures und war groß genug, so wusste sie, dass vom Ehebett aus das Flurlicht nicht wahrzunehmen war. Anna zog vorsichtig ihre Zimmertür ins Schloss. Dann schlichen sie und Tim leise die Treppe hinunter. Anna trat an das Bedienfeld der Alarmanlage und hoffte, dass ihre Eltern das Piepen der Tasten nicht hören würden. Ohne Geräusch trippelte sie flink auf blanken Füßen zur Haustür und öffnete sie. In der offenen Tür hielt sie Tim, der schnell hindurcheilen wollte, am Arm auf. Sie legte ihre Hand an seine Wange und gab ihm einen langen, liebevollen Kuss auf den Mund.

»Ich liebe dich«, flüsterte sie.

Tim lächelte sie an und nickte. So gerne er es auch getan hätte, es war sicherer, ihre Worte nicht zu erwidern. Die Gefahr, dass so kurz nach dem Aufstehen sein Flüstern ein hörbares Brummen geworden wäre, war zu groß. Er umfasste stattdessen Annas Taille und zog ihren duftenden Körper an sich heran. Wie erregend das war, so in der halboffenen Haustür mit der kühlen Brise der Außenluft, die sie umspielte. Doch es durfte jetzt nicht sein. Tim küsste Annas Hand und entfernte sich. Draußen war es so ruhig. Seine Schritte, sein Griff nach seinem Schlüssel, das Öffnen der Autotür – das alles kam ihm ungewöhnlich laut vor. Er hoffte inständig, dass die Schalldämmung der Zur-Heyden-Villa so hochwertig war, dass man im Inneren nicht hören konnte, wie er die Fahrertür zuschlug und den Motor startete. Dann fuhr er los.

Den üblichen Weg durch das Wohngebiet wollte Tim lieber nicht fahren. Zu dicht führte er an den Häusern vorbei, in denen Philipp und Celine wohnten. Hätten sie ihn um diese Zeit gesehen, hätten sie ihn doch sofort bei Vivienne verpetzt. Also entschied er, in entgegengesetzter Richtung den Fasanenberg hinauf zu fahren und dann im Bogen dem Wirtschaftweg durch den Kaulenforst zu folgen. So wollte er über einen Umweg durch den Wald zu seinem Haus gelangen. Der Weg war unbefestigt, doch für Tims Geländefahrzeug stellte er trotz seiner zahlreichen Unebenheiten und Löcher keine Herausforderung dar. Im Licht der Scheinwerfer sah Tim die Baumstämme der Fichten aus dem Dunkel auftauchen und seitlich vorbeiziehen. Das Auto rumpelte sanft über den holperigen Waldweg, der stellenweise auf einer verdichteten Lavaschüttung, die den unregelmäßig verlaufenden Waldboden ausglich, angelegt war. In einer abschüssigen Rechtskurve hörte Tim plötzlich ein rhythmisches Schlagen, das vom linken Vorderrad zu kommen schien. Einen Augenblick später sackte der Wagen vorne links nach unten, geriet seitlich auf die abfallende Lavaschüttung und kippte nach links weg. Tims Kopf schlug heftig an den oberen Querriegel der Fahrertür, als der Jeep auf die Seite krachte. Er verlor das Bewusstsein.

Die Wohnungstür lautlos zu schließen war recht einfach. Doch warum musste die Alarmanlage bei jedem Tastendruck piepsen? Bloß ein vierstelliger Code und die

Enter-Taste, doch Anna kam es endlos vor. Nach dem letzten Piepton hielt sie inne und lauschte. Es schien ruhig im Haus. Oben war es wieder völlig dunkel. Jetzt nur schnell ungesehen zurück ins Zimmer gelangen! Ruhig aber eilig trippelte Anna auf die Treppe zu, als plötzlich oben im Flur das Licht ansprang. Erschrocken blieb sie stehen. Hatte der Sensor sie selbst wahrgenommen? War er so empfindlich, dass er selbst Personen am Fuß der Treppe erfassen konnte? Da bemerkte sie plötzlich einen Schatten, der auf den schräg von unten sichtbaren Flurwänden entlang glitt. Anna stockte der Atem. Instinktiv legte sie ihren rechten Unterarm über ihre Brüste und bedeckte mit der anderen Hand den Schmetterling. Sie sah sich blitzschnell um und entschied sich spontan, hinter die Treppe zu laufen und dort rücklings an die Wand gelehnt stehen zu bleiben. Schon schritt ihre Mutter über ihr in Hausschuhen und mit Morgenrock bekleidet die weiten Marmorstufen hinunter. Regungslos verharrte Anna. Ihre Mutter durfte sie jetzt auf keinen Fall sehen. Schon gar nicht so! Sie konnte durch die Zwischenräume der Stufen sehen wie Vivienne sich von ihr und der Treppe entfernte. Langsam verschwand sie im Halbdunkel. Dann betrat sie die Küche und schaltete das Licht ein. Anna konnte sie deutlich erkennen. Wenn Vivienne sich jetzt umdrehen und das Licht in der Diele anmachen würde, musste sie ihre Tochter unweigerlich hinter der Treppe bemerken. In ihren Augen wäre dies eine unverzeihliche Bloßstellung, wusste Anna.

Wieder hallten Schritte auf den Marmorstufen, diesmal ruhiger und schwerer als zuvor. Anna schlug das Herz bis zum Hals.

»Vivienne, Schatz«, sprach Wolfgang ruhig, während er in Richtung Küche schritt, »was machst du um diese Zeit hier unten?«

»Mir war, als hätte ich etwas gehört«, antwortete Vivienne misstrauisch und warf einen Blick aus dem Küchenfenster. »Soso, sein Wagen steht nicht mehr vor dem Haus.«

»Du vermutest, er ist länger geblieben als abgemacht«, stellte Wolfgang fest.

»Das würde mich bei ihm nicht wundern«, bestätigte Vivienne kühl.

»Wenn es so war«, wandte Wolfgang beschwichtigend ein, »dann hat er es gewiss nicht alleine entschieden.«

»Ein Grund mehr, auf der Stelle einmal in Annabelles Räumlichkeiten nachzusehen«, entschied Vivienne.

Anna wurde beinahe übel. Jetzt würde sie der peinlichsten Situation ihres Lebens begegnen, da war sie sicher.

»Nein, Schatz«, hielt Wolfgang sanft aber bestimmt dagegen, »lass sie jetzt schlafen. Komm. Gehen wir auch wieder ins Bett. Es ist Sonntag. Lass uns noch ein paar Stündchen ruhen.«

»Und wenn er bei ihr liegt? Womöglich hat er sein Fahrzeug nur eine Straße weitergefahren, um uns zu täuschen.«

»Dann wäre es jetzt ohnehin schon zu spät. Es ist beinahe sechs Uhr. Du kannst sie zur Rede stellen, wenn sie aufgestanden ist.«

»Na schön.«

»Komm mit.«

Anna schloss die Augen und hatte nur einen Wunsch.

›Ja! Bitte geht wieder nach oben!‹, dachte sie flehentlich. ›Bitte schnell!‹

Sie wusste, dass das Licht oben im Flur bald automatisch verlöschen würde. Im Moment warf es noch einen Dämmerschein in die große Diele, der es nicht erforderlich machte, eine weitere Beleuchtung einzuschalten. Dadurch war es hinter der Treppe recht dunkel, und Anna war einigermaßen versteckt. Doch schon in wenigen Augenblicken würde der Lichtschein verschwinden, und ihre Eltern wären gezwungen, wenigstens vorübergehend das Licht in der Diele anzumachen. Und dann mussten sie Anna durch die offene Treppe hindurch sofort erblicken!

Anna sah nicht mit an, wie ihre Eltern langsam auf sie zukamen. Sie schloss die Augen und verharrte angstvoll vor der Wand. Ihre helle Haut hob sich glücklicherweise nicht so stark von der ebenfalls hellen Wandfarbe ab. Das war ein Vorteil, zusätzlich zu dem Schatten, den die Treppe auf sie warf. Leise hallten Viviennes und Wolfgangs Schritte über Anna hinweg.

»Einen Augenblick!«, sagte Vivienne plötzlich mit einem scharfen Ton und bückte sich auf der Treppe hinunter. »Also, was muss ich denn da sehen?«

Anna schlug die Augen auf. Jetzt war es aus! Sie überlegte, was sie nun am besten sagen würde und öffnete den Mund, um zu sprechen.

»Nun ist dieser Mensch doch tatsächlich mit schmutzigen Schuhen hier hinaufgegangen«, bemerkte Vivienne angesäuert. »Siehst du den Streifen auf der Stufenkante?«

Sie drehte sich um und ging die Treppe hektisch wieder hinab. An der untersten Stufe angekommen, streckte sie die Hand nach dem Schalter für die Dielenbeleuchtung aus.

»Jetzt hör aber auf, Vivienne!«, sprach Wolfgang eindringlich. »Der ist doch höchstens einen Zentimeter lang. Am Montagmorgen kommt die Raumpflegerin. Lass es bis dahin gut sein.«

»Nein, ich ertrage das nicht!«, entgegnete Vivienne energisch und schaltete das Licht an. Anna sah ihre Eltern nun klar und deutlich. Ihr Vater stand schräg über ihr auf der Treppe und blickte zu seiner Frau, die mit der Seite zu Anna gerichtet am Fuß der Treppe stand. Langsam ging er die Stufen zu ihr hinab.

»Schatz, ich bitte dich!«, sprach er mit Engelszungen. »Das hat doch nun wirklich Zeit bis zum Tagesanbruch. Lass uns jetzt endlich wieder zu Bett gehen!«

Man merkte Vivienne den großen Widerwillen an, mit dem sie einlenkte und das Licht wieder ausschaltete. Dann ging sie endgültig mit ihrem Mann die Treppe nach oben in den Flur. Anna hatte für die letzte halbe Minute wortwörtlich den Atem angehalten. Nun löste sie ihre Anspannung, legte beide Hände von unten an ihren Solarplexus und atmete tief ein und aus. Sie lauschte auf das Klicken, mit dem die Schlafzimmertür ins Schloss fiel. Eilig schlich sie die Treppe hinauf und verschwand in ihrem Zimmer.

In dem blauen Flackern leuchteten die Fichten mit ihren dürren Zweigen immer wieder gespenstig auf. Langsam drang es auch hinter Tims Augenlider. Er hörte ein leises Klappern und zwischendurch knirschende Schritte auf dem Waldboden. Als er benommen die Augen öffnete, erblickte er seinen Jeep, der auf allen vier Rädern stand. Ein Mann mit einem grünen Hut, aus dem ein paar Greifvogelfedern herausragten, hockte vor dem linken Vorderrad und drehte mit einem Kreuzschlüssel drei Schrauben an der Radnabe fest. Ein anderer Mann in Jeans, T-Shirt und Strickweste kam mit einem Lederkoffer auf Tim zu und hockte sich vor ihm ab. Jetzt erst merkte er, dass er selbst gegen einen Baum gelehnt auf dem Waldboden saß. Eine Wurzel drückte ihm unbequem in die rechte Pobacke. Nun hielt der Mann ihm nacheinander mit dem Daumen die Augenlider nach oben und leuchtete ihm mit einer kleinen LED-Taschenlampe, die an seinem Schlüsselbund befestigt war, in die Augen. Tim drehte blinzelnd den Kopf zur Seite. Er hatte hämmernde Kopfschmerzen, und ihm war übel.

»Wie heißt du, mein Junge?«, fragte der Mann mit dem Koffer. Der andere Mann zerrte noch einmal kräftig an dem Kreuzschlüssel und drehte sich dann auch zu Tim hin. Sie beide blickten ihm konzentriert in die Augen.

»Tim Richthof«, murmelte Tim, der mit jeder Sekunde wieder mehr zu sich kam.

»Welcher Tag ist heute?«, fragte der Mann mit der Lampe weiter.

»Sonntag.«

»Welches Datum?«

»Der 4. Oktober.«

»Wo warst du heute Nacht?«

»Bei meiner Freundin.«

»Wie heißt sie?«

»Anna zur Heyden.«

»Was habt ihr gemacht?«

»Geht dich 'nen Dreck an.«

»In Ordnung«, sagte der Mann lächelnd, während er Tim leicht auf die Schulter klopfte, »du bist klar bei dir. Weißt du, was passiert ist?«

Tim kniff die Augen kurz zusammen und grübelte. Dann sah er verwirrt um sich.

»Nein«, drückte er hervor, »ich hab keinen Schimmer. Nur tierisch Kopfweh.«

»Das ist beides normal«, erklärte der Mann. »Du hast eine Gehirnerschütterung.«

Tim nahm die Diagnose wortlos und sachte nickend zur Kenntnis.

»Ich bin Dr. Neurath«, stellte der Mann sich vor, »und dass ist Herr Backes, der hiesige Jagdpächter. Er hat dich gefunden.«

»Guten Tag«, grüßte Tim leise und reichte den Männern schlapp die rechte Hand. Er versuchte im Widerschein der Lichter des Notarztfahrzeugs und des Mercedes-Geländewagens, die sich auf dem Waldweg gegenüberstanden, die Gesichter der Männer zu erkennen. Herr Dr. Neurath war wohl so Ende Dreißig, hatte kurze Haare und einen modernen, schmalen Lippen- und Kinnbart. Herr Backes war ein feister, kerniger Mann mit grauen Haaren und dicken, grobporigen Wangen. Er durfte so um die sechzig gewesen sein.

»Is schon jut, Jung«, brummte Herr Backes freundlich. »Du weiß nimmehr, wie de hier hinjeraten bis?«

»Nee, echt«, beteuerte Tim. »Ich kann mich an nix erinnern.«

»Du bis ene Kerl!«, lachte Herr Backes leise. »Mir könne dir saren, wat de jemacht has. Ne, Herr Dokter?«

»Ja«, bestätigte Herr Dr. Neurath, »das ist in diesem Fall ziemlich eindeutig. Aber mal der Reihe nach, damit du auch mitkommst. Du hast hier auf dem Waldweg aus irgendeinem Grund das linke Vorderrad verloren. Dadurch ist dein Auto vom Weg abgekommen und auf die Seite geschlagen. Herr Backes hat dich gefunden und mich gerufen. Das war um kurz vor sieben.«

»Isch hab mir jedacht«, warf der Jäger ein, »dat mer net unbedingt de Polizei rufe müsse. Et is ja net schwer wat beschädischt worde. Da hab isch lieber direkt de Unfallarzt jerufe.«

Tim nickte stumm und rutschte auf seinem Hintern ein Stück zur Seite, um eine neue, bequemere Sitzposition einzunehmen.

»Danke«, stöhnte er, »dass sie mein Auto aufgerichtet haben.«

»Dat is et ja!«, entgegnete Herr Backes mit einem heiseren Lachen. »Dat war isch net.«

»Haben Sie …?«, wandte Tim sich an den Arzt. Der schüttelte den Kopf.

»Du kannst dich tatsächlich an nichts erinnern, nicht wahr?«, hakte er noch mal nach.

»Nope«, erwiderte Tim und presste die Lippen zusammen.

»Also, die gute Nachricht«, begann Herr Dr. Neurath, »du warst nicht die ganze Zeit bewusstlos. So viel ist sicher.«

Tim blinzelte ihn ungläubig an, als er ausholte um weiterzuerzählen.

»Du hast dir ganz schön was einfallen lassen. Siehst du den Baum da, genau frontal vor deinem Auto, mit der

Schleifspur um den Stamm? Und da hinten auf der anderen Seite vom Weg, da ist noch so ein Baum. Du hast tatsächlich die Seilwinde von deinem Jeep genommen und die beiden Bäume wie Umlenkrollen benutzt, um den Wagen aufzurichten.«

Tim machte große Augen.

»Sicher, dass ich das war?«

»Kein Zweifel. Wir haben das alles ja noch so vorgefunden. Und um beide Bäume herum liegen deine Kotzhäufchen.«

»Ich hab gekotzt?«

»Mehr als einmal.«

»Dat nenn isch mal ne rischtije Kerl!«, gab Herr Backes anerkennend hinzu, und wieder lachte er rauchig. »Liescht da mid ene Jehirnerschütterung un jeht hin un macht da so en uffwendisch Konschtruktion, um singe Waren uffzustelle.«

»Wir haben dann auch ziemlich schnell das Rad gefunden«, berichtete Herr Dr. Neurath weiter, »und Herr Backes hatte die Idee, von jedem der anderen Räder eine Mutter abzudrehen und das Vorderrad mit drei Schrauben wieder anzusetzen. Damit können wir dein Auto wenigstens langsam zu dir nach Hause fahren.«

»Coole Idee«, bemerkte Tim und wollte sich erheben. »Danke für alles. Ich bin Ihnen was schuldig.«

»Ho!«, machte der Arzt und drückte Tim an der Schulter sanft nach unten. »Was hast du vor?«

»Ich will nach Hause fahren. Das ist nur 'nen halben Kilometer weiter den Weg entlang.«

»Das lässt du mal schön bleiben. Mir macht nämlich Sorgen, dass du dich so oft übergeben hast. Das kann wegen der Anstrengung sein, aber ich möchte lieber auf Nummer sicher gehen. Ich bring dich ins Krankenhaus zur Untersuchung. Herr Backes ist bestimmt so freundlich und fährt deinen Jeep zu dir nach Hause.«

»Dat machen isch«, bekräftigte Herr Backes gutmütig. »Isch bring dir dä Schlüssel dann ruff int Krankenhaus.«

»Na meinetwegen«, lenkte Tim ein. »Ist wahrscheinlich besser so.«

»Guten Morgen, Mama und Papa.«

Freundlich lächelnd erschien Anna in ihrem blauen Etuikleid und ihren braunen Wildleder-Stilettos in der Esszimmertür. Ein tief angesetzter Pferdeschwanz, der von einer großen Spange mit Herbstlaubmotiv zusammengehalten wurde, fiel hinter ihren Rücken. Links und rechts von ihrem Gesicht hingen gelockte Haarsträhnen herab.

»Guten Morgen, Schätzchen.«

»Annabelle.«

Anna ging auf das Tischende zu, an dem ihre Eltern saßen. Dahinter stand die Anrichte, auf der wie gewöhnlich reichhaltige Zutaten zum Frühstück platziert waren. Sie stellte sich ein Müsli zusammen und nahm dann zwischen Wolfgang und Vivienne Platz.

»Wie war euer Film?«, wollte Vivienne kurz angebunden wissen.

»Er war in der Tat sehr lang«, berichtete Anna nüchtern, »doch er war auch äußerst beeindruckend. Tim wusste so viel dazu zu sagen. Habt ihr gewusst, dass der Produzent David Selznick durch den Erfolg des Films so gehemmt war, dass er das Filmemachen aufgab?«

»Wie lange ist er geblieben?«, fragte ihre Mutter unbeeindruckt weiter.

»Wir sind am Ende des Films eingeschlafen«, gab Anna zu. »Das war nicht beabsichtigt. Als ich wach wurde, habe ich ihn sogleich geweckt und verabschiedet.«

»Das war nicht im Sinne unserer Abmachung, Annabelle.«

»Ich weiß, Mama. Es lag, wie gesagt, nicht in unserer Absicht. Wir sind einfach eingeschlafen.«

Doch Vivienne befriedigte diese Erklärung nicht.

»Was glaubst du, was die Nachbarn denken werden, wenn ein junger Mann abends vor unserem Haus vorfährt und erst morgens wieder abreist?«

»Dass ich einen Freund habe?«

»Annabelle, bitte! Sie werden zweifellos einen Schritt weiter denken. Und was das für deinen Ruf bedeuten kann, muss ich dir nicht ausmalen.«

»Sollen sie doch denken, was ihnen beliebt.«

»Und außerdem möchte ich einfach nicht, dass du dich zu etwas drängen lässt, wozu du noch nicht bereit bist.«

»Da kann ich dich beruhigen, Mama. Er würde mich niemals dazu drängen.«

Vivienne sah Anna skeptisch an und schürzte verächtlich die Lippen. Da klingelte das Haustelefon. Einer der Hörer der Telefonanlage lag auf dem Sideboard am gegenüberliegenden Ende des Raums.

»Ich mach das schon«, sagte Wolfgang, tupfte sich mit einer großen Serviette die Mundwinkel ab und stand auf.

»Zur Heyden! … Guten Morgen, Herr Richthof … Nun, wir frühstücken gerade. Wenn es Ihnen nichts ausmacht … Ja, ich verstehe … Einen Augenblick, bitte.«

Er nahm den Hörer vom Ohr und sah zu den Frauen hinüber.

»Es ist für dich, Annabelle.«

Anna war schon auf dem Weg zu ihm. Schnell nahm sie den Hörer von ihrem Vater entgegen.

»Tim?«

»Hey, Süße. Alles klar bei dir?«

»Ja. Was ist los? Weshalb rufst du an?«

»Ich bin im Krankenhaus.«

»Wie bitte?«

»Nur zur Beobachtung. Ich hab ’ne Gehirnerschütterung, ’ne ziemlich heftige.«

»Oh je! Was ist denn nur passiert? Geht es dir gut?«

»Ja. Nur ein bisschen Kopfweh. Hatte auf dem Heimweg ’nen Unfall, weil sich ein Vorderrad verabschiedet hat. Bin auf die Seite gekracht.«

»Ich komme sogleich zu dir!«

»Das hatte ich gehofft. Danke. Bis nachher.«

»Ja, bis nachher. Ich spute mich.«

Anna legte auf und sah ihren Vater mit großen, traurigen Augen an.

»Papa? Fährst du mich bitte umgehend zum Krankenhaus?«

»Natürlich, Schätzchen.«

»Danke. Ich hole nur schnell meine Tasche.«

Anna eilte nach oben, um ihre Handtasche zu holen. In der Zwischenzeit klingelte das Telefon erneut.

»Was will er denn nun noch?«, stieß Vivienne genervt hervor. »Will er den Sonntag nun vollends ruinieren?«

»Zur Heyden!«, meldete sich Wolfgang streng am Telefon. »Ach, hallo Ansgar! Was gibt’s? … Wie bitte? Ist das dein Ernst? … Ja, mein Lieber, das ist in der Tat ein starkes Stück … Erzähle es mir genauer!«

Wolfgang runzelte die Stirn, während sein Bruder sprach. Vivienne schaute besorgt zu ihm hin. Irgendetwas war vorgefallen, aber was?

»Aha?«, nickte Wolfgang und sah konzentriert in die Ferne. »Aha? … Aha! … Nicht zu fassen … Aha … Sehr sonderbar, in der Tat … Und nur dieses eine Stück? Aha … Aha … Ach, sieh mal an! Das ist auffällig, ja. Ich rede mit ihr. Ich melde mich gleich bei dir zurück.«

Damit beendeten die Männer ihr Telefongespräch. Wolfgang kehrte zu seinem Platz am Tisch zurück und setzte sich.

»Was ist passiert?«, wollte Vivienne wissen.

»Lass uns auf Annabelle warten«, schlug Wolfgang ernst vor, »dann besprechen wir es gemeinsam.«

Kurz darauf erschien Anna wieder im Esszimmer. Sie blieb im Türbereich stehen, ihre Handtasche über die Schulter gehängt.

»Ich bin soweit«, bemerkte sie. »Fahren wir, Papa?«

»Einen Moment noch, Annabelle«, entgegnete Wolfgang. »Komm bitte her und setz dich!«

Anna trat zu ihren Eltern hin und sah staunend zwischen Vivienne und Wolfgang hin und her.

»Was ist denn nur?«, fragte sie und nahm Platz.

»Onkel Ansgar hat gerade angerufen«, erzählte Wolfgang nüchtern. »Er sagt, dass ein Ausstellungsstück aus den Aufbewahrungskammern entwendet worden ist.«

»Oh je!«, hauchte Anna. »Welches denn?«

»Die Halskette von Antoinette de la Garrigue.«

»Oh, wie unerfreulich.«

»Ja. Und die Umstände machen es erforderlich, dass wir dich dazu befragen müssen.«

»Mich? Warum denn mich?«

»Nun, es ist so, dass Tante Stephanie deinem Onkel gestern Nacht noch berichtet hat, dass sie gesehen hat, wie du mit dem jungen Herrn Richthof aus den Gästetoiletten hervorgekommen bist.«

Anna rollte mit den Augen.

»Das ist wieder einmal typisch«, seufzte sie. »Was geht es Tante Stephanie an, wo ich mich aufhalte?«

»Grundsätzlich stimme ich dir dort zu, Annabelle«, winkte Wolfgang ab. »Es soll jedem gleichgültig sein, was ihr dort gemacht habt. Natürlich lag die Vermutung nahe, dass ihr einfach nur euer … Wiedersehen gefeiert habt.«

»Mit Verlaub«, widersprach Anna vornehm. »Aber für ein Tête-à-Tête würden wir uns gewiss keine übelriechende Gästetoilette aussuchen.«

»Du zumindest nicht«, bemerkte Vivienne spitz.

»Richtig, Annabelle«, fuhr Wolfgang fort, »und deshalb hat sich Onkel Ansgar so seine Gedanken gemacht. Immerhin weiß er noch zu gut, wie gerne du immer gegen seinen ausdrücklichen Wunsch in den Tunnel gelaufen bist.«

Anna schwieg und schlug die Augen nieder.

»Wart ihr in den Kammern am Ende des Tunnels, Annabelle?«

»Ja«, gab sie zögerlich und kleinlaut zu, »ich habe sie ihm gezeigt. Aber er hat nichts mitgehen lassen, das weiß ich.«

»Nun, die Fakten zeichnen ein anderes Bild«, schloss Wolfgang. »Onkel Ansgar ist vorhin erst in den

Kammern gewesen um nachzusehen. Das bedeutet, dass dein Freund Zeit genug hatte, der Kette habhaft zu werden.«

»Aber das ist nicht möglich!«, protestierte Anna. »So etwas würde er nicht tun!«

»Er hat es zweifellos früher getan«, hielt Vivienne dagegen. »Warum sollte er es nicht wieder tun?«

»Nein!«, beharrte Anna »Er war es ganz bestimmt nicht!«

»Wer denn bitteschön sonst, Annabelle?«, blieb Vivienne eindringlich fest. »Es kommt doch außer ihm niemand in Frage! Ich verstehe ja, dass du ihn in Schutz nehmen möchtest. Aber ich weiß auch, wie raffiniert er ist. Oder glaubst du, ich wüsste nicht, warum er einen Film dieser monumentalen Länge mitgebracht hatte?«

Anna schluckte und schwieg betreten, während ihre Mutter fortfuhr.

»Er ist listig und ausgesprochen intelligent, Annabelle, und er versteht es, Menschen zu führen und für seine Zwecke einzusetzen, ohne dass sie Widerwillen entwickeln. Lass deine Verliebtheit einmal beiseite, und erkenne auch diese Seite an ihm!«

»Ich möchte jetzt zu ihm«, sagte Anna leise.

»Meinetwegen«, lenkte Vivienne ein, »aber denke an das, was ich dir gesagt habe!«

Tim lag für Erste alleine in dem Vierbettzimmer des Leyentaler Drei-Burgen-Krankenhauses. Sein Bett befand sich direkt am Fenster, doch von der Aussicht über das Arseltal hatte er im Moment nichts. Etwas benommen nahm er das kräftige Klopfen an der Tür wahr.

»Ja«, rief er so laut, wie seine Kopfschmerzen es zulie-
ßen und drehte sich zur Tür. Der riesige Türflügel
schwang auf, und Wolfgang zur Heyden trat herein. Er
drückte die Tür bis zur Wand auf und stellte sich neben
sie, um seiner Tochter den Vortritt zu lassen. Dicht hinter
Anna schritt er zusammen mit ihr an Tims Bett heran.

»Anna!«, freute Tim sich und streckte die Hand nach
ihr aus. »Danke, dass Sie sie gebracht haben, Herr zur
Heyden.«

»Gerne«, nickte Wolfgang mit einem kurzen Lächeln.
Anna ergriff Tims Hand und streichelte sie verhalten.

»Wie geht es dir?«, fragte sie höflich.

»Wieder ganz gut«, antwortete Tim lächelnd. »Mein
Schädel dröhnt noch, aber das geht vorbei.«

»Wie ist das denn geschehen?«, fragte Anna. »Wie
konnte sich das Rad an deinem Auto lösen?«

»Tja«, gab Tim nachdenklich zurück, »das frag ich mich
auch.«

»Hatten Sie vielleicht vor kurzem eine Panne?«, meinte
Wolfgang, »und mussten das Rad wechseln?«

»Nein. Ich hab die Karre erst vor ’nem guten halben
Jahr in Marokko gekauft. Da hatte ich alles kontrolliert.
Und als ich hier ankam, hab ich alle Schrauben noch mal
nachziehen wollen, aber die saßen bombenfest. Normalerweise macht man das hundert Kilometer nach dem
Radwechsel einmal und gut ist. Das nächste Mal also erst
beim Wechsel auf Winterräder.«

Da legte Tim seinen Unterarm über die Augen und
stöhnte: »Ach, Scheiße, die muss ich ja auch demnächst
besorgen. Da geht wieder ’n schöner Batzen Kohle für
drauf.«

Daraufhin warf Wolfgang Anna einen eindringlichen Blick zu. Sie erwiderte ihn verhalten und seufzte unsicher. Tim bemerkte es und sah Anna an.

»Stimmt was nicht?«, fragte er sie. Anna kniff kurz die Lippen zusammen und sah dann verlegen zu Wolfgang hin.

»Nun, Herr Richthof«, begann Wolfgang, »da ist folgendes Problem. Wir wissen, dass Sie gestern mit Annabelle die Vorbereitungskammern von Burg Aarstein aufgesucht haben.«

»Ja, und?«

»Mein Bruder hat heute Morgen festgestellt, dass ein Ausstellungsstück entwendet worden ist.«

»Ach so«, bemerkte Tim gekränkt, »und deswegen muss ich das jetzt gewesen sein, richtig?«

»Bitte verstehe das jetzt nicht falsch, Tim«, fügte Anna eindringlich hinzu.

»Nein, nein«, erwiderte Tim angesäuert, »ich versteh schon. Scheißegal, dass ich bis um halb sechs bei dir war und danach einen Unfall im Wald hatte und ins Krankenhaus eingeliefert worden bin. Dazwischen hatte ich ja auf jeden Fall noch Zeit, nach Hohenborn zu fahren, in Burg Aarstein einzudringen und euer verdammtes Zeug zu klauen!«

»Tim, bitte!«, versuchte Anna ihn zu beschwichtigen. »Das hat doch niemand behauptet. Aber es ist ausgerechnet die Kette von Madame de la Garrigue, die verschwunden ist.«

»Was soll das denn jetzt heißen?«, brauste Tim auf.

»Bitte beruhigen Sie sich, Herr Richthof«, sprach Wolfgang. »Sie sind ein kluger, rational denkender Mann. Sie werden doch verstehen, dass wir angesichts der Umstände diese Überlegungen anstellen müssen. Sie müssen die Kette ja gar nicht aus materiellen Gründen an sich genommen haben. Vielleicht wollten Sie sie ja einfach nur für Annabelle, um ihr eine Freude zu machen.«

Nun setzte Tim sich erbost in seinem Bett auf.

»Jetzt werd ich Ihnen mal was pfeifen, Dagobert Duck!«, ereiferte er sich. »Wenn ich Anna ein Geschenk machen wollte, dann würd ich es niemals stehlen. Und selbst wenn ich auf die Idee kommen sollte, etwas für sie aus den Kammern zu klauen, dann wäre es garantiert nichts von dem Schmuck, sondern das Bild von ihrer Oma! Und wenn Sie und Ihre Frau sie nicht ständig mit dieser Scheiße über mich volldröhnen würden, dann wär ihr das völlig klar, und sie würde nicht hier stehen und bei Ihrem beschissenen Verhör mitmachen!«

»Es besteht immer noch die Möglichkeit«, argumentierte Wolfgang weiter, »dass Sie die Information über die Kammern zwischenzeitlich an Dritte weitergegeben haben.«

»Was für'n Bullshit, echt!«, maulte Tim. »Anna! Ich war gestern nonstop mit dir zusammen! Hast du gesehen, dass ich einmal mein Handy benutzt hab, außer um die Fotos zu machen? … Ich kann echt nicht fassen, was hier abgeht!«

Anna hatte längst die Hände vors Gesicht geschlagen und begann, bitterlich zu weinen.

»Warum fragen Sie nicht mal in Ihrem eigenen Umfeld nach?«, fauchte Tim weiter. »Ich will hier keinen verdächtigen, aber Marilena kennt die Kammern genauso gut wie Anna, und sie wohnt vor Ort.«

»Ach, Herr Richthof!«, entgegnete Wolfgang entrüstet, »ich bitte Sie! Das ist doch nun völlig absurd.«

»Wieso?«, hielt Tim dagegen. »Sie wollen doch rational denken! Dann ziehen Sie's auch durch!«

»Aber Tim«, schluchzte Anna, »Lena war es ganz bestimmt nicht.«

»Wenn ihr schon einen Schuldigen sucht«, bellte Tim, »dann ist sie mindestens genauso verdächtig wie ich. Oder genauso wenig. Ihr Vorteil ist nur, dass sie den richtigen Nachnamen hat. Das ist alles!«

»Jetzt bist du sehr unfair, Tim!«

»Ja! Ist doch super! Dann sind wir schon zu dritt. Machen wir 'nen Verein auf! Und deine Mutter wird erste Vorsitzende.«

Wolfgang legte den Arm um die Schultern seiner Tochter. Sie drehte sich zu ihm hin und lehnte sich schluchzend an ihn.

»Ich fürchte, es bringt jetzt nichts, hier weiterzumachen«, entschied er. »Wir sollten gehen.«

»Ja, genau«, pflichtete Tim ihm wütend bei, »und wenn ihr fertig seid mit euren Vorurteilen, dann macht euch Gedanken darüber, wer mir die Muttern vom Rad gedreht haben könnte! Da würden mir jetzt auch bestimmte Leute einfallen. Und die kommen nicht aus meinem Dunstkreis!«

Anna sah Tim flehentlich an.

»Tim!«

»Ich bin müde«, brummte er und drehte sein Gesicht zum Fenster. »Ich penn jetzt.«

Und so führte Wolfgang seine weinende Tochter aus dem Krankenzimmer. Tim presste die Augen zusammen und kämpfte gegen einen dicken Kloß in seinem Hals an. Kurz darauf schlief er tatsächlich ein. Er wachte auf, als Dr. Neurath ins Zimmer und an sein Bett trat.

»Hallo, Tim«, grüßte er.

»Hey, Doc«, grüßte Tim zurück.

»Wie geht's dir?«, fragte der Arzt.

»Ganz gut«, antwortete Tim noch einigermaßen schlaftrunken. »Der Kopf tut nicht mehr so weh.«

»Das klingt doch prima. Also, es liegt auf der Hand. Du hast nur eine Gehirnerschütterung. Nichts, weswegen wir dich hier behalten müssten.«

Dr. Neurath griff in die Tasche seines Kittels und nahm einen Schlüsselbund hervor.

»Die hat Herr Backes vorhin an der Pforte abgegeben. Ich leg sie dir auf den Nachttisch. Du kannst fahren wann immer du möchtest. Aber vorher geb ich dir noch was gegen die Kopfschmerzen. Lass es langsam angehen, hörst du? Am besten legst du dich zu Hause sofort hin.«

»Alles klar«, nickte Tim. »Danke, Doc.«

Die Männer verabschiedeten sich mit einem zackigen Handschlag, nachdem Tim die Beine zur Seite gedreht und sich auf die Bettkante gesetzt hatte. Dann zog er sich Hose und Schuhe an und trottete aus dem Krankenzimmer in den Flur. Am Ausgang angekommen genoss er die frische Luft, indem er einen tiefen Atemzug nahm. Wie gut das jetzt tat. Er nahm sein Handy hervor und wählte einen Kontakt an.

»Hey, Ditze. Alles fit? … Gut. Kannst du mich nach Hause fahren? … Vorm Krankenhaus … Lange Geschichte. Erzähl ich dir unterwegs … Okay, super. Danke, Alter!«

Tim setzte sich auf eine der Holzbänke am Zugang zum Krankenhausgebäude und wartete auf Alex. Da vibrierte plötzlich sein Handy. Eine Nachricht war über WhatsApp reingekommen.

> Ich kann nicht beschreiben, wie unendlich leid es mir tut!

> Was soll ich dazu sagen?

> Ich weiß es auch nicht.
> Ich hoffe nur, dass ich es irgendwann wieder gutmachen kann und du mir verzeihst.

> Ich komm einfach nicht darüber weg, dass du gedacht hast, ich hätte die Kette geklaut.

> Ich habe nie ernsthaft geglaubt, dass du sie genommen hast!

> Hm

> Was meinst du bitte?

> Keine Ahnung. Ich fahr jetzt nach Hause. Ich meld mich.

»Tja, so war das«, schloss Tim seinen Bericht an Alex, als sie mit laufendem Motor vor Tims Haus im Auto saßen, »und jetzt steht er hier. Bisschen verbeult.«

Der Jeep stand auf der dem Haus gegenüberliegenden Straßenseite. Alex konnte aus seinem Fenster die Beschädigungen klar und deutlich sehen.

»Hat ganz schön was abgekriegt«, stellte er fest. »Von wegen ein bisschen.«

»Ja, schon«, stimmte Tim zu, »aber ein paar Mittagspausen mit Hawkens, und er ist wieder der Alte. Wird nicht ganz billig, aber ich krieg ja ab nächsten Monat mehr Kohle, dann passt das schon.«

»Aber das mit den Radmuttern ist finster«, überlegte Alex. »So was passiert nicht einfach aus heiterem Himmel. Die muss dir einer gelöst haben, Trip!«

»Das seh ich auch so«, pflichtete Tim ihm bei. »Nur, wer kann's gewesen sein?«

»Jemand, der dich nicht leiden kann«, grinste Alex.

»Ach, nee!«, spottete Tim. »Echt jetzt? Ich dachte immer, Mordversuche wären ein Liebesbeweis.«

»Vielleicht hast du ja ne liebeskranke Stalkerin?«

»Das, oder ich muss noch mal den Rheinmann-Eichendorf-Komplex observieren.«

»Ja, genau«, lachte Alex auf, »die Weiße-Armee-Fraktion.«

»Echt wahr!«, gluckste auch Tim. »Ach, wenn's nur so lustig wäre. Und ich dachte, ich komm zurück nach Deutschland, kauf mir ein Häuschen und hab schön meine Ruhe. Geschissen.«

Er nickte Alex grinsend zu: »Na ja, wird alles schon wieder werden. Ich hab noch ein paar Radmuttern da rumfliegen. Damit knall ich meine Räder jetzt mal ordentlich fest.«

»Mach das.«

»Jap. Danke noch mal, Ditze. Wir sehen uns.«

»Tschüss, Trip!«

Tim war heilfroh, dass er den alten Drehmomentschlüssel besaß, den er von der Straßenmeisterei aus behalten durfte, als dort neues Werkzeug angeschafft wurde. So musste er nun nicht ganz so angestrengt arbeiten, was seinem lädierten Schädel auf jeden Fall gut tat. Als alle Räder wieder mit fünf Schrauben bestückt und vorschriftsmäßig angezogen waren, ging er ins Haus, um sich auf der Wohnzimmercouch auszuruhen. Eine halbe Stunde lang lag er gedankenvoll da, als er plötzlich das Brummen eines Autos vor der Tür hörte. Das Klacken einer Autotür erklang, während leise ein Diesel nagelte. Dann schlug jemand die Autotür wieder zu und das Fahrzeug entfernte sich. Wer immer hier abgesetzt wurde, wollte sicher zu Tim. Hatte Anna ihren Gang nach Kanossa angetreten?

Schon klopfte es zaghaft an der Tür. Das konnte ja nur Anna sein. Tim stand auf und ging hin, um sie zu öffnen. Aber draußen stand nicht Anna, sondern ein anderes Mädchen. Sie war sehr zierlich. Ihre Kleidung bestand aus Jeans, Chucks und einem Hollister-T-Shirt. Ihre glatten, braunen Haare waren zu einem struppigen Zopf zusammengebunden. Und sie sah ziemlich fertig aus. Sie hatte Mühe, ihre schwere, lederne Reisetasche auf der Schulter zu halten und neigte sich seitlich in die Gegenrichtung, damit sie ihr nicht herunterrutschte.

»Wer bist du denn?«, fragte Tim verwundert.

Kapitel 11

»Darf ich reinkommen?«, fragte das Mädchen leise und unsicher. »Ich weiß nicht, zu wem ich sonst gehen soll.«

Tim stimmte mit einem Nicken zu und streckte seine rechte Hand aus, um seinem Gast die Tasche abzunehmen.

»Komm rein.«

»Danke«, erwiderte sie schwach und ließ sich von Tim die Tasche von der Schulter nehmen. Dann trat sie ins Haus. Tim ging voraus, stellte die Tasche neben dem Couchtisch ab und ließ sich in einen Sessel fallen.

»Setz dich«, forderte er das Mädchen auf und wies mit der Hand auf sein Sofa. Sie folgte seiner Einladung. Wie sie dort saß – völlig verschüchtert, die Beine zusammengedrückt, die Hände im Schoß gefaltet und das Gesicht gesenkt. Da erkannte er sie plötzlich.

»Ach, du bist das!«, entfuhr es ihm. »Sorry, aber ich hab dich jetzt echt nicht erkannt.«

»Das ist ja kein Wunder«, drückte das Mädchen leise hervor. »Ich bin ja auch nicht zurechtgemacht.«

»Dann erzähl mal, warum du zu mir gekommen bist.«

Tim sah, wie sie ihre Lippen zusammenpresste und am ganzen Körper zu zittern begann. Er erhob sich, fasste sie an den Schultern und half ihr auf. Wortlos fiel sie ihm um den Hals. Er fühlte ihre weiche Wange an seiner.

»Hey, was ist denn?«, sagte er sanft und umarmte sie. »Komm schon, Nessi, sag's mir.«

Nun drückte sie sich so fest an ihn, dass er durch ihr T-Shirt und ihren Cup-A-BH ihre äußerst kleinen, spitzen Brüste spürte. Rasch drehte er sich seitlich zu ihr und setzte sich zusammen mir ihr aufs Sofa.

»Du hast doch gesagt«, wisperte Vanessa, »wenn ich dich mal brauche, dann würdest du mir helfen, nicht wahr?«

»Auf jeden Fall, ja«, bekräftigte Tim, »aber worum geht's denn?«

»Lässt du mich heute Nacht bei dir schlafen?«

»Nessi, das ist nicht so einfach. Das letzte Mal, als eine zur Heyden bei mir übernachtet hat, hab ich Mordsprobleme gekriegt.«

»Du hast es aber versprochen.«

»Ja. Jetzt erzähl mir doch erstmal, was dich so fertig macht.«

Vanessa bückte sich weit nach vorne und griff nach ihrer Reisetasche. Sie zog sie angestrengt mit beiden Händen ein Stück zu sich heran, dann öffnete sie den Reißverschluss einer der zwei Seitentaschen. Tim glaubte nicht, was er dort sah.

»Mega-Macho-Monster-Mörder-Mist!«, presste er langsam und fassungslos hervor. »Das ist nicht dein Ernst, oder?«

Vanessa griff in die Tasche und nahm das zusammengeknäuelte Schmuckstück heraus. Dann fing sie an, es auf dem Tisch auszubreiten.

»Und … Und schon ist das Ding in meinem Haus«, kommentierte Tim in einem verzweifelten Ton, »auf meinem Wohnzimmertisch … Ich bin am Arsch.«

Doch die Halskette von Antoinette de la Garrigue sah nicht so aus, wie Tim sie einen Tag zuvor gesehen hatte. Die große Hauptkette wies an zwei Stellen gehörige

Schrammen auf, die sofort ins Auge fielen. Die Neben-
kette, die vorne entlanglief, war gerissen. Vanessa hatte
einige offene, verbogene Glieder hinzugelegt. Und dann
das Kreuz! Es war einmal über eine schräg verlaufende
Linie geknickt, und zwei der roten Steine, die Vanessa
ebenfalls geborgen hatte, waren aus ihren Fassungen her-
ausgebrochen.

»Okay, das ist finster«, stellte Tim fest. »Das ist richtig
finster, Nessi!«

»Ja, ich weiß!«, jammerte Vanessa. »Ich weiß nicht, was
ich machen soll. Kannst du sie für mich aufbewahren?«

»Geht's noch?«, protestierte Tim energisch. »Anna und
ihre Eltern denken eh schon, dass ich sie geklaut hab. Dir
ist nicht klar, in was für Schwierigkeiten du mich bringst!«

»Aber du hast doch gesagt, du tust alles für mich!«, gab
Vanessa beharrlich zurück.

»Okay«, sprach Tim bestimmt und hob die Hände mit
den Handflächen voran nach oben, »ich bin normalerweise kein Haarspalter, aber hier geht's nicht anders. Ich
hab dir gesagt, wenn ich was für dich tun kann, sag mir
Bescheid. Ich werde was für dich tun, Nessi. Du hast
mein Wort; ich helf dir da raus. Aber nicht so, wie du es
dir vorstellst.«

»Aber wie denn nur?«, wollte Vanessa verzweifelt wissen.

»Als erstes holen wir Anna dazu«, bestimmte Tim.

»Annabelle?«, rief Vanessa mit weit aufgerissenen Augen. »Nein, nicht Annabelle! Bitte! Sie sagt es Marilena!«

»So schnell bestimmt nicht«, wiegelte Tim ab und griff
nach seinem Smartphone. »Wir müssen sie einweihen. Es
geht nicht anders.«

Er hielt sich sein Handy ans Ohr. Anna meldete sich erleichtert und erwartungsvoll.

»Ja? Oh, Tim!«

»Hi. Hör zu. Wir müssen was besprechen. Kannst du rüberkommen?«

»Ja, selbstverständlich. Ich komme sogleich. Was möchtest du mir denn sagen?«

»Nicht am Telefon. Bis gleich.«

Damit legte er auf. Nessi sah ihn ängstlich an.

»Habt ihr Streit?«, fragte sie vorsichtig.

»Scheiß drauf«, brummte Tim ungehalten. »Wird ein Weilchen dauern, bis sie hier ist. Willst du was trinken?«

»Ja, bitte«, hauchte Nessi unsicher. »Ein Wasser wäre schön.«

»Sollst du haben«, nickte Tim, erhob sich und verschwand in der Küche. Zurück im Wohnzimmer drückte er Vanessa ein Glas Wasser in die Hand und setzte sich wieder auf den Sessel.

»Sobald sie da ist, erzählst du uns alles, okay?«, bestimmte Tim. Vanessa nickte stumm und nippte an ihrem Mineralwasser. Zwanzig Minuten später brummelte wieder ein Diesel vor dem Haus. Abermals erklang das Geräusch von auf- und zuschlagenden Autotüren, und kurz darauf klopfte Anna zaghaft und leise an seine Tür.

»Ist offen!«

Anna war um ihre vornehme Haltung bemüht. Ihre Augen verrieten jedoch, dass sie geweint hatte. Tim stand aus seinem Sessel auf.

»Setz dich!«, kommandierte er und ging in die Küche, um einen Stuhl zu holen. Den stellte er so an den Couchtisch heran, dass er versetzt zwischen Anna und Vanessa, die sich nun gegenüber saßen, Platz nahm. Anna verstand nicht, was die Anwesenheit ihrer Cousine zu bedeuten hatte. Die Tatsache, dass die vermisste Halskette auf dem Tisch lag, nahm ihr zumindest zu einem großen Teil die Sorge, dass Tim mit ihr Schluss machen würde. Tim sah sie an, wie sie dort saß. Wie Vanessa hatte sie die Beine zusammengedrückt und die Hände in den Schoß gelegt. Sie sah Tim an und wartete. Er stütze seine Ellenbogen auf die Knie und legte seine Stirn in die Hände. Mit seinen Fingern griff er sich in die Haare, kniff die Augen zusammen und biss sich feste auf die Zähne. Schließlich sah er wieder auf, zu Anna, die immer noch darauf wartete, dass er etwas sagen würde.

»Komm mal bitte mit raus«, presste er hervor und stand auf. Anna erhob sich und folgte ihm.

»Eine Sekunde, Nessi.«

Wortlos hielt Tim von außen die Verandatür auf und ließ Anna hindurch gehen. Dann drückte er die Tür ins Schloss. Er ging schnurstracks an Anna vorbei zum Geländer, drehte sich um und lehnte sich mit dem Hintern dagegen. Anna wartete geduldig ab.

»Weißt du, wie scheiße das Gefühl ist?«, knirschte er nach einer Weile.

Anna nickte unter Tränen.

»Ich will sauer auf dich sein, Anna«, sagte Tim mit zitternder Stimme, »und verdammte Scheiße, ich hab jedes Recht dazu.«

»Ich weiß«, weinte Anna. »Wenn du nur wüsstest, wie schlecht ich mich deswegen fühle.«

»Es ist nur so«, fügte Tim hinzu und streifte mit dem Daumen unter einem Auge vorbei, »ich kann's nicht. Es ist so verdammt hart, sauer auf dich zu sein. Ich halt das nicht aus.«

Er winkte Anna mit beiden Händen zu sich ran.

»Komm her.«

Anna flog förmlich auf ihn zu. Völlig tränenüberströmt fiel sie ihm um den Hals und weinte in seine Schulter hinein. Mit einem ganz dicken Kloß im Hals drückte er sie an sich.

»Es tut mir so leid«, schluchzte sie.

»Vergeben und vergessen, Süße«, flüsterte Tim. »Ich liebe dich.«

Noch ein paar Minuten hielten sie sich fest. Dann sahen sie sich in die Augen und küssten sich.

»Bei deinem Vater hab ich jetzt verschissen, oder?«, erkundigte Tim sich vorsichtig.

»Das glaube ich nicht«, widersprach Anna ruhig, aber noch ein wenig verheult. »Er ist klug genug zu wissen, dass es ein ausgesprochen ungünstiger Moment war, dich auf den Vorfall anzusprechen. Jedenfalls hat er es so zu Mama gesagt. Und er hat ihr zu verstehen gegeben, dass er dich für unschuldig hält.«

»Gut«, sagte Tim erleichtert. »Hatte schon Schiss, dass sie uns wieder den Umgang verbieten. Komm, gehen wir zu Nessi.«

Anna nickte, tupfte mit einem Taschentuch ihre restlichen Tränen weg und fasste seine Hand.

Vanessa lächelte erleichtert, als sie sah, dass Tim und Anna Hand in Hand ins Haus zurückkehrten. Sie saß immer noch auf ihrem Platz auf dem Sofa. Tim ließ Anna in dem Sessel Platz nehmen und setzte sich dann wieder auf den Stuhl.

»Dann mal raus mit der Sprache, Nessi«, forderte er Vanessa freundschaftlich auf. »Was hast du Schlimmes angestellt?«

»Annabelle muss mir erst versprechen, dass sie es nicht Marilena sagt«, forderte Vanessa schüchtern. »Und auch nicht meinen Eltern.«

»Das kann ich dir mit Leichtigkeit versprechen«, sicherte Anna ihr ruhig zu, »denn wenn es ihnen jemand erzählt, dann bist du das, Vanessa! Und jetzt möchte ich hören, was geschehen ist.«

»Ich bin in den Tunnel gegangen und wollte die Kette anprobieren«, gestand Vanessa.

»Wann?«, wollte Anna wissen.

»Gestern Nacht, nachdem alle weg waren.«

»Weshalb wolltest du sie anprobieren?«

Vanessa nahm tief Luft und versuchte, Anna in die Augen zu sehen.

»Warum wohl, Annabelle? Aus demselben Grund, warum Marilena sie immer anziehen wollte.«

»Sie war mit dir in den Kammern? Wie ungewöhnlich. Sie wollte dich doch nie mitnehmen.«

»Ja. Wenn du da warst! Da hat sie mich immer ausgegrenzt. Aber einmal, als wir alleine waren, da durfte ich mit ihr gehen. Und da hat sie die Kette genommen und sich um den Hals gelegt. Und als ich sie auch anprobieren wollte, da hat sie mich weggeschubst und gesagt, für mich wäre das nichts. Ich müsste erst hübscher werden, hat sie gesagt.«

Vanessa senkte den Blick zu Boden und schwieg.

»Sprich bitte weiter«, ermunterte Anna sie. Vanessa nickte.

»Ja. Und gestern, als du mit Trip aus dem Keller zurückgekommen bist, da hab ich mich wieder daran erinnert.«

»Und dann bist du runter und hast sie anprobiert«, schloss Tim. »Okay. Das erklärt aber noch nicht, warum sie jetzt so verhunzt ist.«

»Das war so«, erzählte Vanessa. »Ich wollte genauso schön sein wie Marilena. Und da wollte ich, dass die Kette richtig glitzert. Also hab ich nach dem Fläschchen mit dem Reiniger gegriffen, das auf dem Schrank stand.«

Wieder machte Vanessa eine Pause. Ein Schauer lief ihr über den Rücken, und sie schüttelte sich. Ihre Augen wurden glasig.

»Und was ist dann geschehen?«, drängte Anna sie. »Nun erzähle es uns doch!«

»Da war eine Spinne«, schluchzte Vanessa. »Eine große, schwarze Spinne. Sie ist auf meine Hand gekrabbelt, und ganz viele kleine Spinnen sind von ihr runtergekrabbelt. Alle auf meine Hand.«

»Ach, Herrje!«, stieß Anna hervor. »Du Ärmste!«

»Und da hab ich geschrieen und die Kette weggeworfen. Ich bin rausgerannt und hab die Tür zugeschlagen. Ja, und da lag aber die Kette, und da ist sie unter die Tür gekommen.«

»Schei ... benkleister!«, staunte Tim. »Was für 'ne üble Nummer!«

»Ja, ich weiß«, wimmerte Vanessa.

»Das waren bloß Spinnenbabys, Nessi«, versuchte Tim sie zu beruhigen. »Die Spinnenmutter trägt sie auf dem Rücken, und wenn sie Angst kriegen, dann rennen die in alle Richtungen weg. Das ist nichts Schlimmes.«

»Nichts Schlimmes?«, wiederholte Anna entrüstet. Sie setzte sich zu Vanessa und nahm sie in den Arm.

»Das war ein entsetzliches Erlebnis. Du Arme. Ich wäre an deiner Stelle auch sehr erschrocken.«

»So«, bemerkte Tim nüchtern, »und jetzt ist die Kette ruiniert. Ich schätze, du hast jetzt Bammel vor deinen Eltern, oder?«

Vanessa nickte traurig.

»Kriegst du jetzt Senge?«, fragte Tim sachte.

Sie zuckte langsam mit den Achseln. Eine Träne lief über ihr Gesicht.

»Papa hat immer gesagt, wir dürfen nicht in die Kammern gehen«, wimmerte sie, »und wenn er uns jemals erwischen würde, dann könnten wir uns auf was gefasst machen.«

»Ach, Vanessa«, versuchte Anna sie zu trösten. »Ich glaube, du malst es dir schlimmer aus als es sein wird. Ich denke durchaus, dass du es Onkel Ansgar sagen kannst.«

»Aber schau doch, wie schlimm die Kette aussieht!«, wandte Vanessa ein. »Er wird völlig die Fassung verlieren.«

»Nun ja«, lenkte Anna ein und sah Tim an, »sie ist zweifellos sehr kostspielig und darüber hinaus eines seiner berühmtesten Ausstellungsstücke. Es könnte durchaus sein, dass er ausgesprochen heftig reagiert.«

Tim brauchte nicht lange nachzudenken. Er lehnte sich zurück und legte schmunzelnd die Hände hinter den Kopf.

»Ich glaub, da lässt sich was machen.«

»Und was?«

Anna und Vanessa sahen ihn erwartungsvoll an.

»Ich kenn da einen«, sagte er lässig, »der schon ein bisschen Erfahrung mit Schmuck aus der Sammlung von Helene zur Heyden hat.«

»Ja?«, fragte Vanessa mit großen Augen.

»Aber ja!«, rief Anna entzückt. »Tim, was für eine wundervolle Idee! Oh, Vanessa, sei nicht mehr traurig! Es wird alles wieder gut werden. Ganz, ganz gewiss!«

Während Vanessa noch staunend zwischen Anna und Tim hin und her blickte, schmiedeten die beiden bereits Pläne.

»Okay«, beschloss Tim, »dann rausch ich morgen mal eben nach Pfaffenburg.«

»Ich möchte mit!«, warf Anna begeistert ein. »Lass uns zusammen fahren, ja?«

»Das wär toll. Aber hast du morgen nicht acht Stunden?«

»Wir könnten ja auch am Dienstag fahren. Da habe ich sechs Stunden, und die letzten beiden Sport. Die werde ich einfach ausfallen lassen. Dann können wir bereits um Viertel nach elf aufbrechen.«

»Wie jetzt? Anna zur Heyden, Miss fünfzehn Punkte, schwänzt die Schule?«

»Dafür schon.«

»Also gut. Das wird Klasse!«

Anna sprang von ihrem Sessel auf und setzte sich vergnügt auf Tims Schoß. Er legte seine Arme um sie und drückte sie an sich.

»Ja, das wird es!«, stimmte sie glücklich zu. »Ich freue mich so ausdermaßen!«

Tim grinste und sah Vanessa an.

»Hast du auch solche Wörter drauf, Nessi?«

Vanessa legte die Hände vor den Mund und schüttelte kichernd den Kopf.

»Ach, lasst mich zufrieden!«, lachte Anna. »Lasst uns lieber alle Vorkehrungen treffen. Zunächst müssen wir Armin wissen lassen, dass wir beabsichtigen, ihn aufzusuchen.«

»Stimmt«, nickte Tim, »immerhin ist das ein ganz schönes Stück Arbeit, das er vor sich hat.«

Anna tappte ihm zweimal mit der flachen Hand auf die Schulter.

»Am besten rufst du ihn rasch einmal an«, schlug sie dabei vor. Doch Tim zuckte nur lässig mit den Achseln.

»Ich hab nur seine Nummer im Laden«, wandte er ein, »und heute ist Sonntag.«

Anna gluckste und stand auf, um ihr Handy aus ihrer Handtasche zu holen. Danach kehrte sie auf Tims Schoß zurück und begann, mit beiden Daumen auf dem Display herumzutippen.

»Wir müssen dich endlich einmal mit der zivilisierten Welt verbinden«, bemerkte sie schmunzelnd. »Da haben wir ihn: Armin Rauchhaus, Inhaber bei ›Rauchendes Haus‹. Und … Im Nu eine Freundschaftsanfrage versendet.«

»Was war das jetzt?«, wollte Tim wissen.

»Facebook«, kommentierte Vanessa amüsiert. »Sag nur, du kennst das nicht?«

»Was meinst du, Vanessa«, stichelte Anna vergnügt, »wollen wir unserem Landstreicher einmal unter die Arme greifen?«

»Ja!«, kicherte Vanessa. Anna stand von Tims Schoß auf und nahm in bei der Hand. Er lächelte ein wenig höhnisch, als sie ihn zu seinem Laptop führte, den sie ihm an Ort und Stelle in die Hände drückte. Schließlich fand Tim sich auf der Couch sitzend mit dem Laptop auf den Knien zwischen Anna und Vanessa wieder.

»Wenn ihr meint«, schmunzelte er und begann, die Felder für die Anmeldung auszufüllen. »Dann wollen wir mal …«

Die Mädchen sahen ihm amüsiert zu und verfolgten aufmerksam seine Eingaben.

»23. Juni?«, rief Anna aus. »Wie bemerkenswert! Ich habe am 23. Mai Geburtstag.«

»Vergiss nicht, noch auf männlich zu klicken«, deutete Vanessa ihm an.

»Alles klar«, kommentierte Tim, »und … registrieren.«

»Jetzt benötigen wir noch ein paar Fotos von dir«, erklärte Anna ruhig. »Ich mag das Bild von dir mit den beiden Indianern. Es würde sich vorzüglich als Profilbild eignen. Und als Titelbild nehmen wir das Foto, auf dem du im Schlafsack unter dem Flügel dieses einmotorigen Flugzeugs liegst. Das finde ich so witzig.«

»Da hatte es geregnet, und ich hatte kein Zelt! Von wegen witzig … Okay, fertig! Gut, was?«

»Zauberhaft. Dort im Feld ›Spitzname‹ kannst du von mir aus noch ›Trip‹ hinschreiben.«

»Wo? Ach, da! Cool, das mach ich. Und jetzt?«

»Jetzt suchst du nach deinen Freunden und schickst ihnen Freundschaftsanfragen. Schau, so!«

Anna tippte kurz auf ihrem Handy herum, da ertönte ein Signalton auf Tims Laptop.

»Da ist eine Eins an dem Männlein aufgetaucht«, bemerkte Tim.

»Das bedeutet, dass du eine Freundschaftsanfrage erhalten hast«, erklärte Anna ihm. »Klicke es bitte einmal an!«

Tim nahm seine Maus und tat, was seine Freundin vorschlug.

»Anna zur Heyden!«, rief er freudig. »Ja, ich glaub, die kenn ich. Bestätigen. Ha! Mein erster Facebook-Kontakt.«

Wieder ertönte das Signal und ein neuer roter Punkt mit einer Eins tauchte auf.

»Vanessa zH?«, las Tim vor. »Na klar. Nessi!«

Nach und nach füllte sich Tims Freundesliste. Er fand seine Leute, und sie fanden ihn, und je mehr Freunde er hinzufügte, desto mehr Anfragen erhielt er, da ja jeder neue Kontakt den Freunden des Kontakts angezeigt wurde. Natürlich fragte er auch seinen Freund Armin Rauchhaus an, der inzwischen online war und sowohl Anna als auch ihn bestätigt hatte. Plötzlich erklang ein Ton beinahe gleichzeitig auf Tims Laptop und auf Annas iPhone. Armin hatte einen Gruppenchat gestartet.

Armin

Hallo ihr zwei!

Du

Hi Armin, altes Haus! Was machen die Geschäfte?

Anna

Hallo Armin, wie geht es dir?

Armin

Läuft alles bestens, Tim!

Mir geht's gut, Anna. Und selbst?

Anna

Uns geht es auch sehr gut, Danke.

Du

Armin, Kumpel, wir haben einen An-schlag auf dich vor. Hättest du Dienstag Zeit?

Armin

Ja, bin den ganzen Tag da.

Gibt's ein Problem?

Du

Eins wo nur du helfen kannst.

Armin

Verstehe. Habt ihr wieder ne Kette zerrissen?

Du

So ähnlich. Aber diesmal ist es finsterer. Nimmst dir besser nix vor am Dienstag

Armin

Kein Problem. Wann wollt ihr denn kommen?

»Na, das war ja cool«, bemerkte Tim zufrieden und wollte den Laptop zuklappen. Anna hielt ihn davon ab, indem sie zart ihre Hand auf seine legte.

»Warte bitte noch!«, bat sie lächelnd und nahm ihre Hand wieder zurück an ihr Handy. Kurz darauf ertönte wieder ein Signal auf Tims Computer.

»Das musst du jetzt nur noch bestätigen«, fügte sie süß hinzu, »wenn du nichts dagegen hast.«

»Natürlich hab ich nichts dagegen!«, rief Tim freudig aus und bestätigte die Mitteilung.

»Ooh!«, machte Vanessa entzückt und tippte auf den Bildschirm ihres Smartphones. Endlich durfte es offiziell verkündet werden:

Anna zur Heyden ist in einer Beziehung mit Tim Richthof

Vanessa zH und Melli K gefällt das

Es blieb nicht bei den zwei Likes. Die Zahl wuchs schnell an. Die Kommentare der Freunde des Liebespaares überschlugen sich vor Begeisterung:

Melli K Endlich! Ich freu mich für euch♡

Isi K Herzlichen Glückwunsch, ihr Süßen! ♡ ♡

Nicole Eichendorf Das lag am Anzug 😊 Alles Gute euch beiden!

Julian Stein Perfekt! Ein schwerer Start, aber jetzt stoppt euch keiner mehr! 😄

Marilena zur Heyden Wie wunderbar! Viel Glück Belle! 😘

Damian Müller Kracher!! Glückwunsch, Alter!

Michael Valentin Saubere Aktion! Alles Gute!

Ditze Schröder Am Ende hat's doch noch eine geschafft! Gut gemacht, Anna! 😁

Jenni Heintz Hoffentlich jetzt für immer ^^

Alina Bä Glückliche Anna! 😄 Bis morgen in Geschi 😄

Lächelnd klappte Tim seinen Laptop zu.

»Jetzt sollten wir uns aber wieder um unseren schönen Plan kümmern«, schlug er vor. »Was machen wir zum Beispiel bis Dienstag mit der Kette?«

»Du hast recht«, stimmte Anna ihm zu. »Darüber müssen wir selbstverständlich auch noch nachdenken.«

»Was spräche denn dagegen«, warf Vanessa vorsichtig ein, »dass Trip sie aufbewahrt? Ich finde, bei ihm ist sie am sichersten aufgehoben.«

Tim schüttelte den Kopf.

»Zu gefährlich. So schnell streicht man mich nicht von der Verdächtigenliste.«

»Wir drei sind derzeit die einzigen, die wissen, wo die Kette verblieben ist«, stellte Anna sachlich fest, »also sollte jemand von uns sie an sich nehmen.«

»Dann müssen wir als erstes klären, was wir mit Nessi machen«, bestimmte Tim. »Bleibt sie hier oder fährt sie nach Hause? Wissen deine Eltern im Augenblick, wo du bist, Nessi?«

»Du bist wahrscheinlich überstürzt aufgebrochen«, vermutete Anna, »weil du Angst bekommen hast, als du die Kette beschädigt hattest.«

Vanessa nickte stumm dazu. Tim kickte leicht gegen ihre Ledertasche.

»Und du hast gepackt, als wolltest du für ein halbes Jahr untertauchen«, grinste er sie an und sprach dann ernst weiter. »Du musst auf jeden Fall nach Hause, bevor du vermisst wirst. Und deswegen kannst du die Kette nicht nehmen.«

»Ich habe eine Frage vorzubringen«, warf Anna ein, und Tim und Vanessa sahen zu ihr hin. »Sie ist nicht unerheblich: Was tun wir, nachdem Armin die Kette hergerichtet hat?«

Tim sah kurz Vanessa an und meinte dann schulterzuckend: »Nessi bringt sie zurück.«

Vanessa nickte zustimmend.

»Das ist mir durchaus bewusst«, entgegnete Anna eindringlich. »Aber wir wollen doch nicht vorgeben, dass sie aus heiterem Himmel wieder aufgetaucht ist, nicht wahr?«

»Ich weiß, was du meinst«, nickte Tim. »Dann würde die Sache gewaltig stinken, und deinem Onkel wäre klar, dass jemand ein Spielchen spielt. Und dann würde er Nachforschungen starten, die am Ende wieder zu uns führen.«

»Das ist es nicht allein«, gab Anna zu bedenken. »Es war vorhin mein Ernst. Vanessa sollte Onkel Ansgar sagen, dass sie die Kette entwendet hat.«

»Aber er wird unglaublich wütend werden!«, rief Vanessa furchtsam aus.

»Nicht, wenn sie unbeschädigt ist«, hielt Anna dagegen. »Ich kann ja noch verstehen, dass es jetzt, zu diesem Zeitpunkt, zu schlimm wäre, ihm die volle Wahrheit zu sagen. Und dass Tim dir gegenüber ein Versprechen einzulösen hat, damit kann ich mich auch abfinden. Aber seine Pflicht ist abgegolten, wenn er die Kette für dich reparieren lässt. Mehr kannst du nicht von ihm verlangen. Und spätestens wenn die Kette restauriert ist, beichtest du Onkel Ansgar, was passiert ist, Vanessa!«

»Ich habe aber Angst«, entgegnete Vanessa bedrückt.

»Denkst du, ich nicht?«, gab Anna ihr eindringlich zurück. »Weißt du, wie viel Tim und ich aufs Spiel setzen, indem wir dir beistehen?«

Vanessa senkte den Blick und schwieg betreten. Sie sah ein, dass Anna recht hatte. Sie nickte schüchtern. Dann blickte sie unsicher zwischen Tim und Anna hin und her und wisperte: »Aber wer nimmt sie nun?«

»Ich nehme sie«, entschied Anna. »Was bleibt mir denn anderes übrig?«

»Was?«, stieß Tim hervor. »Vergiss es! Deine Mutter kommt früher oder später auf den Trichter, dass wir beide unter einer Decke stecken, und dann ist der Arsch ab!«

»Ich gebe zu«, lenkte Anna ein, »dass dort ein gewisses Restrisiko besteht.«

»Sorry, wenn das jetzt vielleicht fies klingt«, bemerkte Tim ernst, »aber ich halte sie für fähig, dass sie in deinem Zimmer rumschnüffelt.«

Anna konnte nicht verbergen, dass sie große Angst davor hatte, die Kette mitzunehmen.

»Ich weiß«, sagte sie leise. »Aber es wäre immer noch besser, wenn sie bei mir gefunden würde als bei dir.«

»Kommt ja gar nicht in Frage«, presste Tim durch die Zähne und stand entschlossen auf. »Ich nehm sie. Feierabend!«

»Nein!«, protestierte Anna und stand ebenfalls auf. »Es ist viel zu gefährlich!«

Tim fasste ihre Hände.

»Es ist für jeden von uns gefährlich, Süße«, erklärte er. »Und deswegen verwahre ich sie. Ende. Ich hol was, wo wir sie reintuen können.«

Damit strich er Anna aufmunternd über die Schultern und entfernte sich, um nach einem Behälter zu suchen. Anna nickte widerwillig, drehte sich um und begann, die

Teile der goldenen Kette vom Tisch aufzusammeln. Vanessa stand ebenfalls auf und half ihr.

»Danke, Annabelle.«

»Schon gut, Vanessa.«

»Nein. Ich bringe euch in solche Schwierigkeiten, doch du hilfst mir trotzdem. Damit hätte ich niemals gerechnet.«

»Ich möchte dir einfach das Schlimmste ersparen.«

»Danke … Weißt du was?«

»Was denn?«

»Ich mag dich lieber als Marilena.«

»Sag das nicht, Vanessa.«

»Es ist aber so.«

»Ich mag dich auch. Aber denke bitte nicht schlecht über deine Schwester. Ich war auch nicht immer nett zu dir.«

»Du warst nur hochnäsig. Marilena war gemein.«

»Diese Zeiten sind inzwischen lange vorüber. Was zählt, ist heute.«

»Mm … Ja.«

Tim kehrte mit einem altertümlichen Behälter zurück. Er war ungefähr dreißig Zentimeter groß und bestand aus einem vasenförmigen, mit ägyptischen Hieroglyphen beschrifteten Gefäß und einem Deckel in Form eines Falkenkopfes. Anna sah es an und lächelte begeistert.

»Wie wundervoll!«, schwärmte sie. »Die habe ich hier ja noch gar nicht gesehen. Wo hast du sie hergeholt?«

»Aus 'nem Karton in meinem Schlafzimmer«, antwortete Tim. »Hab noch keinen Platz gefunden, wo ich sie hinstellen kann.«

»Was ist das?«, wollte Vanessa neugierig wissen.

»Das ist die Nachbildung einer Kanope«, beschrieb Anna. »Darin wurden im alten Ägypten die Eingeweide der Pharaonen aufbewahrt, wenn diese nach ihrem Tode mumifiziert wurden.«

»Iih«, machte Vanessa mit verkniffenem Gesicht, »wie eklig.«

»Die hier ist sauber«, grinste Tim. »Dann mal los, Mädels, rein mit dem Klunker.«

Nachdem die Mädchen alle Teile des ramponierten Schmuckstücks in Tims Kanope verstaut hatten, bestellten sie Vanessa ein Taxi. Es wäre zu riskant gewesen, hätte Tim sie nach Hause gefahren. Sie mussten jetzt vor allem darauf bedacht sein, sich unauffällig zu verhalten.

Nachdem Vanessa das Haus verlassen hatte, setzten Tim und Anna sich zusammen auf die alte Couch im Wohnzimmer. Genau genommen setzte sich nur Anna. Tim legte sich lang und wollte es sich mit dem Kopf auf Annas Oberschenkeln gemütlich machen. Doch irgendetwas behagte ihm nicht ganz.

»Süße?«, brummelte er.

»Ja?«, antwortete sie zärtlich.

»Ich lieg schief.«

»Was meinst du?«

»Mein Kopf will dauernd auf deinen Bauch zurollen.«

Anna gluckste und beugte sich nach vorne.

»Dann wollen wir einmal Abhilfe schaffen«, kommentierte sie nüchtern und verschmitzt zugleich, als sie nach ihren Schuhen griff, um sie auszuziehen. Tim genoss den kurzen Moment, in dem er zwischen Annas Knien und ihren Brüsten eingeklemmt war.

»Ist es so besser, Liebster?«, flirtete sie und lehnte sich wieder zurück.

»Viel besser«, schmunzelte er zufrieden und schloss die Augen, während Anna ihm im Haar kraulte.

»Es ist wahr«, bemerkte er nach einer Weile.

»Was ist wahr?«

»Was du zu vorhin zu Nessi gesagt hast.«

»Wovon genau sprichst du?«

Tim öffnete die Augen und blickte Anna nachdenklich an.

»Ich war schon wieder dabei, die Sache hintenrum zu regeln. Aber du hast drauf bestanden, dass sie ehrlich sein soll.«

»Wenn man zu seiner Familie nicht ehrlich ist, zu wem dann?«

Tim drehte den Kopf zu Annas Knien hin und schaute zur Decke, wo der Propeller hing.

»Familie«, wiederholte er ernst. »Mit dem Begriff hab ich nie was Gutes verbunden.«

Dann sah er wieder zu Anna.

»Bei dir ist das anders. Du hast eine große Familie, mit der du dich gut verstehst.«

»Durchaus nicht immer«, wandte Anna lächelnd ein. »Es gibt auch bei uns bisweilen Streit und Zwistigkeiten.«

»Ja. Aber nicht so extrem. Oder? Ich meine, Nessi kriegt doch jetzt keine Abreibung, oder so?«

»Was genau meinst du mit einer Abreibung? Etwa Hiebe?«

»Ja.«

»Um Himmels Willen, nein! Wie kommst du denn auf solch eine Idee?«

»Keine Ahnung. Hab mir nur vorgestellt, was meine Alten mit mir gemacht hätten, wenn ich sowas angerichtet hätte.«

»Haben sie dich etwa geschlagen?«

»Mein Alter hatte 'ne Lieblingsmethode. Ich weiß aber nicht, ob du das hören willst.«

»Erzähle es mir ruhig. Es schwant mir seit deinem Zusammentreffen mit deinem Vater im Ferienpark. Dass du es mir nun anvertrauen möchtest, macht mich sehr glücklich.«

»Na gut.«

Tim legte seine Hände hinter seinen Nacken.

»Er hat mir die Hände so im Genick festgehalten. Dann hat er mein Gesicht aufs Sofa gedrückt und auf dem ganzen Körper auf mich eingeschlagen. Ist 'n tolles Gefühl, wenn du Schmerzen hast und keine Luft holen kannst um zu schreien.«

Anna atmete erschrocken ein, als sie das hörte. Sie streichelte liebevoll Tims Brust.

»Schon gut, ist keine große Sache«, bemerkte Tim mit einem tröstenden Ton. »Ich wollte nur, dass du weißt, dass mir beim Wort Familie nie sonderlich warm ums Herz geworden ist.«

»Es macht mich aber traurig«, widersprach Anna. »Du hattest all die ganze Zeit so ein hartes Leben.«

»Und wenn schon«, entgegnete Tim und lächelte Anna an. »Für mich war das immer normal. Ich hab's hinter mir. Und heute steh ich auf eigenen Beinen. Wer kann sich mit zwanzig schon Hausbesitzer nennen? Okay, die alte Holzbude kann vielleicht nicht viel mehr als den Regen abhalten, aber sie ist jetzt mein Zuhause.«

Anna deutete Tim an, mit dem Kopf mehr in Richtung ihrer Knie zu rutschen. Dann beugte sie sich süß lächelnd zu ihm hinunter.

»Ich liebe dein Haus«, flüsterte sie zärtlich und küsste ihn, »und ich liebe dich.«

»Ich dich auch«, erwiderte Tim. »Dich und deine vornehmen Manieren. Deine Ehrenhaftigkeit. Deinen Stolz«, und er schmunzelte: »Deine Leidenschaft.«

»Meine Leidenschaft?«, hakte Anna sanft nach.

»Für gewisse Dinge«, grinste Tim.

»Zum Beispiel?«, fragte Anna herausfordernd. Tim sah sie augenzwinkernd an.

»Für Geschichte!«, feixte er. »Woran hast du denn gedacht?«

Anna gab ihm ein Klaps auf den Bauch, woraufhin Tim gespielt zusammenzuckte.

»Du weißt genau, woran ich gedacht habe«, lachte sie. »Du bist ein Filou, Tim Richthof!«

Tims belustigte Gesichtszüge entspannten sich wieder, als er Anna erneut in die Augen sah.

»Nein, jetzt mal ernsthaft. Deine Oma hat ganze Arbeit geleistet. Ich kann nur ahnen, wie sehr sie dich geliebt haben muss. Und dein Vater heute, wie er dich in den Arm genommen hat. Er muss doch irrsinnig stolz auf dich sein, oder?«

»Ja, das ist wahr.«

»Und deine Mutter auch. Gut, sie ist etwas schwierig. Sie gerät schnell aus dem Häuschen, wenn ihr was nicht passt. Aber sie liebt dich wohl auch, schätz ich mal.«

»Da schätzt du richtig«, sagte Anna. »Im Augenblick ist ihre Welt recht aufgewühlt. Aber sie kann Papa und mir gegenüber sehr liebevoll sein, wenn alles zu ihrer Zufriedenheit verläuft.«

»Das ist aber ein ganz schön schmales Fahrwasser, he?«, witzelte Tim.

»Durchaus«, gab Anna zu und kicherte. »Und du bist jemand, der hin und wieder gerne austestet, wie schmal es ist.«

Tim zuckte schmunzelnd mit den Augenbrauen.

»Kann schon sein. Aber, was ich damit sagen will: Durch dich weiß ich, dass Familie auch anders geht. Es war schön gestern. Ich hab mich nicht immer wohl gefühlt, aber es hat mir gut gefallen.«

»Das freut mich sehr.«

Plötzlich ertönte ein »Ping« aus Annas Handtasche, gefolgt von einem zweiten. Tim erkannte die Melodie des Stücks »Black Star« von Avril Lavigne. Da griff Anna auch schon in ihre Tasche und nahm ihr Smartphone hervor.

»Es ist Vanessa«, kommentierte sie verdutzt und hielt sich ihr Handy ans Ohr.

»Hallo, Vanessa. Hier spricht Annabelle.«

In der Stille des Wohnzimmers konnte Tim hören, was Vanessa zu Anna sagte. Deutlich war zu bemerken, dass sie aus dem Innenraum eines fahrenden Autos sprach.

»Hallo, Annabelle. Ich wollte dir nur sagen, dass ich nicht möchte, dass ihr meinetwegen Schwierigkeiten bekommt. Deshalb habe ich gerade Papa angerufen und ihm alles gebeichtet. Er, Mama und Marilena warten zu Hause auf mich.«

Tim und Anna sahen sich verblüfft an.

»Oh, Vanessa! Ich weiß nicht, was ich sagen soll. Wir brechen sofort auf und folgen dir nach!«

»Nein! Bitte nicht! Ich muss das alleine durchstehen. Papa weiß, dass ihr die Kette habt, und dass ihr sie am Dienstag reparieren lasst. Ich habe ihm gesagt, dass er vollstes Vertrauen haben kann.«

»Was hat er geantwortet?«

»Dass wir darüber reden, wenn ich zu Hause bin.«

»Oh, Vanessa!«

»Es wird schon alles gut werden. Ich hab dich lieb, Annabelle. Liebe Grüße auch an Trip!«

Damit legte Vanessa auf. Anna und Tim schauten sich immer noch erstaunt an. Tim war der erste, der etwas hervorbrachte.

»Verdammte Axt, die Kleine hat Mut.«

»Wir müssen es so schnell wie möglich meinen Eltern erzählen«, stieß Anna hervor, »sonst denken sie, wir wollten sie hintergehen.«

»Dann nix wie los!«, war Tims Antwort. Er stand so schnell auf, dass ihm kurz schwindelig wurde. Er hielt sich den Kopf.

»Scheiß Rübe«, brummte er und rieb sich über die Stirn. »Schön langsam, Trip!«

»Entschuldige bitte, Liebster«, bedauerte Anna. »Ich habe ganz vergessen, dass du eine Gehirnerschütterung hast. Ist es dir überhaupt möglich zu fahren?«

»Ja klar, das geht schon«, wiegelte Tim ab. »Der Doc hat noch gesagt, ich soll langsam machen. Meine eigene Schuld.«

Badachtsam hob er die Kanope vom Tisch auf, während Anna sich ihre Schuhe wieder anzog. Dann verließen sie das Haus.

Kapitel 12

Ein wenig mulmig war Tim schon zumute, als er hinter Anna das Haus der zur Heydens betrat. Er erinnerte sich nur zu gut an seinen Ausbruch vom Vormittag. Und nun führte seine Freundin ihn auch noch in das Wohnzimmer ihrer Eltern. So tief ins private Herz der Zur-Heyden-Villa war er noch nie vorgedrungen. Dieses Wohnzimmer hatte für sich alleine bereits mehr als die Grundfläche seines ganzen Hauses. Eine beeindruckende Fensterfassade bot einen Ausblick über die Stadt, wie er von keinem anderen Haus aus möglich war. Große lederne Sitzmöbel verteilten sich im Raum, umgeben von massiven Bücherwänden, die vom Boden bis zur Decke reichten. Die Decke selbst war eine Balkenkonstruktion mit einer dreieckigen Wabenstruktur. Zwischen all dem riefen kostbare Ziergegenstände ihm zu: »Rühr mich bloß nicht an!« Tim stand staunend neben Anna, die Kanope am langen Arm zwischen Unterarm und Hüfte eingeklemmt und auf den gekrümmten Fingern abgestützt.

Aus einem Seitenraum trat Wolfgang in den Raum.

»Was sagen Sie zur Aussicht, Herr Richthof?«, rief er Tim zu, während er auf ihn zuging.

»Ist der Hammer«, antwortete Tim beeindruckt. »Man könnte meinen, man steht draußen.«

»Freut mich, dass es Ihnen gefällt«, sagte Wolfgang freundlich und schüttelte Tim die Hand. Aus dem Flur hallten nun auch die Schritte von Annas Mutter herein, die in ihrem gewohnten Stechschritt und ihrem eleganten Kostüm ins Wohnzimmer trat. Aber was war mit ihren

Lippen los? War das ein Lächeln? Es war schwierig einzuordnen, doch auf jeden Fall war es nicht der kalte, geringschätzige Gesichtsausdruck, mit dem sie Tim üblicherweise ansah. Wie erstaunt war er aber erst, als Vivienne ihm geradeheraus die Hand reichte.

»Guten Tag, Herr Richthof«, grüßte sie höflich. Tim gab ihr langsam die Hand.

»Guten Tag, Frau zur Heyden«, erwiderte er bedächtig und vorsichtig den Gruß. Er sah Anna an, die sich erfreut lächelnd in seinen Arm hakte.

»Wollen wir uns setzen?«, lud Wolfgang zum Platznehmen auf der riesigen Couch ein.

»Ähm, ja, Danke«, stammelte Tim verwirrt. Was war hier nur los? An der Couch angekommen, wollte Tim sich sogleich in die Sitzpolster sacken lassen, doch Anna, die seine Hand hielt, zupfte unauffällig seinen Arm nach oben, um ihn davon abzuhalten. Erst als Vivienne und sie selbst saßen, zog sie ihn sanft an seiner Hand zu sich hinunter. Ein wenig nervös hielt er das Gefäß mit der Kette zwischen seine Knie.

»Wir sind gekommen«, begann Tim gefasst und wieder zu seinem Selbstbewusstsein zurückgekehrt, »weil wir Ihnen sagen wollen, dass wir wissen, was mit der Kette Ihres Bruders passiert ist.«

»Darüber sind wir bereits informiert«, stellte Wolfgang fest. »Mein Bruder hat mir das Wesentliche am Telefon berichtet. Demzufolge ist meine Nichte für das Aufsehen verantwortlich, und es bestätigt sich damit, dass wir Sie zu Unrecht verdächtigt haben.«

»Ach«, meinte Tim schulterzuckend, »so was passiert halt. Ist schon okay.«

»Nein, Herr Richthof«, widersprach Wolfgang, »da liegen Sie falsch. Es ist ganz und gar nicht okay. Wie sich meine Nichte äußerte, haben Sie und Annabelle darauf bestanden, dass sie sich der Wahrheit stellt. Meine Frau und ich sind Ihnen die ganze Zeit mit Voreingenommenheit und Misstrauen begegnet, und das obwohl Sie uns von Anfang an keinen Grund dazu geliefert haben. Wir würden uns beide freuen, wenn Sie unsere Entschuldigung annehmen würden.«

Tim sah erstaunt zu Vivienne hinüber, die in einem der großen Sessel saß.

»Ernsthaft jetzt?«, fragte er sie vorsichtig.

»Ja«, bestätigte sie. »Ich habe viele Dinge über Sie gesagt, die ich nun zurücknehmen möchte. Ich schließe mich meinem Mann an. Bitte akzeptieren Sie unsere Entschuldigung.«

Immer noch völlig baff sah Tim Anna an, die mit entzückt vor der Brust gefalteten Händen neben ihm saß und ihn anstrahlte.

»Ähm … ja, klar, gerne«, richtete er das Wort an Annas Eltern, »aber ich hab da noch eine Bedingung.«

»Und die wäre?«, wollte Wolfgang wissen.

»Bitte hören Sie auf, mich Herr Richthof zu nennen«, bat Tim inständig. »Wär das möglich? Ich komm mir sonst vor wie so 'n fünfzigjähriger Pädo, der ihre Tochter stalkt.«

Wolfgang lachte herzhaft auf.

»Ich glaube, das lässt sich arrangieren«, stimmte er zu. »Es tut mir leid, wenn unsere Distanziertheit Ihnen Unbehagen bereitet hat.«

Tim nickte dankbar.

»Und mir tut es leid«, fügte er kleinlaut hinzu, »dass ich heute im Krankenhaus so abgegangen bin.«

»Vergeben und vergessen, Tim«, winkte Wolfgang ab. »Die Umstände waren ungünstig. Ihre Verletzung, unsere falsche Verdächtigung … Ihre Reaktion war menschlich.«

»Trotzdem«, wandte Tim beschämt ein. »Ich hätte Sie nicht Dagobert Duck nennen sollen.«

Ein kurzes Geräusch erklang, wie wenn jemand einmal stoßweise durch die Nase ausatmen würde. Kurz darauf hörte man es dreimal in Folge. Es kam aus der Richtung des Sessels, in dem Vivienne saß. Und tatsächlich, Annas Mutter hielt sich die Hand vor den Mund und war bemüht, ihr Lachen zu unterdrücken. Doch sie kicherte hörbar, und ihre Augen wurden ganz schmal. Tim kam der Anblick sehr vertraut vor. Er sah Anna an, die ihn mit ihrem Annalachen, das er so liebte, ankicherte. Ja, das waren eindeutig Mutter und Tochter! Dann sah er zu Wolfgang, der ebenfalls leise zu lachen anfing. Hier passierte gerade so viel, was Tim nicht erwartet hatte, und er musste es erstmal verarbeiten. Dann aber begann er ebenfalls, herzhaft zu lachen.

»Was für ein abgefahrener Tag, Mann!«, feixte er. »Krieg ich auch was von dem Zeug?«

»Entschuldige, Wolfgang«, sammelte sich Vivienne wieder, »aber das war einfach zu köstlich.«

»Schon gut, Schatz«, winkte Wolfgang schmunzelnd ab, »man hat mir schon schlimmere Spitznamen gegeben. Und dieser hier ist ja letzten Endes durchaus charmant.«

Anna, die selber nicht damit gerechnet hatte, dass der Tag diesen Ausgang nehmen würde, schmiegte sich glücklich an ihren Freund.

»Ein hübsches Gefäß haben Sie da«, bemerkte Vivienne schließlich. »Es sieht antik aus.«

»Stimmt«, bestätigte Tim, »aber wie Sie bestimmt schon erkannt haben, ist es nur ein Souvenir. Ich hab's zwar wirklich aus Ägypten, aber es ist eine Nachbildung aus gebranntem Speckstein.«

»Wir haben die Teile der Halskette dort hineingelegt«, erklärte Anna.

»Ja«, pflichtete Tim ihr bei. »Etwas Dümmeres ist uns nicht eingefallen. Wir haben alles mitgebracht, weil sie bei Ihnen sicher besser aufgehoben ist als bei mir. Sie haben bestimmt 'nen Safe oder so.«

»So ist es«, nickte Wolfgang bestimmt. »Ich werde sie gleich dort deponieren. Wenn Sie mir ihr Gefäß herüberreichen würden?«

Tim übergab ihm seine Kanope.

»Lass uns ein anderes Behältnis suchen, Wolfgang«, schlug Vivienne vor. »Wir haben bestimmt noch eine Schmuckschatulle. Das Stück muss nicht noch mehr zerkratzt werden. Sagen Sie, Tim, wie versiert ist ihr Goldschmied?«

»Er hat's richtig drauf«, versicherte Tim freundlich. »Sie müssten ihn mal in Aktion sehen.«

Anna öffnete den Verschluss ihrer eigenen Kette und reichte sie ihrer Mutter entgegen.

»Er hat auch Oma Lenis Kette repariert«, erzählte sie, »als sie während unseres Aufenthalts im Ferienpark Albenhain auseinander gerissen war.«

Vivienne nahm Annas Schmuck in die Hände und betrachtete ihn aufmerksam von allen Seiten. Sie blickte ihre Tochter anschließend etwas ratlos an.

»Es waren zwei Glieder verloren gegangen«, klärte Anna ihre Eltern auf. »Armin hat sie völlig neu geschmiedet und eingefügt. Kannst du erkennen, welche Glieder es sind, Mama?«

»Es ist nicht das Geringste zu erkennen«, bemerkte Vivienne beeindruckt. »Dieser Herr …?«

»Rauchhaus«, warf Tim ein.

»Dieser Herr Rauchhaus leistet offenbar ausgezeichnete Arbeit«, lobte Vivienne. »Zu welchem Preis bietet er seine Dienstleistung an?«

»Das weiß ich leider nicht«, gab Anna mit Bedauern zu. »Er hat mir aus Freundschaft zu Tim keinen Lohn berechnet. Ich musste lediglich für den Materialwert des Goldes aufkommen.«

»Wie überaus freundlich von ihm«, stellte Vivienne fest und reichte ihrer Tochter die Kette zurück. »Richtet ihm bitte aus, dass er sich nicht scheuen soll, seinen vollen Lohn zu berechnen.«

»Vielen Dank, Frau zur Heyden«, sagte Tim. »Ich sag's ihm. Er wird sich zieren, aber ich bring ihn schon dazu.«

»Wann gedenkt ihr ihn aufzusuchen?«, wollte Vivienne wissen.

»Wir wollen ihn am Dienstag besuchen«, erläuterte Anna ihren und Tims Plan. »Wir beabsichtigen, nach der vierten Stunde aufzubrechen.«

»Nach der vierten Stunde?«, wiederholte Vivienne skeptisch. »Fallen denn die letzten beiden Stunden am Dienstag aus?«

»Nein«, gab Anna kleinlaut zu, »aber es handelt sich bloß um eine Doppelstunde Sport. Ich möchte dich bitten, mir eine Entschuldigung zu schreiben.«

»Das gefällt mir nicht, Annabelle«, wandte ihre Mutter ein. »In dem Fall wäre es sicher vernünftiger, wenn Tim alleine fährt.«

»Aber ich möchte gerne mitfahren«, drängte Anna. »Armin hat nicht genügend Zeit, wenn wir später fahren, und ich möchte seine Oma wiedersehen. Sie ist eine so weise und liebenswürdige alte Dame, und sie hat ihren Anteil daran, dass Tim und ich nun zusammen sind. Schon aus Höflichkeit schulde ich ihr meine Aufwartung.«

Vivienne gluckste kurz und sah Anna mit einem leichten Kopfschütteln an.

»Ach, Annabelle«, sagte sie lächelnd, »ich höre immer deine Oma Leni, wenn du sprichst.«

»Das nehme ich als Kompliment!«, erwiderte Anna stolz.

»Es ist eins«, nickte ihre Mutter freundlich. »Ich schreibe dir deine Entschuldigung. Aber nur dieses eine Mal. Dass mir das nicht zur Gewohnheit wird!«

»Danke, Mama!«, freute sich Anna. »Vielen lieben Dank!«

»Bitte«, antwortete Vivienne. »Nun, es ist Zeit für den Nachmittagskaffee. Tim, würden Sie …«

»Klar, kein Problem!«, unterbrach Tim sie eifrig. »Ich wollte sowieso gerade los.«

»Nein, nicht doch!«, widersprach Vivienne höflich. »Ich wollte sagen: Würden Sie uns die Freude machen, uns Gesellschaft zu leisten?«

»Wow!«, stieß Tim verblüfft hervor. »So hat mich das noch nie jemand gefragt. Aber ja, gerne. Vielen Dank.«

»Sehr schön.«

Damit standen Annas Eltern auf und verließen das Wohnzimmer. Tim saß neben Anna und bekam den Mund nicht mehr zu.

»Anna«, brachte er schließlich hervor, »kann es sein, dass deine Mutter eine total süße Zwillingsschwester hat, die heute ganz zufällig zu Besuch ist?«

»Tja, da hast du es«, gab Anna ihm eindringlich zurück. »Das ist eben die Seite von ihr, die du bisher noch nicht kanntest.«

»Und wie lange hält das an?«, witzelte Tim. »Ich meine, wann kommt Hank wieder hervor?«

»Jetzt sei nicht so fies!«, wies Anna ihn im ruhigen Ton zurecht. »Du ahnst nicht, welch großen Stellenwert es besitzt, dass sie nun so freundlich zu dir ist.«

»Das heißt also, dass ich mich geehrt fühlen sollte?«

»Zweifellos.«

»Dann fang ich am besten gleich mal damit an.«

»Denkst du, dass du damit fertig bist, bevor aufgetischt wird?«

»Wenn bis dahin keiner anruft …«

Tim und Anna lachten befreit. Warum die neue Situation zu erklären versuchen? Ihre Beziehung war nun endlich von allen Seiten akzeptiert, und das wollten sie jetzt einfach nur genießen.

»Aah!«

Anna quiekte lachend mit vor der Brust zusammengepressten Handgelenken, als sie auf der Schulhofbank sitzend von Mellis und Isis Armen umschlungen wurde. Von beiden Seiten bekam sie einen Schmatz auf die Wangen.

»Ihr seid ja über die Maßen erfreut, mich wiederzusehen«, stellte sie vergnügt fest, als ihre Freundinnen von ihr abließen und sich links und rechts an ihre Seite setzten.

»Na klar!«, freute sich Melli. »Normalerweise gerate ich nicht aus dem Häuschen, wenn eine ihren Beziehungsstatus postet, aber in diesem Fall muss ich eine Ausnahme machen.«

»Bedeutet das denn jetzt auch«, fragte Isi aufgeregt von der anderen Seite, »dass deine Eltern endlich cool damit sind?«

»Ja«, nickte Anna freudig. »Ihr hättet sehen sollen, wie nett Mama gestern zu Tim war. Er hat die Welt nicht mehr verstanden.«

»Das muss ja dann alles in allem ein voll verrücktes Wochenende gewesen sein«, stellte Isi fest.

»Vor allem für Trip«, meinte Melli, und sie wurde ernster. »Eine üble Sache, was sie mit seinem Auto gemacht haben.«

»Denkst du auch, dass es Sabotage war?«, fragte Anna sie.

»Hundertpro!«, bekräftigte Melli. »Hawkens kennt sich aus, und der hat direkt gesagt, dass jemand die Schrauben abgedreht haben muss.«

»Aber wer würde denn so etwas Abscheuliches tun?«, wunderte sich Anna besorgt.

»Ich glaube«, warf Isi grimmig ein, »da müssen wir nicht lange fragen.«

»Richtig«, stimmte Melli zu. »Ich würde mal sagen, alle Verdächtigen besuchen die Oberstufe dieses Gymnasiums.«

»Und die Frage ist nun«, fuhr Isi fort, »war es nur einer von ihnen, oder stecken sie zusammen drin?«

»Also«, überlegte Anna, »Line traue ich es grundsätzlich nicht zu. Und Jana … Ich bin nicht sicher. Sie kann recht niederträchtig sein, aber ob sie so weit gehen würde?«

»Aber sie hätten beide einen guten Grund«, gab Isi zu bedenken. Zu dritt schauten die Mädchen zu Celine und Jana rüber, die in gut zwanzig Metern Entfernung an ihrem gewohnten Platz standen und einfach nicht müde wurden, den Club Royal Chicks für sich alleine aufrecht zu erhalten.

»Boah, Anna!«, raunte Isi fassungslos. »Ich kann mir gar nicht mehr vorstellen, dass du mal zu denen gehört hast.«

»Ich inzwischen auch nicht mehr«, stimmte Anna nachdenklich zu. »Jedenfalls nicht unter den jetzigen Gegebenheiten. Aber es war nicht immer so. Es war auch oft schön.«

»Ach ja?«, meinte Melli skeptisch.

»Ja«, erzählte Anna. »Zum Beispiel hatten wir regelmäßig unsere Stylingpartys gemacht. Ich weiß, das klingt bestimmt lächerlich für euch, aber mir hat es immer große Freude bereitet, wenn wir uns frisiert, geschminkt und die Nägel gemacht haben.«

»Das ist ja auch total dein Ding«, wandte Melli ein. »Aber dieses ewige Rumstänkern und alles scheiße finden, das kann dir doch nicht gefallen haben.«

»Auch das war nicht immer so«, erklärte Anna. »Zu Anfang wollten wir bloß über den Dingen stehen. Gewiss, es gefiel uns, recht hochnäsig zu sein. Aber im letzten halben Jahr wandelten Line und Jana die Dinge ins Extreme, und aus eleganter Hochnäsigkeit wurde verbitterte Unzufriedenheit.«

»Es fing an, dir keinen Spaß mehr zu machen«, stellte Isi fest. Anna nickte bestätigend.

»Und dann habe ich Tim kennen gelernt«, fügte sie lächelnd hinzu.

»Ja«, stimmte Melli zu, »und jetzt wünschen sie Trip die Pest an den Hals, weil er dich ihnen weggenommen hat.«

»So ist es wohl«, meinte Anna. »Aber sie liegen gänzlich falsch. Sie hätten mich früher oder später sowieso verloren. Tim hat nur einen Prozess beschleunigt, der längst im Gange war.«

»Das sehen sie bestimmt anders«, hielt Isi dagegen. »Das und die Sache im Bunker. Ist doch klar, die wollen sich an ihm rächen. Also, ich brauch nicht weiter zu fragen. Für mich ist klar, dass sie an Trips Unfall Schuld sind.«

»Nun, ich bin dort nicht sicher«, widersprach Anna ruhig. »Ich bin nach wie vor der Ansicht, dass sie nicht so weit gehen würden, das Leben eines Menschen zu gefährden. Ich würde mich nach all den Jahren sehr in ihnen täuschen.«

»Wenn Jana und Celine es nicht waren«, schloss Melli, »dann bleibt nur Philipp übrig. Der hat auch einen Grund: Eifersucht!«

»Zweifellos ein starkes Motiv«, nickte Anna dazu, »und wenn ich daran denke, wie er sich am Samstag während der Feier verhalten hat, neige ich dazu, ihn eher in Betracht zu ziehen.«

»Was hat er denn gemacht?«, wollte Isi wissen.

»Er ist ein Feigling, der seinen Gegner von hinterrücks angreift«, erzählte Anna abfällig. »Jemand wie er ist fähig, einen solch hinterhältigen Plan zu entwickeln.«

»Philipp Hinkheim soll sich die Finger an Radmuttern schmutzig machen?«, wandte Melli zweifelnd ein. »Das kann ich mir nicht vorstellen.«

»Er kann ja auch einen anderen dazu angestiftet haben«, schlug Isi eine Theorie vor.

»Auch das halte ich für möglich«, meinte Anna. »Doch solange wir keine Beweise haben, dürfen wir ihn nicht verurteilen. Ich schlage vor, dass wir ihn zunächst einmal nur etwas genauer in Augenschein nehmen.«

»Und wie?«, fragte Isi neugierig. »Er darf ja nicht merken, worauf wir hinauswollen.«

Anna überlegte schmunzelnd. Da platzte Melli mit einer Idee heraus.

»Am besten belauschen wir ihn und seinen Freundeskreis«, schlug sie vor, »dann erfahren wir alles, was wir wissen müssen.«

»Ja!«, stimmte Isi begeistert zu. »Wir leihen uns von Ditze wieder den Mikrophonaufsatz fürs Handy aus.«

»Das ist gut!«, rief Melli. »Anna, was hältst du davon?«

»Ich werde ihn einfach rundheraus zur Rede stellen«, entschied Anna verschmitzt, »und seine Reaktion beobachten. Da er immer noch in mich verliebt sein dürfte, wird es leicht sein, ihn zu verunsichern.«

»Oder so …«, stimmte Melli schulterzuckend zu.

»Meinst du nicht, es würde mehr bringen, ihn unauffällig auszuspionieren?«, fragte Isi.

»Da möchte ich nicht widersprechen«, erklärte Anna, »doch ich bin der Ansicht, dass eine gewisse Direktheit hier nicht unangebracht ist. Wenn jemand von den dreien Tims Wagen manipuliert hat, dann weiß die betreffende Person, dass wir sie augenblicklich zu den Verdächtigen zählen werden. In dem Fall könnte sie unsere Zurückhaltung als Furchtsamkeit auslegen. Daher sollten wir die Initiative ergreifen und versuchen, sie mit einer direkten Konfrontation einzuschüchtern.«

»Weißt du was, Anna?«, nickte Isi beeindruckt. »Das klingt gar nicht mal so bescheuert.«

»Ja, wirklich!«, stimmte Melli lachend zu.

»Na, vielen Dank!«, gab Anna ironisch zurück. »Ihr seid ja ganz reizend. Nun, meine Damen, so charmant, wie ihr heute Morgen aufgelegt seid, wird es euch sicher Freude bereiten, ein kleines Schwätzchen mit Line und Jana zu halten.«

»Was?«, stießen Melli und Isi beinahe gleichzeitig hervor und starrten Anna an, die aufrecht und stolz lächelnd zwischen ihnen saß.

»Nun, jemand muss sie zur Rede stellen«, erklärte Anna. »Immerhin zählen sie zu unseren Hauptverdächtigen.«

»Und wir sollen das machen?«, fragte Isi widerwillig. »Warum machst du das nicht? Du kennst sie viel besser.«

»Aber sie dürfen doch nicht mit mir sprechen, ohne den Verlust ihres Haares befürchten zu müssen«, entgegnete Anna, »oder habe ich diesen Teil der Geschichte falsch aufgefasst?«

»Nee. Stimmt schon«, brummte Isi.

»Ach, was soll's!«, meinte Melli aufmunternd. »Vielleicht wird's ja ganz lustig. Wir können ja ›guter Bulle, böser Bulle‹ spielen.«

»Okay«, nickte Isi und stand auf. »Ich hau ihnen eine rein, und du redest mit ihnen.«

»Vergiss es!«, feixte Melli. »Warum sollst du den ganzen Spaß alleine haben?«

Damit erhob sie sich ebenfalls. Zusammen mit Isi entfernte sie sich in Richtung Celine und Jana, während Anna gespannt abwartete, wie die beiden sich anstellen würden.

Melli und Isi traten wortlos an die ihnen so verhassten Kobros heran. Mit vor der Brust verschränkten Armen blieben sie direkt vor ihnen stehen und sahen sie kritisch an. Celine reagierte als erste auf sie.

»Was macht ihr denn hier?«, fragte sie abfällig.

»Wir gehen auch auf diese Schule«, bemerkte Melli spitz. »Was dagegen?«

»Es ist ja nicht so, dass uns jemand gefragt hätte«, zickte Jana. Isi zog ihr eine Schnute.

»Als ob's ein Vergnügen wäre, dir zu begegnen, Eichendorf!«, trotzte sie.

»Also, was wollt ihr?«, fragte Celine ungeduldig.

»Hört zu!«, begann Melli herausfordernd. »Ihr habt vielleicht mitgekriegt, dass unser Freund Tim Richthof einen Unfall hatte?«

»Ach, tatsächlich?«, entgegnete Jana ironisch. »Tja, es geschehen noch Zeichen und Wunder.«

Isi trat wutentbrant bis auf einen halben Meter an sie heran.

»Ich würd an deiner Stelle nicht so die Klappe aufreißen«, zischte sie. »Wir wissen, dass jemand sein Vorderrad gelockert hat. Und wenn wir rausfinden, dass ihr dahinter steckt, dann braucht ihr mehr als nur 'ne Perücke!«

»Jetzt halt mal die Luft an, Krüger!«, warf Celine ein. »Du kannst uns nicht einfach so beschuldigen.«

»Genau!«, giftete Jana. »Als ob wir es nötig hätten, uns auf sein Niveau zu begeben.«

»Sein Niveau ist immer noch höher als deins«, zischte Melli mit zu Schlitzen verengten Augenlidern, »und deswegen behalten wir euch im Auge. Ganz besonders dich, Jana Eichendorf!«

Jana zögerte für einen Moment.

»Tse!«, stieß sie hervor, »ihr könnt mir gar nichts!«

»Ach ja?«, gab Isi ihr zurück. »Was hast du denn Samstagnacht gemacht, hm?«

Jana verzog spöttisch das Gesicht.

»Das erzähl ich dir doch nicht!«

Isi betrachtete Jana mit großem Misstrauen und immer noch verschränkten Armen. Sie nickte zynisch, als sie begann, sich wegzudrehen.

»Schicker Pony«, bemerkte sie trocken. »Erfreu dich dran. Solange du noch kannst.«

Isi und Melli wandten sich von den Kobros ab, um zu Anna zurückzugehen.

»Ach, verzieh dich doch, Straßen…!«, begann Jana. In derselben Sekunde wirbelte Isi herum und deutete ihr mit ausgestrecktem Zeigefinger dicht ins Gesicht.

»Pass auf!«, schnaubte Isi mit bedrohlich aufgerissenen Augen. »Wage es nicht, mich jemals wieder so zu nennen! Nur noch ein einziges Mal, und ich schwör, du wirst es bereuen! Du dumme Sau …«

Isis heftige Reaktion hatte Jana und Celine tatsächlich nach Luft schnappen lassen. Sie erwiderten nichts. Isi schaute ihnen noch einmal scharf in die Gesichter und zeigte abwechselnd auf sie. Dann kehrte sie sich wieder um.

Jana blickte Melli und Isi hinterher, die nun zurück zu Anna gingen. Ihre hasserfüllten Augen nahmen Anna und ihre Freundinnen nicht mehr wahr, ebenso wenig den grimmigen Blick, den sie Celine kurz darauf zuwarf.

»Was konntet ihr herausfinden?«, empfing Anna vorsichtig ihre Freundinnen.

»Nicht wirklich viel«, fasste Melli zusammen. »Sie streiten es natürlich ab. Ich würde sagen, bei denen hat die Methode mit der Direktheit nicht so gezogen.«

»Ich weiß nicht«, widersprach Isi nachdenklich. »Ich hab so 'n Gefühl bei der Eichendorf. Die weiß mehr, als sie zugibt.«

»Das ist nicht sicher, Isi«, hielt Melli dagegen. »Sie ist 'ne hohle Nuss, keine Frage, aber selbst sie muss doch wissen, dass Trip ihr die Hölle heiß macht, wenn er's rauskriegt.«

»Das gilt für sie alle!«, behauptete Isi. »Egal wer es war, jeder von ihnen ist dran, wenn es rauskommt.«

»In dem Fall«, schloss Melli, »lautet die Frage: Wer von ihnen ist dumm genug, sich mit Trip anzulegen?«

»Möglicherweise derjenige«, kombinierte Anna, »dessen Ego groß genug dazu ist. Und der es schon einmal gewagt hat, ihn anzugreifen.«

»Und dabei ungestraft davongekommen ist«, ergänzte Melli, »weil Trip cool geblieben ist und sich nicht hat provozieren lassen.«

»Wenn sich eine günstige Gelegenheit ergibt«, meinte Anna, »werde ich euch noch heute Vormittag näheres dazu berichten können.«

Eine solche Gelegenheit sollte sich Anna bereits nach der ersten Stunde bieten. Ihre Spanischstunde war vorbei, und nun musste sie vom äußersten Ende des C-Trakts durch das komplette Schulgebäude bis zum A-Trakt laufen, um den Englisch-Leistungskurs zu besuchen. Dazu reichte die Fünf-Minuten-Pause für gewöhnlich gerade eben aus. Im zweiten der beiden Treppenhäuser, die sie dabei durchquerte, stand Philipp Hinkheim an der Fensterfront gegenüber den Schülertoiletten und sprach mit zwei Jungs aus seiner Stufe. Ein Türflügel der Rauchschutztür, die das Treppenhaus vom B-Trakt trennte, stand weit offen. Anna erkannte Philipps Stimme, kurz bevor sie das Treppenhaus betrat, und blieb stehen, um nicht von den drei jungen Männern gesehen zu werden. Es war ihr bewusst, dass Lauschen höchst unschicklich war, und es war ihr unangenehm, doch der Zweck heiligte die Mittel, und vielleicht konnte sie auf diese Weise etwas Entscheidendes erfahren?

»Komm rein, Anna!«, hörte sie zu ihrem Erstaunen Philipps verächtliche Stimme. »Oder glaubst du, ich hätte dich nicht längst gehört?«

›Verflixt!‹, schoss es Anna durch den Kopf. Natürlich hatte sie sich längst verraten. Die einzige, die außer ihr und den zwei Weißröckchen täglich hohe Schuhe trug, war Miss Hadleigh, und die hätte keinen Grund gehabt, plötzlich mitten im Schritt stehen zu bleiben. Nun gut, sei's drum. Anna nahm eine besonders vornehme Haltung ein und betrat das Treppenhaus. Stolz ging sie auf die drei hämisch grinsenden Jungs zu.

»Meine Herren«, grüßte sie spitz und distanziert.

»Hey, Miniröckchen!«, feixte einer von Philipps Freunden herablassend. »Wie ist das Leben an der Entwicklungshelferfront? Kommst du mit den Eingeborenen zurecht?«

»Ja, genau«, schloss sich der andere gackernd an. »Dein Freund steht bestimmt total auf deine ›Missionarsstellung!‹«

Daraufhin brachen beide in betulich albernes Gelächter aus und gaben sich Fünf, doch Anna ignorierte sie völlig. Sie trat an Philipp heran und sah im forsch ins Gesicht.

»Offenbar hast du bei der Entwicklungshilfe versagt«, sprach sie ruhig und gleichförmig. »Oder ist das neuerdings die Art von Primitivlingen, mit denen du dich abzugeben pflegst?«

»Uuuh!«, spottete einer der Jungs. »Machen wir jetzt einen auf Bitch?«

Zu seiner Verärgerung ging Anna nicht auf ihn ein. Sie missachtete Philipps Freunde, als wären sie nicht anwesend. Philipp selbst stand Anna gegenüber und sah auf sie herab.

»Was willst du von uns?«, presste er genervt hervor.

»Von euch?«, erwiderte Anna höhnisch. »Was lässt dich annehmen, dass ich deine Spießgesellen in dieses Gespräch einzubeziehen gedenke?«

»Na schön«, lenkte Philipp ein. »Was willst du dann von mir?«

»Dass du mir eine Frage beantwortest.«

»Ich höre.«

»Was weißt du über den Umstand, dass das Fahrzeug meines Freundes manipuliert wurde?«

»Ach, sieh mal an!«, zischte Philipp. »Wenn sowas passiert, dann denkst du wieder an mich. Ist ja interessant.«

»Was soll das denn bitteschön für eine Antwort sein?«, fragte Anna spöttisch.

»Die einzige, die du kriegst, Anna!«, maulte Philipp. »Was habe ich alles für dich getan. Aber du musstest dich für diesen Hinterwäldler entscheiden. Du hast mich schwer enttäuscht, Anna!«

»Du armer misshandelter Junge«, gab Anna ihm ironisch zur Antwort. »Gestatte, dass ich dich später bedaure.«

Da plötzlich griff Philipp energisch nach Annas Arm. Er fasste sie in der Nähe des Ellenbogens am Oberarm und riss sie zur Seite, weg von seinen Freunden. Er schob sie durch den Raum, sodass er sie schließlich mit dem Rücken an die Treppenhauswand drückte. Anna spürte, wie sich der Stoff ihres Blazers durch den gefühllosen Druck von Philipps Hand schmerzvoll an ihrer Haut rieb.

»Lass auf der Stelle meinen Arm los!«, befahl sie wütend. »Du tust mir weh!«

Doch Philipp hielt fest.

»Ich warne euch!«, drohte er. »Lasst mich nie wieder wie einen Trottel aussehen, ist das klar?«

»Dafür sorgst du schon selbst!«, trotzte Anna mit schmerzverzerrtem Gesicht, während sie versuchte, ihren Arm aus Philipps Griff zu winden. Mit einem Mal ließ er los und hob seine Hand. Anna zog instinktiv den Kopf ein und blinzelte mit den Augen. Er würde doch nicht …? Doch seine erhobene Hand erschlaffte und formte eine lockere Faust mit ausgestecktem Finger, den er ihr unter die Nase hielt.

»Irgendwann erkennst du, dass es ein Fehler war«, prophezeite er dramatisch. »Das garantiere ich dir! Aber dann würde ich an deiner Stelle nicht damit rechnen, dass ich für dich da bin.«

»Selbst wenn es so wäre«, schimpfte Anna und hielt ihren schmerzenden Arm, »wärst du der Letzte, an den ich dann denken würde! Du, Philipp Hinkheim, bist solch eine lächerliche Entschuldigung für den Begriff Mann! Ein richtiger … Weichling!«

Damit wandte sie sich ab und verschwand mit eiligen Schritten im A-Trakt.

»Ja, geh mir aus den Augen!«, rief Philipp ihr hinterher. »Das hat man davon, wenn man sich auf ein kleines Mädchen ohne Klasse einlässt!«

»Wie bitte?«, fragte Melli ungläubig und verblüfft. »Wie hat er dich genannt?«

Anna hatte kurz nach dem Klingelzeichen rechts vorne im Englisch-Kursraum neben ihren Freundinnen Platz genommen. Miss Hadleigh war zum Glück ebenfalls spät dran. Ihre Schritte waren in diesem Moment vom Flur aus durch die offene Tür zu hören.

»Du hast richtig gehört«, bestätigte Anna. »Er nannte mich wortwörtlich ein ›kleines Mädchen ohne Klasse.‹ Was sagt man dazu?«

»Ist der bescheuert?«, lachte Isi verächtlich.

»Der hat echt 'nen Knall«, bemerkte Melli und schüttelte den Kopf. »Das soll jetzt nicht geschleimt sein, aber wenn hier irgendjemand Klasse hat, dann doch wohl du!«

»Danke, Melli«, nickte Anna. »Nun, er ist in seiner Eitelkeit ausgesprochen gekränkt. Ich vermute, in dieser

Situation dürfte sich seine Neigung, Unsinn zu reden, übermäßig verstärken.«

»Is so!«, sagte Isi eindringlich von der anderen Seite. »Der Typ hat einfach keine Persönlichkeit.«

In diesem Moment fiel die Tür des Kursraums ins Schloss.

»Good morning, pupils!«, rief Miss Hadleigh erfreut. »It's good to see you again. And I've got good news also, as I have finished correcting your tests from last week.«

Ein ahnungsvolles Stöhnen klang durch den Raum. Die Schüler sahen den Ergebnissen von Miss Hadleighs anspruchsvollem Test der vergangenen Woche mit gemischten Gefühlen entgegen. Kurz darauf war es auch schon soweit und die Englischlehrerin begann, die Namen ihrer Schülerinnen und Schüler aufzurufen, während sie die korrigierten und benoteten Blätter austeilte.

»Ärren Äckermän?«

Der Vorteil der Tatsache, dass Miss Hadleigh eine Muttersprachlerin war, lag auf der Hand, denn so konnte wirklich jeder von ihrer kristallklaren und sauberen britischen Aussprache profitieren. Dem gegenüber stand jedoch, dass man ihr die Engländerin deutlich anmerkte, wenn sie Deutsch sprach. Besonders mit den deutschen Namen ihrer Schülerschaft hatte sie ihre Probleme, wie ihr Versuch, den Namen Aron Ackermann auszusprechen, zeigte.

»Twelve points, nice job!«, lobte sie, als sie Aron sein Blatt aushändigte. Dann fuhr sie fort, die einzelnen Namen in alphabetischer Reihenfolge aufzurufen.

»Dschulia Buckhiem?«, war ihre charmante Variante von Julia Buchheim.

»Eight points.«

»Wie hat er denn auf deinen Verdacht reagiert?«, flüsterte Melli Anna zu.

»Zunächst hat er seine ach so große Enttäuschung hervorgekehrt«, erzählte Anna leise und gedämpft, damit die Lehrerin es nicht mitbekam. »Ich bin jetzt ganz offenbar daran Schuld, dass es ihm schlecht geht.«

»Was für ein Weichei!«, höhnte Melli.

»Der ist echt so ein Loser«, stimmte Isi mit ein. »Und was hat er dann gesagt?«

»Kärrelein Hoffmän? Eleven points.«

»Gleich sind wir dran, Isi«, zischte Melli, amüsiert über Miss Hadleighs Akzent, »pscht!«

»Isebel Kruger?«

»Yes, Ma'am.«

»Don't be ditzy. Thirteen points. Very nice.«

»Dreizehn Punkte, Isi! Wie außerordentlich! Ich gratuliere dir!«

»Danke, Anna.«

»Zwei Punkte mehr als Caroline Hoffmann! Yeah! Izzy is in da house!«

»Meliena Kapser? Please stop talking. You achieved twelve points.«

»Ja!«, freute sich Melli im Flüsterton. »Ich hab mit neun gerechnet.«

»Ein tolles Ergebnis«, wisperte Anna. »Ihr beide seid so viel besser geworden.«

»Ich weiß!«, witzelte Melli stolz und strahlte ihr Blatt an.

»Dann erzähl mal weiter, Anna«, flüsterte Isi. »Was hat Philipp dann noch gesagt?«

»Er wurde sehr grob«, berichtete Anna. »Er hat meinen Arm ergriffen und ganz feste zugedrückt. Und dann hat er gedroht, dass ich noch einsehen werde, dass es ein Fehler war.«

»Dieses blöde Arschloch!«, raunte Isi. »Hat er dir wehgetan?«

»Schon ein wenig«, gab Anna zu und legte ihre Hand an ihren Oberarm. »Es brennt immer noch tüchtig. Es werden sich gewiss einige blaue Flecke bilden.«

»Sag das Trip, Anna! Es wird Zeit, dass er ihm endlich eine reinhaut!«

»Nein, das möchte ich nicht. Philipp würde ihn doch nur bei seinem Vater verpetzen, und dann hätte Tim es mit der größten Anwaltskanzlei der Stadt zu tun. Und gerade jetzt, wo er seine Pilotenlizenz auf Deutschland übertragen lassen möchte, braucht er doch einen reinen Leumund. Sagt ihm bitte nichts davon, ja?«

»In Ordnung«, stimmte Isi zu, »versprochen.«
Melli nickte mit dem Kopf.

»Jedenfalls können wir jetzt sicher sein«, fügte sie hinzu, »dass Philipp unser Hauptverdächtiger ist. Seine Drohung war ja wohl eindeutig.«

»Ich finde das bestürzend«, sagte Anna unbehaglich. »Menschen, die ich schon so lange kenne, erweisen sich nun als möglicherweise kriminell.«

»And finally, Ännebell sur Häjden! Business as usual. Fifteen points. Good job, Honey.«

»Thank you, Miss Hadleigh.«

»Uuh, Honey!«, feixte Melli hinter vorgehaltener Hand. »Sie mag dich voll, Anna.«

Anna presste kurz die Lippen zusammen.

»Ich mag es nicht, wenn sie mir diese Kosenamen gibt«, seufzte sie ein wenig missmutig. »Es erweckt den Anschein, als erhielte ich meine Noten nur aus Sympathiegründen.«

»Ich glaube«, hielt Melli aufmunternd dagegen, »hier weiß jeder, dass es genau andersrum ist. Sie mag dich, weil du ihre Musterschülerin bist.«

»Na, vielen Dank, Melli«, murmelte Anna ironisch. »Musterschülerin. Jetzt fühle ich mich gleich viel besser.«

»Find dich damit ab«, blödelte Isi. »Du bist und bleibst eben unsere Streberleiche.«

»Das wird ja immer besser!«, kicherte Anna. »Du bist zu liebenswürdig, Isi.«

Der Vormittag verstrich von nun an wie ein ganz normaler Schultag. Zur Mittagszeit war Anna nach langer Zeit wieder beim Mittagstreffen in der Imbissbude mit von der Partie. Sie wurde freudig herumgereicht, damit jeder sie umarmen und drücken konnte. Lachend ließ sie es über sich ergehen. Dann schmiegte sie sich glücklich an ihren Freund und genoss die knappe Stunde in der Gesellschaft ihres immer noch recht neuen Freundeskreises. Eines Tages würde sie bestimmt auch mal Currywurst mit Pommes frites versuchen.

Kapitel 13

Am Dienstagmorgen war das Wetter trüb und kalt. Nun war spätestens der Herbst angebrochen. In wenigen Wochen würden Stürme über die Eifellandschaft wehen und die letzten Blätter von den Bäumen reißen.

Als das Klingelzeichen zum Ende der vierten Stunde erklang, wartete Tim schon vor der Schule in seinem schwarzen Jeep, der bereits notdürftig an der linken Seite ausgebeult worden war. Er und Michael hatten sich am gestrigen Nachmittag noch ein wenig Zeit genommen, mit der Reparatur des Geländewagens anzufangen. Besonders der vordere, linke Kotflügel war durch den Aufprall ziemlich verbeult worden. Nun fehlten noch ein paar feinere Ausbeul- und Schleifarbeiten, und dann wollten die Freunde mit den Lackierarbeiten beginnen.

Anna kam alleine und freudestrahlend mit einer großen Bottega-Veneta-Umhängetasche vom Schulhof aus auf Tim zu, der bei ihrem Anblick amüsiert lächelnd den Kopf schüttelte. Seine Freundin ging ja sowieso immer ziemlich overdressed zur Schule, doch für das Wiedersehen mit Armin und seiner Großmutter hatte sie noch einen draufgesetzt. Anna trug ihr schwarz-weißes Laurél-Etuikleid und dazu schwarze, samtbesetzte und gewohnt hochhackige Stiletto-Pumps, auf denen vorne kleine weiße Stoffrosen saßen. Ihr Haar hatte sie wieder links und rechts im Bogen zurückgesteckt und mit einer großen, weißen, seitlich angesetzten Stoffrose verziert. Sie lehnte sich mit den Händen in das heruntergekurbelte Fenster der Fahrertür, steckte den Kopf hinein und drückte Tim einen Kuss auf die Lippen. Dann tänzelte sie vorne um das Auto herum, öffnete die Tür und hüpfte auf den Beifahrersitz.

»Du bist ja richtig gut drauf«, lachte Tim sie an, während sie sich anschnallte. Sogleich startete er den Motor und fuhr an.

»Aber ja!«, freute Anna sich. »Wir kehren heute dorthin zurück, wo alles begann.«

»Das ist wahr«, stimmte Tim ein und fuhr los. »Ich freu mich auch drauf.«

»Gestattest du, dass ich für die Dauer der Fahrt meine Schuhe ausziehe?«, fragte Anna höflich.

Tim lachte auf.

»Warte, bis wir aus der Stadt raus sind«, feixte er, »dann darfst du ausziehen, was du willst!«

»Ach, du!«, rief Anna lachend und schlug ihm auf den Oberarm. »Du bist ein unmöglicher Kerl! Also, ich nehme das dann jetzt einmal als Zustimmung.«

»Na klar«, scherzte Tim. »Tu einfach so, als wärst du meine Freundin und bräuchtest keine Erlaubnis, um in meinem Auto die Schuhe auszuziehen.«

»Du hast ja recht«, sah Anna ein, »aber es gehört sich einfach zu fragen.«

Damit griff sie in ihre Umhängetasche, die sie inzwischen im Fußraum abgesetzt hatte, und zog eine kleinere Tasche hervor, in der sie ihre Schuhe unterbrachte und auf die Rückbank legte.

»Was hast du noch in dieser Tasche?«, wollte Tim neugierig wissen.

»Zunächst einmal meine Bücher und meinen Schreibblock«, zählte Anna auf, »dann natürlich Mamas Schatulle mit der Kette, und ich habe uns ein paar Kleinigkeiten für die Fahrt mitgebracht.«

Sie nahm zwei Kunststoffschälchen hervor und zog die Deckel ab. Das eine Schälchen enthielt Kekse, das andere war mit getrockneten Aprikosen gefüllt.

»Ich habe auch etwas zu trinken eingepackt. Falls du Durst bekommst, brauchst du es nur zu sagen.«

»Du denkst ja an alles«, sagte Tim beeindruckt. »Dann hätte ich gleich mal gerne ein paar von den Aprikosen.«

»Mit der größten Freude, Liebster«, flirtete Anna und hielt ihm das Schälchen hin.

»Ich muss aber lenken«, erwiderte Tim grinsend. Er drehte den Kopf zu Anna hin und spitzte die Lippen. Sie kicherte. Dann nahm sie eine der getrockneten Aprikosen zwischen Daumen und Zeigefinger und steckte sie Tim zwischen die Lippen.

»Danke«, sagte Tim zufrieden schmunzelnd mit der Aprikose zwischen den Zähnen, »hmm, lecker!«

»Du magst getrocknete Früchte?«, fragte Anna überrascht.

»Total! Ich steh drauf.«

»Das gefällt mir. Ich kenne viele Menschen, die finden sie ganz scheußlich.«

»Ich nicht. Aber ich muss zugeben, das war bis vor einiger Zeit nicht so.«

»Was hat deine Meinung geändert?«

Tim kaute zu Ende, schluckte sein Obst runter und begann zu erzählen.

»Ich hab dir doch von Mbabore erzählt?«

»Ja. Deinem Freund aus Afrika, der mit dir um die Welt gezogen ist.«

»Genau. Einmal, da sind wir in eine echt beschissene Lage geraten. Es war total knapp. Ich hab gedacht, okay, das war's, jetzt gehen wir drauf.«

»Was war geschehen?«

»Hunger und Durst. Wir waren in die trockenste Einöde geraten, die man sich denken kann. Wir dachten, unser Proviant reicht, aber das Gebiet war größer als wir angenommen hatten. Es war bullenheiß. Der Flusslauf lag trocken, und die Bäume und Sträucher waren kahl.«

Anna hörte mit großen Augen zu. Sie wollte hören, wie es weiterging, doch Tim war in diesem Moment damit beschäftigt, auf einer großen, verkehrsreichen Kreuzung links abzubiegen. Als er auf der Vorfahrtsstraße angekommen wieder hochschaltete, sah er zu Anna rüber, die ihn erwartungsvoll anblickte. Er grinste wieder.

»Diese Augen!«, schwärmte er. »Ich sollte öfter beim Erzählen Pause machen, dann hab ich mehr davon.«

Annas Augen wurden etwas schmaler, da sie lächeln musste.

»Danke. Das ist lieb. Aber ich möchte jetzt trotzdem gerne wissen, wie es weiterging.«

Tim nickte und nahm den Faden wieder auf, während er konzentriert nach vorne durch die Scheibe sah.

»Nach zwei Tagen ging's uns dreckig. Mbabore kam etwas besser damit zurecht, aber ich war total fertig. Irgendwann rief er: ›Aah!‹, so als hätte er was erkannt oder so. Dann sagte er: ›Wissen, wie Vater machte‹ und stolperte auf ein paar große Felsen zu.«

Anna hing inzwischen wieder wie gebannt an seinen Lippen, was Tim zu einer weiteren, kurzen Erzählpause veranlasste.

»Und weiter?«, drängte sie. »Nun mache es doch nicht so spannend!«

»Mbabore hatte den Eingang zu einer Felsspalte erkannt«, fuhr Tim fort. »Die führte in eine Höhle mit einem Mineralwasser-Reservoir. Das heißt, es war eine vulkanische Höhle. Ich muss dir das nicht erklären, oder?«

»Nein, ich verstehe schon. Das Wasser war kohlensäurehaltig. Erzähle ruhig weiter.«

»Noch besser! Über dem Wasser lag eine Schicht aus Kohlendioxidgas. Das heißt, wir konnten nicht bis ans Wasser gehen, da wir sonst erstickt wären.«

»Ach, herrje!«

»Ja. Mbabore hat das nur deshalb bemerkt, weil ihm die Früchte auf dem Boden aufgefallen waren.«

»Wie kamen denn Früchte dorthin?«

»Über uns war eine weitere Felsspalte. Darüber stand ein Papaya-Baum. Die Früchte waren wohl während der Regenzeit vom Baum in die Spalte gefallen. Jedenfalls lagen sie da und waren nicht verrottet. Nur ein bisschen verrunzelt.«

»Sie waren durch das Kohlendioxidgas konserviert worden! Wie faszinierend!«

»Ja. Wir standen oberschenkeltief im Gas. Als wir uns nach dem Obst bückten, blieb uns tatsächlich die Luft weg. Wir haben einige der Papayas dann schnell aufgesammelt und uns wieder ein paar Meter zurückgezogen. Und dann haben wir die Dinger gemümmelt. Sie waren süß und immer noch weich und saftig. Wir haben dran gelutscht und den Saft rausgesogen. Dann haben wir sie verputzt. Herrlich. Seitdem ist Trockenobst für mich wie … Manna vom Himmel!«

»Wie glücklich ihr da gewesen sein müsst.«

»Das kannst du glauben! Wir waren so happy, Mann! In der dunklen Höhle konnte ich Mbabores Gesicht überhaupt nicht erkennen, und während wir geschmaust haben, habe ich immer nur seine Augen und seine weißen Zähne gesehen, wenn er gelacht hat. Ich werd das nie vergessen!«

»Ach, Tim, was für eine schöne Geschichte! Und wie kamt ihr schließlich an das Wasser heran? Ihr musstet doch auch etwas trinken?«

»Das war so: Bis zum Wasser waren es noch so zehn, fünfzehn Meter. Dort stand das Gas knapp zwei Meter hoch. Als wir wieder einigermaßen bei Kräften waren, hab ich mir eins unserer Seile umgebunden. Ich hab die Luft angehalten und bin dann los, um unsere Flaschen aufzufüllen. Mbabore sollte mich sofort zurückziehen, falls ich umgekippt wäre. Aber es ging gut. Wir haben uns dann irgendwann beim Wasserholen abgewechselt.«

»Das war aber sehr gefährlich.«

»Lebensgefährlich! Aber was sollten wir machen? Wir brauchten Wasser.«

Anna atmete auf und lehnte sich erleichtert in ihrem Sitz zurück.

»Was für ein Glück, dass dieses Abenteuer glimpflich endete«, sagte sie. »Ich mag mir gar nicht erst vorstellen, in welch haarsträubende Situationen ihr ansonsten noch hineingeraten wart.«

»Da gab's noch so einiges!«, lachte Tim. »Ziemlich wilde Sachen. Die erzähl ich dir irgendwann auch mal. Aber ich werd dich jetzt schon mal spoilern: Ich hab alles überlebt.«

»Wie gut, dass du es sagst!«, spöttelte Anna. »Ich würde mich nur ungern von einem Gespenst im Auto umherfahren lassen.«

An diesem Dienstagvormittag war der Straßenverkehr sehr überschaubar. Tim und Anna kamen gut durch. Nach einer knappen Stunde erreichten sie Pfaffenburg. Nur gegen Ende der Fahrt mussten sie ein wenig mehr aufpassen, da der Weg zu der Einkaufsstraße, in der das Rauchende Haus lag, aufgrund ihrer Randlage recht kompliziert anzufahren war. Am Ende erreichten sie die Straße aber ohne nennenswerte Schwierigkeiten. Anna entdeckte plötzlich einen freien Parkplatz.

»Oh, Tim!«, rief sie freudig. »Lass uns den Wagen hier abstellen und zu Fuß weitergehen. Dann können wir noch an all den süßen Lädchen entlangspazieren.«

Tim grinste und nickte, während er lässig den Jeep einparkte.

»Na klar doch«, stimmte er schmunzelnd zu, als er den Wrangler in die Parklücke manövrierte. »Du solltest dir aber nicht direkt die Nase an den Schaufenstern platt drücken. Besser, wir bringen Armin zuerst die Kette, damit er loslegen kann.«

»Gewiss«, antwortete Anna mit einem neckenden Unterton, »deshalb sagte ich ja spazieren und nicht flanieren. Ich werde dir den Unterschied veranschaulichen, sobald Armin seine Arbeit aufgenommen hat.«

»Uuh«, flachste Tim, »da hab ich ja was, worauf ich mich freuen kann.«

Anna nahm die Schmuckschatulle aus der großen Tasche und schlüpfte in ihre Schuhe. Dann griff sie erneut in die Umhängetasche und zauberte eine kleine, zu ihren

Schuhen passende Handtasche hervor. In einem winzigen Handspiegel prüfte sie noch rasch ihr Äußeres.

»Nimmst du mich so mit?«, scherzte sie daraufhin und sah Tim an.

»Gerade so«, zog er sie grinsend auf, öffnete die Fahrertür und sprang aus dem Auto. Anna stieß einen empörten Seufzer aus und verfolgte ihn mit den Augen, wie er vorne um den Jeep herumging und sich der Beifahrertür näherte. Er machte die Tür auf und reichte ihr die Hand. Sie nahm sie mit einem verschmitzt skeptischen Lächeln an.

»Weil du wieder so fabelhaft aussiehst«, flirtete er augenzwinkernd, »dass ich neben dir wie ein Gammler wirke.«

»Danke«, lächelte Anna geschmeichelt als sie ausstieg. »Das will ich noch einmal durchgehen lassen. Immerhin sind wir an dem Ort, an dem wir uns kennen gelernt haben. Da darf ich um etwas mehr Romantik bitten.«

»Oh, ich bin voll romantisch!«, versicherte Tim. »Was hältst du davon: Heute Mittag gehen wir schön essen, und danach spazieren wir zu den Wolfssteinen.«

»Dort haben wir uns zum ersten Mal geküsst«, erinnerte sich Anna verträumt.

»Siehst du?«, sagte Tim und hob schelmisch die Augenbrauen an. Anna nickte begeistert und warf ihre Arme um ihn.

»Jetzt bist du auf dem richtigen Weg!«, rief sie lachend.

Nachdem Tim das Auto abgeschlossen und Anna die Schmuckschatulle abgenommen hatte, machten sie sich Hand in Hand auf den Weg, vorbei an den winzigen Boutiquen und Souvenirläden, die es Anna so angetan hatten, und auch vorbei an dem Eiscafé, in dem sie vor einigen Wochen ihr erstes Date genossen hatten. Nach ein paar Minuten Fußweg erreichten sie schließlich das Rauchende Haus.

Das vertraute Bimmeln des Windspiels, über das der obere Rahmen der schweren, verglasten Stahltür hinwegstreifte, klang durch den Laden und machte Armin auf seine Gäste aufmerksam. Er stand hinter der Theke, in seinem schwarzen T-Shirt auf schwarzer, abgewetzter Jeans, mit seinen über und über tätowierten Armen und seinem ausgiebig gepiercten Gesicht. Seine fast 100-jährige Großmutter, Hildegard Rauchhaus, hatte es sich wie an jedem Tag in dem Ohrensessel rechts von Armins Theke gemütlich gemacht. Sie trug einen eleganten, äußerst aus der Mode gekommenen, altrosafarbenen Blazer zu einem gleichfarbigen, überknielangen Rock und einer weißen Rüschenbluse. Eine alte Camée verzierte als Brosche ihr Revers, und ihr Stock lehnte seitlich am Sessel. Als sie Anna erkannte, griff sie lächelnd nach dem Stock und begann beschwerlich aufzustehen.

»Tim!«, rief Armin lauthals und fröhlich. »Alter Lumpensack! Schön, dass du deine hässliche Visage mal wieder in meine Hütte schiebst!«

»Schmeicheleien nützen dir gar nichts«, flachste Tim zurück. »Komm mal ans Licht, du elender, abgerissener Strauchdieb!«

Damit trat Armin lachend hinter der Theke hervor und schritt Tim, der Anna vorausgegangen war, entgegen. Die Jungs schlugen die Hände ein, mit nach oben gerichteten Unterarmen gegenseitig die Daumen umfassend. Dann umarmten sie sich kurz mit einem Schulterschlag. Tim betrachtete Armins lange Haare, die ihm offen über die Schultern hingen.

»Irgendwas ist anders, Kumpel«, witzelte Tim.

»Jap«, bestätigte Armin. »Hab unten ein bisschen was wegschneiden lassen.«

Tim sah feixend an ihm herab.

»Was? Bist du jetzt zum Judentum konvertiert, oder wie?«

»Nein, Mann!«, gackerte Armin. »Die Haarspitzen mussten weg. Die Sackratten fingen an, dran hochzuklettern.«

Tim und Armin lachten schallend, als sie plötzlich nacheinander spürten, wie jemand ihnen tatterig, aber energisch einen Stock gegen die Fußknöchel schlug.

»Ihr unverbesserlichen Strolche!«, schimpfte die gebrechliche Frau Rauchhaus heiser mit ihrer zittrigen Stimme. »Was sind das für Manieren? Armin Rauchhaus, wirst du wohl das entzückende Fräulein zur Heyden zuerst begrüßen?«

»Sorry«, lachte Armin und fasste Annas Hand, die sie ihm bereits hinreichte. »Hallo, Anna.«

»Hallo Armin«, grüßte Anna freundlich zurück. »Es ist schön, dich wiederzusehen.«

»Guten Tag, Frau Rauchhaus!«, rief Tim aus. »Wie geht es Ihnen?«

»Es geht mir gut, Tim«, antwortete Armins Oma langsam, »Danke der Nachfrage. Und wie geht es Ihnen?«

»Großartig. Vielen Dank.«

Dann wandte Anna sich der alten Dame zu.

»Hallo, Frau Rauchhaus«, strahlte sie. »Es ist mir eine große Freude, Sie wiederzusehen.«

»Die Freude ist ganz auf meiner Seite, meine Liebe«, antwortete Frau Rauchhaus vornehm. »Darf ich Sie auffordern, mir an meinem Tischchen Gesellschaft zu leisten? Ich habe Erfrischungen bereitstellen lassen.«

»Sehr gerne«, lächelte Anna und knickste. »Was für ein reizender Vorschlag.«

Und so hakte sich Frau Rauchhaus bei Anna ein, die sie auf dem Weg zurück zum Ohrensessel stützte. Tim griente Armin an.

»Was meinst du, Kumpel?«, witzelte er. »Sollen wir beide uns ums Geschäft kümmern, während die beiden ›Gute alte Zeit‹ spielen?«

Armin lachte auf.

»Aber echt! Da haben sich zwei gesucht und gefunden. Aber süß, die beiden … Okay, dann lass mal sehen, was ihr mir diesmal gebracht habt.«

Tim stellte die Schatulle auf der Theke ab und sah Armin warnend an.

»Diesmal ist es finsterer«, bemerkte er. »Sei gewarnt. Ist echt 'ne üble Nummer.«

Tim klappte langsam den Deckel der Schatulle hoch, während Armin sprach.

»Nun mach's nicht so spannend! Es gibt nichts, was ich … Heilige Scheiße! Was um Himmels Willen habt ihr denn da angerichtet?«

Armin raufte sich entsetzt die Haare, als er die ramponierte Kette sah.

»Leute! Das ist … Himmel, Arsch und Wolkenbruch!«

»Ist übel, he?«, gab Tim kleinlaut hinzu. Mit einem Gesicht, als hätte man ihm einen Dolch ins Herz gestoßen, nahm Armin vorsichtig das Schmuckstück aus der

Schatulle und betrachtete es von allen Seiten. Dann warf er Tim einen eindringlichen Blick zu.

»Ihr wisst bestimmt, dass das ein altes, kostbares Stück ist, gell?«, fragte er.

»Ja«, bestätigte Tim, »deswegen sind wir hier. Annas Cousine ist das Teil unter die Tür geraten, und jetzt wollen wir es reparieren lassen, bevor ihr Vater Wind von dem Schlamassel kriegt.«

Armin gluckste und schüttelte amüsiert den Kopf.

»Die Zur-Heyden-Frauen sind nicht gerade zimperlich mit ihrem Schmuck, hab ich recht?«

Tim zuckte grinsend mit den Schultern. Dann betrachtete Armin wieder die Kette in seinen Händen und machte ein nachdenkliches Gesicht.

»Kumpel«, murmelte er, »das Ding kommt mir ziemlich bekannt vor. Wo stammt es her?«

»Es stammt aus derselben Sammlung wie die Kette, die Anna immer trägt«, erklärte Tim. »Die, die du beim letzten Mal geflickt hast. Die hier ist von der Machart ähnlich, vielleicht deswegen?«

»Ja«, fiel Armin ein, während er weiter die Bestandteile der Kette studierte, »und da ist mir schon aufgefallen, dass es sich um sehr alten, wertvollen Schmuck handelt. Ich frage mich, woher ihr ihn habt?«

»Das kann ich dir sagen«, antwortete Tim lässig. »Kennst du Burg Aarstein bei Hohenborn?«

»Burg Aarstein?«, stieß Armin verblüfft hervor und hielt Tim die Kette entgegen. »Das hier ist ein Stück aus der Ausstellung von Burg Aarstein?«

Tim nickte. Armin staunte und wurde präziser.

»Ist das vielleicht die legendäre Kette von …«

»Jip«, bestätigte Tim und wedelte mit dem Zeigefinger vor der Kette in Armins Hand herum, »von dieser Madame de la Fabrik, oder so.«

Armin hob das Schmuckstück andächtig in die Höhe und sah es begeistert an.

»Die Kette von Antoinette de la Garrigue!«, murmelte er beeindruckt.

Genau die«, fügte Tim hinzu, »und jetzt ist sie am Arsch. Kriegst du sie hin? – Armin?«

»Ja?«, fasste Armin sich wieder. »Äh, ja, klar, ich krieg das hin. Gebt mir ein paar Stunden.«

»Klasse«, sagte Tim erleichtert. »Und wir sollen dir von Annas Mutter ausrichten, dass du deine Arbeit voll berechnen sollst.«

»Danke«, gab Armin zurück. »Ich kann gerne auch eine Rechnung ausstellen, was meinst du?«

»Ja, ist bestimmt vernünftig.«

»Und wer kriegt die Rechnung?«

»Vivienne zur Heyden, schätz ich dann mal. Fasanenberg 1 in Leyental,«

»Wär's nicht besser, Annas Onkel kriegt die Rechnung? Ist ja immerhin sein Ausstellungsstück, und dann kann er es steuerlich geltend machen.«

»Auch wieder wahr. Dann wär's Ansgar zur Heyden, Burghotel Aarstein, Hohenborn.«

»Sollte ich ihm nicht erstmal 'nen Kostenvoranschlag machen?«, fragte Armin nach.

»Nee«, wehrte Tim locker ab. »Annas Mutter sagt, das geht klar. Das Teil soll ja so schnell wie möglich wieder zurück. Und glaub mir, ob das jetzt hundert Euro mehr oder weniger kostet, ist denen scheißegal.«

»Gut«, nickte Armin, »dann fang ich gleich mal an.«

Tim zog sein Handy aus der Hosentasche.

»Ich hab hier noch Bilder von dem Ding«, meinte er, »falls du sehen willst, wie es ausgesehen hat, bevor es kaputt war.«

»Ah, ja«, stimmte Armin zu und lehnte sich nach vorne, »zeig ruhig mal her … Hm! Steht Anna aber auch gut. Schön, dass es mit euch doch noch geklappt hat. Sah ja nicht so rosig aus, als sie neulich nach dem Geocaching die Sachen zurückgebracht hat.«

Tim seufzte auf und hob nickend die Augenbrauen.

»Ich kann dir sagen«, raunte er, »das hat lange nicht rosig ausgesehen. Ihre Eltern haben es gestern erst richtig akzeptiert.«

»Immerhin haben sie es akzeptiert. Ich gratulier dir, Kumpel. Ist 'ne tolle Maus, deine Anna.«

»Danke. Ich weiß. Sie ist großartig.«

»Obwohl's ja schon witzig aussieht, wenn man euch zusammen sieht. Sie ist immer so fein angezogen, und du ganz normal. Ich meine, meckert sie nie an deinen Klamotten rum, oder so?«

»Das war bis jetzt nie ein Thema. Da denken wir gar nicht groß drüber nach, schätz ich.«

Tim streifte mit dem Finger über das Display seines Smartphones.

»Und guck mal hier! Das ist ein Originalgemälde dieser Antoinette Schlagmichtot, wo sie selbst die Kette trägt. Ziemlich cool, he?«

»Oh, lass mal sehen!«

Tim reichte seinem Freund sein Handy. Armin richtete sich auf und sah das Foto des Gemäldes aufmerksam an.

Tim fiel auf, dass Armin beim Betrachten des Bildes immer wieder zu der beschädigten Kette in seiner Hand blickte.

»Hmm«, machte Armin und zog die Augenbrauen zusammen. »Kann aber irgendwie nicht sein.«

»Was meinst du?«, fragte Tim nach.

»Das auf dem Bild«, erklärte Armin, »das ist nicht dieselbe Kette.«

»Was?«, stieß Tim hervor. »Wie kommst du denn da drauf?«

»Ja, dann vergleich doch mal!«, forderte Armin ihn auf und legte das Handy und die Kette nebeneinander auf die Theke. Er zoomte das Bild etwas näher heran, bis die Kette das Display ausfüllte. Tim überflog den Bildausschnitt mit den Augen und zuckte mit den Schultern.

»Ist vielleicht einfach nur schlecht abgemalt?«, vermutete er. Armin schüttelte den Kopf.

»Auf keinen Fall!«, widersprach er. »Guck mal, wie exakt der Künstler jedes Detail in der Kleidung und in den Augen gemalt hat. Der hätte bei der Kette niemals lausig gearbeitet. Das ist eine andere Kette, da wett ich meinen Arsch drauf.«

Tim drehte sich nach rechts.

»Anna?«, rief er.

»Ja, bitte?«, kam es zart zurück.

»Kommst du mal kurz her?«

»Ja, gewiss. Entschuldigen Sie mich bitte für eine Weile, Frau Rauchhaus?«

»Aber ja, meine Liebe.«

Anna trat neben Tim an die Theke heran.

»Gibt es Erschwernisse?«, erkundigte sie sich.

»Nein, aber guck mal«, sagte Tim. »Armin ist sicher, dass die Kette auf dem Gemälde nicht dieselbe ist wie die, die Nessi kaputtgemacht hat.«

»Tatsächlich?«, gab Anna ungläubig zurück und wandte sich an Armin. »Und woran machst du diese Behauptung fest?«

»Na ja«, begann Armin und schob die Kette und Tims Handy näher an Anna heran, »vergleich mal die Ketten. Die beiden Hauptketten, um genau zu sein. Die auf dem Gemälde ist eindeutig breiter. Und die Glieder. Sie liegen viel enger beieinander. Siehst du?«

Anna staunte nicht schlecht, als sie erkannte, dass Armin richtig lag.

»Es ist wahr!«, bestätigte sie, »Und du denkst nicht, dass es ein Fehler des Künstlers sein könnte?«

»Auf keinen Fall«, beharrte Armin. »Entweder trägt Antoinette de la Garrigue auf diesem Bild nicht die Kette, die zur Legende wurde, oder …«

Armin stockte und wackelte bedenklich mit dem Kopf.

»Oder was, bitte?«, hakte Anna ungläubig nach.

»Oder«, sprach Tim ruhig anstelle von Armin weiter und griff nach der beschädigten Kette, »das hier ist gar nicht die echte Halskette.«

»Meine Oma und mein Onkel sollen all die Jahre eine Fälschung aufbewahrt haben?«, wunderte sich Anna mit weit aufgerissenen Augen.

»Keine Fälschung«, stellte Armin klar. »Sie ist zweifellos aus Gold und auch sehr alt. Es ist nur nicht die Kette, die man auf dem Gemälde sieht.«

»Und deshalb konnte nie eine Inschrift auf ihr entdeckt werden!«, rief Anna aus. »Das ergibt in der Tat Sinn!«

»Ich habe eine Theorie«, sinnierte Tim und tippte mit dem Zeigefinger nachdenklich auf seine Lippen. Armin und Anna sahen ihn an und warteten darauf, dass er weitersprach.

»Was, wenn jemand nicht wollte, dass das Geheimnis um die Kette rauskommt? Vielleicht war dieser Madame de la Kubik …«

»Garrigue!«

»Sorry, Süße. Garrigue. Also, vielleicht war dieser Madame de la Garrigue der Ort der Grabstätte ihres geliebten Soldaten so heilig, dass sie gar nicht wollte, dass sie gefunden wird?«

»Aus welchem Grund hätte sie dann den Hinweis eingravieren sollen?«, hielt Anna dagegen.

»Vielleicht hat sie es sich anders überlegt?«, argumentierte Tim. »Oder jemand aus ihrer Verwandtschaft wusste davon und wollte verhindern, dass das Rätsel gelöst wird. Quasi um die Familie »vor Schande zu bewahren«. So was in der Art.«

»Du möchtest also sagen«, überlegte Anna, »dass jemand möglicherweise Antoinettes Kette verändert hat? Er oder sie tauschte die Hauptkette gegen eine andere aus, sodass jeder denken musste, es handelte sich um den Originalschmuck mit der Inschrift. Doch die Kette, die wirklich eine Gravur enthielt, war damit verschwunden. Meinst du es so?«

»Ja, genau so«, bestätigte Tim mit einem verschmitzten Gesichtsausdruck. »Nur mit einem klitzekleinen Unterschied.«

»Mit welchem Unterschied?«, fragte Anna ungeduldig. »So sprich bitte!«

»Die wahre Kette von Madame de la Garrigue ist nicht verschwunden«, erklärte Tim feierlich. »Sie existierte weiter, bis zum heutigen Tag.«

»Und wo soll sie sich befinden?«, wollte Anna wissen. »Vielleicht in den Kammern von Burg Aarstein?«

»Nein«, widersprach Tim ruhig und deutete auf Annas Hals. »Da ist sie!«

Anna machte große Augen und atmete hörbar ein. Dann stieß sie einen verblüfften Seufzer aus und legte instinktiv ihre Hände an ihren Hals, auf Oma Lenis Kette.

»Verdammt, ja!«, rief Armin aus. »Die sieht auch ganz genau so aus wie die Kette auf dem Gemälde!«

»Aber das ist doch nicht möglich«, hauchte Anna überwältigt. »Diese Kette ist ein Geschenk von meiner Oma. Sie gab sie mir, als ich sechs Jahre alt war.«

»Ja«, sagte Tim eindringlich, »aber überleg doch mal: Es kann ja sein, dass entweder deine Oma es selbst nicht besser wusste – was ich allerdings nicht glaube ...«

»Oder?«, wartete Anna auf die Alternative.

»Oder«, bekräftigte Tim, »dass sie es wusste und wollte, dass du die Kette bekommst. Weil sie dich mehr als alles andere liebte und gehofft hatte, dass sie bei dir in guten Händen ist.«

»Aber das hätte sie mir doch ganz gewiss erzählt!«, wandte Anna ein.

»Vielleicht wollte sie das noch«, meinte Armin, »später, als du älter warst.«

»Genau«, stimmte Tim zu. »Vielleicht dachte sie, es hätte noch Zeit, und dann starb sie plötzlich.«

»Ihr Tod kam in der Tat sehr unerwartet«, erinnerte sich Anna, doch dann schüttelte sie den Kopf. »Aber, bitteschön, meine Herren, das sind doch alles nur recht ungezügelte Spekulationen.«

»Wir wissen es genauer, nachdem wir deine Kette untersucht haben«, warf Armin ein. Anna sah verwirrt zwischen Tim und Armin hin und her.

»Was meinst du, Süße?«, schlug Tim vor. »Wollen wir mal zusammen ein Auge drauf werfen?«

Anna zögerte noch ein wenig. Das war doch alles zu unglaublich. Ihre geliebte Halskette, das Andenken an ihre Großmutter, sollte eine geheime Botschaft über die Grabstätte von Clément Duvall Rocheux, dem Geliebten von Antoinette de la Garrigue enthalten? Langsam und bedächtig griff sie nach dem Verschluss ihres Lieblingsschmuckstücks. Sie zitterte ein wenig, als sie es vom Hals nahm und Armin, der sich bereits mit einer seiner Klemmlupen bewaffnet hatte, in die Hände legte. Bedächtig und sehr sorgfältig suchte er eines nach dem anderen die Kettenglieder ab.

»Und?«, fragte Tim ungeduldig. »Kann man was sehen?«

Armin richtete sich schließlich auf und zuckte mit den Schultern.

»Nichts«, kommentierte er. »Jedenfalls kann ich nichts finden. Guck du mal, Tim!«

Armin reichte Tim die Kette und die Lupe, doch auch der konnte nach intensiver Suche keine Inschrift entdecken.

»Zu blöd«, brummte er, »nichts zu sehen.«

»Nun, so schnell wollen wir doch nicht aufgeben«, sagte Anna, die es nun selbst auch wissen wollte. »Ich möchte es auch einmal versuchen.«

Doch so lange Anna auch ihre Kette mit der Lupe absuchte, sie konnte ebenfalls nichts entdecken, was man als eindeutige Gravur bezeichnen konnte.

»Dann war das wohl nichts«, meinte Tim leicht enttäuscht.

»Na ja«, gab Armin schließlich zu bedenken, »eine Sache ist da natürlich noch. Aber das wäre echt ein zu verrückter Zufall.«

»Was denn für eine Sache?«, fragten Tim und Anna beinahe gleichzeitig.

Armin lehnte sich nach vorne und rieb sich grüblerisch übers Kinn.

»Da waren doch zwei Glieder von Annas Kette verloren«, sagte er. »Die hab ich damals komplett neu ersetzt. Was, wenn es auf einem von denen stand?«

»Dann wäre es aussichtslos«, meinte Anna, »denn die sind im Fluss verblieben und damit wohl schwerlich auffindbar.«

»Nicht unbedingt!«, hielt Tim dagegen und begeisterte sich wieder für seine Theorie. »Armin, du hast doch als ausgebuffter Goldfritze garantiert einen Metalldetektor, oder?«

Armin lachte auf.

»Wollte ich gerade vorschlagen«, grinste er. »Ich leih euch den einfach aus. Damit könnt ihr nach Albenhain rauf fahren und in aller Ruhe die Stelle im Fluss absuchen, während ich die Kette hier in Ordnung bringe.«

»Klasse!«, freute sich Tim und klatschte einmal in die Hände.

»Wie außergewöhnlich!«, rief Anna vergnügt. »Wir gehen wieder auf Schatzsuche, Liebster!«

»Ja!«, freute sich Tim mit ihr. »Nur haben wir noch ein klitzekleines Problem: Das Wasser ist saukalt um diese Zeit. Und ich muss da rein. Du hast nicht zufällig noch 'ne Anglerhose, Armin?«

»Nee, Kumpel, sorry.«

»Kackmist.«

Anna legte eine Hand vor den Mund und kicherte glucksend. Verschmitzt lächelnd schaute sie Tim an.

»Was hast du?«, fragte er sie.

»Für einen verwegenen Abenteurer bist du aber sehr zimperlich«, lachte sie.

»Wie bitte?«, stieß Tim amüsiert und empört zugleich hervor. »Dir scheint nicht klar zu sein, wie kalt fließende Gewässer im Oktober sind.«

»Ja, Anna!«, hielt Armin ihm zu. »Gerade an so 'nem kalten Tag wie heute. Die Badesaison ist definitiv vorbei, meinst du nicht auch?«

»Ihr beide seid mir schon zwei Helden«, kicherte Anna äußerst belustigt. »Nun, dann werde ich eben ins Wasser gehen.«

»Du?«, fragte Tim ungläubig.

»Jawohl, ich!«, bestätigte Anna. »Wann begreifst du endlich, dass kalte Luft und kaltes Wasser mir nichts ausmachen?«

»Aber der Fluss wird nur um die zehn Grad haben! Wahrscheinlich sogar weniger!«

»Das genügt völlig. Ich muss mir zuvor nur noch Badebekleidung kaufen, da ich ja nichts dergleichen mitgenommen habe.«

Tim sah zu seinem Kumpel hin, der ihn mit einem breiten Grinsen anschaute.

»Tja, Tim«, feixte Armin, »jetzt hat sie aber deine Eier in der Hand, he? Deine Kleine steckt voller Überraschungen.«

»Und deswegen liebe ich sie so«, gab Tim ihm zurück und nickte Anna mit einem anerkennenden Lächeln zu. »Dann komm, meine Kampfamazone! Gehen wir dir einen Badeanzug kaufen.«

Während Armin und Tim nach hinten gingen, um den Metalldetektor hervorzusuchen, verabschiedete sich Anna gebührlich von der alten Frau Rauchhaus und sicherte ihr zu, am Nachmittag wieder zurückzukehren. Schon erschienen auch Armin und Tim wieder im Verkaufsraum. Tim trug den Detektor mit sich.

»Alles klar!«, rief er. »Dann mal los. Wir haben nicht sonderlich viel Zeit, bis das Licht schlecht wird.«

»Viel Glück!«, rief Armin den beiden nach, als sie den Laden verließen. Dann machte er sich an die Arbeit.

Anna sprang noch schnell in eine der kleinen Boutiquen rein, um sich einen Badeanzug zu kaufen. Tim ging bereits zum Auto und lud den Metalldetektor auf die Rückbank. Anschließend fuhr er Anna entgegen und holte sie vor dem Geschäft ab.

»Und?«, fragte er neugierig, als Anna eingestiegen war. »Wo sind deine Badesachen?«

»Ich trage sie bereits drunter«, erklärte Anna und legte ein zusammengefaltetes Handtuch, das sie ebenfalls gekauft hatte, auf den Rücksitz. »Dann brauche ich nachher nur noch aus meinem Kleid zu schlüpfen. Dabei darfst du mir helfen, damit es nicht den Boden berührt.«

»Mach ich. Hatten die denn wenigstens was, was dir gefallen hat?«

»Nein, leider nicht. Sie hatten ja keine große Auswahl mehr. Genau genommen waren es in sechsunddreißig nur noch zwei Stücke, zwischen denen ich mich entscheiden musste. Sie waren beide ganz scheußlich, aber es musste ja nun einmal sein. Ich werde ihn ganz gewiss nie wieder anziehen.«

»Dann hoff ich mal, dass er nicht allzu teuer war?«

»Nein, zum Glück war er sehr günstig.«

Tim konnte es sich nicht verkneifen. Er grinste Anna an und fragte herausfordernd: »Und wie viel hast du bezahlt?«

»Neunundsiebzig Euro«, gab sie ganz entspannt zurück. Tim lachte auf.

»Ja, Mensch!«, bestätigte er scherzhaft. »Das war ja ein richtiges Schnäppchen. Oh, Mann!«

In diesem Augenblick fiel Anna plötzlich auf, worauf Tim hinauswollte.

»Oh, entschuldige!«, sagte sie bedauernd. »Das war sehr gedankenlos von mir. Ich wollte nicht …«

»Ist schon gut«, beruhigte Tim sie lächelnd. »Das ist eben so ein Teil deiner Welt, an den ich mich echt noch gewöhnen muss. Aber keine Sorge, ich krieg das schon hin.«

Anna lächelte zurück und strich über seinen Arm. Er nahm eine Hand vom Lenkrad und streichelte die ihre. Sie freuten sich darauf, in wenigen Minuten all die Stellen wiederzusehen, an denen sie sich vor Kurzem nähergekommen waren.

Kapitel 14

Die Rezeption im Ferienpark Albenhain war nur mit einer Person besetzt. Der Besucherstrom des Sommers war abgeebbt, und nur wenige Hütten waren belegt. Die Dame am Empfang hatte auch recht wenig zu tun, sodass sie ihre ganze Aufmerksamkeit Tims und Annas Anfrage widmen konnte.

»Guten Tag«, grüßte Tim die Dame.

»Guten Tag, Frau Peters«, grüßte Anna, die das Namensschild der Frau bemerkt hatte.

»Guten Tag, die Herrschaften«, erwiderte Frau Peters freundlich lächelnd den Gruß, »was kann ich für Sie tun?«

»Wir treten mit einem recht ungewöhnliches Anliegen an Sie heran«, begann Anna höflich. »Wir haben hier vor einigen Wochen Ferien gemacht und dabei Schmuck im Fluss verloren. Würden Sie uns gestatten, die betreffende Stelle im Fluss mit unserem Ortungsgerät abzusuchen?«

»Nun«, antwortete Frau Peters ebenso höflich, »ich gehe davon aus, dass es sich wirklich um ihren persönlichen Schmuck handelt. Von daher werde ich Ihrer Bitte gerne entsprechen. Ich möchte nur bitte Ihre Personalausweise sehen und überprüfen, ob Sie zum genannten Zeitpunkt wirklich in unserer Anlage eingebucht waren.«

»Aber selbstverständlich«, stimmte Anna zu. Sie und Tim nahmen ihre Ausweiskarten hervor und legten sie auf die Theke.

»Waren Sie alleine hier oder innerhalb einer Reisegruppe?«, fragte Frau Peters und legte ihre Hände an die Tastatur.

»Wir reisten mit zwei verschiedenen Gruppen an«, erklärte Anna.

»Ja, einen Augenblick, bitte … wenn Sie mir dann bitte
jetzt die Reisegruppen nennen würden. Die Dame zuerst?«

»Sehr gerne. Ich reiste mit der MSS 11 des Pitt-Kreuzberg-Gymnasiums aus Leyental an.«

»Vielen Dank. Und der Herr?«

»Haus der Jugend. Auch aus Leyental. Die Anmeldung
lief auf Hermann Dechant.«

»Danke. Ja, ich habe hier beide Gruppen. Sie waren
zeitgleich an- und abgereist.«

Frau Peters nahm die Personalausweise an sich und
tippte wieder auf ihrer Tastatur.

»Tim Richthof und … du liebe Zeit … Annabelle Patrizia Josephine zur Heyden … ja, ich kann Sie beide im
System finden. In Ordnung, Sie dürfen nun gerne zum
Fluss gehen und Ihren Schmuck suchen. Bitte melden Sie
sich wieder bei mir, wenn Sie den Park verlassen, ja?«

»Gewiss«, schloss Anna höflich. »Vielen Dank für Ihre
Bemühungen, Frau Peters.«

»Gerne, Frau zur Heyden. Viel Glück!«

»Vielen Dank.«

»Das war ja ziemlich unkompliziert«, bemerkte Tim auf
dem Weg zum Hauptbadeplatz. »Ich hätte jetzt gedacht,
die würden mehr Aufstand machen.«

»Wir sind eben sehr vertrauenswürdig«, lächelte Anna
ihn an. »Schau nur, dort ist der Baum mit dem großen
Ast, auf dem du so gerne gelegen hast.«

»Der spielt auch eine besondere Rolle in unserer Geschichte«, stellte Tim fest und erwiderte Annas Lächeln.

»Okay, dann an die Arbeit«, beschloss Tim am Flussufer angekommen und bereitete den Detektor vor. »Ich schlage vor, ich gehe mit dem Gerät den Steg entlang und halte es ins Wasser. Wenn es piept, gehst du rein und siehst nach, einverstanden?«

»Einverstanden«, gab Anna zurück. »Hilfst du mir rasch aus dem Kleid?«

»Klar. Mit Vergnügen.«

Tim achtete sorgsam darauf, dass Annas Kleid beim Ausziehen nicht über den Boden streifte, als sie erst mit dem einen, dann mit dem anderen Bein herausstieg. Was er dabei zu Gesicht bekam, versetzte ihn in heiteres Erstaunen.

»Was ist das denn?«, rief er lachend aus. »Das hast du ausgesucht?«

Anna stand in einem äußerst knappen, orangefarbenen Bikini vor ihm. Er bestand aus winzigen Dreiecken aus Stoff, die an den drei wichtigsten Stellen angeordnet und mit dünnen Schnüren zusammengebunden waren. Das Ganze schien zum Sonnenbaden wohl eher gedacht zu sein als zum Schwimmen.

»Wie sah denn da erst das andere Teil aus?«, wollte Tim wissen.

»Das war ein Badeanzug für zwanzig Euro«, erzählte Anna, »aber der war ganz und gar inakzeptabel.«

»Warum?«, fragte Tim verblüfft.

»Er war aus ganz billigem, dünnem Stoff!«, flüsterte Anna schamhaft. »Ich habe ihn mir vor die Büste gehalten, und ich konnte alles hindurch erkennen. Man hätte ganz bestimmt sogar den Schmetterling sehen können.«

»Na, wenn das so ist!«, kicherte Tim und sah Anna dabei zu, wie sie ihre Haare öffnete und sich dem Ufer der Linster näherte. »Was denn? Willst du etwa schon reingehen?«

»Ja, selbstverständlich«, bekräftigte Anna. »Ich gehe am besten von hier aus auf den Steg zu, sodass ich mich stromaufwärts bewege. So wird der aufgewirbelte Grund sofort davongespült.«

»Richtig«, stimmte Tim zu und deutete zum Steg. »Deine Kette hatte ich an dem fünften Pfosten von rechts gefunden. Die fehlenden Glieder können nicht weit davon weg sein. Wir fangen da an.«

Tim entfernte sich von Anna und betrat den Steg, während sie in den Fluss watete. Zwei Meter vor dem fünften Pfosten blieb sie stehen. Sie stand bis zum Bikinihöschen, oder was man so nennen konnte, im Wasser. Nun begann sie, mit beiden Händen Wasser aus dem Fluss zu schöpfen und über ihren Oberkörper zu gießen. Dann ging sie in die Hocke.

»Uuuh«, machte sie und atmete tief ein.

»Kalt, he?«, rief Tim ihr vom Steg aus zu.

»Oh, ja!«, rief sie zurück. »Es ist wundervoll!«

Damit stand Anna wieder auf, nahm ihr langes Haar nach vorne und drückte das Wasser heraus.

»Ich bin bereit!«, meldete sie und machte zwei Schritte nach vorne, wobei sie aufmerksam ins Wasser sah. »Hier gibt es ja gar keine Strömung. Der aufgewirbelte Schlamm wird nicht fortgespült.«

»Liegt wahrscheinlich am Steg und an der Nähe zum Ufer«, rief Tim ihr zu. »Wir müssen halt vorsichtig sein. Ich fang jetzt an!«

Tim tauchte den Metalldetektor ins Wasser und schwenkte ihn in der Nähe des Pfostens dicht über dem Grund hin und her. Es dauerte nicht lange, und es erklang ein Piepen aus dem Gerät. Mit immer engeren Bewegungen grenzte Tim das Suchgebiet ein und hielt schließlich den Detektor still an einer Stelle.

»Da ist was!«, kommentierte er. »Jetzt heißt es abtauchen!«

Anna nahm tief Luft und tauchte ab. Tim sah, wie sie sich unter Wasser auf ihn zu bewegte. Wie witzig das aussah! Annas Haare breiteten sich unter Wasser wie Sonnenstrahlen nach allen Seiten aus. Sie wirkten wie ein großer schwarzer Kreis, aus dem an einer Seite Annas Po und ihre langen Beine und an der anderen Seite ihre Hände herausragten. Als Annas Finger den Kopf des Ortungsgerätes erreichten, zog Tim es aus dem Wasser und beobachtete, wie sie etwas von dem Grund abtastete und zur Seite schob. Dann griff sie zu und erfasste einen kleinen, glänzenden Gegenstand. Sofort tauchte sie auf. Mit einer Hand warf sie ihr triefendes Haar nach hinten und pustete das Flusswasser von ihren Lippen. Mit geschlossenen Augen übergab sie Tim, der sich ihr auf dem Steg entgegenkniete, den Gegenstand, den sie gefunden hatte. Anschließend rieb sie mit beiden Händen über ihr Gesicht und öffnete die Augen.

»Was ist es?«, wollte sie schwer atmend wissen.

»Ein zusammengeknickter Kronkorken«, antwortete Tim. »Mist.«

»Dann auf ein Neues!«

»Dir geht's gut?«

»Ja. Bitte fahre fort!«

Tim tauchte den Metalldetektor erneut ins Wasser. Mit jedem Schwenk des Geräts entfernte er es ein Stück von dem Pfosten. Da piepte es wieder!

»Da ist wieder was!«, rief er und zeigte auf den Kopf des Metalldetektors. Wieder tauchte Anna ab und suchte den Grund unter dem Ortungsgerät ab. Als sie auftauchte, rief sie prustend: »Diesmal ist es eines der Kettenglieder!«

Sie übergab Tim das Stück, der den Fund auch sogleich bestätigte.

»Bingo! Gut gemacht, Süße! Kannst du noch?«

»Aber ja! Allmählich fühlt sich das Wasser nicht mehr kalt an.«

»Okay. Nur noch eins. Dann haben wir's!«

Leider gestaltete es sich schwieriger als erwartet, das letzte Kettenglied zu finden. Es lag etwas mehr als anderthalb Meter in Richtung Flussmitte vom Pfosten entfernt und war bereits recht tief in den Schlamm hineingetreten worden. Anna musste noch sechsmal tauchen, um es endlich zu finden. Nach insgesamt einer Stunde und fünf Kronkorken später konnte sie aus dem Fluss steigen. Tim hielt ihr das Handtuch hin.

»Jetzt zitterst du aber doch ganz schön«, bemerkte Tim sanft und legte Anna das Tuch um die Schultern. Sie legte ihre Arme eng an, die Fäuste unter dem Kinn, und drückte sich frontal an seine Brust. Bibbernd ließ sie sich von ihm trockenreiben.

»Das war jetzt auch recht lange«, erklärte sie und streifte ihren nassen Bikini ab. »Reiche mir bitte ganz schnell mein Höschen an! Und meinen BH … Rasch, rasch!«

Flink schlüpfte Anna in ihre Unterwäsche. Dann begann sie, mit dem Handtuch ihre Haare auszuwringen und abzureiben.

»Was ist mit deinem Arm?«, fragte Tim plötzlich besorgt und betrachtete Annas Ellenbogen. »Hast du dich gestoßen?«

Anna hielt inne und drehte unsicher ihren verletzten Arm von Tim weg.

»Nein«, sagte sie, »das ist nichts Schlimmes. Hilfst du mir bitte in mein Kleid?«

»Was ist denn passiert?«, bohrte Tim nach, während er Annas Kleid, das er zuvor gefaltet und auf die große Tasche gelegt hatte, aufnahm. Er faltete es auseinander und hielt es Anna so hin, dass sie hineinsteigen konnte.

»Ach, das …«, druckste sie verlegen. »Ich weiß es auch nicht. Ich bekomme leicht einmal blaue Flecken. Das geht bei mir recht …«

»Ja, ja!«, unterbrach Tim sie mit leichter Erregung in der Stimme. »Das heißt es immer! ›Ich krieg schnell blaue Flecken, das geht bei mir schnell!‹ Wie oft hab ich das schon bei den Teenys im Haus der Jugend gehört! Anna! Wer war das?«

Anna schwieg betreten, als sie ihr Kleid über ihre Schultern nach oben zog. Tim legte seine Arme um sie und zog den Reißverschluss ihres Kleids nach oben. Dann hielt er sie an den Schultern und sah ihr eindringlich ins Gesicht.

»Anna!«, drängte er sanft. »Sag mir jetzt, wer dir wehgetan hat!«

Nach kurzem Zögern nahm Anna tief Luft um zu sprechen.

»Es war Philipp«, gab sie zu. »Wir hatten gestern ein Streitgespräch, und er hat mich recht grob am Arm gefasst.«

Tim ließ Anna los und ballte die Fäuste.

»Streitgespräch!«, presste er verächtlich hervor. »Diesem Arschloch werd ich jetzt endlich mal die Fresse polieren!«

»Nein!«, widersprach Anna ruhig. »Das wirst du unter keinen Umständen!«

»Oh, und ob!«, polterte Tim. »Ich werd ihm seine dreckige Visage so was von umbauen!«

Er spürte ungeheuren Zorn in sich aufwallen.

»Wenn dieser Spacken auf mich losgeht«, keifte er, »dann kann ich cool bleiben! Aber … aber wenn er dir wehtut, dann schwör ich, hat er zum letzten Mal warm geschissen!«

»Nein, bitte!«, hielt Anna dagegen. »So verstehe doch! Sein Vater ist Teilhaber einer großen Anwaltskanzlei. Sie werden mit allen rechtlichen Mitteln gegen dich vorgehen, wenn du Philipp Gewalt antust.«

Tim erinnerte sich an Philipps heimtückische Attacke auf der Familienfeier und an sein hämisch grinsendes Gesicht. Es brachte ihn in Rage. Er drehte sich um und trat mit solcher Wucht gegen die Eiche, dass ein Schwall bunter Blätter von ihr herab fiel. Dann schlug er heftig mit bloßen Fäusten auf die Gabelung ein, aus der der lange Ast hervorging, auf dem er sich vor ein paar Wochen ausgeruht hatte.

»Ich … hasse … dieses … verfluchte … Dreckschwein!«, schrie er völlig aufgebracht, wobei jedes Wort einen seiner ungezügelten Hiebe begleitete.

»Tim!«, rief Anna angstvoll und versuchte ihn an der Hüfte zurückzuhalten. »Höre bitte auf! Du verletzt dich nur!«

Tatsächlich hatte Tim sich durch die hemmungslosen Schläge auf die schroffe Borke des Baumes die Fingerknöchel aufgeschürft. Anna drängte sich zwischen ihn und den Ast und griff nach seinen Händen. Sie führte sie nach oben und drückte sie links und rechts an ihre Wangen. Als Tim die zartweiche Haut seiner Freundin spürte, begann er sich zu beruhigen. Anna führte seine Hände nun hinter ihren Rücken, schmiegte sich an ihn und umarmte ihn sanft. Ihren zarten, zierlichen Körper im Arm zu halten, entspannte Tim und brachte ihn langsam wieder völlig runter.

»Und ich soll ihn jetzt einfach ungestraft davonkommen lassen?«, fragte er, immer noch schwer atmend.

Anna beugte ihren Oberkörper zurück und sah Tim ins Gesicht. Sie fasste wieder seine Hände.

»Höre mir jetzt bitte einmal zu, mein Liebster!«, sagte Anna liebevoll, aber ernst und bestimmt. »Es ist nicht deine Aufgabe, jemanden meinetwegen zu bestrafen oder mich gar zu rächen. Ich komme mit Konflikten jeder Art alleine zurecht. Gewiss, du bist viel stärker als ich, aber ich habe meine eigene Art und Weise, wie ich die Dinge handhabe. Du sollst diese Angelegenheiten nicht mit physischer Gewalt für mich regeln.«

»Aber ich möchte dich beschützen.«

»Ich weiß. Und das ist auch schön. Ich fühle mich nirgendwo so sicher wie bei dir, weil ich weiß, dass mir nichts passieren kann, wenn wir zusammen sind. Aber dies hier ist nur ein blauer Fleck am Arm, der von einem hastigen Griff herrührt. Nichts weiter. Ich habe das mit Philipp längst auf meine Weise geklärt.«

»Ich bin trotzdem tierisch wütend darüber.«

»Selbstverständlich bist du das. Aber ich möchte nicht, dass du durch die Lande ziehst und jedem, der mich anfeindet, Gewalt antust. Das wäre so, als würde ich alle Rechnungen für dich bezahlen. Stelle dir einmal vor, ich würde für alle deine Vorhaben finanziell aufkommen wollen! Was würdest du dann sagen?«

Tim nickte verständig.

»Ich würd's natürlich beschissen finden«, sah er ein. »Etwas nicht aus eigener Kraft zu schaffen, ist total scheiße.«

»Na, siehst du!«, bekräftigte Anna lächelnd und umarmte Tim wieder. »Und weil ich das weiß, würde ich niemals auf den Gedanken kommen. Deshalb bitte ich dich, dass du mich umgekehrt auf meine Weise stark sein lässt.«

»Ich hasse es, das zu sagen, aber …«, schmunzelte Tim und machte eine kurze Pause. »Du hast recht. Für'n Mädchen argumentierst du ziemlich logisch.«

Anna schlug ihm spaßhaft auf die Brust.

»Du musst jetzt nicht den Chauvinisten spielen«, spöttelte sie zärtlich. »Ich bin genauso stark wie du, großer Krieger.«

»Ach ja?«, lachte Tim auf. »Das wollen wir doch mal sehen!«

Damit griff er Anna um die Oberschenkel, hob sie hoch und legte sie bäuchlings auf seine Schulter. Er nahm noch schnell die Tasche auf, dann trug er Anna davon. Sie strampelte mit den Beinen und schlug Tim lachend auf den Hintern.

»Lass mich hinunter!«, rief sie ausgelassen. »Du alter Fiesling!«

Nach ein paar Metern setzte Tim Anna dann auch wirklich wieder ab. Sie zog ihr Kleid zurecht und band sich ein Gummi ins Haar, sodass ein ganz einfacher aber langer Pferdeschwanz entstand.

»Deine Haare sind immer noch ganz nass«, bemerkte Tim. »Sicher, dass du das so lassen willst?«

»Nein, gewiss nicht«, antwortete Anna. »Ich habe da bereits eine Idee.«

Einige Minuten später waren sie zurück in der Rezeption. Frau Peters musterte kurz Annas Haar und zog für eine Sekunde die Stirn kraus.

»Hallo, die Herrschaften«, begrüßte sie das Liebespaar. »Wie verlief Ihre Suche?«

»Wir haben gefunden, wonach wir gesucht haben«, berichtete Tim, »und jetzt wollen wir uns abmelden.«

»Sehr nett von Ihnen, vielen Dank«, antwortete Frau Peters. »Dann trage ich ein, dass Sie von 12:25 bis 14:11 hier waren. Sind sie einverstanden?«

»Ja«, bestätigte Tim, »so passt's.«

»Ich habe da noch eine Frage, wenn Sie gestatten«, warf Anna ein.

»Aber gerne, Frau zur Heyden«, gab Frau Peters höflich zurück.

»Ich nehme nicht an«, erkundigte sich Anna, »dass es möglich wäre, in einer Ihrer Lodges eine Dusche zu nehmen und die Haare zu waschen?«

»Nein, ich bedaure sehr«, gab Frau Peters freundlich Auskunft. »Das ist nur im Rahmen einer Buchung möglich.«

»Das dachte ich mir bereits«, sagte Anna lächelnd. »In diesem Fall möchte ich eine Lodge für eine Übernachtung buchen, falls Sie eine frei haben.«

»Sehr gerne. Vielen Dank. Schwebt Ihnen eine spezielle Lodge vor? Vielleicht Lodge 44, in der Sie vor Kurzem eingebucht waren?«

»Wenn sie frei ist, wäre das ganz wunderbar.«

»Aber mit Vergnügen. Ich müsste Ihnen wohl einen Aufschlag für Einzelbelegung berechnen.«

»Das versteht sich. Vielen Dank für Ihre Bemühungen.«

»Gerne.«

Tim grinste Anna kopfschüttelnd an, als Frau Peters ihr die Schlüsselkarte aushändigte und Annas goldene Mastercard entgegennahm. Auf dem Weg zu Lodge 44 hakte Anna sich glücklich in Tims Arm.

»Jetzt hast du eine Vier-Personen-Lodge gebucht, um dir die Haare zu waschen«, schmunzelte Tim.

»Es war die einzige Möglichkeit dafür«, entgegnete Anna. »Die Lodges sind in Sachen Pflegeprodukte recht gut ausgestattet, da liegt es doch sehr nahe. Und außerdem …«

Sie blieb mit Tim stehen und legte beide Arme um seine Hüfte.

»… gedenke ich dort nicht nur zu duschen und meine Haare zu waschen.«

»Ach, nein?«, fragte Tim nach. »Was denn noch?«

»Ich glaube, mich daran zu erinnern«, antwortete Anna gespielt nachdenklich, »dass die Betten dort sehr komfortabel waren. Ich möchte dazu jedoch gerne deine Meinung einholen.«

»Ich soll also in einem der Betten Probe liegen?«, lachte Tim.

»Ganz recht«, bestätigte Anna verschmitzt, »aber nicht alleine, wie du dir unschwer denken kannst.«

Es war am Nachmittag um 16:55 Uhr, als Tim und Anna wieder im Rauchenden Haus eintrafen. Armin legte gerade die letzten Handgriffe an die Kette, die schon kurz darauf wieder wie neu aussah. Zufrieden rieb Armin sie mit einem Mikrofasertuch ab und präsentierte sie dem Liebespaar.

»Armin, Alter!«, lobte Tim seinen Freund. »Du bist echt der Meister! Was sagst du, Anna?«

»Sie sieht wunderschön aus«, freute sich Anna, »so wie zuvor. Armin, ich danke dir im Namen meiner Familie!«

»Kein Problem«, wehrte Armin bescheiden ab. »Solche Arbeiten machen mir immer irre Spaß. Wie war's bei euch? Was gefunden?«

»Allerdings«, antwortete Tim. »Wir haben beide Glieder gefunden. Jetzt ist nur noch die Frage, ob eine Gravur drauf ist oder nicht.«

»Dann wollen wir mal sehen«, rief Armin heiter aus und legte seine Lupe vor sich auf den Tisch. »Darf ich?«

Tim kramte die beiden goldenen Kettenglieder aus seiner Hosentasche und legte sie auf die Theke. Armin nahm sie sogleich nacheinander in Augenschein, zunächst ohne Lupe.

»Sehen ziemlich wüst aus«, bemerkte Tim, der gespannt mit Anna zusah, »völlig verbogen.«

»Normal«, erklärte Armin. »Diese Ketten sind aus sehr reinem Gold, und je reiner Gold ist, desto weicher ist es.«

Dann nahm Armin seine Klemmlupe in die Hand und zwinkerte Anna zu.

»Deshalb eignen sie sich so schlecht zum Tragen bei sportlichen Aktivitäten«, flachste er.

»Es wäre sicher nichts geschehen«, entgegnete Anna, »wenn Jana nicht plötzlich eine Libelle gesehen hätte.«

»Eine Libelle?«, fragte Tim nach.

»Ja. Sie war recht groß«, erzählte Anna. »Jana geriet in Panik und klammerte sich an meinen Hals. Sie wusste nicht, dass Libellen harmlos sind.«

»Damit wär das dann auch geklärt«, stellte Tim nüchtern fest. Er sah Armin an, der ihm die beiden verbogenen Kettenglieder hinhielt.

»Das Vordere!«, sagte Armin eifrig, und Tim griff nach dem Glied, das ihm auf der Handfläche seines Freundes am nächsten lag. »Ja, genau das! Da ist tatsächlich eine winzige Gravur drauf, die eine Inschrift darstellen könnte.«

Armin reiche ihm die Lupe.

»Falls es so ist«, fügte er hinzu, »dann ist es eure Entdeckung. Deshalb sollt ihr als Erste mit der Lupe gucken.«

Tim hielt das goldene Kettenglied in der linken Hand und nahm die Lupe mit der rechten entgegen. Er zögerte. Andächtig atmete er ein und pustete einmal kurz durch die Lippen.

»Dieser Schmuck«, sagte er ruhig zu Anna, »gehört zum Besitz deiner Familie. Wenn hier wirklich die gesuchte Inschrift drauf sein sollte, dann kann ich mir nichts Besseres vorstellen, als dass die Tochter des Hauses zur Heyden die Entdeckerin ist.«

Mit diesen Worten hielt er Anna die beiden Gegenstände auf seinen offenen Handflächen entgegen. Bekräftigend nickte er Anna einmal zu.

»Danke!«, hauchte sie aufgeregt und nahm das Kettenglied und die Lupe in ihre Hände. »Was für ein außergewöhnlicher Moment!«

Tim und Armin beobachteten gespannt Annas Gesichtszüge, als sie das goldene Stück in der Hand drehte und mit der Lupe absuchte.

»Wahrhaftig!«, stieß mit hoher Stimme hervor. »Hier ist eine Inschrift zu lesen!«

»Was steht da?«, wollte Tim aufgeregt wissen. »Sag!«

Anna zog ihre Augenbrauen zusammen und zuckte verwundert mit ihrem Kopf zurück. Dann sah sie nochmals ganz genau hin.

»Das ist aber sonderbar«, beschrieb sie. »Es sind bloß vier Buchstaben, und sie ergeben zwei kurze Wörter: ›No es.‹«

»No es?«, wiederholte Tim völlig verwundert. »Was soll das denn heißen?«

»Es könnte spanisch sein«, überlegte Anna. »Dann hieße es ›nicht‹ oder ›ist nicht.‹«

»Aber warum sollte jemand einen Hinweis auf spanisch da drauf schreiben?«, zweifelte Tim. »Eigentlich kommen doch nur deutsch und französisch in Frage, oder lieg ich da falsch?«

»Aber in beiden Sprachen ergibt es keinen Sinn«, hielt Anna dagegen. »Armin, ist es möglicherweise nur eine Gravur des Herstellers?«

»Nicht auszuschließen«, meinte Armin unsicher, »aber es wäre absolut ungewöhnlich. Und selbst wenn es so wäre – warum befindet sie sich dann nicht auch auf der anderen Kette?«

»Entweder haben wir hier 'ne totale Niete gezogen«, schloss Tim, »oder das Rätsel ist kniffliger als wir uns vorstellen können. Wie gehen wir jetzt damit um, Anna? Ich meine, gegenüber deinem Onkel? Sagen wir's ihm?«

Anna überlegte kurz.

»Ich halte es für besser«, entschied sie, »wenn wir es erst einmal für uns behalten. Die Inschrift mag der gesuchte Hinweis sein, doch im Augenblick ist er doch recht vage.«

Tim nickte.

»Er wird es sicher für eine fixe Idee halten«, fügte er bestätigend hinzu, »zumal wir uns ja nur auf Spekulationen stützen können.«

»Oder«, wandte Anna ein, »und das halte ich für wahrscheinlicher: Er wird eine Chance zur Vermarktung wittern, und dann wird er ein großes Gewese in der Öffentlichkeit veranstalten und sich fürchterlich blamieren, wenn sich herausstellen sollte, dass alles nur ein Irrtum war.«

»Gutes Argument«, stimmte Tim zu. »In dem Fall würde ich auch sagen, dass wir erstmal dichthalten und vielleicht auf eigene Faust weiterforschen.

»Ja!«, gab Anna bestimmt hinzu. »Lass es uns so machen!«

»Abgemacht!«, jubelte Tim. »Spannende Sache, das! Und wenn es wirklich ein Rätsel ist, dann knacken wir es schon. Verlass dich drauf!«

»Daran habe ich nicht den geringsten Zweifel«, kicherte Anna vergnügt.

Armin klatschte in die Hände und hob feierlich die Arme in die Höhe.

»Darauf einen Kaffee mit Oma!«, rief er lachend. »Was haltet ihr davon?«

»Das ist eine überaus zauberhafte Idee, lieber Armin!«, frohlockte Anna.

Armin und Tim trugen zwei weitere Stühle herbei, und so setzten sich die drei zu Frau Rauchhaus an das runde Tischchen neben ihrem Ohrensessel. Tim und Anna blieben noch bis zur Dämmerung im Rauchenden Haus. Dann bedankten sie sich und nahmen Abschied.

Langsam ließ Tim den Wrangler vor dem Anwesen der zur Heydens ausrollen. Eine nagelneue silbergraue Mercedes S-Klasse-Limousine parkte bereits an der Straße vor dem Zugang zum Haus.

»Oh!«, scherzte Tim. »Eure Putzfrau hat wohl noch keinen Feierabend, he?«

»Doch, doch«, konterte Anna kurz und trocken, »sie stellt nur hin und wieder ihren Zweitwagen bei uns ab.«

Tim sah Anna abwartend an. Er ließ kein Auge von ihr, während er seinen Sicherheitsgurt öffnete. Seit wann hatte Anna so ein Pokerface drauf, wenn sie Witze machte? Oder hatte sie das etwa ernst gemeint? Auch Anna sah Tim forsch in die Augen.

»Du verscheißerst mich jetzt, gell?«, grinste Tim. »Komm schon! Jeden Augenblick verrätst du dich. Ich weiß es.«

Tim wartete ab. Es musste gleich so weit sein.

»Deine Augen leuchten schon ganz frech«, witzelte er. »Du kannst mir nichts vormachen.«

Schon begannen Annas Mundwinkel leicht zu zucken. Ihre Wangen bewegten sich zart nach oben. Gleichzeitig verengten sich ihre Augen, wobei ein erstes Lachfältchen außen erkennbar wurde. Tim beobachtete den Vorgang mit größter Wonne.

»Vergiss es!«, stichelte er feixend. »Du kannst nicht ernst bleiben.«

Und da konnte Anna es tatsächlich nicht mehr zurückhalten.

»Ja!«, lachte Tim. »Da ist es, das Annalachen! Ich wusste es!«

»Wie bitte?«, kicherte Anna. »Was ist denn ein Annalachen?«

»Das ist die Art, wie nur du lachst«, erklärte Tim ihr verliebt. »Wenn du schelmisch bist, oder kurz bevor du was Freches sagst, dann lachst du so. Du kriegst dann immer ganz schmale Augen, und deine Nase, die kräuselt sich dann oben so 'n bisschen. Und ehrlich gesagt kenn ich nichts, was schöner ist.«

Anna schlug lächelnd die Augen nieder. Dann stieg sie wortlos aus dem Auto, ohne Tim anzusehen. Verwundert beobachtete er, wie sie vorne um den Wagen herumging und zu ihm heranschritt. Sie öffnete ihm die Tür. Als er ausgestiegen war, legte sie ihm liebevoll die Arme um die Schultern, schloss die Augen und gab ihm einen langen, süßen Kuss auf den Mund. Dann legte sie ihren Kopf auf seine Schulter und schmiegte sich an ihn. Tim hielt sie.

»Tut mir leid«, flüsterte er, »dass wir es heute nicht mehr zu den Wolfssteinen geschafft haben.«

»Das macht nichts«, lächelte Anna wohlig. »Wir können sie jederzeit aufsuchen, wenn wir möchten.«

»Das stimmt«, nickte Tim. Anna hob den Kopf und sah ihn an.

»Wir haben die Wolfssteine in unseren Herzen«, wisperte sie, worauf Tim sie noch einmal küsste und fest in die Arme nahm. Nach einer Weile unterdrückte er ein Glucksen. Er hatte sich Annas romantische Worte für einen Moment bildlich vorgestellt, doch irgendwie hatte er das Gefühl, dass dies nicht der richtige Zeitpunkt war, um einen Witz zu machen. Nun sah sie ihn wieder lächelnd an, legte ihre Hand in seine Armbeuge und deutete ihm an, zum Haus gehen zu wollen.

»Falls du es wissen möchtest«, sagte sie im Gehen, »es ist der Wagen von Onkel Ansgar und Tante Edeltraud. Sie sind ganz offenbar zu Besuch.«

Anna schloss die Haustür auf und trat gefolgt von Tim, der die Schatulle mit Antoinettes Kette vor sich her trug, in die große Wohndiele.

»Sie sind sicher im Wohnsalon«, kommentierte Anna die Stille. »Komm mit.«

Tim hatte immer noch ein ungutes Gefühl, wenn er Annas Elternhaus betrat. Würde er freundlich empfangen werden? Oder hatte sich die Stimmung inzwischen wieder geändert? Er beschloss, auf Viviennes Gesicht zu achten. Dies würde ein guter Hinweisgeber sein. Zu seiner Verwunderung lächelte Annas Mutter ihn nicht an, als er und Anna in der großen Tür des riesigen Wohnzimmers erschienen. Außer ihr und Annas Vater waren noch Ansgar, Edeltraud und Vanessa anwesend. Sie alle erhoben sich von ihren Plätzen, als sie Tim und Anna erblickten. Ansgar und Edeltraud sahen Tim freundlich an. Vanessa schaute ihn kurz schwach lächelnd an und senkte dann den Blick unsicher zu Boden. Ansgar schloss einen Knopf seines Jacketts und ging Tim einen Schritt entgegen.

»Wir freuen uns, Sie zu sehen, Herr Richthof«, begann er mit seiner tiefen Stimme zu sprechen, wobei er Tim die Hand schüttelte. »Meine Schwägerin und mein Bruder waren so freundlich, uns herzubitten, da sie wussten, dass Sie heute Abend mit dem instandgesetzten Schmuckstück zurückkehren würden.«

»Alles klar«, gab Tim vorsichtig zurück und sah von einem zum anderen. »Guten Abend, zusammen. Wie geht's dir, Nessi?«

Vanessa stand da, mit zusammengedrückten Beinen und ließ ihre Arme vor ihrem Körper herabhängen, wobei sie mit einer Hand an das Handgelenk ihres anderen Armes fasste. Wieder sah sie ihn kurz an, lächelte leicht und schaute dann wieder zu Boden. Erneut sah Tim sich um. Dann reichte er Ansgar die Schatulle.

»Hier ist die Kette, Herr zur Heyden. Bitte sehen Sie nach, ob sie mit Armins Arbeit zufrieden sind.«

Rasch griff Ansgar nach der Schatulle und klappte sie auch sofort auf. Er hob die Kette hervor und hielt sie ans Licht. Mit regungslosen Gesichtszügen betrachtete er das Schmuckstück von allen Seiten. Dann sah er Tim verwundert an.

»Es ist überhaupt nichts zu sehen«, bemerkte er. »Es ist, als wäre sie nie beschädigt gewesen. Ich bin beeindruckt.«

Schlagartig entspannten sich auch Viviennes Gesichtszüge. Lächelnd ging sie auf Tim zu und legte ihre Hand in seine Armbeuge.

»Wir hatten gleich Vertrauen in Tims Zusicherung, dass sein Freund von hoher Kompetenz sei. Nicht wahr, Wolfgang?«

»Aber ja, Schatz«, stimmte Wolfgang zu. »Nun, Ansgar, ich bin sicher, auch du bist froh, dass der Vorfall auf solch unkomplizierte Weise bereinigt werden konnte.«

»Zweifellos«, pflichtete Ansgar seinem Bruder bei. »Hat der gute Mann denn auch eine Rechnung ausgestellt?«

»Ja«, antwortete Anna und reichte ihrem Onkel einen Briefumschlag. »Armin war so vorausschauend, sie gleich so auszustellen, dass du sie steuerlich geltend machen kannst.«

»Sehr aufmerksam«, bemerkte Ansgar, nahm den Umschlag an sich und öffnete ihn. »Nanu? Was ist das denn? Das soll doch wohl ein Witz sein, oder?«

»Nein, wieso?«, warf Tim verwundert ein.

»Also, seine Materialkosten entsprechen exakt den aktuellen Goldpreisen«, beschrieb Ansgar, »aber sein Stundenlohn, über den sollte er noch einmal gründlich nachdenken.«

»Was stimmt denn nicht damit?«, wollte Tim wissen. »Zu teuer?«

»Zu teuer?«, wiederholte Ansgar lachend und zeigte Wolfgang Armins Rechnung. »Hier, sieh dir das mal an!«

Auch Wolfgang machte ein äußerst erstauntes Gesicht. Tim verstand die Welt nicht mehr, als Ansgar sein Portemonnaie zückte und ihm zwei Hundert-Euro-Scheine in die Hand drückte.

»Bitte sehr, junger Mann«, sagte Ansgar höhnisch. »Ich werde Herrn Rauchhaus' Rechnung anweisen. Und das hier geben Sie ihm von mir als Bonus mit einem schönen Gruß: Wenn er mit dieser hervorragenden Arbeit als Geschäftsmann ernst genommen werden möchte, dann sollte er nicht für weniger arbeiten als das, was er nun insgesamt von mir bekommen hat.«

»Okay«, gab Tim verblüfft zurück, »Danke. Ich sag's ihm.«

»Sagen Sie ihm auch«, fügte Ansgar bestimmt hinzu, »dass ich häufiger Dienste wie seine in Anspruch nehme, und dass er heute Werbung für sich gemacht hat!«

»Alles klar«, sagte Tim erleichtert lächelnd, »Danke noch mal. Darüber freut er sich garantiert.«

»Wie erfreulich für Armin, nicht wahr?«, sagte Anna froh zu Tim und Vanessa, nachdem ihr Onkel sich ihrer Tante und ihren Eltern zugewandt hatte.

»Ja, total!«, stimmte Tim begeistert zu. »Ich kann's nicht erwarten, es ihm zu erzählen.«

Dann richtete er sich einfühlsam an Vanessa.

»Hey, erzähl mal, Nessi, ist bei dir wirklich alles okay? Du kommst mir heute ganz besonders zurückhaltend vor.«

»Nein, es ist nichts«, widersprach Vanessa leise. »Ich bin doch immer so.«

»Und wie haben deine Eltern reagiert«, hakte Tim sanft nach, »als du am Sonntag zu Hause angekommen bist?«

Vanessa wandte wieder ihren Blick von Tim ab. Sie strich mit der Hand, mit der sie ihr Handgelenk umfasst hielt, an ihrem Unterarm nach oben bis zum Ellenbogen und zog dann ihre Arme noch näher an ihren Körper heran. Anna lächelte sie an und strich ihr tröstend ein paar Haarsträhnen aus dem Gesicht.

»Papa hat verlangt«, wisperte sie, »dass ich für alles auf-
komme, was ihn der Vorfall kostet.«

»Wie hat er dir das gesagt?«, fragte Tim. Vanessa
schwieg.

»Hat er dich angeschrieen?«

Vanessa nickte und schaute weiter zu Boden. Tim warf
Anna einen verständnislosen Blick zu. Sie erwiderte ihn.

»Was hat er weiterhin noch gesagt?«, fragte Anna vorsichtig.

»Er hat gesagt«, erzählte Vanessa bedrückt, »dass ich
mir nicht einbilden soll, so weiterzumachen. Ich soll gefälligst aus mir herauskommen und anfangen, mich wie
eine selbstbewusste Frau zu benehmen. Ich soll mir ein
Beispiel an dir und Marilena nehmen.«

»Und was hast du dazu gesagt?«, wollte Tim wissen.
Vanessa zuckte mit den Achseln.

»Nichts«, gab sie traurig zurück. »Was hätte ich denn
sagen sollen? Ich weiß ja, dass ich zu schüchtern bin, aber
was soll ich denn dagegen machen?«

Tim streichelte Vanessas Schulter.

»Du bist schüchtern, Nessi, nicht zu schüchtern. Lass
dir von niemandem einreden, dass das was Schlimmes
wäre, okay?«

Vanessa nickte wieder und seufzte leise. Sie zuckte zusammen, als ihr Vater lautstark ihren Namen rief.

»Vanessa! Zieh deinen Mantel an! Wir brechen auf!«

»Tja«, meinte sie zaghaft lächelnd zu Anna und Tim,
»dann Danke für alles. Ich wünsche euch einen schönen
Abend. Bis ein andermal. Ich hab euch lieb.«

»Wir dich auch!«, versicherte Anna. »Habe ebenfalls einen schönen Abend.«

»Bis bald, Nessi!«, sagte Tim freundlich. »Wir sehen uns. Halt die Ohren steif!«

Damit verabschiedeten sich Vanessa und ihre Eltern. Vivienne führte sie zur Tür. Kurz darauf erklang ein Signalton auf Tims Handy. Neugierig nahm er es hervor und schaute nach.

»Boggy hat geschrieben«, kommentierte er. »Er will wissen, ob du am Samstag dabei bist. Du weißt schon, sein freies Wochenende mit seinem berühmten Sandkuchen.«

»Oh, wie liebenswürdig!«, freute sich Anna. »Ja, ich komme gerne mit. Aber warte bitte einmal kurz …«

Anna ging ihrer Mutter entgegen, die gerade von der Haustür zurückkehrte. Tim konnte zwar nicht verstehen, was die beiden Frauen sprachen, doch er beobachtete ihre Gesichter. Zunächst blickte Vivienne skeptisch und etwas unbehaglich drein. Nach einem Wortwechsel, bei dem Anna mit Engelszungen auf ihre Mutter einredete, nickte sie schließlich milde lächelnd, was Anna entzückt mit dem Zusammenlegen ihrer Hände unter dem Kinn quittierte. Strahlend drehte sie sich zu Tim hin und kam auf ihn zu.

»Darf ich eben mit Julian schreiben?«, fragte sie und hielt ihre Hand auf, worauf Tim ihr einigermaßen verdutzt sein Handy übergab. »Danke.«

Hey Trip! Kommt Anna am Samstag mit? Ich würd's toll finden, wenn du sie mitbringst.

Eine Sekunde Kumpel!

Okay.

Hallo, Julian!
Hier ist Anna.

Hallo Anna! Wie geht's?

Es geht mir gut, vielen Dank. Ich möchte Dich sehr gerne etwas fragen, wenn du erlaubst.

Sicher. Um was geht's denn?

Ist es Dir wichtig, deine kleine Zusammenkunft bei dir zu Hause auszurichten?

Nicht unbedingt. Da wär ich flexibel. Warum fragst du?

Weil ich mich gerne bei Euch erkenntlich zeigen möchte. Ihr habt so viel für Tim und mich getan. Deshalb möchte ich vorschlagen, dass wir uns am Samstag alle bei mir zu Hause einfinden. Wie denkst Du darüber?

Wow, coole Sache! Ja, find ich gut!

Sehr schön. Dann werde ich nun alle einladen. Ich freue mich schon sehr auf deinen Sandkuchen.

Dazu hast du auch allen Grund! 😄 Dann schon mal Danke für die Einladung!

Es ist mir eine Freude.

»Wie schön!«, freute sich Anna, als sie Tim sein Handy zurückgab. »Wir werden Julians Sandkuchenparty zu uns nach Hause verlegen.«

»Echt jetzt?«, fragte Tim verblüfft nach, worauf Anna nickte. »Wow! Danke, dass Sie das erlauben, Frau zur Heyden.«

»Gerne«, gab Vivienne, die inzwischen mit Wolfgang zu ihm und Anna hinzugetreten war, vornehm zurück. »Ein Zugeständnis unsererseits für Ihre freundliche Hilfsbereitschaft.«

Tim nickte ihnen freundlich lächelnd zu. Er war dankbar, dass sich sein Verhältnis zu Annas Mutter zum Besseren gewendet hatte. Dennoch, eine gewisse Reserviertheit ging nach wie vor von ihr aus, insbesondere jetzt, da sie Anna die Hand hinter die Schulter legte und an ihre Pflichten erinnerte.

»Nun, Annabelle, Kleines«, sagte sie sanft, aber ziemlich nachdrücklich, »du hattest heute noch keine

Gelegenheit, etwas für die Schule zu tun. Ich schlage vor, dass du dies nun nachholst. Tim, Sie haben sicher Verständnis?«

»Aber klar doch!«, antwortete Tim lässig. »Ich verkrümel mich dann mal.«

»Ich begleite dich noch zur Tür«, beschloss Anna und nahm seine Hand. Tim verabschiedete sich von Wolfgang und Vivienne.

»Auf Wiedersehen.«

»Auf Wiedersehen, Tim.«

An der Haustür verabschiedeten Tim und Anna sich mit einem zärtlichen Kuss, dann schlenderte Tim locker den Weg zur Straße hinunter. Er konnte nicht ahnen, was dieser Tag noch für ihn bereithalten sollte.

Kapitel 15

Tim machte es sich am Abend mit einem Becher Kirschjoghurt auf der Couch gemütlich. Mit Kopfhörern auf den Ohren lehnte er sich zurück und genoss seine Lieblingsmusik. Die Deckenbeleuchtung hatte er stimmungsvoll eingestellt: Nur die nach oben gerichteten Lampen leuchteten, so dass der große, alte Dreiblattpropeller dunkel unter der schummerig angestrahlten Decke hing. Mit Ausnahme des Katers hatten sich alle seine Katzen zu ihm gesellt und kauerten sich neben ihm auf dem Sofa zusammen. Schmunzelnd dachte Tim an Anna.

›Wer zum Geier hat mit sechzehn eine goldene Mastercard? Muss man dafür nicht mindestens achtzehn sein? Na, wahrscheinlich läuft sie auf Papa. Wie viel Kohle sie wohl jetzt schon hat, die ihr gehört? Was ist, wenn sie achtzehn wird? Sie kann machen, was immer sie will. Und sie kann's gechillt angehen. Muss sich nie Sorgen machen. Aber ob das immer so prickelnd ist …?‹

Tim nickte über die Musik ein. Er merkte nicht, wie die CD stoppte und der Player abschaltete. Plötzlich durchzuckte es ihn. Er schreckte auf und sah sich benommen in dem schwach beleuchteten Wohnzimmer um. Da! Das war doch ein Geräusch, draußen vor der Tür! Auch die Katzen hoben die Köpfe. Das war grundsätzlich nichts ungewöhnliches, doch diesmal machten sie es alle drei gleichzeitig. Sie sprangen vom Sofa und starrten schweifwedelnd und ansonsten völlig regungslos zur Haustür. Tim setzte seine Kopfhörer ab. Da bemerkte er, dass Malaria dumpf knurrte. Was sollte das? Tim rieb sich kräftig über das Gesicht. Anschließend zupfte er mehrmals an seinen Ohrläppchen und massierte sie. Er verhielt sich mucksmäuschenstill und lauschte. Ein flinker Blick auf die Zeit: Es war halb drei morgens. Nach einer Weile begann er durch die geschlossenen Fenster das leise Rauschen der Baumwipfel wahrzunehmen. Da! Jetzt hatte er etwas gehört! Auch die Katzen hatten kurz gezuckt. So leise er konnte stand Tim auf und schlich im Zeitlupentempo zur Haustür. Da es dort nur ein schmales Oberlicht über der Tür gab, drückte er sich vorsichtig in die winzige Abstellkammer links neben der Tür. Von dort aus konnte er durch ein schmales Fensterchen zwischen den Kiefern hindurch bis zur Straße sehen. Zumindest bei Tag. Doch nun war es stockdunkel. Es gab keine Straßenbeleuchtung in der Nähe seines abgeschiedenen Grundstücks. Tim strengte seine Augen an und lauschte gleichzeitig durch das gekippte Fenster. Genau in dem Moment riss die Wolkendecke auf und das Licht der breiten, abnehmenden Mondsichel trat hindurch. Es war nur ein schwacher Lichtschein, doch er genügte, um vor dem Glanz seines schwarzen Autos einen Schatten vorbeihuschen zu sehen, der vor seinem rechten Vorderrad innehielt. Wollte der hinterlistige Attentäter etwa einen zweiten Anschlag verüben? Tim öffnete seine Schnürsenkel und streifte seine Sneakers und seine Socken ab. Dann schlich er zurück zur anderen Seite des Hauses und öffnete ganz vorsichtig die Verandatür. Doch so sachte Tim auch vorging, der Riegel quietschte hörbar, während er ihn bewegte. Wo war Anna, wenn man sie brauchte? Nein, es war besser, dass sie nicht hier war. So war sie wenigstens in Sicherheit.

Langsam ging Tim durch die Tür auf die Veranda und um das Haus herum. Die Wolken hatten sich wieder zugezogen, und so musste Tim an der Hausecke warten, bis er wieder etwas sehen konnte. Er schaute zum Himmel. Von Westen her näherte sich eine große Wolkenlücke, in der Sterne zu erkennen waren. Ein Lichtsaum an der oberen Kante des Wolkenlochs ließ die Nähe des Mondes erahnen. Mit einem Mal trat der Mond hinter der Wolke hervor. Tims Augen hatten sich inzwischen so gut an die Dunkelheit angepasst, dass er seine Umgebung im Mondlicht recht gut erkennen konnte. Und tatsächlich: Am Vorderrad seines Autos machte sich jemand in einem dunklen Kapuzenpulli zu schaffen. Mit aller Vorsicht schlich Tim an zwei Kiefern vorbei und suchte Schutz hinter einem Brombeerbusch, der nahe des Hecks seines Jeeps stand. Die Person in dem Kapuzenpulli entfernte sich ein Stück in Richtung Front des Fahrzeugs. Sie bückte sich, stand wieder auf und näherte sich wieder dem rechten Vorderrad. Es war eindeutig ein Kerl! Wie er schon ging! Er hatte diesen aufgesetzten Gangsterschritt drauf, den Tim schon oft bei jugendlichen Trägern von Kapuzenpullis beobachtet hatte. Und ja! Im Mondlicht konnte Tim zweifelsfrei erkennen, dass der Typ einen Kreuzschlüssel an seinem Rad ansetzte.

Sachte hockte Tim sich hin und tastete den Waldboden ab. Er sammelte einige der herumliegenden Kiefernzapfen auf. Dann richtete er sich wieder auf und ging mit langsamen Schritten am Brombeerbusch vorbei, um näher an sein Auto zu gelangen. Dass jetzt bloß kein Ästchen knackte! Auf halbem Weg zwischen Busch und Auto blieb Tim stehen. Im hohen Bogen warf er einen

Kiefernzapfen über den Saboteur hinweg. Der hörte den leisen Aufprall und drehte sich nervös zu der Stelle hin, wo der Zapfen aufgekommen war. Diesmal warf Tim zwei Zapfen direkt nacheinander über den Typen hinweg, direkt in einen zweiten Brombeerbusch. Das Rascheln schreckte den Mann auf, sodass er sich zu dem Busch umkehrte und langsam rückwärts in Richtung Heck des Wagens stakste, wobei er seinem Widersacher in die Arme laufen würde. Tim wollte schon zu einem kräftigen Faustschlag ausholen, da knackte ein dürres Ästchen unter seinem Fuß. Der Attentäter fuhr herum und holte blitzschnell mit dem Kreuzschlüssel aus. Der heftige Schlag verfehlte Tim nur knapp, weil dieser in die Knie ging und so dem Hieb auswich. Doch der Angreifer war schnell. Hastig drehte er sich um seine Achse und schwang sein Bein in Richtung Tim, der immer noch kniete. Doch Tim fing den Tritt ab und hielt das Bein des Angreifers mit der linken Hand fest. Er fackelte nicht lange und boxte ihm mit einem gezielten Schlag seiner rechten Faust in den Genitalbereich.

Tim hörte das dumpfe, metallische Poltern des zu Boden fallenden Kreuzschlüssels und das pfeifende Stöhnen des angeschlagenen Attentäters. Rasch sprang Tim auf die Beine und schlug noch einmal zu, diesmal auf die Stelle, von der das Stöhnen kam. Treffer! Mit einem lauten Rascheln der Blätter fiel der Typ bewusstlos in den dornigen Brombeerbusch.

Tims Veranda war hell erleuchtet. Um auch im Dunkeln trainieren zu können, hatte er sich an jeder der vier Ecken seiner überdachten Terrasse einen Halogen-

Baustrahler aufgehängt. Diesmal beleuchteten sie jedoch nicht den Sandsack, sondern einen sorgfältig zusammengetapeten, kopfüber mit Seilen an den Füßen aufgehängten Übeltäter, den Tim soeben anstelle seines Boxsackes an dem Haken im Dach eingeklinkt hatte. Der Balken knarrte leise, während der Gefesselte sachte hin und her pendelte. Mit freiem Oberkörper saß Tim breitbeinig und mit beiden Ellenbogen auf den Knien abgestützt auf einem Stuhl an der Hauswand neben der Verandatür und wartete.

Nach einer Weile gab das aufwachende Opfer ein Seufzen, gefolgt von einem Stöhnen, von sich. Da stand Tim auf und ging langsam auf seinen Gefangenen zu. Ganz leicht gab er ihm rechts und links einen Klaps auf die Wangen.

»Hey«, zischte er ihm zu, »wieder wach?«

»Aaah!«, begann der Gefesselte noch ganz benommen zu jammern. »Aaaah!«

»Ach, das!«, kommentierte Tim trocken. »Ja. Du hast 'ne dicke Backe, geschwollene Klöten und Dornen im Arsch.«

»Ooh!«, stöhnte der Unbekannte mit schmerzverzerrtem Gesicht. »Fick dich, du Wichser!«

»Na, sowas!«, höhnte Tim. »Du kennst aber schlimme Wörter. Oder, wie meine Freundin sagen würde, du befleißigst dich einer recht farbenfrohen Ausdrucksweise.«

»Leck mich doch am Arsch!«, keifte der junge Mann. »Lass mich gefälligst runter, Arschloch!«

»Sorry, Bürschchen, geht nicht. Wir beide müssen erst noch ein Schwätzchen halten.«

»Ich red kein Wort mit dir, Penner!«

Tim pustete kurz durch die Backen und nickte mit zusammengekniffenen Lippen. Dann ging er zurück zu seinem Stuhl und kam mit seinen Handbandagen zurück. Demonstrativ begann er, seine Hände zum Boxen vorzubereiten. Während er seine Finger bandagierte, sprach er lässig weiter.

»Hab mir schon gedacht, dass du trotzig sein würdest. Ich erklär dir mal deine Situation: Du hängst eingeschnürt an meiner Verandadecke. Es ist Zeit für mein Boxtraining, und keine Sau weit und breit kann hören, wie du schreist. Verstehst du? Also … Wenn du mit mir redest, passiert dir nichts. Bist du weiter trotzig, tu ich dir weh. Alles klar?«

Mit diesen Worten schlug Tim seine bandagierten Fäuste ineinander. Dann zog er nacheinander seine Boxhandschuhe über und schloss die breiten Klettverschlüsse an den Handgelenken mit seinen Zähnen. Er schlug seine Fäuste abermals gegeneinander, hüpfte lässig auf und ab und lockerte seinen Hals und seine Schultern. Anschließend ging er in Kampfposition und schlug ein paar Löcher in die Luft, wobei er bei jedem Schlag bedrohlich durch die Nase schnaufte.

»Bullshit!«, knurrte der Gefangene. »Das ziehst du eh nicht durch, Großmaul!«

Augenblicklich sprang Tim auf ihn zu und versetzte ihm einen kräftigen Jap in die Rippen. Der Übeltäter schrie auf und hustete. Tim hockte sich auf ein Knie und sah seinem Opfer wutentbrannt ins Gesicht.

»Jetzt hör mir genau zu, du wertloses Stück Scheiße!«, presste er hervor. »Du hast mein Auto sabotiert. Wegen dir hab ich im Krankenhaus gelegen. Ich schwör dir, ich hab nicht die geringsten Bedenken, dir jeden einzelnen Knochen im Leib zu brechen! Hast du kapiert?«

»Ja«, keuchte der Gefangene.

»Gut. Also, Frage Nummer eins: Wie heißt du?«

»Marius.«

»Marius«, nickte Tim ruhig und zufrieden, »sehr schön. Siehst du? Jetzt weiß ich schon zwei Dinge über dich: Deinen Namen und dein Sterbedatum. Reicht für 'nen hübschen Grabstein.«

Marius keuchte und hustete noch mal.

»Du hast gesagt, wenn ich rede, tust du mir nichts.«

»Das stimmt. Du hast dich also entschieden zu reden?«

»Ja.«

»Sehr gut. Dann also Frage Nummer zwei: Wer ist so blöd, dieselbe Nummer zweimal zu versuchen?«

»Ich bestimmt nicht.«

»Das heißt also, du handelst im Auftrag von jemandem. Das hab ich mir schon gedacht. Es muss folglich jemand sein, der blöder ist als du.«

»Ja. Kann sein. Hör mal, jetzt wo ich es dir gesagt habe, lässt du mich runter?«

»Sorry, nein. Erst sagst du mir, wer dich geschickt hat. Dann lass ich dich vielleicht runter.«

Marius machte ein verzweifeltes Gesicht. Angst stand ihm in den Augen geschrieben.

»Das kann ich dir aber nicht sagen!«, jammerte er. Tim stand auf und begann, sich die Boxhandschuhe auszuziehen.

»Dann bleibst du eben hängen«, bemerkte er trocken. »Wir sehen uns dann morgen früh, wenn wir es nochmal versuchen.«

»Versteh mich doch, Mann!«, rief Marius mutlos. »Ich bin geliefert, wenn ich es dir sage!«

Tim kniete sich wieder vor ihm hin und sah ihn eindringlich an.

»Wieso bist du geliefert?«, fragte er fordernd. »Was kann so schlimm sein?«

»Ich hab Scheiße gebaut, Mann!«, erzählte Marius wimmernd. »Und ich bin auf Bewährung draußen. Wenn ich auspacke, muss ich in den Knast!«

»Wer droht dir damit, Marius?«, hakte Tim aufgebracht nach. »Sag schon! Ist es ein Anwalt? Einer von Hinkheim & Gielchen?«

In seiner Verzweiflung fing Marius an zu weinen.

»Hör auf!«, jammerte er. »Bitte!«

»Verdammt!«, presste Tim zerknirscht hervor. Dann hob er Marius an und hakte den Karabiner aus, mit dem das Seil am Dachbalken eingehakt war. Er legte Marius auf den Boden und riss das Panzertape von ihm ab. Dann reichte er ihm die Hand, um ihm beim Aufstehen zu helfen.

»Komm rein, Junge!«, murmelte Tim und stützte Marius. »Mach dich jetzt erst mal locker.«

Wie ein Häufchen Elend saß Marius auf dem alten Sofa. Tim brachte ihm eine Dose Red Bull. Nervös fummelte Marius an dem Verschluss, bevor es ihm gelang, die Dose zu öffnen.

»Verdammt, Alter!«, brummte Tim, als er den Jungen ohne Kapuze bei Zimmerbeleuchtung betrachtete. »Du bist doch höchstens siebzehn Jahre alt.«

»Achtzehn!«, korrigierte Marius niedergeschlagen. »Letzten Monat geworden.«

Marius sah mit seinen blonden, krausen Haaren und seiner von Akne übersäten Haut tatsächlich jünger aus, als er war. Er hatte eine hohe Stirn und ziemlich tief sitzende, kurze Augenbrauen. Tim sah ihn aufmerksam an und setzte sich ihm gegenüber in den Sessel.

»Hör zu, Marius«, begann er, »auch wenn's Anwälte sind, die können dich nicht einfach so verknacken. Das wär nämlich auch illegal. Damit kommen die nicht durch.«

»Nein, nein«, wehrte Marius ernüchtert ab, »keine Anwälte.«

»Was?«

»Der Typ ist kein Anwalt.«

Tim wurde hellhörig.

»Sondern?«

»Keine Ahnung. Sah ganz normal aus. Jedenfalls hat er 'nen tierischen Hals auf dich.«

»Hat er dir gesagt, warum?«

»Ja. Dauernd hat er rumgemotzt, dass er wegen dir seinen Job los ist. Sie haben ihn … suspendiert, oder wie das heißt.«

Tim sprang hastig auf.

»Suspendiert?«, wiederholte er aufgeregt. »Also ist er ein Bulle? Wie sah er aus? Ganz kurze Stoppelhaare und ein fettiges Gesicht?«

»Ja, stimmt genau«, bestätigte Marius. Tim ballte die Fäuste und blickte wütend umher.

»Brochnes!«, stieß er hervor. »Vivienne hat also tatsächlich auf dem Revier Terror gemacht, und da haben sie ihn rausgeschmissen. Und jetzt ist er hinter mir her, weil ich ihn drangekriegt hab.«

»Wenn er rauskriegt, dass ich ihn verpfiffen hab, macht er mich zur Sau«, sagte Marius niedergeschlagen.

»Der macht 'nen Scheißdreck!«, hielt Tim grimmig dagegen. »Dafür werd ich schon sorgen.«

Er stand auf und deutete seinem Gast an, sich ebenfalls zu erheben.

»Du gehst jetzt raus und ziehst mein Rad wieder fest. Dann packst du deinen Kram zusammen und gehst nach Hause. Ist das klar?«

»Ja, geht klar!«

»Und in Zukunft lässt du dich nicht mehr zu so 'ner Aktion erpressen. Wir haben alle mal Scheiße gebaut. Warum kommst du nicht mal runter ins Haus der Jugend? Da lernst du Leute kennen, die 'ne ähnliche Geschichte haben wie du.«

»Das mach ich. Danke, Alter!«

»Schon okay. Verrat mir nur noch eins: Wo wohnt der Dreckskerl?«

Rüdiger Brochnes stand zwei Meter vor der untersten Stufe der kurzen Steintreppe, die in seine kleine Einliegerwohnung führte, und genoss eine Zigarette. Er bewohnte sein Zuhause alleine, schließlich war er Single. Das ganze Haus lag auf einem großzügigen Grundstück am Hang. Es gehörte einem älteren Ehepaar, deren Kinder bereits ausgezogen waren. Die beiden bewohnten das Erdgeschoss über Rüdigers Wohnung. Es war eines dieser übertrieben groß angelegten Siebziger-Jahre-Wohnhäuser mit Blumenvorgarten und kurz gemähtem Rasen, der ringsum mit hohen Zierhecken von der Nachbarschaft abgegrenzt war. Mit auf dem Grundstück, in Nähe des Hauses, befanden sich noch eine Garage, ein Schuppen mit einer Regentonne und eine Wäschespinne. An jeder der beiden Wohnungseingangstüren gab es eine Außenleuchte mit einem Bewegungsmelder. Da Rüdiger mit seiner Zigarette soeben nach draußen gegangen war, leuchtete ihm die Lampe über seiner Tür in den Rücken.

Langsam und genüsslich zog Rüdiger ein ums andere Mal an seiner Zigarette und blies den Rauch in die dunkle, kalte Abendluft. Beim letzten Zug hielt er den Stummel affektiert zwischen Daumen und Mittelfinger. In derselben Haltung senkte er seinen Arm, drehte die Handfläche nach oben und flitschte die Kippe über den Rasen ins Gras nahe der Wäschespinne. Dort, wo sie liegen blieb, war das Glimmen noch zu sehen. Rüdiger griff sich vorne an seine Hose und ruckelte sie unbequem zurecht, dann drehte er sich um, um wieder ins Haus zu gehen, doch eine große, athletische Männergestalt versperrte ihm den Weg. Völlig perplex hielt er inne.

»Wer zum …«

Zum Ausreden kam Rüdiger nicht. Die Gestalt griff ihn am Hemdskragen, zog ihn durch die Tür ins Haus und warf ihn durch die Eingangsdiele. Ächzend rappelte er sich auf. Hier, innerhalb des beleuchteten Raums, konnte er erkennen, wer ihn beim Schlafittchen gepackt hatte.

»Duu?«

»Ja, Brochnes. Ich.«

Tim schloss in aller Seelenruhe die Haustür und ging langsam auf seinen alten Feind zu. Der war noch immer einigermaßen verwirrt.

»Wie hast du …?«, begann Rüdiger.

»Wie ich es geschafft habe«, unterbrach Tim ihn grinsend, »mich hinter dich zu schleichen? Ganz einfach. Wer schon so lange raucht wie du, der atmet ziemlich laut. Ich brauchte nur im Takt deiner Atmung zu gehen. Du konntest mich gar nicht hören.«

»Du verdammter Wichser!«, knurrte Rüdiger, der sich blamiert vorkam. »Das ist Hausfriedensbruch!«

»Erzähl mir nichts von Gesetzen!«, herrschte Tim ihn an. »Ausgerechnet du! Suspendierter Bulle.«

»Und wem verdank ich das?«, blaffte Rüdiger zurück. »Nur dir und deinem dummen Fickstück!«

»Ich hoffe für dich«, zischte Tim wütend, »dass du gerade nicht von meiner Freundin sprichst.«

»Von wem denn sonst, he? Diese verklemmte Fotze! Die müsste mal schön von hinten geknallt werden, damit die ein bisschen lockerer wird!«

Mit einem wütenden Aufschrei stürmte Tim auf Rüdiger los. Der hatte diesmal Zeit zu reagieren und warf sich seinem Widersacher entgegen. Beide Männer umklammerten mit den Armen den Nacken des anderen und rangen miteinander, wobei sie gegen Wände und Möbel stießen. Schließlich gewann Tim leicht die Oberhand und stieß Rüdiger durch die offene Tür ins Wohnzimmer. Der strauchelte rückwärts, blieb aber standhaft. Tim wurde plötzlich ganz schwindelig. Er sank mit einem Knie zu Boden und hielt sich die Stirn.

»Scheiße!«, murmelte er.

»Ach, sieh mal an!«, triumphierte Rüdiger. »Tut das Köpfchen noch Aua von Sonntagnacht?«

Damit nahm er Anlauf und trat Tim mit dem Fußspann in die Rippen, dort, wo dieser den Arm nach oben gehoben hatte. Keuchend setzte Tim sich auf den Hintern und versuchte blind mit einer Hand, die nachfolgenden Tritte Rüdigers abzuwehren. Tim sah Sternchen. Er musste es unbedingt erreichen, eine kurze Ruhephase zu erlangen. Doch Rüdiger ließ nicht locker. Immer wieder trat und schlug er auf ihn ein. In seiner Verzweiflung klammerte sich Tim wie beim Boxen um den Oberkörper seines Gegners. Er zog ihn zu Boden. Rüdiger aber konzentrierte sich darauf, aus der Umklammerung heraus auf den Schädel seines Gegners zu schlagen. Schließlich gelang es Tim, Rüdigers Leib mit einem Knie ein Stück von sich wegzudrücken. Er nahm alle Kraft zusammen und schlug ihm die Faust in den Magen. Schreiend und hustend ließ Rüdiger von Tim ab und krümmte sich auf dem Boden. Tim rutschte schnell von ihm weg und zog sich an der billigen Anbauwand nach oben. Dort blieb er angelehnt stehen, beide Fäuste vor die schmerzende Stirn gedrückt.

Rüdiger hustete noch immer und hielt sich den Bauch. Er übergab sich auf den Boden. Dann rappelte er sich ebenfalls hoch und wankte mit wutverzerrtem Gesicht auf Tim zu. Der aber spürte gerade seine Kopfschmerzen verfliegen und war in der Lage, den ausladenden Schwinger, den Rüdiger ihm soeben verpassen wollte, abzufangen. Er packte ihn am Nacken, wirbelte ihn herum und warf ihn rücklings gegen die Anbauwand, von der augenblicklich haufenweise CD- und DVD-Kassetten herabfielen. Mit dem Unterarm unter Rüdigers Kinn drückte Tim ihn gegen den Schrank. Rüdiger fummelte eine Schublade auf und griff hinein. Hastig sprang Tim zurück, denn schon im nächsten Moment schwang sein

Feind eine 30-cm-Klinge an seinem Gesicht vorbei. Nun hielt er sie ihm verächtlich lachend entgegen.

»Ja, Richthöfchen«, prahlte er mit einem hämischen Grinsen, »jetzt bist du dran! Meine Dienstwaffe musste ich abgeben. Aber der kluge Mann baut vor! Ich hab noch mehrere davon versteckt.«

»Natürlich«, brummte Tim und ließ Rüdiger nicht aus den Augen. »Alles illegale Messer, die du eingezogen und behalten hast, richtig?«

»Ganz genau«, bestätigte Rüdiger spöttisch, »und warum? Um mich vor Verräterschweinen wie dir zu schützen!«

»Dass du deinen Posten verloren hast«, hielt Tim ihm entgegen, »ist deine eigene Schuld. Dafür kannst du mich nicht verantwortlich machen. Dein eigenes Scheißverhalten hat dich da hingebracht!«

»Seh ich anders!«, widersprach Rüdiger und näherte sich Tim in Angriffshaltung, mit der Klinge voran. Hastig sprang er vor und stieß zu. Tim wich mit einer Körperdrehung aus und lenkte den Stoß seitlich an sich vorbei. Der Schwung aber ließ Rüdiger auf seinen Gegner zutaumeln. Also schwang Tim seinen rechten Ellbogen nach vorne und rammte ihn Rüdiger vor die Nase. Klirrend fiel das Messer auf den gefliesten Boden, während Rüdiger rückwärts taumelte. Tim ließ ihn aber nicht umfallen, sondern hielt ihn abermals am Kragen fest.

»So, Brochnes«, begann er keuchend, »und jetzt pass mal schön auf …«

Er holte aus und gab Rüdiger eine schallende Ohrfeige.

»Die ist dafür, dass du mein Auto hast manipulieren lassen …«

Dann holte Tim wieder aus und schlug Rüdiger ein weiteres Mal mit der flachen Hand auf die Wange, dass es klatschte.

»Und die ist dafür, dass du einen verunsicherten Jugendstraftäter dazu benutzt hast, krumme Dinger für dich zu drehen.«

Danach verstärkte Tim seinen Griff an Rüdigers Kragen, und er zog ihn nah zu sich heran, so nah, dass er ihm direkt ins Gesicht sah.

»Und jetzt«, knurrte er kernig, »unterhalten wir uns ganz gepflegt über das, was du eben über Anna gesagt hast …«

Und damit prasselte eine gehörige Abreibung auf Rüdiger herein. Er kassierte mehrere harte Treffer im Gesicht, auf die Rippen und in den Magen, bevor Tim ihn losließ und mit einem letzten Faustschlag zu Boden streckte. Blutend und schwer keuchend blieb Rüdiger liegen. Tim kniete sich neben ihn, packte ihn an den Schultern und drehte ihn um, sodass er ihm in die Augen sehen konnte. Bedrohlich beugte er sich über ihn.

»Sperr die Ohren auf, Arschloch!«, zischte er ihm leise zu. »Lass dir nicht einfallen, mir oder meiner Freundin noch ein einziges Mal blöd zu kommen. Das hier war nichts gegen das, was dich dann erwartet. Hast du kapiert? – Und wenn du es wagen solltest, noch mal so 'nen feigen Angriff auf uns zu starten, dann verlass dich drauf, dann mach ich dich weg!«

Nun richtete Tim sich auf und trat ein paar Schritte zurück. Rüdiger drehte sich stöhnend zurück auf den Bauch und hustete. Tim sah mit Verachtung auf die jämmerliche Gestalt hinab.

»Vergiss das nie, Brochnes!«, drohte er ein letztes Mal und wandte sich ab. Dann stieg er über die entstandene Unordnung hinweg und verließ das Haus.

»Hey, Trip! Wo ist Anna?«

»Zu Hause. Am lernen.«

»Du siehst fertig aus.«

Tim ließ sich wie ein nasser Sack in einen Sessel fallen und legte die Hände an die Stirn. Alex sprang von seinem Barhocker und fläzte sich in den Sessel daneben.

»Geht's dir gut?«

»Nur 'n bisschen Kopfweh. Die blöde Gehirnerschütterung noch.«

Alex sah zu Michael, Damian und Julian hin, die an der Theke im Gemeinschaftsraum des Hauses der Jugend saßen und neugierig wissen wollten, wie es um das Wohlbefinden ihres Kumpels bestellt war. Dann schaute er wieder Tim an und bemerkte ein paar Blutflecken auf dem T-Shirt seines Freundes. Er deutete mit dem Finger drauf.

»Deins?«

»Nee.«

»Sondern?«

»Hab den Penner besucht, der für die Sache mit den Radmuttern verantwortlich ist.«

Die Freunde warfen sich erstaunte Blicke zu. Nun kamen auch die drei Jungs von der Bar zur Sitzgruppe herüber und nahmen auf dem Sofa Platz.

»Du hast rausgefunden, wer's war?«, fragte Damian aufgeregt.

»Erzähl!«, drängte Julian.

»Sofort«, beschwichtigte Tim seine Freunde. »Was ist mit den Mädels?«

»Sind schon nach Hause«, antwortete Michael. Tim nickte. Er nahm sein verranztes Handy aus der Hosentasche. Während er auf dem Display herumtippte, bemerkte er gefasst: »Dann erfahren sie es morgen früh in der Schule.«

Tim stellte sein Handy auf laut und legte es auf den Couchtisch. Seine Freunde lauschten still auf das Tuten.

»Ja, bitte?«

»Hey, Süße.«

»Tim! Wie schön! Ich habe eben an dich gedacht, Liebster. Was verschafft mir die Ehre?«

»Ich muss jetzt einfach deine Stimme hören.«

»Ist alles in Ordnung?«

»Inzwischen schon, ja. Ich bin übrigens nicht alleine. Die Jungs hören mit. Ich hab Neuigkeiten, die uns alle angehen.«

»Was ist geschehen?«

»Ich weiß, wer mein Auto manipuliert hat.«

»Tatsächlich? Wer war es?«

»Ein Typ namens Marius. Hat im Auftrag von jemandem gehandelt. Und jetzt darfst du mal raten, wer ihn geschickt hat!«

»Philipp?«

»Nein.«

»Line und Jana?«

»Nein. Weißt du noch, als du neulich nachts bei mir gepennt hast …«

»Etwa dieser abscheuliche Polizeibeamte? Das war der niederträchtige Missetäter?«

»Bist ja ganz schön auf Zack, Anna! Weißt du was darüber, was deine Mutter gemacht hat, dass er gefeuert wurde?«

»Ja. Sie hatte ein umfangreiches Beschwerdeschreiben verfasst und der Polizeidienststelle zukommen lassen. Zwei Tage später hatte sie ein Telefonat mit dem Leiter der Dienststelle geführt. Sie erstattete Anzeige wegen Amtsmissbrauchs, Beleidigung und sexueller Belästigung einer Minderjährigen.«

»Hoho! Da hat sie aber voll abgeschottert!«

»Du kennst sie ja. Nun, jedenfalls war es genug, um ein Verfahren einzuleiten. Schlussendlich endete es damit, dass Herr Brochnes vom Dienst freigestellt wurde.«

»Und wir beide hatten ihn deiner Mutter ans Messer geliefert. Dafür wollte er sich rächen.«

»Was gedenkst du nun zu tun?«

»Gar nichts. Ich hab die Sache eben persönlich mit ihm geregelt.«

»Wie darf ich das verstehen?«

»Ich hab ihm aus Höflichkeit meine Aufwartung gemacht …«

»Tim?«

»… und ihm nebenbei ein bisschen das Esszimmer umgestellt.«

»Oh, Tim! Sag bloß, du hast ihn verhauen?«

»Es tut mir leid, Süße. Weißt du, wenn ich mir vorstelle, dass du Sonntagnacht mit im Auto gesessen hättest, dann werd ich Banane. Da könnt ich ausrasten. Verstehst du?«

»Ja, ich verstehe dich. Ich finde es süß, dass du so empfindest. Und in Anbetracht der Umstände hat er es durchaus verdient. Dieses Scheusal.«

»Das ist meine Kleine!«

»Aber dass mir das kein weiteres Mal vorkommt, hörst du?«
»Man wird sehen.«
»Ich meine es ernst! Du altes Raubein, du … Ich liebe dich.«
»Ich dich auch. Gute Nacht.«
»Gute Nacht.«
Damit steckte Tim sein Handy wieder ein und schmunzelte seinen Freunden zu.

»Jetzt wisst ihr Bescheid«, meinte er locker.

»Was für 'ne krasse Scheiße, Alter!«, stieß Damian hervor. »Typisch Brochnes.«

»So!«, warf Michael ein und rieb sich die Hände. »Dann erzähl mal, was du mit ihm gemacht hast. Und bitte die unzensierte Version.«

»Okay, Leute«, begann Tim zu erzählen. »Ihr habt's gehört. Hawkens will die FSK-18-Fassung. Also, das Ganze war so: Ich fahr von Anna nach Hause und setz mich auf die Couch, um ein bisschen Musik zu hören …«

Kapitel 16

Melli, Isi und Julian saßen bei Tim im Jeep. Die Lage, in der sie sich befanden, bereitete ihnen Unbehagen. Vorsichtig schaute Melli aus dem hinteren rechten Fenster des Wagens heraus.

»Nicht so auffällig, Melli!«, zischte Isi beklommen. »Wenn das einer sieht!«

»Ich darf doch wohl aus dem Fenster sehen!«, hielt Melli dagegen.

»Beruhigt euch, Mädels«, forderte Julian, der auf dem Beifahrersitz saß, seine Freundinnen auf. »Es bringt nichts, wenn ihr nervös werdet.«

»Wo bleiben Motte, Ditze und Hawkens?«, wollte Isi wissen. »Sie verspäten sich.«

»Macht euch jetzt einfach mal locker!«, warf Tim ein. »Ihr tut ja so, als hättet ihr noch nie im Leben Leute besucht!«

»Du hast gut reden!«, konterte Isi. »Du warst ja schon öfter da drin!«

»Ja«, gab Tim zurück, »und so schlimm ist das gar nicht.«

Er sah auf sein Handy.

»Dann mal los. Wir gehen schon mal rauf. Sieht blöd aus, wenn wir alle zu spät kommen.«

Langsam stiegen die Freunde aus dem Auto. Besonders die Mädchen sahen sich unsicher um. Jede von ihnen trug einen von Julians Sandkuchen unter einer Kunststoffglocke vor sich her. Die drei hielten sich eng an Tim, als sie hinauf zum Haus gingen.

»Und Annas Mutter hat echt Ja gesagt?«, versicherte sich Melli.

»Ja«, antwortete Tim lässig.

»Ist sie jetzt wirklich netter als vorher?«, fügte Julian hinzu.

»Ja, Boggy, alles cool«, bestätigte Tim lachend. »Du kannst ihr sogar ins Gesicht sehen ohne Angst zu haben, dass du zu Stein erstarrst. Aber wenn sie dich mit Süßigkeiten in die Küche locken will, dann renn um dein Leben.«

»Ha ha!«, spottete Isi. »Witzbold!«

»Jetzt entspannt euch!«, grinste Tim. »Die sind cooler als ihr denkt.«

»Und du bist sicher, dass wir so auftauchen können?«, fragte Melli und deutete mit einem Augenschlag auf ihre Kleidung.

»Absolut«, bekräftigte Tim. »Ich komm doch auch immer mit meinen normalen Klamotten hier an. Ihr seht gut aus. Verhaltet euch ganz natürlich, dann ist alles okay.«

»Und Boggy?«, hakte Melli nach.

»Der läuft doch immer so rum«, wiegelte Tim ab. »Und genau darum geht's: Seid einfach ihr selbst. Und versucht nicht, euch zu verstellen.«

»Okay.«

»Bereit?«

Melli, Isi und Julian nickten bestätigend, und Tim drückte auf den Klingelknopf. Die zwei langen Gongschläge, die daraufhin ertönten, hatten noch mal eine zusätzlich einschüchternde Wirkung auf Tims Freunde. Die Tür öffnete sich, und eine freudestrahlende Anna kam zum Vorschein.

»Hallo, ihr Lieben! Wie ich mich freue!«

»Da!«, entfuhr es Melli. »Ich wusste es! Siehst du, Trip? Anna hat auch was Schickes an!«

Tim sah ihr entgeistert ins Gesicht.

»Hallo?«, rief er ironisch. »Das ist Anna! Seit wann kennst du sie?«

»Bitte tretet ein!«, forderte Anna ihre Freunde fröhlich auf und blickte sich um. »Wo sind denn Michael, Alex und Damian?«

»Die kommen noch«, erklärte Julian. »Die holen gerade Suddel, Haufen, Jenni und Pia ab.«

»Wie reizend«, freute sich Anna, »dann werden wir also vollzählig sein.«

Und so betraten Tims Freunde zum ersten Mal die große Diele der Zur-Heyden-Villa. Mit großen Augen erfassten sie die Szenerie und sahen sich beeindruckt um. Annas Eltern traten heran und stellten sich zu ihrer Tochter, um ihre Gäste zu begrüßen. Julian ergriff das Wort.

»Guten Tag, Herr und Frau zur Heyden. Im Namen von uns allen möchte ich mich für die Einladung bedanken. Ein kleines Geschenk für die Dame des Hauses.«

Er überreichte Vivienne einen kleinen Blumenstrauß.

»Vielen Dank«, sagte Vivienne sichtlich überrascht. »Wie aufmerksam, Herr …?«

»Stein. Julian Stein.«

»Herr Stein. Willkommen in unserem Haus.«

»Vielen Dank.«

Wolfgang und Vivienne begrüßten Tims Freunde freundlich per Händedruck, wobei Annas Mutter größtenteils die Konversation führte.

»Hi. Ich bin Melli.«

»Melli … darf ich annehmen, dass dies nicht Ihr vollständig lautender Name ist?«

»Ehm, ja. Ich heiße Melina Kupser.«

»Guten Tag, Melina. Und Sie sind …?«

»Isabel Krüger. Guten Tag.«

»Isabel. Ein hübscher Name.«

»Danke.«

»Annabelle, ich nehme an, dies sind die jungen Damen, mit denen du so eng befreundet bist.«

»Ja, Mama.«

»Sehr nett. Willkommen bei uns, meine Damen.«

»Danke.«

»Dann darf ich die Herrschaften auffordern, uns ins Speisezimmer zu folgen.«

Und so folgten die Freunde Annas Eltern durch den Flur bis zum Esszimmer. Zwar bildeten sie insgesamt eine Gruppe von sieben Personen, doch eng wurde es keineswegs in dem breiten Gang, der links und rechts mit Gemälden namhafter Künstler verziert war. Der riesige Tisch im Esszimmer war für vierzehn Personen zum Nachmittagskaffee eingedeckt. Noch während Tim, Julian und die beiden Mädchen auf den großen Stühlen Platz nahmen, erklang der doppelte Gong erneut, und einige Minuten später setzte sich auch der Rest der Truppe an den Tisch.

»Endlich mal ein Haus in meiner Größe«, flachste Michael zufrieden. »Ich muss mich noch nicht mal in der Tür bücken.«

»Sie sind in der Tat sehr groß, Herr Valentin«, bemerkte Wolfgang. »Darf ich fragen, wie groß sie genau sind?«

»Zwei Meter eins«, gab Michael zur Antwort.

»Sehr beeindruckend«, nickte Wolfgang ihm zu. »Nun, unsere Türen sind zwei Meter fünfzehn hoch.«

»Merkt man«, bestätigte Michael. »Ich find's angenehm.«

»Sehr schön«, freute sich Wolfgang. »Nun, Tim, das ist eine sehr vielgestaltige Truppe, Ihr Freundeskreis. Auch von den Altersstufen her. Fühlen sich die jungen Damen ebenfalls wohl?«

»Ja, schon«, antwortete Jenni, »aber die Stühle sind voll riesig. Ich komm mir vor, als wär ich wieder vier und würde bei meinen Eltern am Esstisch sitzen. Wir würden zu zweit auf einen Stuhl passen, oder, Pia?«

»Hihi, ja«, stimmte Pia zu, »sollen wir?«

»Nee, lass mal«, kicherte Jenni, »das können wir nicht bringen.«

»Dein Kuchen duftet köstlich, Julian«, schwärmte Anna.

»Boggy macht den besten Sandkuchen weit und breit«, lobte Alex. »Stimmt's, Trip?«

»Darauf kannst du einen lassen, Ditze. Wie wär's, Frau zur Heyden, möchten Sie mal kosten?«

»Sehr gerne, vielen Dank«, antwortete Vivienne höflich. »Woher rühren die sonderbaren Namen, mit denen sich die Herren gegenseitig ansprechen?«

»Das ist nicht Ihr Ding, oder?«, meinte Tim.

»Nun«, gab Vivienne zu bedenken, »ich bin der Ansicht, dass ein Vorname stets mit Bedacht ausgesucht wird und daher auch in seiner gewählten Form verwendet werden sollte. Er gehört zur Persönlichkeit eines Menschen.«

»Ja, schon«, stimmte Julian zu, »aber ein Spitzname doch erst recht, weil er zur Person passend ausgesucht wird. Außerdem bedeuten Spitznamen, dass man zusammengehört.«

»Sie meinen also«, begriff Vivienne, »dass diese Spitznamen, wie Sie sie nennen, keine wahllosen Verballhornungen sind, sondern eine persönliche Bedeutung haben?«

»Ganz genau!«, bekräftigte Tim.

»Nun, Tim, dann erklären Sie mir bitte, warum Ihre Freunde Sie Trip nennen.«

»Weil ich viel rumgekommen bin.«

»Und ich bin Ditze, weil mein zweiter Vorname Dieter ist.«

»Und wie ist es bei Herrn Valentin?«, fragte Vivienne interessiert.

»Da musste es etwas sein«, erklärte Alex, »was sich groß und stark anhört. Tja, und weil der Hulk schon vergeben ist, heißt er eben Hawkens.«

»Ich beginne zu verstehen«, sagte Vivienne. »Haben die Damen ebenfalls solch illustre Namen?«

»Nein«, erklärte Melli. »Komischerweise werden unsere Namen immer nur abgekürzt. Ich bin Melli, und Isabel ist einfach Isi.«

»Deswegen also höre ich ständig von Ihnen diese Kurzform für meine Tochter.«

»Richtig. Aus Annabelle machen wir eben einfach Anna.«

Vivienne wandte sich zur Seite und richtete das Wort an ihre Tochter: »Und du findest diese Abkürzung ansprechend, Annabelle?«

»Ja, sehr sogar«, lächelte Anna. »Es ist ein Zeichen von Freundschaft.«

»Hey, Motte!«, rief Julian plötzlich. »Du sagst ja gar nichts!«

»Bin am essen«, murmelte Damian.

»Motte spielt ›Das Schweigen der Belämmerten‹«, feixte Michael, woraufhin die Jungs herzhaft lachten.

»Sehr originell«, lachte auch Wolfgang. »Sind Sie auch solch ein Experte für Filme wie Tim, Herr Valentin?«

»Nein«, widersprach Michael kichernd, »außer Trip und Ditze haben wir alle noch was Besseres zu tun.«

»Die beiden gucken echt alles«, warf Julian ein, »Filme, Fernsehserien … Die ganze Palette.«

»Und egal ob alt oder neu«, fügte Damian hinzu, »die ziehen sich alles rein.«

»Das ist bemerkenswert«, erzählte Wolfgang. »Ich gebe zu, ich hatte in meiner Jugend ebenfalls recht intensiv eine Fernsehserie verfolgt. Sie hieß ›Ein Colt für alle Fälle.‹«

»Mm, ja!«, fiel Tim ein, »kenn ich. Lee Majors in seiner bekanntesten Rolle.«

»Völlig richtig«, bestätigte Wolfgang erfreut. »Die Frauen waren alle ganz verrückt nach ihm.«

»Tja«, lachte Tim, »ich wette, Sie hatten da eher ein Auge auf Heather Thomas, was?«

»Heather Thomas?«, wiederholte Wolfgang verwirrt. »Wie kommen Sie auf Heather Thomas?«

»Na, die Blonde«, erklärte Tim. »Wie hieß die noch in der Serie? Moment, ich hab's gleich … ja, Jody Banks!«

»Nein!«, widersprach Wolfgang bestimmt. »Da irren Sie sich. Das war Heather Locklear.«

»Was? Nein!«, hielt Tim dagegen. »Heather Thomas! Ditze, sag's ihm!«

»Ich weiß nicht, Trip«, meinte Alex skeptisch, »ich glaube, Herr zur Heyden liegt richtig. Ich denke auch, dass es Heather Locklear war.«

»Nein, Alter! Das war die Polizistin aus ›T. J. Hooker!‹ Die Blondine aus ›Ein Colt für alle Fälle‹ war Heather Thomas.«

»Nun, Tim«, schmunzelte Wolfgang, »Ihr Wissen um alte Filme in allen Ehren, aber ich habe diese Serie damals gesehen. Und ich bin mir da sehr sicher.«

»Ha ha!«, jubelte Michael. »Trip weiß mal was nicht über Filme! Ein historischer Moment!«

Ungläubig lächelnd hob Tim die Hände nach oben und schüttelte den Kopf, während seine Freunde lachten. Dann zog er sein Portemonnaie hervor und zählte sämtliche Geldscheine heraus.

»Okay, Freunde!«, rief er über den Tisch. »Ich habe hier neunzig Mäuse, und die sagen, dass Jody Banks aus der Serie ›Ein Colt für alle Fälle‹ von Heather Thomas gespielt wurde!«

Damit legte er das Geld auf den Tisch und schaute herausfordernd in die Runde.

»Also, ich muss doch sehr bitten!«, äußerte sich Vivienne.

»Nein, nein, Schatz«, beschwichtigte Wolfgang sie, »das ist völlig in Ordnung. Als Studenten haben wir auch sehr häufig gewettet. Ich nehme die Herausforderung an, Tim!«

Er zückte seine Brieftasche und zählte seinerseits einige Geldscheine ab.

»Hier sind Ihre neunzig Euro, und ich lege noch einhundertzwanzig Euro hinzu. Die Wette gilt.«

»Wie geil!«, jubelte Alex. »Jetzt muss nur noch jemand die richtige Antwort googeln!«

»Das übernehme ich!«, kicherte Anna vergnügt und hielt auch schon ihr iPhone in den Händen. Gebannt warteten alle am Tisch auf das Ergebnis. Tim, der neben ihr saß, lehnte sich entspannt zurück und grinste nur.

»Hier steht es«, meldete Anna nach einer Weile. »… Oh, wie köstlich!«

Anna kicherte ausgelassen und schaute sowohl Tim als auch ihren Vater verschmitzt lächelnd an.

»Was ist nun, Schätzchen?«, rief Wolfgang ihr zu. »Ich hoffe, du hast gute Nachrichten für mich!«

»Also«, meldete Anna und richtete sich vornehm auf, bevor sie vorlas. »Die richtige Antwort lautet: … Heather Thomas!«

»Ooooh!«, entfuhr es Wolfgang. »Das ist doch nicht zu fassen! … Tja, dann … Meinen Glückwunsch, Tim!«

»Danke«, gab Tim erfreut zurück. »Ich find's cool, dass Sie den Spaß mitgemacht haben.«

»Spaß?«, wiederholte Wolfgang. »Tim, das war kein Spaß, sondern eine Wette. Das Geld gehört Ihnen!«

»Ernsthaft jetzt?«

»Aber selbstverständlich. Wettschulden sind Ehrenschulden.«

»Wow! Vielen Dank!«, staunte Tim und nahm die Geldscheine an sich. »Herr zur Heyden, Sie haben Stil. Das gefällt mir.«

»Vielen Dank, Tim«, lachte Wolfgang freundlich. Tim sah Vivienne an, die noch nicht so richtig wusste, was sie von all dem halten sollte. Zumindest aber schien sie amüsiert über die Lektion, die Tim ihrem Mann soeben erteilt hatte.

Es war ein gelungener Nachmittag, den besonders die jungen Leute sehr genossen. Anna nahm Tims Hand und hielt sie fest.

»Ich bin so glücklich«, strahlte sie ihn an. »Endlich ist alles gut zwischen dir und meiner Familie.«

»Ja«, antwortete Tim zufrieden. »Ich hab seit Ewigkeiten endlich mal das Gefühl, irgendwo angekommen zu sein. Und das ist total schön.«

Er und Anna gaben sich einen kurzen, verliebten Kuss. Mit einem wohligen Gefühl sah Tim sich reihum die Leute in der Runde an: Anna, die ihn liebevoll anlächelte – Jenni und Pia, die in den großen Stühlen unbeschreiblich putzig aussahen – Mike und Kevin mit ihren ausgedehnten Krümelfeldern um ihre Teller herum – Melli und Isi, wie sie vergnügt beschlossen, sich noch ein Stück Sandkuchen zu teilen – Damian, nach vorne gebeugt an seiner Kaffeetasse schlürfend – Julian, der von all seinen Freunden wohl am ehesten in das vornehme Haus passte – und natürlich Alex und Michael, seine treuen Kumpel, der eine großmäulig, der andere verfressen, aber immer für Tim da. Kein Zweifel, diese Jungs und Mädels waren das, was für ihn einer Familie am nächsten kam.

Und Annas Eltern? Tim sah sie an und überlegte. Wolfgang war offenbar ein echt cooler Typ, wenn er mal den Bankboss beiseite ließ. Mit Vivienne dagegen würde er noch etwas Zeit brauchen, doch zumindest schien es hin und wieder, als wäre sie nicht völlig die verspießte High-Society-Schnitte, als die er sie kennen gelernt hatte.

Schließlich wandte Tim sich wieder seiner schönen und vornehmen Freundin zu.

»Ich weiß auch schon, was wir als nächstes machen«, stellte er augenzwinkernd fest.

»Und was wäre das?«, fragte Anna.

»Wir finden raus, was die Inschrift auf der Kette bedeutet!«, beschloss Tim.

»Oh ja!«, freute sich Anna. »Das machen wir. Vielleicht entdecken wir sogar die Grabstätte?«

»Warum auch nicht?« stimmte Tim ihr zu. »Zusammen haben wir das Zeug dazu.«

»Das klingt nach einem Abenteuer, Tim Richthof!«, flüsterte Anna begeistert, »einem Abenteuer voller Rätsel und Geheimnisse.«

»Die wir gemeinsam knacken werden«, schloss Tim zuversichtlich.

Das Finale der Trilogie

Das Vermächtnis der Eifelkomtess   Teil 3:

„Der Säbel vom Asenberg"

Die Wahrheit darf nicht vergessen werden

Tim erfährt, dass auch Anna eine bewegte Vergangenheit hat. Er unterstützt seine Freundin, als sie sich vornimmt, einem Rätsel nachzugehen, dass ein Vermächtnis ihrer Großmutter zu sein scheint: Der Erforschung der Legende von Antoinette und Clément. Die Suche nach der Wahrheit, die für Annas Onkel äußerst lukrativ enden könnte, wirft für Anna selbst viel bedeutendere Fragen auf. Allem voran: Warum war die Sache ihrer Großmutter so wichtig? Und wenn die Geschichte wahr ist, wo liegt dann die geheime Grabstätte, von der die Legende erzählt?

Books on Demand
ISBN: 978-3-758-37371-8

Der Anfang

Das Vermächtnis der Eifelkomtess   Teil 1:

„Das Herz von Albenhain"

Die alten Geister haben nur geschlafen

Mit fünfzehn war Tim Richthof aus seinem gewalttätigen Elternhaus weggelaufen. Seine Flucht hatte ihn aus der Eifel weg und um die weite Welt geführt. Der junge Mann, als der er nun zurückgekehrt ist, ist ein völlig anderer als der, der einst er einst seiner Eifeler Heimatstadt Leyental den Rücken kehrte. Dennoch muss er erfahren, dass die alten Geister ihn wieder aufsuchen. Ein Aushilfsjob und ein Ehrenamt schweißen ihn wieder mit seinem alten Freundeskreis zusammen. Während einer Jugendfahrt in den beliebten Ferienpark Albenhain, die er als Betreuer begleitet, krempelt sich sein Leben erneut um.

Books on Demand
ISBN: 978-3-759-74347-3

Ein neues Abenteuer

Die Eifelkomtess-Saga geht weiter   Teil 4:

„Die Akte von Hillesheim"

Birgt die Krimi-Stadt ein dunkles Geheimnis?

Fünfeinhalb Jahre sind vergangen, seit Tim und Anna den Säbel von Asenberg geborgen haben. Seitdem hat sich einiges verändert. Sie beide verfolgen inzwischen ihre beruflichen Karrieren außerhalb der Eifel. Doch eines Tages zieht es sie unversehens in ihre Heimat zurück. Ein Verbrechen ist in Leyental geschehen, doch der Anlass für die Tat liegt völlig im Dunkeln. Nur eins scheint sicher: Jemand, den Anna gut kennt, muss in die Ereignisse verwickelt sein! Wie können Tim und Anna Licht ins Dunkel bringen und gleichzeitig die vertraute Person schützen?

Books on Demand
ISBN: 978-3-758-37375-6

Eine Eifeler Erzählung

„Die sonderbare Pilzvergiftung"

Gregor Mützel aus Hillesheim ist ein Profi auf dem Gebiet der Pilze. Als geprüfter Sachverständiger für Speise- und Giftpilze wird er von den umliegenden Krankenhäusern regelmäßig um Hilfe bei der Diagnose von Pilzvergiftungen gebeten. So auch in der Nacht zum anstehenden Wochenende. Was wie eine einfache Verstimmung des Verdauungstraktes erscheint, entwickelt sich zu einem echt schwierigen Fall. Zu Gregors Erstaunen liegen gleiche Fälle in zwei weiteren Eifeler Krankenhäusern vor. Die Symptomatik ist für Giftpilze untypisch, doch da alle Betroffenen die gleichen Pilze gesammelt haben und dieselben Symptome zeigen, kann Gregor die Sache nicht einfach abhaken.
Die Suche nach dem pilzigen Übeltäter beginnt. Zu allem Überfluss entwickelt sich die Situation zu einem Wettlauf gegen die Zeit, denn den Patienten geht es immer schlechter …

Eifelbildverlag
ISBN: 978-3-9850803-3-5

Über den Autor

Thomas H. Regnery

Thomas Regnery ist hauptberuflich Ingenieur und Journalist. Zudem ist er Sachverständiger für Pilze und hat mehrere Jahre als Lehrer gearbeitet. Neben Fachbüchern über Astronomie und Pilze schreibt er auch Kurzgeschichten und Romane.

Er hält öffentliche Vorträge zu philosophischen und wissenschaftlichen Fragestellungen und betreibt mit seiner Frau Martina Regnery-Hubo die Carl-Sagan-Sternwarte.

Sein Einstieg in die Zunft des Geschichten-schreibens begann mit „Das Herz von Albenhain". Die Reihe hat bis heute vier Episoden, und ein Ende ist trotz zahlreicher weiterer Buchprojekte nicht vorgesehen.

Thomas Regnery ist Sohn eines Eifeler Vaters und einer Tirolerin als Mutter. Er bezeichnet es als das Beste aus zwei Welten, die Rheinische Ironie und den Sarkasmus der Österreicher in sich zu tragen.